Doce Ilusão

Melissa Hill

Doce Ilusão

Tradução
Magda Lopes

Planeta

Título original *Wishful thinking*

Preparação *Norma Marinheiro*
Revisão *Marta Almeida de Sá*
Diagramação *Casa de Ideias*

Dados Internacionais de Catalogação na Publicação (CIP)
(Câmara Brasileira do Livro, SP, Brasil)

Hill, Melissa
Doce ilusão / Melissa Hill ;
tradução Magda Lopes. — São Paulo : Editora Planeta do Brasil, 2011.
Título original: Wishful thinking.
ISBN 978-85-7665-626-5
1. Ficção irlandesa I. Título.
11-04223 CDD-ir823.9

Índice para Catálogo Sistemático:
1. Ficção : Literatura irlandesa ir823.9

2011

Editora Planeta do Brasil Ltda.
Avenida Francisco Matarazzo, 1500 – 3º andar – cj. 32B
Edifício New York
05001-100 – São Paulo – SP
www.essencialivros.com.br
www.editoraplaneta.com.br
vendas@editoraplaneta.com.br

Agradecimentos

Agradeço enormemente, como sempre, às seguintes pessoas:

A minha família – mamãe, papai, Amanda e Sharon – e também a meus amigos, que me apoiaram maravilhosamente e estão sempre disponíveis para mim. A Homer, que me impede de transformar-me numa viciada em televisão.

A Poolbeg, nas pessoas de Kieran, Emma, Claire, Lynda, Conor, Gaye e Paula, que trabalham tão arduamente para mim. Minhas mais carinhosas boas-vindas ao bebê Leo!

A minha incrível agente, Sheila Crowley, e a todos da AP Watt, que cuidam tão bem de mim.

Aos livreiros de todo o país, que têm dado grande apoio a meus livros e me recebem tão atenciosamente sempre que os visito – muito obrigada.

Do mesmo modo, meu agradecimento especial a todos que compram e leem meus livros e continuam a enviar-me comentários e adoráveis mensagens de apoio a meu site www.melissahill.info. Que continuem chegando, pois eles certamente me mantêm seguindo em frente! Desejo que todos saibam que a vida continua.

E, por fim – mas não menos importante –, muito amor e gratidão a meu paciente marido Kevin, sem o qual eu realmente não poderia fazer nada disso.

A Kevin

Obrigada por cinco anos maravilhosos

Quinta-feira, 20 de outubro, 8h40

Ela não *iria sentir saudades daquilo, disse a si mesma. Acontecesse o que acontecesse, ela não iria sentir saudades daquilo.*

Mas o ruído a cada minuto se tornava mais alto, e por isso, apesar do salto agulha e da saia lápis, não havia alternativa senão correr – uma corrida extremamente deselegante, que, sem dúvida, a faria parecer estar competindo numa corrida de três pernas.

Muito chique.

Mas ela já se atrasara duas vezes naquela semana e uma na semana anterior, e sabia que se perdesse aquele trem iria enfrentar grandes problemas. Mas parecia que ela não era a única que estava correndo, atrasada, naquela manhã, pensou, vendo outra passageira dirigir-se apressada à bilheteria.

Felizmente, ela já tinha um bilhete, e, uma vez dentro da estação, passou rapidamente pela catraca e suspirou de alívio ao ver que o trem ainda estava na plataforma. Bem na hora.

Ofegante por causa da corrida, ela deslizou pela porta dupla poucos segundos antes de essa fechar-se, quase prendendo a bainha de sua preciosa capa cor-de-rosa John Rocha. Isso, *sim, seria um desastre!*

Mas a pessoa atrás dela não fora suficientemente rápida, e, enquanto o trem partia, ela lamentava pela desafortunada passageira que teria de esperar algum tempo até a chegada do próximo trem.

Encolheu os ombros e reposicionou a bolsa no ombro. Assim era a vida.

O trajeto para Dublin pela manhã era tumultuado, e, geralmente, quando o trem chegava àquela estação, já não havia assentos livres nos vagões. Mas, para seu imenso alívio, naquele dia havia um lugar desocupado um pouco mais adiante, um lugar que obviamente os outros passageiros ainda não tinham visto. Ela sorriu para si mesma e se encaminhou depressa para o assento, animada por conseguir sentar-se, ainda mais depois de toda aquela corrida. Mas quando abriu caminho em meio à multidão que estava de pé, sua bolsa escorregou do ombro e caiu do braço desastrosamente no chão. Era o que faltava! A primeira vez em que usava sua preciosa bolsa Orla Kiely para ir trabalhar, tinha de deixá-la cair num chão imundo! Um tanto desajeitada, ela se inclinou para tentar pegá-la – mas o movimento do trem e a pasta que estava na outra mão a desequilibravam.

"Tome!" Outra passageira, uma jovem loira sentada perto do corredor, recuperara a bolsa para ela. E lançou um olhar incrivelmente apreciativo para a bela bolsa estampada em rosa e branco antes de devolvê-la. "É uma Orla Kiely, não?"

"Sim, muitíssimo obrigada", replicou ela. Sem fôlego e aliviada, continuou seu caminho em direção àquele precioso assento, do qual nessa altura ela precisava tanto.

A parte posterior das coxas ainda lhe doía graças aos exercícios incomuns que lhe haviam sido impostos, e ela afundou agradecida no assento, colocando a pasta no chão e a preciosa bolsa no colo, lembrando uma vez mais a si mesma que realmente devia começar a frequentar uma academia.

Enquanto espanava a poeira da bolsa, ela se mexeu de maneira exagerada no assento, tentando com isso indicar ao homem que estava a seu lado que gostaria que tirasse seus pertences para que ela pudesse sentar-se confortavelmente. De repente, ela percebeu um volume extra atrás de seu bumbum, mas isso era ridículo – o homem e seus pertences estavam espalhados por todo o banco! Finalmente, ele captou a mensagem e, relutante, tirou o casaco e o laptop para dar mais espaço a ela.

Ela percebeu o olhar de uma mulher mais velha sentada logo a sua frente. Esta lhe lançou um leve sorriso conspiratório como quem diz:"cara folgado, não?". A mulher estava lendo um daqueles romances adocicados e, a julgar pela idade e pela maneira relaxada como se comportava, era muito provavelmente a única pessoa no trem que não estava a caminho do trabalho. Então captando agora o olhar de um sujeito em roupas esportivas (não o típico profissional de terno) que tentava abrir caminho entre as pessoas em pé, ela pensou: "quem sabe o que as pessoas podem estar fazendo?"

"Que sorte", pensou ela, olhando com inveja para a mulher que lia enquanto tentava lembrar-se da última vez em que conseguira perder-se numa leitura agradável. Falando nisso, ela estendeu a mão para sua pasta e, suspirando internamente, retirou os documentos que precisava examinar para a reunião daquela manhã. Aquela, definitivamente, não era uma leitura agradável.

Folheando os documentos, começou a ler, mas logo percebeu que não conseguia concentrar-se de fato. Seus pensamentos inconscientemente se dirigiam para o que o amor de sua vida lhe dissera na noite anterior.

"Precisamos conversar", anunciara ele. Deus, isso era um absoluto lugar-comum, mas eles conheciam bem um ao outro e pareciam estar mesmo se dando bem ultimamente – então, que diabos poderia haver de errado? Sua mente corria enquanto ela tentava imaginar alguns possíveis cenários – ele a estaria abandonando, teria decidido que, afinal, não deveriam ficar juntos ou...

E então ela compreendeu. É claro! Ele iria pedi-la em casamento! Pensando agora no que acontecera antes, não fora um "precisamos conversar" a sério – era mais um "precisamos conversar" nervoso! Depois de todo aquele tempo, ele finalmente se convencera de que não podia viver sem ela! Ela abraçou a si mesma eufórica, amassando os papéis de trabalho. Mas num momento como aquele quem estaria preocupado com trabalho?

Ela podia estar errada, é claro, e podia muito bem chegar a conclusões precipitadas, mas de algum modo, no fundo, ela sabia que estava certa! Tinha de estar! Eles haviam passado um tempo maravilhoso juntos e estavam loucamente apaixonados, portanto, qual seria o próximo passo senão o casamento? Ao pensar na proposta e nas alianças, um pensamento terrível se apossou dela. Por favor, por favor, permita que ele não tenha escolhido ainda as alianças. O homem era perfeito em tudo, mas – Deus me livre! – ele tinha um gosto horrível para joias! Ela se lembrou de quando ele lhe dera aquela corrente de prata horrenda e deselegante no Natal – parecia tê-la pegado num...

Nesse momento, seus pensamentos foram cortados por aquele som tremendo, poderosíssimo, guinchante, de arrebentar os ouvidos, e ela instintivamente levou as mãos aos ouvidos para tentar bloqueá-lo. O que estava acontecendo?

Então, o trem começou a tremer e, embora ela não tivesse ideia do que estava acontecendo, todo o seu corpo se retesou e os cabelos de sua nuca se levantaram. Ela lançou um olhar selvagem em torno do vagão, imaginando se alguém mais ouvira aquilo ou se fora apenas ela? Não, a mulher mais velha em frente a ela parecia aterrorizada, confusa, todos pareciam perplexos, e então se ouviu um ruído incrível, um som tão ensurdecedor, diferente de tudo que ela já ouvira, tão alto que era como se tivesse invadido toda a sua mente, seu corpo, seu ser. O coração batia forte, o cérebro estava inundado daquele outro ruído ainda mais excruciante. Então seu assento foi projetado para a frente, e por alguns estranhos minutos pareceu que o tempo transcorrera mais vagarosamente até tudo estar em câmera lenta. De maneira surreal, todo o vagão parecia ter sido erguido dos trilhos, e o trem agora estava viajando no ar. "Mas isso não pode estar acontecendo, pode?", pensou ela, ausente, como se uma força tremenda a tivesse lançado de seu assento.

"Os trens não podem voar, podem?"

* * *

Quinta-feira, 20 de outubro, 10h10

A sempre autoconfiante e impecavelmente composta Clare Rogers naquele dia parecia irada e pálida. Ela olhava abstraída para a câmera, como se não tivesse muita certeza de onde estava e do que estava fazendo.

Quando falou, suas palavras soaram cheias de pânico e incerteza – totalmente inadequadas para uma jornalista profissional da tevê – mas então, ela pensou outra vez, quando foi que precisara cobrir algo como aquilo?

Pelo fone de ouvido, ela ouviu a voz de Richard Hefferman falando ao vivo do estúdio de notícias RTE.

"Nossa correspondente, Clare Rogers, está na cena do descarrilamento do trem que ocorreu esta manhã na costa leste. Clare, você pode nos dizer alguma coisa concreta neste momento?", perguntou ele.

Clare começou devagar. "Bem, Richard, os serviços de emergência acabaram de chegar ao local, e não sabemos muitos detalhes ainda." Sua voz tremia um pouco. "Tudo que eu posso confirmar é que esse trem é um meio de transporte importante que serve da costa leste ao centro de Dublin. No entanto, parece muito provável que tenha havido uma falha de sinalização na rota, que resultou no descarrilamento do trem próximo ao Merrion Gates."

"E há algum indício do que teria provocado o descarrilamento?", perguntou Richard.

"Mais uma vez, Richard, não podemos confirmar nada até o momento. Eu sei que no devido tempo a Rede Ferroviária Irlandesa fará uma declaração, e então saberemos mais sobre o ocorrido. Entretanto, antes de entrarmos no ar, falei com algumas testemunhas – passageiros que estavam prestes a embarcar,

esperando para passar pelos portões –, que me ajudaram a reconstruir a cena. Eles viram, ou melhor, ouviram *o trem frear ruidosamente a certa distância, o que pode sugerir que o maquinista tenha localizado algum trânsito ao passar pelo cruzamento e identificado imediatamente que havia algum problema com a sinalização. Segundos depois, o trem descarrilou a alguns metros da plataforma. Então deslizou sobre os trilhos e bateu num muro de concreto antes de encalhar aqui." Clare engoliu com dificuldade. "Felizmente, não havia trens vindo no outro sentido nesse mesmo momento", acrescentou baixinho.*

"Então o maquinista tentou parar o trem para evitar colidir com o trânsito do início da manhã?"

"Talvez, mas, como eu disse há pouco, não temos certeza. Sem dúvida, haverá uma investigação completa, mas, no momento, a prioridade está evidentemente nos esforços de resgate." Uma vez mais, a fachada profissional de Clare descaiu e seus olhos denunciaram a tensão interior.

"Agora, uma falha de sinal, isso é algo muito incomum na rede ferroviária deste país, não é?", prosseguiu Richard, pretendendo decerto penetrar no âmago da situação.

"É verdade", confirmou Clare. "Os descarrilamentos podem infelizmente ser muito comuns para nossos vizinhos do Reino Unido, pelo simples fato de que há várias companhias ferroviárias operando e usando a malha ferroviária ali. O sistema é bem organizado, mas a sinalização pode ser confusa. O que"..., disse ela, esforçando-se ainda para manter a voz calma, "pode levar a acidentes como este."

"Mas nós temos apenas uma linha operando aqui na Irlanda, e por isso os erros são muito raros, não é, Clare?"

"Em geral, sim. Mas, Richard, nos últimos meses, a Rede Ferroviária Irlandesa passou por várias atualizações. Embora, neste momento, seja apenas especulação, e, como eu disse, a companhia logo fará um pronunciamento, parece que o sistema de sinalização neste cruzamento em particular pode ter falhado." Ela engoliu em seco.

"O que, é claro, teria sérias implicações para a companhia", encerrou Richard em tom solene.

Clare olhou direto para a câmera. "Implicações muito sérias, Richard", concordou ela, num tom sinistro. "Nessa hora da manhã, o trem estaria cheio de passageiros, usuários regulares desse serviço, e, como estou certa de que nossos espectadores podem perceber pelas tomadas de nossa câmera, haverá grande número de feridos graves e, sem dúvida, algumas vítimas fatais."

"Obrigado, Clare, voltaremos a você mais tarde com o pronunciamento para a imprensa da Rede Ferroviária Irlandesa."

A filmagem da catástrofe desapareceu da tela, e a imagem foi cortada para o estúdio. Richard olhou solenemente para a câmera antes de acrescentar. "Nossos pensamentos vão para os amigos e familiares de todos telespectadores cujos entes queridos possam ter tomado esse trem nesta manhã. Permaneçam ligados para novas notícias."

QUATRO MESES ANTES

Capítulo 1

21 de junho, 8h00

Rosie Mitchel esperava pacientemente na plataforma. O trem estava um pouquinho atrasado naquela manhã, pensou ela. Não que isso lhe importasse. Diferentemente das pessoas jovens que estavam ali, parecendo apressadas, Rosie não tinha nenhuma pressa. Àquela altura, já muito tempo se passara desde seus dias atribulados e, ao contrário daqueles pobres infelizes, ela não tinha uma enorme hipoteca com a qual preocupar-se, ou empréstimo ou financiamento de automóvel a pagar.

Graças a Deus, com o trem continuava tudo igual, pensou, de outro modo, hoje em dia ela estaria realmente paralisada. Foi Martin quem sempre dirigiu o carro deles, e Deus sabe o quanto ele insistiu para que ela aprendesse a dirigir, mas Rosie nunca teve o menor interesse.

Para ser honesta, ela gostava do trem, apreciava poder sentar-se confortavelmente durante a viagem para Dublin e admirar as belas paisagens ao longo da costa, contemplar os pássaros voando de um lado para outro sobre os penhascos entre Greystones e Bray, ou olhar com reverência a belíssima Killiney Bay. Ou, se o dia estivesse nublado e o cenário não fosse tão espetacular, ela se sentava e lia um livro. Às vezes ficava tão envolvida com a história que estava lendo que não percebia o tempo passar.

Rosie adorava o trem e nem sonhava em ter um carro. Qual era o problema? A estação ficava a uma pequena distância de sua casa, a qual ela podia percorrer a pé, e, com o trem saindo três vezes por dia para a estação de Connolly, havia muitas opções. Podia dar um pulinho na cidade sempre que lhe desse vontade de olhar um pouco as vitrines, e a casa em que sua velha amiga Sheila morava agora ficava bem próxima da linha férrea, assim como a casa de sua filha Sophie. Pelo menos por enquanto.

O trem enfim entrou na estação de Wicklow, e Rosie permaneceu confortavelmente sentada, esperando que o amontoado de jovens passageiros tivesse se acomodado para ela então embarcar. O lado positivo disso era que ela não seria pressionada e empurrada enquanto entrava no vagão. Desde que caíra de costas durante uma partida de *badminton* alguns anos antes, seu equilíbrio não era mais tão bom quanto costumava ser, e ela gostava de andar devagar, porque temia cair no enorme vão entre o trem e a plataforma. É claro que o lado ruim de esperar até que todos embarcassem era que ela com frequência ficava sem lugar para sentar-se. Mas Rosie não se importava. Todas aquelas pessoas teriam um dia árduo de trabalho pela frente, ao passo que ela não tinha nada para preocupar-se no mundo.

Afinal, não era mesmo afortunada – uma senhora sem responsabilidades que estava saindo para ver casas com sua única filha? Ela detestaria ter de enfrentar um dia de trabalho agora, como todos aqueles pobres companheiros de viagem. Quase se podia ver a tensão no rosto deles – todos preocupados com o que os esperava no emprego. Era realmente uma vergonha as distâncias que as pessoas tinham de cobrir agora apenas para conseguir sobreviver.

Era muito diferente de quando ela e Martin estavam começando. Nenhum deles tinha de passar horas do dia viajando daquele jeito para ir trabalhar, pensou ela, tinham sido muito afortunados por isso.

Martin trabalhou no negócio de jardinagem de seu pai desde que ficou grande o bastante para usar uma colher de pedreiro, e Rosie trabalhara no serviço público, o que, é claro, na época, era uma das coisas mais agradáveis que se podia conseguir. Eles compraram a casa em Wicklow Town para que ela pudesse ir a pé para o trabalho, enquanto Martin ia em sua van para onde ocorresse de ele estar trabalhando naquele dia.

Ela sorriu tristemente enquanto pensava no pobre Martin. Não havia um dia em que não pensasse nele e sentisse sua falta, embora não pudesse de fato queixar-se. Eles haviam tido um casamento maravilhoso, dois filhos magníficos – David e Sophie – e, em seus muitos anos juntos, raras vezes trocaram uma palavra mais rude. Ela e Martin souberam algum tempo antes da morte dele que logo chegaria o dia em que ela ficaria sozinha. Pressão alta era um problema recorrente na família de Martin, e quando ele sofreu dois ataques cardíacos quase fatais em seu último ano de vida, ficou claro que uma simples mudança no estilo de vida e os comprimidos que tomava não iriam salvá-lo. Mas foi maravilhoso o fato de ele ter morrido fazendo o que gostava, cuidando das rosas no jardim dos fundos – o sol da tarde estava começando a baixar quando Rosie o encontrou.

Dezoito longos meses haviam se passado desde que Rosie enterrara o único grande amor de sua vida, foi quando ela lhe prometeu que seguiria em frente, continuaria rindo e desfrutando a vida como sempre o fizera, para que não parecesse demorar tanto tempo até que ela o reencontrasse. Às vezes era muito difícil, mas ela estava se esforçando ao máximo para cumprir a promessa.

Fosse como fosse, ela era uma mulher de sorte. Seus dois filhos estavam casados e felizes e tinham bons empregos. David se casara com uma adorável garota de Liverpool chamada Kelly (embora ainda não houvesse sinal de filhos, e Rosie nem sonhasse em perguntar a respeito) e trabalhava como construtor naquela cidade. Sophie e Robert tinham a pequena Claudia de dois anos de idade e ambos tinham bons empregos, mas ainda continuavam procurando uma casa para eles. Rosie balançou a cabeça.

Essa era outra dificuldade real para os jovens de hoje. Os preços das casas em Dublin eram exorbitantes e só pareciam aumentar!

De todo modo, naquele dia, Sophie iria levá-la para ver uma casa que estava namorando em Malahide. "Mamãe, ela é perfeita!", disse-lhe entusiasmada ao telefone na véspera. "Você tem de ir vê-la!"

Rosie ficou encantada com o entusiasmo da filha, mas não pôde evitar desapontar-se um pouquinho com o fato de Sophie querer morar tão longe dali, e tão distante dela. Era distante a ponto de ela, que morava em Santry, ter de tomar o trem e depois um ônibus para visitar a filha.

Ainda assim, seria ótimo ver os três instalados em outro lugar que não fosse aquele apartamento alugado em que estavam agora. Lá não havia muito espaço, e, com Claudia atravessando a terrível fase dos dois anos, não era bom os três estarem morando no que era basicamente um quarto grande. E a altura do lugar! Imagine se a criança de algum modo abrisse ou até *caísse* daquela grande janela da frente? Rosie não queria nem mesmo pensar nisso. Não, seria melhor para todos os envolvidos se o lugar que Sophie queria ver hoje fosse uma bela e arrumada casinha geminada como a própria casa de Rosie, com um jardim seguro no fundo onde Claudia tivesse espaço para correr.

O trem deixou muitos dos passageiros na estação de Pearse Street, e Rose, agradecida, afundou-se numa cadeira recém-desocupada. Ela esboçou um sorriso para si mesma, pois quase podia ouvir Martin cantarolando uma canção de Wicklow para zombar dela. "Jesus, senhorita, você jurava que estava numa velha van!" Mas suas costas a estavam incomodando um pouquinho ultimamente, e por mais que ela tentasse negar, não havia como ignorar que estava sentindo os efeitos disso. E, falando honestamente, não importava quão disposta e alegre se sentisse, ela *não estava* ficando mais jovem, estava? Ela sorriu. Em definitivo, ela *não* era aquele tipo de avó glamorosa que com frequência via andando lepidamente pela cidade. Com os cabelos tingidos, maquiagem perfeita e adoráveis trajes da moda, aquelas mulheres pareciam a todo o mundo que ainda estavam no auge da juventude.

E, ao que parece, hoje em dia uma pessoa pode tomar injeções para livrar-se das rugas – até do bumbum! Boa sorte para elas, mas aquele não era o jeito de Rosie. Não, ela estava deixando o cabelo castanho avermelhado ficar grisalho como ele quisesse, e sua pele podia ficar tão enrugada quanto lhe aprouvesse – essas coisas não eram marcas de uma vida vivida de maneira plena? Envelhecer não era nada de que alguém devesse envergonhar-se, e, por mais que se queira, simplesmente não se pode vencer o tempo.

Mas agora ela não estava correndo para lugar nenhum, ponderou, enquanto saía do trem na estação Connolly e ia esperar na parada de ônibus. Era uma pena que o carro de Sophie estivesse no conserto justo naquele dia, do contrário, a filha poderia ter vindo buscá-la na estação e Rosie não teria de esperar no frio pelo próximo ônibus para Santry.

Por causa do atraso do trem, ela perdera sua conexão usual, mas assim era a vida. Rosie abriu sua bolsa e tirou dela o romance que estava lendo. Anita Shreve, uma bela e suave leitura – nem de perto tão emocionante quanto nossas próprias adoráveis escritoras irlandesas, mas ainda boa o bastante para passar o tempo.

Enfim, o ônibus chegou, e mais ou menos vinte minutos mais tarde Rosie estava no prédio de apartamentos onde morava sua filha. Tomou cuidado extra para tocar a campainha certa, sempre temerosa de tocar na casa errada e acordar algum pobre infeliz que estivesse dormindo após ter cumprido o turno da noite ou algo assim. Ela sacudiu a cabeça. Tendo nascido no condado de Clare e apesar de ter morado em Wicklow toda a sua vida de casada, ela ainda não conseguia livrar-se do "complexo de inferioridade da cidade pequena", como Martin costumava chamar. Rosie chamava de boas maneiras e preocupação com o próximo. Tendo sido sempre sociável e confiante, Martin realmente não entendia.

Nem Sophie, ao que parecia. "Mamãe, estou secando meu cabelo, você pode esperar cinco minutos?", falou sua filha com uma voz metálica pelo interfone.

"Sem problema", respondeu Rosie num tom agradável, embora o frio estivesse adormecendo-lhe os dedos.

"Oi, mamãe!" Passaram-se bem uns dez minutos até Sophie aparecer lá embaixo, o cabelo escuro liso e brilhante como sempre e a maquiagem caprichosamente aplicada. Sua filha sempre pareceu elegante, e hoje ela estava vestida com um conjunto de lã muito bem cortado, algo que mesmo os olhos inexperientes de Rosie podiam ver que custara uma fortuna. Mas, afinal, não devia ter custado tanto porque Sophie e Robert estavam economizando como loucos para comprar aquela casa, não estavam? Não, conhecendo Sophie e seu incrível talento para farejar pechinchas, ela provavelmente comprara aquele conjunto por uma ninharia numa daquelas lojas que vendem roupas de segunda mão e que ultimamente pareciam estar aparecendo em cada esquina.

"Desculpe por fazê-la esperar tanto, mas acho que você chegou um pouquinho cedo. Eu disse às dez e meia, não foi?"

Sem reclamar, Rosie pensou que se a filha estava ocupada e não podia vir até a porta, poderia ao menos abrir o portão do prédio para que ela entrasse e aguardasse no saguão. Mas Sophie era às vezes um pouquinho desligada.

"Não, o trem na verdade se atrasou. Onde está a Claudia?" Rosie entrou no saguão, ansiosa para proteger-se do frio. Embora teoricamente ainda fosse verão, as estações neste país em geral estabeleciam sua própria agenda.

Sophie pegou o braço da mãe e a conduziu de novo para fora. "Com a babá, é claro! Eu não poderia levá-la conosco até a casa. Não teríamos paz com ela choramingando, se queixando e *mexendo* em tudo!"

"Ah!" Rosie ficou desapontada. Ela estava ansiosa para ver a neta. "Talvez possamos pegá-la depois?"

"Ah, não. Tracy se ofereceu para cuidar dela o dia todo. Ela sabe que eu preciso de uma folga", respondeu Sophie desinteressadamente. "E, é claro, ela também não rejeitaria o dinheiro."

Rosie anuiu, relutante. Talvez Claudia pudesse ser um pouquinho difícil de lidar, mas...

Sophie tagarelou. "Ah, mamãe, estou *louca* para lhe mostrar o lugar. É realmente inacreditável!"

"Tenho certeza de que é, menina, mas você não está se entusiasmando demais, está? Você sabe muito bem que há uma enorme competição por casas boas e..."

"Mamãe, essa é a nossa casa. E sei que é!"

Sophie e David haviam sido, ambos, crianças bastante difíceis de controlar e, embora Martin sempre tenha insistido que ela também os mimou e protegeu um pouquinho demais, Rosie se orgulhava de dizer que ambos se deram muito bem. "Um crédito para eles", teria dito sua própria mãe se estivesse viva hoje para ver os netos.

"E, depois, eu achei que poderíamos almoçar juntas em um lugar agradável e conversar sobre tudo, o que você acha?"

Rosie ficou excitada. Aquilo parecia realmente maravilhoso. Uma boa conversa com sua filha era justamente o que ela precisava. Embora se falassem com frequência por telefone, fazia algum tempo que não via Sophie e queria contar-lhe todas as suas novidades, e é claro que ela não se importaria de confiar a alguém que suas costas a estavam incomodando muito e...

Rosie pulou quando o bipe do carro esporte brilhante que estava diante delas soou ruidosamente.

"O que você acha?", sorriu Sophie, balançando orgulhosamente as chaves.

"É seu?" Rosie engasgou surpresa diante do carro. Um carro novinho? Apesar de tudo, ela não pôde evitar de sentir-se um pouco magoada. Se o carro não estava mais no conserto, e pelo jeito não estava, por que Sophie não fora buscá-la na estação em vez de fazê-la esperar vinte minutos no frio e depois mais vinte no ônibus? E como diabos eles colocariam uma cadeirinha de bebê naquela coisa minúscula?

"É", confirmou Sophie alegremente.

"Mas o que aconteceu com o velho? Aquele que estava lhe dando problemas?"

"Bem, eu lhe disse que o outro carro estava no conserto porque queria lhe fazer uma surpresa!" Sophie de repente pareceu desapontada. "Você não gostou dele?"

"É claro que gostei, querida." Vendo o desapontamento no rosto da filha, Rosie se sentiu culpada. Por alguma razão, Sophie imaginara que aquele carro novo seria uma enorme surpresa para sua mãe, embora Rosie não conseguisse entender por que – bem, *foi* uma enorme surpresa, mas não de todo agradável. No entanto, ela animou a filha. "É lindo, Sophie! Mal posso esperar para dar uma volta nele."

"Bem, você não terá de esperar muito!" Seu bom humor foi instantaneamente restaurado, e ela abriu a porta do motorista e se sentou como uma princesa diante do volante, enquanto a mãe se acomodava no banco do passageiro. Inclinou para a frente o espelho retrovisor e aplicou nos lábios uma nova camada de batom. "Está pronta, então?", perguntou ela, girando a chave na ignição.

"Sim." As costas de Rosie doeram quando ela tentou ajeitar-se no que em sua opinião era pouco mais que um lata de biscoitos. As manobras de Sophie e suas rápidas trocas de faixa durante todo o caminho até Malahide também não ajudaram muito.

Cerca de quinze minutos depois, elas entraram numa tranquila rua sem saída orlada de árvores.

Rosie estava certa de que por trás de todos aqueles grandes e caros portões de ferro forjado, intercomunicadores e construções de pedra as casas eram igualmente grandes e caras – e certamente estavam muito além do alcance de uma funcionária de seguros que trabalhava meio período e de seu marido gerente de loja de departamentos. Havia uma tabuleta de "vende-se" fora de uma delas no final da rua, mas decerto Sophie não estava sequer *sonhando* em...

Mas Sophie reduziu a velocidade em frente a casa, baixou o vidro e pressionou o botão do interfone. "Sophie Morris. Tenho horário marcado para visita às onze horas", anunciou ela naquele estranho tom esnobe que Rosie nunca antes a vira usar.

"Certamente, senhora Morris, vou abrir os portões agora mesmo."

"Sophie, você não pode estar pensando em comprar uma casa como esta! Deve custar uma fortuna."

"Bem, no atual contexto, ela não é assim tão cara", respondeu Sophie alegremente. "De todo modo, quero que você dê uma olhada nela primeiro e diga o que acha. O resto, nós discutiremos depois."

"O resto? Que resto?" Rosie quis perguntar.

Mas então ela percebeu. Entendeu enfim por que Sophie estava tão ansiosa para mostrar-lhe aquela casa naquele dia, por que sua filha estivera tão animada e atenciosa nas últimas semanas, telefonando para ela com frequência para saber como ela estava. Para ser justa, Rosie tinha de dar-lhe o crédito por isso. Sophie aguardara o tempo dela e esperara até ter passado muito tempo da morte de seu pai antes de uma vez mais fazer "a pergunta".

De repente, Rosie se sentiu triste e mais que um pouquinho usada. Ela supôs que devia conhecer melhor a filha para pensar que Sophie a fizera viajar até ali apenas para obter sua opinião sobre a casa. Sophie não precisava de uma opinião – ela já tomara sua decisão.

Entretanto, no fundo, Rosie sabia que dessa vez ela provavelmente *cederia* e daria à filha exatamente o que ela desejava. Como não poderia? Na verdade, ela teria cedido naquela primeira vez, mas Martin não concordou. Rosie achara a ideia razoável, mas seu marido se mostrou inflexível contra ela, e, portanto, aquele fora o fim do assunto.

Até agora.

Enquanto se aproximavam da casa definitivamente bonita, mas muito cara, Rosie suspirou. Martin não ficaria muito contente com ela – na verdade, não ficaria *nem um pouco* contente.

* * *

Quase dois anos antes, Sophie, Robert e a bebê Claudia haviam visitado Rosie e Martin em Wicklow num domingo para o jantar. O marido de Sophie era um rapaz agradável, embora quieto, de quem Rosie gostava bastante, mas no qual Martin não confiava.

"Não aposto um níquel nele, Rosie. É apenas uma sensação que eu tenho", disse Martin quando Sophie e Robert ficaram noivos, alguns anos antes.

"A mesma sensação que você teve em relação a todos os rapazes com os quais ela saiu esses anos todos?", implicou Rosie, sabendo muito bem que a "sensação" de Martin provavelmente não era mais do que excesso de zelo para com sua menininha.

Não, Robert era mesmo um bom rapaz. Não era exatamente do tipo extrovertido e em geral não falava muito, e por isso Rosie não podia criticá-lo.

Mas naquele dia, em particular, parecia que Robert tinha muito a dizer.

Para o encanto de Rosie, Sophie chegou trazendo um enorme ramo de lírios brancos, as flores preferidas de sua mãe. O jantar foi animado, com muita conversa, mas como o próprio Martin disse a Rosie mais tarde naquela noite, era óbvio que havia "algo chegando".

Rosie também tivera essa sensação e estava confusa. Era muito improvável que Sophie estivesse grávida de novo; Claudia tinha apenas poucos meses e, segundo Sophie, era muito "exaustiva e difícil".

Rosie entendia bem como devia ser estressante para Sophie passar o dia todo sozinha naquele apartamento minúsculo com apenas um bebê como companhia, e com pouco ou nenhum apoio de amigos ou familiares. Ela e Martin faziam o máximo para ajudar, mas, como Wicklow ficava muito distante, era difícil.

Rosie lamentava pela geração de sua filha, realmente lamentava. Quando David e Sophie eram bebês, a maior parte de suas vizinhas também tinha se tornado mãe havia pouco tempo, e por isso se apoiavam mutuamente e compartilhavam suas histórias. Pensando em retrospecto, fora na verdade divertido – nada semelhante ao que ocorria agora, quando as novas mães como Sophie pareciam ter uma enorme dificuldade em conciliar o trabalho e a vida familiar.

Então, após a sobremesa, quando Sophie e Robert chegaram afinal ao que tinham a dizer, Rosie estava exatamente no estado de espírito certo para ouvir.

"Mamãe, papai", começou Sophie, hesitante, "estávamos pensando se poderíamos conversar com vocês dois sobre um assunto."

"O que é, menina?", perguntou Martin, acrescentando mais molho de chocolate a seu sorvete diet e recebendo um olhar reprovador de Rosie por causa de seus problemas de saúde.

"Bem, vocês sabem que Rob e eu estamos tentando comprar nossa própria casa há séculos."

"Vocês encontraram algo?", interpelou Rosie, satisfeita. Seria adorável ver os três adequadamente instalados.

Sophie deu um enorme e exagerado suspiro. "Encontramos muitos lugares, mamãe, mas… só que... – ela mordeu o lábio da mesma maneira afetuosa que fazia desde que tinha um ano de idade – "...bem, elas são todas muito *caras*!" Ela olhou com tristeza para seu pai.

"Bem, é claro que elas são caras, Sophie. Quando sua mãe e eu compramos esta casa, ela era muito cara para nós também. Não tínhamos muito dinheiro, mas conseguimos, não foi, Rosie?", disse ele, sorrindo para a esposa.

"Na verdade", Robert elevou a voz e lançou um olhar de lado para Sophie, "não é tanto que as casas sejam caras. As taxas de juros estão tão baixas agora que o que estamos pagando atualmente de aluguel cobriria com folga o valor das prestações. O problema principal que estamos enfrentando, Martin..." – acrescentou ele rapidamente – "é a entrada." Rosie soube por sua expressão que Martin ficara chocado – chocado porque seu genro nunca antes o chamara pelo primeiro nome, mas também porque nenhum deles jamais ouvira Robert falar tanto de uma só vez.

Sophie concordou. "O dinheiro que eles querem de entrada é uma loucura, papai. Quer dizer, estamos economizado há *anos* e o que temos ainda não chega nem perto do que precisamos."

"Então o que vocês estão dizendo... ou devo dizer o que estão pedindo? Porque vocês dois estão *pedindo*, não estão?"

"Bem, estávamos imaginando... bem, *esperando* que você e mamãe pudessem considerar liberar parte do patrimônio desta casa para nos dar uma ajuda com a entrada." Sophie sorriu feliz para seus pais.

"Patrimônio? O que significa isso?", perguntou Rosie, olhando para o marido em busca de uma explicação. Estando nos negócios, Martin estava bem informado sobre todos esses termos financeiros.

Mas Martin estava com a expressão fechada, e naquele momento Rosie soube que, o que quer que fosse aquilo, ele não iria concordar. "Isso significa que o fato de nossa casa agora valer muito mais do que pagamos por ela..."

"E o fato de vocês já terem quitado esta casa", completou Sophie num tom levemente invejoso.

"Que nós *supostamente* temos este tesouro enterrado que *supostamente* podemos transformar em dinheiro."

"Mas vocês têm, papai! Esta casa deve valer pelo menos cinco ou seis vezes mais do que você pagou por ela!"

Isso era verdade, pensou Rosie. Os vizinhos estavam sempre comentando sobre como suas casas estavam valorizadas agora, em comparação com a época em que as compraram, nos anos 1970. Esse parecia ser o assunto principal das conversas atualmente.

"Então os bancos vão nos dar dinheiro confiando no que vale a casa? É simples assim?", perguntou ela; a coisa toda agora começava a fazer muito sentido. "E podemos ajudar os meninos a comprar a casa deles? Ah, Martin, acho que essa é uma ótima ideia!"

Sophie sorriu, contente por sua mãe estar do seu lado. "Olhe, nós não pediríamos, mas todo mundo está fazendo isso, e como todos estão fazendo, então todos tiram proveito disso, e estamos ficando desesperados, porque é claro que agora temos que pensar também em Claudia e..."

"Não", respondeu Martin com firmeza.

"O quê?", disseram Sophie e Rosie em coro.

"Sinto muito, mas isso não vai acontecer. Eu sei que hoje em dia está difícil enfrentar o processo de compra da casa própria, mas, Sophie, isso *sempre* foi difícil. Você acha que sua mãe e eu simplesmente enfiamos a mão no bolso traseiro e tiramos o dinheiro para comprar esta casa? Não. Nós nos sacrificamos e economizamos muito para conseguir o dinheiro da entrada, e depois passamos anos pagando as prestações."

"Mas, papai..."

"Menina, eu sinto muito, mas minha resposta é não. Você mesma disse que atualmente os juros estão muito baixos. Bem, eles não eram baixos em nossa época. Sim, os preços das casas estão uma loucura agora em comparação com nosso tempo, e é tudo relativo. Vocês precisam sacrificar o que têm para obter uma coisa que querem ainda mais. É assim que a vida funciona."

"Mas, papai, você não me ouviu? *Todo mundo* está fazendo isso! Os pais de todos os meus amigos estão lhes dando uma ajuda! Caroline e Nikki... Eu não posso *acreditar* que vocês não vão fazer o mesmo por mim! E com Claudia e tudo..." Sua voz falhou e seus olhos se encheram de lágrimas.

"Martin, não vamos tomar nenhuma decisão definitiva ainda", disse Rosie com suavidade, pois a menção de Claudia atingiu-a no coração. "Vamos pensar um pouco mais sobre isso. Parece uma boa ideia, especialmente se temos todo esse dinheiro..."

"Mas nós *não* temos todo esse dinheiro, Rosie, essa é a questão. É só mover os números daqui para ali. Significa emprestar mais confiando no que a casa vale."

"Ah." De repente, Rosie se sentiu tola. É claro que não seria um dinheiro *de graça*, não é?

"Obviamente, nós lhes devolveríamos o dinheiro", disse Robert sem rodeios. "Talvez não tenhamos deixado isso claro desde o início, mas esse não seria mais que um empréstimo temporários; apenas algo para nos dar um impulso, em vez de termos que economizar durante anos, vendo todos os bons lugares sendo rapidamente comprados."

"Robert, eu sinto muito, mas é assim que as coisas funcionam. Repetindo, quando éramos jovens e queríamos algo, tínhamos de economizar para tê-lo. Atualmente, é tudo crédito isso e crédito aquilo, e 'eu quero isso agora'. Gratificação imediata. De certa maneira, é por isso que as coisas agora estão tão loucas, e eu sinto muito, mas não vou fazer isso. Depois de trabalhar duro todos esses anos para pagar minhas próprias contas, não estou disposto a trilhar esse caminho novamente por outra pessoa."

"Nem mesmo por sua própria filha ou por sua neta?", desafiou Sophie, em lágrimas.

"Olhe aqui...", começou Martin, e, pelo tom, Rosie sabia que isso o deixara de fato furioso, "esses anos todos, sua mãe e eu fizemos enormes sacrifícios por você e por David. Nos primeiros anos, nós não tínhamos carro, que dirá um carro para cada um", acrescentou ele, mordaz.

"Mas meu carro é uma charanga velha, papai. Você sabe disso!"

"Sophie, se um carro de seis anos de idade é uma charanga velha, então saiba que eu os estive dirigindo nos últimos vinte anos."

"Mas você sabe o que eu quero dizer..."

"Menina, eu sei que é difícil para você entender isso agora, porque nunca lhe faltou nada na vida; sua mãe e eu garantimos isso. Nós fizemos muitos sacrifícios por você e por David. Raramente tirávamos férias, e, se me lembro bem, vocês já tiraram *duas* férias de verão este ano, não é verdade? Vocês não acham que teriam feito melhor uso do dinheiro se o tivessem poupado para esse supostamente impossível depósito?

"Mas nós *precisávamos* dessas férias, papai! Não sei se você entende como nós trabalhamos duro e como é cansativo cuidar de um bebê. Nós *tinhamos* de ter uma folga!"

"Talvez eu entenda mais do que você imagina, querida." O tom de voz de Martin abrandou. "Sinto muito, mas vocês também têm de entender que sua mãe e eu simplesmente não temos condição de enfrentar novas dívidas. Eu sei que a casa pode valer um bom dinheiro, mas nós ainda precisamos morar nela também."

"Imagino que sim." Ao que parecia, Sophie por fim havia desistido, mas o desapontamento em sua voz estava partindo o coração de Rosie.

A cozinha ficou silenciosa durante alguns minutos, cada um deles estava perdido em seus próprios pensamentos.

Então Robert falou: "Eu posso entender sua relutância em incorrer em mais uma dívida, Martin, e sinto muito por tê-lo colocado nessa posição."

Martin aquiesceu com educação.

"Mas há outra maneira", continuou ele, e Sophie o olhou com renovada esperança. "Uma maneira que não requereria que você incorresse em nenhuma dívida." Ele se inclinou para a frente como se o pensamento houvesse acabado de lhe ocorrer. "Aparentemente, os pais podem também garantir a hipoteca de um filho, apenas deixando o banco ou a construtora alienar seus bens. Então, se comprarmos uma casa, eles terão como garantia tanto seus bens quanto os nossos para cobrir o empréstimo, caso deixássemos de pagar. O que, é claro, jamais aconteceria", acrescentou ele rapidamente. "Mas o importante é que não haveria dinheiro envolvido, apenas bens." Ele voltou à posição inicial na cadeira, certo de que marcara um ponto.

Martin examinou seu genro. "Você parece ter estudado muito o assunto, Robert."

Ele encolheu os ombros com modéstia. "Sophie e eu estamos atingindo um ponto crítico. Nessa situação, temos de examinar nossas opções, especialmente por causa de Claudia."

"E examinar as opções significa que você também pediu a seus próprios pais para entrarem com os bens deles?"

Robert corou. "Bem, isso é um pouquinho diferente. Como você sabe, a casa de meus pais não valeria nem perto..." Os pais de Robert moravam no norte, onde os preços das casas ainda não haviam atingido os valores fantásticos das casas dos subúrbios de Dublin.

"Entendo. Então, só eu e Rosie correríamos o risco."

"Oh, pelo amor de Deus, papai, não haveria risco! Rob e eu jamais deixaríamos de pagar! O senhor não vê? Não há nenhuma maneira de podermos nos permitir comprar uma casa de 500 mil euros em Dublin sem sua ajuda. Nenhuma maneira!"

"E é aí que está o problema, Sophie", disse Martin num tom cansado.

"O quê?"

"Você e Robert têm bons empregos, você mesma admitiu isso. Também admitiu que as taxas de juros estão baixas. Vocês parecem ter muito dinheiro para comprar roupas elegantes, comer em restaurantes finos e coisas assim. Parece-me que vocês dois não devem ter nenhum problema para conseguir juntos o depósito para comprar uma casa em Lucan, Meath ou em algum lugar parecido."

"Mas nós não queremos morar num conjunto habitacional, papai. Queremos morar em Dublin. Malahide ou Portmarnock, algum lugar *bonito*."

"Lucan é um lugar adorável."

"Mas nós não temos amigos lá! Todos os nossos amigos estão aqui! Os pais de Caroline Redmond deram-lhe uma ajuda e agora eles estão morando em uma dessas casas maravilhosas em Malahide, e Nikki Cassidy e seu marido estão prestes a se mudar para..."

"A resposta é não, Sophie", disse Martin, baixinho, e para Rosie isso significava que não haveria como fazê-lo mudar de opinião.

"Obrigada, papai", disse Sophie, olhando petulantemente para Robert. "Muitíssimo obrigada."

* * *

"Nós não poderíamos ajudá-los, Martin?", perguntou-lhe Rosie mais tarde, naquela mesma noite, depois que os jovens haviam voltado para Dublin. "Isso também deve ser muito difícil para eles."

"Meu amor, nesta fase de nossas vidas, não precisamos ter mais nenhuma dívida. Jesus, eu trabalhei como um louco todos esses anos para me livrar dessas prestações, nós dois trabalhamos. Certamente, teremos sorte se nossas pensões continuarem a nos manter, não importa se abrimos mão de férias no exterior e de comprar televisores de tela plana como eles." Ele suspirou. "E, Rosie, você e eu sabemos que minha saúde não está melhorando. Se alguma coisa acontecer comigo..."

"Psiiiu, não diga isso", interrompeu Rosie, embora no fundo ela soubesse que Martin estava certo. Ele acabara de superar seu segundo ataque cardíaco e todas as evidências estavam ali. Então, não seria certo eles incorrerem numa nova dívida, não nessa fase de suas vidas.

"Seja como for, nós já não gastamos uma fortuna naquele grande casamento dela, dois anos atrás? Eu sei que foi tudo ótimo, mas, honestamente, todo aquele dinheiro por apenas um dia!"

"Eu sei." A própria Rosie não conseguia acreditar na quantia exorbitante que Sophie gastara em seu casamento. Martin insistiu em pagar a maior parte das despesas, mas, de mais de uma maneira, não imaginou que fosse arcar com o gosto caro de sua filha nem com o hotel luxuoso que ela escolheu para a recepção. E Rosie só conhecia uma fração das duzentas e cinquenta pessoas que ela convidou. Ainda assim, foi um dia maravilhoso, Sophie era sua única filha, e, sendo a caçula, eles nunca mais teriam de fazer isso de novo...

De todo modo, o comentário de Sophie sobre como os pais de todos os seus amigos os estavam ajudando deixou Rosie pouco à vontade. Isso os deixava em desvantagem. E agora, tendo de pensar em Claudia, eles realmente precisavam de um teto decente sobre suas cabeças.

Ela conseguia entender também a relutância de Sophie em morar em Lucan. Lucan era, afinal, um condado diferente!

E é claro que havia pouca esperança de eles se mudarem para Wicklow, mas seria maravilhoso tê-los por perto. Mas os preços das casas em Wicklow estavam tão altos quanto os de Dublin, se não mais. E, afinal, ela não conseguia culpar Sophie por querer morar perto de seus amigos, especialmente agora que eles estavam todos começando a estabelecer-se e ter filhos. Sophie precisava do apoio deles, e Rosie não se sentira da mesma maneira quando teve David?

Era uma pena que Martin não conseguisse enxergar as coisas do ponto de vista da filha. Mas o problema era que, quando Martin tomava uma decisão, o assunto estava acabado. E Rosie nem sonharia em obrigar o marido a fazer algo que ele verdadeiramente não queria fazer.

Mesmo assim, deitada na cama naquela noite, incapaz de dormir, ela não conseguia tirar da cabeça a expressão desolada da filha.

E, pela primeira vez na vida, ela ponderou se ela e Martin haviam desapontado sua filha.

Capítulo 2

"Então, o que você achou?", perguntou Sophie, entusiasmada. Elas estavam almoçando num hotel muito bonito perto da casa que haviam acabado de visitar, e enquanto Rosie se sentia pouco à vontade nesses ambientes suntuosos, Sophie, com seus óculos escuros colocados elegantemente sobre a cabeça e vestida com seu bem cortado conjuntinho, parecia ter frequentado a vida toda esse tipo de lugar.

Embora fosse muito bonita, a casa era uma mansão, superelaborada – a casa de Rosie em Wicklow caberia inteira em seu saguão de entrada. A decoração era americana demais, com todas aquelas lajotas de mármore e pilares de pedra – perigosos para um adulto, imagine para uma criança pequena como Claudia. Na opinião de Rosie, era totalmente exagerada, e uma família pequena como a de Sophie não precisava de uma casa como aquela.

"Bem, ela é bonita..."

"Bonita? Mamãe, ela é *fabulosa*! Você não viu o maravilhoso piso de carvalho americano e a incrível cozinha Acácia? E as janelas de vidro K não são divinas?"

Rosie se sentiu um pouco perdida. Como sua filha *conhecia* aquelas coisas? A cozinha se destacava por ser muito bonita, mas, para ser honesta, não estava muito distante de uma versão daquela que Martin fizera ele próprio com algumas peças das lojas de material de construção locais. E que diabos eram janelas de "vidro K" e de que maneira elas eram diferentes das janelas comuns? Na verdade, Rosie se sentiu um tantinho ameaçada. Era ela que estava atrasada em relação aos tempos atuais? Ela deveria saber sobre assoalhos de carvalho americano, maçanetas de aço escovado e pisos de granito?

"E, aparentemente, as casas foram projetadas por J. Sparks Architects", acrescentou Sophie com reverência, como se essa fosse mais uma coisa para despertar excitação.

Rosie parecia perplexa.

"Os famosos arquitetos premiados."

"Ah, sei, aqueles." Rosie fingiu compreender, ponderando sobre por que isso fazia tanta diferença.

"Nikki vai simplesmente *morrer* quando a vir. Ela está há séculos procurando uma casa do Sparks e vai ficar apoplética quando descobrir que estou pensando em comprar uma."

"Escute, você tem certeza de que essa é realmente a casa certa para você, menina? É um lugar enorme... Pense em quanto irá custar aquecê-la, e que dirá as prestações."

Sophie suspirou.

"Bem, mamãe, aí é que está", começou ela, estendendo seu braço e tocando de leve o braço de Rosie. "Rob e eu estivemos fazendo as contas e…" , ela fez uma pausa dramática. "Você se lembra de quando fomos procurar você e o papai antes? Buscando ajuda?"

Rosie aquiesceu, suas suspeitas anteriores foram comprovadas. "E agora você gostaria que eu a ajudasse", confirmou para si mesma. Ela já esperava que Sophie fosse pedir, é claro, mas ainda não conseguia evitar de sentir-se um pouco pressionada, especialmente pelo fato de Martin ter sido tão contrário a isso. No entanto, se ela não concordasse, Sophie, Robert e a bebê ficariam apertados naquele apartamento alugado e…

"Você acha que poderia considerar a hipótese de nos ajudar?" Aparentemente não percebendo o desconforto de sua mãe, os olhos de Sophie brilhavam de ansiedade.

"Eu não sei…"

"Mamãe, você é nossa última esperança." Agora os olhos de sua filha brilharam com lágrimas e o coração de Rosie derreteu. "Você não tem ideia de como está difícil conseguir juntar dinheiro suficiente para uma entrada; além de que o banco não nos emprestará o suficiente, levando em conta nossos salários. Estamos gastando tanto dinheiro com o aluguel que é como se estivéssemos praticamente vivendo com o mínimo!"

Vivendo com o mínimo? O olhar de Rosie moveu-se de maneira quase instintiva para a janela e para o estacionamento, onde o novo carro esporte de Sophie estava orgulhosamente colocado.

"Ficaríamos tão gratos a você, mamãe. Você sabe que ficaríamos. Não podemos pedir aos pais de Rob porque atualmente ele e o pai não estão se entendendo bem. E eu sei que Rob preferiria morar na rua a pedir a ajuda dele", acrescentou com amargura. "Mas, felizmente, você e eu não temos esse problema, não é, mamãe?"

"Não, não, é claro que não." Rosie não conseguia concentrar-se direito. Ela jamais soube de nada sobre Rob e seus pais se desentenderem.

"Então, como eu disse, você é mesmo nossa última esperança. Nossa e de Claudia..."

Diante da menção a sua neta, Rosie realmente entendeu o que era sentir-se como se tivesse seu coração arrancado.

"Você viu o tamanho do jardim dos fundos?", prosseguiu Sophie. "Claudia estaria à vontade ali."

"Mas é uma casa tão grande, Sophie. Certamente você não precisa de cinco quartos para apenas vocês três. Você ficaria perdida num lugar daquele tamanho."

Houve um breve silêncio.

Logo depois, Sophie pigarreou. "Bem...", disse ela, parecendo envergonhada, "eu não queria dizer nada, mas... bem, Rob e eu estávamos conversando na noite passada e decidimos que se *realmente* conseguíssemos essa casa... então, começaríamos a pensar seriamente em um irmão ou uma irmã para Claudia."

"Oh!"

Depois de tudo o que a filha anunciara durante a gravidez, e especialmente depois do nascimento do bebê, Rosie teria apostado suas economias de uma vida inteira que Sophie jamais teria outro filho. Mas não era verdade que diziam que com o tempo toda mulher esquece o sofrimento e as dificuldades? E seria adorável para Claudia ter um irmãozinho ou uma irmãzinha, ou até para a própria Rosie ter outro neto. Ela sorriu, o pensamento disso tudo a encantava enormemente.

Percebendo que havia atingido o ponto fraco da mãe, Sophie se inclinou para a frente. "Então, estávamos esperando para começar a tentar assim que pudéssemos, mas é claro que não poderíamos nem *sonhar* com isso até estarmos instalados em nossa própria casa; uma casa suficientemente grande e...", ela deixou o resto da sentença se perde.

Rosie suspirou alto. "Bem... eu não entendo muito desse tipo de coisas", disse ela, encolhendo-se um pouco. "Era seu pai quem cuidava de tudo isso e..."

Sophie quase pulou da cadeira. "Mamãe, você não teria de fazer nada! Rob resolveria tudo... bem... quero dizer que ele poderia ajudar *você* a resolver tudo!" Ela parecia que ia explodir de encantamento. "Mas, para começar, precisamos que sua casa seja avaliada, você sabe... apenas para ver quanto o banco emprestaria, tendo-a como garantia." Ela sorriu conspiratoriamente. "Pelos meus cálculos, ela deve valer pelo menos cerca de 350 mil. Então, com a garantia de seu patrimônio, e com o financiamento da construtora, podemos muito bem conseguir comprar essa casa!"

Seus olhos brilhavam de felicidade, e Rosie soube então que, apesar de suas preocupações sobre o que estava realmente envolvido naquilo, ela nem sonharia em recusar-se a ajudar a filha. De fato, não entendia muito do que Sophie estava falando sobre garantias, patrimônio e tudo aquilo, mas tinha certeza de que Robert a ajudaria a enfrentar aquilo tudo.

E, certamente, essas coisas agora também eram normais e aceitáveis – não estavam sempre dizendo nos noticiários como é difícil hoje em dia os casais conseguirem estabelecer-se? Com toda a honestidade, encantava-lhe o coração pensar que pôde ajudar a filha quando esta precisou de sua ajuda. Afinal, não era para isso que os pais serviam?

"Mamãe, eu não consigo acreditar... nossa primeira casa!" Sophie estava excitada, seus olhos brilhavam de prazer. "Ah, eu mal posso esperar para contar ao Rob!" Ela rapidamente pegou seu minúsculo telefone celular e pressionou uma tecla. "Querido, oi, sou eu. Mamãe concordou!" Ela sorriu feliz, e Rosie não pôde evitar de sorrir também. "Eu sei, não é fantástico? Sim, bem, por que você não telefona agora para o corretor e faz uma oferta. Ótimo! Bem, olhe, vejo você à noite e então conversamos mais a respeito. Ah, e, Rob..." acrescentou ela, com um riso nervoso e infantil. "Não se esqueça de pegar um VC no caminho, ok? Tchau!"

Rosie se recostou em sua cadeira, relaxando um pouco. "Diga-lhe para pegar aquele novo filme do Russell Crowe, um que saiu agora", disse ela, quando Sophie colocou o celular de volta na bolsa. "Eu e a Sheila assistimos a ele na semana passada, e devo confessar que realmente gostei. Ele é um belo exemplar de homem, aquele Russell Crowe."

"O quê?" Sophie olhou para a mãe como se essa de repente tivesse enlouquecido.

"Bem, eu não estava tentando escutar sua conversa..." Rosie estava embaraçada. "... mas não pude deixar de ouvir você dizer para Robert não se esquecer de pegar um vídeo no caminho para casa. Só pensei que..."

"Ah, mamãe!" Sophie caiu na risada.

"O que foi?" Rosie não conseguia imaginar o que seria tão hilário.

"Mamãe, você é uma figura! VC não quer dizer videocassete, quer dizer Veuve Clicquot!"

Rosie mais uma vez parecia perplexa.

"Champanhe", informou Sophie.

"Ah!"

"Bem, não é todo dia que uma garota tem a chance de fazer uma oferta por uma casa de J. Sparks, e isso certamente pede uma ou duas taças de champanhe, não é?"

"Ah... entendi." Mais ou menos pela terceira vez naquele dia, Rosie ponderou se ela e sua filha não habitavam mesmo mundos totalmente distintos.

"Meu Deus, mamãe, nossa casa própria de verdade!" Sophie continuava exultante. "Eu tenho de admitir que realmente não achei que isso fosse acontecer algum dia, e em certa altura estava me sentindo tão desesperada que estava mesmo achando que acabaríamos criando a pobre

Claudia naquela caixa de sapatos onde moramos agora." Ela sorriu vitoriosa. "Mamãe, você é um tesouro por nos ajudar assim. Você sabe disso, não sabe? Um absoluto tesouro!"

"De jeito nenhum, querida", Rosie embarcou no orgulho de sua filha, mais certa do que nunca de que tomara a decisão correta. "De jeito nenhum. Se você não puder contar com seus pais para tirá-la de uma situação difícil, com quem poderá contar?"

* * *

A semana seguinte pareceu passar como um transe. Um atordoamento de corretores, avaliações e centenas e centenas de conversas, a maioria das quais transcorreu completamente para além da cabeça de Rosie.

Agora, os três estavam a caminho do escritório do advogado de Sophie para "assinar todos os papéis".

Rosie sabia que não entenderia metade do que estaria acontecendo, mas felizmente Rob e Sophie estavam ali para preencher os formulários. Segundo o que eles lhe disseram, tudo o que ela tinha a fazer era assinar seu nome.

Rosie detestava preencher formulários – era algo que sempre a deixava agoniada, mesmo quando sua visão era perfeita. Martin costumava rir de sua resistência obstinada até ao mais simples dos papéis, como preencher um cheque ou mesmo escrever um cartão de aniversário, mas Martin não se importava – pelo menos ele terminara a escola. Rosie abandonara os estudos para ir trabalhar quando tinha quinze anos de idade, e embora não fosse de modo algum analfabeta, não se sentia suficientemente confiante em situações em que estivessem envolvidas suas habilidades de leitura e escrita. Martin sempre fez o que era necessário, e por isso ela tinha pouca necessidade de envolver-se nessas coisas.

Fosse como fosse, ela parecia estar desconfiada – as letras miúdas não estavam sempre no fim da página para burlar e cobrar preços excessivos das pessoas. E Rosie não se beneficiaria se cuidasse do próprio dinheiro? A gota d'água foi quando a pobre e velha Sheila – ou melhor, o marido de Sheila, um construtor – foi acusada algum tempo antes de manter uma dessas contas ilegais no estrangeiro, e como resultado ela teve de pagar uma pequena fortuna ao fisco. O problema era que Jim estava morto havia anos, Sheila nunca soube de nada a respeito daquilo, e a pobre coitada teve de lançar mão da maior parte de suas economias para pagar a dívida.

Agora, sentada naquele escritório luxuoso, diante de um advogado elegante, Rosie não gostava de todas as perguntas que ele estava disparando sobre ela a respeito de escrituras de propriedade, políticas de seguro e coisas desse tipo. Robert e Sophie estavam sentados um de cada lado dela, e embora Rosie soubesse que estavam sentados assim para fazer com que ela se sentisse mais à vontade, na verdade, ela se sentia um pouco sufocada.

"Então, senhora Mitchell, a senhora concorda em deixar esta financeira assumir os direitos sobre a escritura de sua propriedade para financiar a dívida de sua filha?"

Rosie piscou.

"Mamãe, ele está simplesmente checando se você está feliz em fazer isso e se não faz nenhuma objeção em nos ajudar."

"Ah, certo." Sentindo-se tola, Rosie corou um pouco. "É claro que estou feliz em fazer isso. Eu não seria uma mãe de verdade se não estivesse, seria?", disse ela, com uma risadinha.

"Ótimo", sorriu o advogado. "Mas imagino que a senhora esteja ciente de que, se houver qualquer falha no pagamento, sua propriedade corre o risco de ser desapropriada."

"Não haverá nenhuma falha", interrompeu Sophie agressivamente, e Rosie olhou para ela confusa. "Ele só está lhe mostrando o pior cenário, mamãe", disse ela, suavizando o tom. "Não se preocupe. Rob e eu podemos pagar as prestações. Os bancos estão apenas tentando se garantir, não é, senhor King?"

O advogado sorriu. "Certamente, e tenho certeza de que tudo vai correr bem. Entretanto, é meu dever apontar as consequências do que pode..."

"Vai dar tudo certo", reiterou Sophie, apertando os dentes. "Rob e eu já lhe explicamos tudo, não é, mamãe?"

Rosie sorriu nervosa. Eles haviam tentado explicar tudo, mas, na verdade, ela mais uma vez não entendeu muito daquilo tudo, além da parte em que diziam estar "imensamente gratos" por ela estar lhes possibilitando ter "a casa de seus sonhos".

"Sim, estou certa de que está tudo ótimo", disse ela, sorrindo para o advogado.

"Maravilha. Bem, tudo que eu necessito agora é que vocês três assinem estes papéis..." Ele empurrou uma série de papéis para o outro lado da mesa, e imediatamente Rosie se enrijeceu. "Aí está, senhora Mitchell", disse ele, entregando-lhe uma caneta e acrescentando, em tom de brincadeira. "Vamos deixá-la ser a primeira a abrir mão de sua vida."

Sophie lançou-lhe um olhar irritado. "Até parece", disse ela num tom conspirador, girando os olhos para a mãe e instantaneamente deixando Rosie à vontade.

"Pelo modo como esse homem está se comportando", pensou ela, "eu juraria que Sophie e Robert estavam me pedindo para que eu lhe dessa a roupa do corpo e não apenas a escritura de minha casa! "Mas assim são os advogados, a maioria, um bando de alarmistas. Rosie apertou os olhos, procurando o lugar em que devia assinar o nome.

Com toda a honestidade, não havia necessidade de ficar preocupada. Sophie era sua filha, carne de sua carne. Ela e Robert nem *sonhariam* em fazer qualquer coisa que pudesse pôr em risco a casa dela, fariam?

Capítulo 3

21 de junho, 17h00

Dara Campbell observou com interesse enquanto o aposento caía no silêncio e o homem se levantava para falar. Ela se inclinou para a frente e tomou um gole minúsculo de seu copo. Aquilo ia ser interessante.

"Hum, muito obrigado a todos por terem vindo até aqui hoje", começou o noivo, sua voz tremia nervosamente, seu rosto de uma lividez cadavérica contrastava com o cabelo claro. "Eu, ahn... realmente espero que vocês todos tenham um ótimo dia."

"Uma pausa, uma pausa muito *longa*", pensou Dara, sentindo pena dele. O local permanecia em silêncio e os convidados o observavam, expectantes.

Finalmente ele tornou a falar, dessa vez com a voz quase inaudível. "Hum, obrigado ao hotel por fornecer esta ótima comida e, ah... obrigado a todos por virem. Espero que tenham um ótimo dia."

Com o rosto vermelho, ele se sentou para ouvir os fracos aplausos constrangidos dos convidados e, notou Dara, ver as muitas sobrancelhas erguidas.

Ela quase podia escutar o pensamento deles. "O que era aquilo?", pensavam. Aquilo era *tudo* que Mark Russell tinha a dizer num dia especial como hoje? No dia de seu próprio casamento? Que tal agradecer a sua bela noiva, ou contar alguma história romântica sobre como se conheceram, e reiterar como ele é o homem mais afortunado do mundo por passar o resto de sua vida com ela? Ah, sem mencionar o agradecimento ao padre por uma cerimônia tão maravilhosa! Deixe pra lá a noiva, mas esquecer o padre foi uma falha inaceitável e, pela expressão mal-humorada no rosto do homem, observou Dara, o padre Deegan não estava de modo algum impressionado por ter sido esquecido.

Mas algo dizia a Dara que aquilo era tudo que poderiam esperar hoje do noivo ansioso. O pobre coitado estava tão nervoso que não conseguiu sequer lembrar-se de seus votos durante a cerimônia, que dirá dos clichês mais básicos do discurso do casamento!

"Ah, e antes que eu me esqueça!" Mark se levantou outra vez da cadeira.

Dara quase pôde ouvir um suspiro de alívio coletivo de todos que estavam ali. Afinal, aquele talvez não fosse um desastre completo.

"Muito obrigado às damas de honra!", falou apressado, como aliviado por ter algo decente a acrescentar. "Acho que todos vocês concordam que elas estavam, hum... elas estavam, hum, muito..." e finalmente lhe veio a palavra, "elas estavam muito bonitas!"

Houve um curto silêncio estupefato, mas enfim Mark foi recompensado com outra onda de fracos aplausos e um olhar que cortaria diamantes por parte das damas de honra, cada uma das quais, Dara sabia, passara naquela manhã duas horas no cabeleireiro, mais uma hora no maquiador, e um tempo incontável diante do espelho para parecer "bonita".

Ela sorriu.

Então, em vez de sentar-se ao lado de sua noiva, o noivo se afastou da mesa e, movendo-se o mais rápido que suas longas pernas podiam, dirigiu-se diretamente ao banheiro. Incrédulos, todos os olhos da sala acompanharam seus movimentos. "Pobre coitado", pensou Dara, sacudindo a cabeça, um pouco divertida. Mark não estava de modo algum acostumado a falar em público, e o coração dela realmente saiu junto com ele.

Mais uma vez, houve um murmúrio baixo e uma ligeira movimentação entre os convidados. O padrinho, um bom amigo de Mark, e um homem que também não se sentia à vontade para falar em público, pegou de imediato o microfone e tentou ao máximo melhorar o astral lendo alguns e-mails supostamente divertidos dos amigos.

Ouvindo sem prestar atenção, Dara se recostou na cadeira e se ocupou de comer uma fatia do bolo de casamento. Ela não conseguia evitar de pensar no tipo de discurso que Noah faria se aquele fosse o dia do casamento deles.

Confiante e totalmente carismático, ele sem dúvida começaria contando aos convidados algumas histórias tolas sobre os primeiros dias do relacionamento deles, antes de lançar-se num relato romântico e apaixonado de seus sentimentos por Dara – algo que teria levado todas as mulheres do recinto – e possivelmente alguns dos homens – às lágrimas.

Com o brilho daqueles intensos olhos verdes e apenas poucas palavras simples, Noah faria cada convidado sentir-se como se estivesse participando de algo imensamente importante e – pensou ela, com um sorriso amplo – sem dúvida se certificaria de que as damas de honra recebessem um cumprimento adequado! A palavra "bonito" simplesmente não aparecia em seu vocabulário eloquente, e ela só conseguia imaginar como ele a descreveria naquele dia. Por mais lugar-comum que pudesse parecer, Noah sempre tinha uma maneira de fazer Dara sentir-se a mais linda mulher do mundo.

E é claro que Noah não pareceria mal todo arrumado naquele traje de casamento, pensou ela, tentando ignorar uma leve onda de desejo quando imaginou como aquelas engomadas calças brancas ficariam fantásticas em contraste com sua pele morena, ou como o paletó ajustado enfatizaria aqueles ombros largos. Ela suspirou. Sim, ele pareceria totalmente incrível.

Além disso, não havia razão para pensar em Noah Morgan numa ocasião como aquela, disse Dara a si mesma. Nenhuma razão.

O padrinho acabou de falar e uma forte cutucada de Amy no seu flanco esquerdo trouxe seus pensamentos de volta ao presente.

"Não consigo acreditar que ele disse que eu parecia *bonita*!", sussurrou sua irmã, incrédula. "Bonita! Que diabo de palavra é essa? Ele não *entende* que estes vestidos foram feitos por Maria Grachvogel?" Cerrando os dentes, ela acrescentou: "Ele não aprecia quanto *esforço* é necessário para entrar neles?" Amy, que vestia tamanho 16, achou particularmente difícil perder peso para o casamento, e hoje esperava ser cumprimentada de maneira adequada por seus esforços.

"Eu vou lhe retribuir o 'bonito'!", concordou Serena, igualmente ofendida. "Embora eu suponha que deveríamos nos sentir afortunadas por termos sido mencionadas. Ele não falou nada sobre o padre Deegan e se esqueceu completamente de agradecer à mamãe e ao papai por recebê-lo na família!"

Dara reposicionou o decote de seu vestido. "Não é fácil se levantar e falar para uma sala cheia de gente como essa, vocês sabem", disse ela num tom gentil. "Levando isso em conta, acho que ele se comportou bastante bem."

Amy fofocou um pouco mais enquanto as três garotas observavam o noivo fazer o caminho de volta até a mesa principal. O padrinho logo começou a provocá-lo, dizendo que ele "teve de dar um telefonema urgente", e agora os convidados estavam rindo, o mal-estar inicial tinha diminuído um pouco.

"Bem, talvez ele *estivesse* um pouquinho nervoso", sussurrou Serena, "mas isso não o desculpa por se esquecer de você. Quero dizer... Como ele pôde *não* mencionar você?"

"Isso não importa, Serena." Dara lhe pediu para calar-se enquanto o noivo se aproximava, parecendo um pouco mais relaxado e muito mais parecido com seu eu normal.

Mark tomou seu assento ao lado da noiva e lhe deu um sorriso apologético. "Sinto muito. Eu estraguei tudo, não foi?", disse ele com suavidade.

"Não seja tolo", tranquilizou-o Dara, sorrindo de volta para seu marido. "Você foi absolutamente ótimo."

* * *

Quando ela e Mark dançaram sua primeira dança como casados, Dara examinou a face sorridente das pessoas que estavam em volta da pista de dança – suas irmãs, suas amigas casadas, sua mãe e seu pai. Era um pouquinho desconcertante descobrir que eles não só pareciam satisfeitos e encantados por ver Mark e ela juntos, mas também aparentavam certo alívio.

Eles sabiam que ela ainda pensava em Noah, ponderou Dara, um pouco em pânico. Será que eles sabiam que na noite anterior ela esteve à beira de desistir daquele casamento?

Mas não, pensou ela, irrelevâncias como um amor perdido ou nervosismo pré-casamento realmente não importariam para a maioria das amigas de Dara, ou mesmo para sua família. Essas bobagens eram apenas assunto de novelas românticas e filmes melosos de Hollywood. Não, aquele era o mundo real e, a bem da verdade, tendo passado dos trinta e quatro anos, Dara devia considerar-se afortunada por ter encontrado um homem, que dirá um homem que realmente queria casar-se com ela! E, melhor ainda, um homem que não parecia importar-se com o fato de ela ser uma daquelas mulheres de carreira poderosa que se superam e, ao contrário da maioria das mulheres de trinta e poucos anos deste país – e graças à já mencionada carreira poderosa –, conseguem comprar seu próprio apartamento.

Mas Dara sabia bem que um sujeito como Mark jamais se sentiria ameaçado pelas coisas que pareciam realmente incomodar algumas de suas velhas amigas e sua família. Mark adorava a independência dela, apreciava sua ética no trabalho e a entendia melhor que suas amigas mais antigas – a maioria das quais decididamente se afastou dela nos últimos anos, quando uma por uma foram mergulhando na vida conjugal e ela permaneceu obstinadamente solteira. Sem mencionar que era a única que permanecia tão atraente quanto fora aos dezoito anos.

Com seus longos cabelos escuros naturalmente cacheados, rosto bonito e corpo curvilíneo, Dara era uma boa amiga e tudo mais, porém, na verdade, quando qualquer mulher casada saudável pensava sobre isso, concluía que ela era demasiadamente tentadora para ficar por perto. Pelo menos, foi o que uma de suas amigas casadas, Clodagh, lhe dissera havia algum tempo, após tomar muitos drinques.

E, até aquele momento, a solteirice de Dara fora a infelicidade da vida de sua mãe. Hannah Campbell simplesmente não conseguia entender como uma garota tão atraente como sua filha mais velha não conseguia atrair um homem decente. Ela e Eddie haviam começado a desesperar-se, achando que houvesse algo muito errado com Dara, que talvez Deus lhe tivesse proibido de seguir o outro caminho! É claro que eles nem sonhariam em mencionar algo desse tipo em voz alta, mas em particular cada um tinha suas próprias suspeitas.

Nem uma vez eles desconfiaram de que a solteirice de Dara pudesse ser autoimposta, e que ela pudesse ser perfeitamente feliz com tudo que conseguira na vida até então. Ela estudou durante anos para tornar-se advogada, e agora trabalhava numa firma de advocacia bastante respeitada de Dublin. Adorava seu apartamento, um aconchegante e moderno duplex situado próximo de Sandycove, com uma vista fantástica da baía de Dublin. Felizmente, ela o comprou no início de sua carreira, pouco antes da explosão dos preços no mercado imobiliário, e sabia que estava estabelecida numa bela propriedade. Fez alguns bons amigos em Dublin, e embora muitos deles fossem também casados, não pareciam sentir a mesma urgência que tinham aqueles de sua terra natal, Wexford, de vê-la casada. E, além disso, é claro, ela tinha como amiga a perpetuamente solteira Ruth, que não pudera comparecer ao casamento e, pensou Dara com amargura, talvez não tivesse vindo de modo algum. Sua amiga, uma romântica empedernida, não fizera segredo de que desaprovava seriamente o que estava acontecendo ali agora.

Durante um longo tempo, Dara esteve bastante feliz por ser solteira e não sentiu grande necessidade ou desejo de ser parte de um casal. Ela conscientemente ignorava as observações e as alfinetadas pesadas de sua mãe sobre ela ser "demasiado independente" e, depois de um tempo, aprendeu a rir dos olhares solidários e dos questionamentos diretos de suas amigas. Dara sabia bem que algumas delas haviam optado por homens que em outras condições não teriam nem sonhado em aceitar, apenas por medo de ficarem solteironas. Algumas delas até admitiam isso.

"Ele é um bom sujeito, e hoje em dia não há muitos desses soltos por aí", disse-lhe uma de suas velhas amigas, Sinead, logo após seu noivado com o ligeiramente tolo, mas agradável, Nick. "Estou cansada de ir a boates e procurar o homem dos meus sonhos, Dara. Enfim, comecei a entender que talvez isso na verdade não exista. Seja como for, o que há de errado com a boa diversão antiquada e com o companheirismo? Nem todos têm de ser dardos de luz, você sabe."

Na época, Dara ficou horrorizada. Sinead decerto não estava pensando – não estava *sonhando* em casar-se. Por que todos tinham de fazer isso? Mas na época Dara tinha vinte e oito anos e ainda acreditava em contos de fadas.

Na época, ela teve a sorte de experienciar esses dardos de luz, e encontrara o homem de seus sonhos. O.K., talvez ela tenha cometido um erro ao deixá-lo escapar por entre os dedos, mas, como disse a si mesma mais tarde, o momento foi todo errado e eles eram um pouquinho jovens demais. Mas não havia dúvida em sua mente de que Noah Morgan era o homem com quem ela iria finalmente se casar e, não importa o que os outros pudessem dizer, ela sabia que eles ficariam juntos outra vez. Tudo que tinha a fazer era esperar que ele voltasse para ela.

Então, até que isso acontecesse, não tinha a intenção de casar-se com o segundo melhor, nenhuma intenção de desperdiçar seu tempo com outros homens, nenhum deles conseguia equiparar-se a Noah. Sinead era uma idiota só de pensar em casar-se com alguém que não lhe fizesse os joelhos tremerem. Dara nunca, jamais, faria isso, ela tinha certeza.

Mas, refletia agora com um leve suspiro, naquela época, ela tinha certeza de muitas coisas. E como se equivocara.

"Dara, você está bem?" Mark agora estava olhando para ela, preocupado. "Parece estar a milhas de distância."

Ela sorriu. "Estou ótima", disse, rezando em silêncio para agradecer por Mark não poder ler seus pensamentos. Porque, se pudesse, seu marido teria descoberto que Dara finalmente abandonara os contos de fadas – e, no fim, tivera pouca escolha a não ser optar pela realidade.

Capítulo 4

"Uau, olhe para isso!", disse Mark à sua esposa, alguns dias depois, quando, assombrado, tentou captar a visão extraordinariamente abrangente do magnífico Coliseu de Roma.

Era mesmo espetacular, Dara tinha de concordar – em especial, iluminado como estava naquela noite –, e evocou tudo que era nobre e majestoso como ela sempre imaginara sobre a história antiga da cidade. O grande anfiteatro se situava imponente no alto da via Claudia, e ela e Mark olharam fascinados da janela do táxi, maravilhados diante da primeira visão do famoso marco mundial.

Ela felizmente conseguira, pensou, excitada diante do pensamento de explorar a cidade e todos os remanescentes de seu glorioso passado. Tendo sido a vida toda fascinada pela história e pelo esplendor da antiga Roma, ela sempre sonhou em visitar a famosa sede do Império. E então, vendo outro incrível marco romano, o Arco de Constantino, ela se perguntou por que diabos demorara tanto para ir até ali.

A resposta se debatia no fundo de seu cérebro. *Você sabe exatamente por quê*, argumentou consigo mesma. Ela não fora lá antes porque sempre achou que sua primeira visita seria com…

"Uau!" Sempre eloquente, Mark não conseguia conter o entusiasmo. "Uau, Dara. Eu não tinha ideia de que este lugar fosse tão incrível!"

Dara teve de sorrir. Sim, fora necessário um pouco de persuasão para convencer seu marido de que Roma seria o lugar perfeito para eles passarem a lua de mel. Ela sabia que ele estava pensando em algo mais exótico e muito mais luxuoso, como o Caribe ou as Malvinas. Na verdade, só quando ela anunciou que eles poderiam comprar ingressos para um jogo de futebol no Estádio Olímpico para assistir ao Roma ou ao

Lazio numa partida pela pré-temporada foi que ele realmente se entusiasmou.

Mas, daí em diante, Roma passou a ser o lugar, e Mark se lançou com prazer a descobrir para eles um hotel adequado, próximo a todas as atrações – perfeito para as horas de exploração que ele sabia que sua esposa iria insistir em fazer. Ele não tinha interesse em história ou em atrações antigas – na opinião dele, se elas haviam se acabado, até que ponto eram boas mesmo?

"A história é maravilhosa e tudo mais, mas o que aconteceu no passado ficou no passado. Você pode aprender com isso, mas não deixe que isso dite o futuro", disse ele, quando Dara falou com exuberância sobre os antigos legados de Roma e a importância de conseguir entender Leonardo a partir de Michelangelo.

Entretanto, Mark sabia que essas coisas eram importantes para Dara, e ela sabia que ele se permitiria ser arrastado para aquele museu e ficar horas olhando para as pinturas naquela galeria, como fizeram tantas vezes durante todo o relacionamento.

Ele era assim, pensou ela, sorrindo afetuosamente para seu marido, que tinha o rosto animado enquanto olhava com excitação da esquerda para a direita. Mark era muito tranquilo, muito fácil de agradar e raramente entrava em confronto. A bem da verdade, mesmo que a cidade não tivesse um famoso estádio de futebol para fazê-lo feliz, ela tinha certeza de que ele teria acompanhado as preferências dela. No mundo despreocupado de Mark Russell, quanto menos briga, melhor, e Dara achava que jamais tinha cruzado com alguém menos egoísta.

Fora essa faceta de sua personalidade que primeiro a fez afeiçoar-se a ele, pensou ela, lembrando-se de como um amigo comum os apresentou, havia menos de dois anos. Ela não estava buscando ativamente um relacionamento, e não achava que viria muita coisa daquilo, mas Mark era tão divertido e tão fácil de lidar que eles meio que "caíram" numa espécie de relação.

E agora ali estavam eles, em lua de mel – e em Roma, quem diria?

* * *

Um ou dois dias depois, Dara estava sentada sozinha tomando um expresso do lado de fora de uma *trattoria* na piazza della Rotunda; o sol da tarde italiana aquecia-lhe o rosto.

Mark voltara ao quarto de hotel – um encantador *boutique hotel*[1] que ele descobriu, não distante da Fontana di Trevi – para tirar um merecido cochilo. Ele havia sido até então uma companhia maravilhosa e realmente tinha desfrutado a visita ao Coliseu e ao Fórum Romano na véspera. Em particular, ficou fascinado pelas ruínas do Circus Maximus, o estádio para 300 mil pessoas onde – o guia informou ao impressionado Mark – vários antigos esportes competitivos romanos, incluindo a corrida de bigas, eram disputados desde o século IV a.C.

Entretanto, ele *não* se impressionara com as catacumbas de San Callisto, onde foram conduzidos por uma série de passagens sombrias repletas de milhares de antigos ossos humanos. Dara achara divertido ver o desconforto de Mark – como ele era um fisioterapeuta esportivo por profissão, ela tinha certeza de que ele nem sequer piscaria diante daquelas visões, mas, em vez disso, achou tudo aquilo decididamente assustador.

Mas aquela manhã os recém-casados tinham ido visitar o Museu do Vaticano e a Capela Sistina e, depois de quatro horas andando e olhando esculturas e pinturas, e após ficarem séculos "apenas olhando para o teto", Mark admitiu que fora o bastante. "Acho que o que está mais me esgotando são as multidões", disse ele, desculpando-se, antes de beijar Dara na testa e deixá-la prosseguir sozinha com seu "olhar fixo".

Dara tinha de concordar. Ela sabia que Roma seria cansativo – era, afinal, uma das capitais mais visitadas do mundo –, mas até ela se sentira oprimida pelo número de turistas no "Percurso de Dan Brown"; pessoas visitando as atrações e os locais tornados ainda mais famosos pelo ro-

---

1 Os *boutique hotels* são espaços que se distinguem dos outros hotéis pelo cunho histórico ou patrimonial dos edifícios onde estão instalados. São locais plenos de história e de encanto, onde a modernidade e o luxo das instalações se conjugam à perfeição com a tradição e cultura do país ou da região. É imprescindível que tenham instalações consideradas charmosas, com projetos arquitetônicos diferenciados, ou estejam instalados em um prédio histórico. (N. T.)

mance imensamente popular do escritor de suspense americano. De onde ela estava sentada, bem em frente à fonte de Giacomo della Porta, com o Panteão à sua direita, ela conseguia, naquele exato momento, descobrir pelo menos três pessoas diferentes estudando uma cópia do best-seller e olhando para o Panteão com fascínio. Apesar das multidões, ela achava maravilhoso que um simples livro pudesse conseguir fazer tantas pessoas se interessarem pela história e pela arquitetura europeia.

Dara sempre se interessara por história. Na escola, ficava encantada com as histórias dos escribas egípcios, imperadores romanos e pintores e escultores italianos – para grande ansiedade de sua mãe, que não achava certo sua filha mais velha interessar-se por gladiadores antigos e coisas do tipo, quando seria mais adequado que lesse sobre príncipes, princesas e finais felizes.

Mas Dara achava aquilo *tudo* incrivelmente romântico, os feitos antigos e gloriosos e as línguas exóticas; ela nunca se cansava daquilo. Na classe, adorava ouvir sobre os conquistadores europeus que saíam pelo mundo buscando descobrir novas terras e culturas, e sobre os papas e reis poderosos que encomendavam belas pinturas e esculturas que sobreviveram ao teste do tempo. Depois de visitar a Capela Sistina aquela manhã e ver pela primeira vez o famoso afresco de Michelangelo no teto acima dela – seiscentos anos haviam se passado desde que o papa Júlio II o encomendara –, ficou absolutamente boquiaberta. Mark concordou que ele era realmente muito bonito, mas também informou que "precisava de um pouquinho de descanso".

Como era estudiosa por natureza e por ter conseguido as notas máximas nas provas escolares, o pai de Dara lhe sugeriu que desse um bom uso a seus talentos e estudasse Direito ou Medicina. Ela tinha muita esperança de estudar os clássicos na universidade, mas ele desde o início deu um basta naquela "bobagem".

"O que você vai conseguir com essa porcaria?", perguntou ele na época. "Que tipo de vida você vai ter não sabendo outra coisa senão tudo sobre esses pintores efeminados e dessas prostitutas que já estão mortas há tanto tempo? Você precisa seguir uma carreira rentável, Dara, algo útil." Eddie Campbell se lembrava bastante bem dos períodos de desemprego que o país sofrera por mais de uma década e, se pudesse interferir, nenhuma filha sua jamais se uniria àquela fila de destruidores de almas que dependiam da caridade alheia.

"Pelo menos até você se casar, menina", acrescentou sua mãe rapidamente. Se dependesse de Hannah, nenhuma filha sua jamais seria uma daquelas mulheres de carreira poderosa que não tinham tempo de cuidar do marido ou de constituir família.

"Mas é isso que eu adoro, papai", protestou a adolescente Dara; porém o obstinado Eddie não cedeu. Então, relutante em ir contra os desejos do pai, e ainda insegura quanto ao que queria fazer da vida, Dara aquiesceu. Sendo sensível por natureza, a Medicina estava fora de questão, e então achou que pelo menos se estudasse Direito, seu entendimento quase perfeito do latim poderia servir-lhe de alguma coisa. E, apesar de tudo, ela descobriu que gostou muito de estudar as complexidades do sistema legal, e sua natural ética no trabalho se adequava a todas as longas horas estudando casos e julgamentos antigos – o que na verdade, supunha ela, poderia ser considerado uma espécie de História antiga.

Então, com sua diligência característica, Dara logo se estabeleceu na carreira que escolhera, e pôs de lado seu interesse válido, porém inútil, pelas humanidades, pelo menos até Noah Morgan surgir na vida dela.

Um pouquinho romântico, Noah também parecia compartilhar de seu fascínio pelo passado, de seu deslumbramento diante dos cientistas e artistas que viveram e morreram por seus esforços criativos. Embora tivesse estudado Inglês e História na universidade, ele não tinha absolutamente nenhum interesse em qualquer carreira específica. Arranjava um emprego quando esse se adequava a ele, e quando não se adequava, simplesmente partia para o próximo. Isso mantinha a principal paixão da vida de Noah, que (à parte Dara) era viajar.

Para Dara, o interesse comum por todas as coisas históricas foi uma revelação, e simplesmente aumentou sua certeza de que ela e Noah tinham algo especial, que estavam realmente na mesma frequência de onda e destinados a ficar juntos.

Mas agora, como uma mulher recém-casada, vendo-se sentada na cidade que ela e o amor de sua vida haviam jurado que um dia visitariam juntos, Dara sabia que estava errada.

Capítulo 5

Na manhã da segunda-feira seguinte, Dara esperava pacientemente na estação pelo trem para Dublin. Agora estava de volta à realidade, de volta ao trabalho e, supôs, como ela eventualmente embarcava no trem junto com a multidão usual, provavelmente também de volta às reprimendas de Ruth.

"Então, como foi o casamento do ano?", perguntou-lhe a colega, sardônica, quando Dara chegou aos escritórios de Cullen & Co Advogados. Como o casamento de sua própria irmã estava acontecendo no mesmo dia, Ruth não pôde comparecer ao de Dara, mas, mesmo que estivesse livre, Dara acreditava que ela não iria à cerimônia. Ruth sabia de tudo sobre Noah Morgan e, infelizmente para ela, sabia mais ainda sobre os sentimentos ocultos – porém duradouros – de Dara por ele.

"Foi um dia maravilhoso, nos divertimos muito", respondeu Dara com delicadeza, sentando-se diante de sua mesa com o coração pesado ao olhar a enorme pilha de papéis que ameaçava desmoronar.

Ruth, cuja mesa ficava paralela à de Dara, girou em sua cadeira para encará-la. "O melhor dia da sua vida e tudo mais?"

Dara sorriu ligeiramente, pensando no nervosismo de Mark, nas queixas de sua mãe, no histrionismo de suas irmãs. "Bem perto disso."

Ruth sacudiu a cabeça. "Ainda acho que você cedeu", declarou ela sem rodeios. "Na verdade, eu *sei* que você cedeu. E estou desapontada com você."

"Eu não cedi, Ruth", disse Dara entre dentes, não querendo passar por tudo aquilo de novo – especialmente não naquele momento. Ela desejava nunca ter lhe contado nada. Ruth às vezes podia ser como um cão agarrado a um osso.

"É claro que cedeu. Mark Russell é um sujeito adorável, mas não é o homem feito para você."

"Quem disse que ele não é?"

"Você, querida. Não pense que eu me esqueci daquele pileque de tequila que tomamos, meses atrás."

Dara corou e preguiçosamente ligou seu PC. "Eu lhe disse que era a bebida que estava falando. Na verdade, eu não pensava nada daquilo."

Logo depois que ela e Mark ficaram noivos, certa noite, Dara, diante de uma garrafa de tequila, acabou contando tudo a Ruth sobre Noah – seu único e verdadeiro amor. Estupidamente, também confessou que, embora amasse Mark com carinho, ele não chegava aos pés de Noah. Uma romântica nata, mas paradoxalmente pragmática, Ruth ficou horrorizada.

"Então, como você pode sequer *pensar* em se casar com ele?", perguntou ela.

"Bem, eu o amo, mas não estou *apaixonada* por ele", gaguejou Dara.

"Besteira! Ou você está ou não está."

"Mas eu estou. Gosto da companhia dele, gosto de seu senso de humor, de sua confiabilidade..."

"Agora você vai me dizer que ele tem uma bela personalidade."

"Bem, ele tem."

"Mas?"

Dara deu um suspiro exagerado. "Mas ele não é Noah."

"Olhe, Dara...", insistiu Ruth, "se esse Noah era tão incrivelmente perfeito e o cara certo para você, por que vocês não estão mais juntos? Que diabos aconteceu?"

"Eu fui uma idiota", Dara balançou a cabeça com tristeza. "Foi tudo culpa minha. Eu estraguei tudo."

Ruth se levantou e se serviu de mais uma dose de tequila. "Conte-me tudo", implorou ela. "E comece do início."

E Dara contou.

* * *

Como a maioria das mulheres, Dara sempre teve uma boa ideia a respeito do tipo de homem que ela queria conhecer e por quem apaixonar-se. Ele era atraente, é claro, encantador, respeitoso, divertido e, com alguma sorte, também muito romântico. Dara não era uma feminista extremista; em sua opinião, uma boa dose de romantismo antiquado era essencial num relacionamento. Puxar a cadeira, abrir a porta, todas essas coisas faziam seus joelhos fraquejarem, e, embora pudesse não ser moderno admitir uma coisa dessas no mundo de hoje, da chamada igualdade, Dara não se importava.

Mas Noah Morgan rejeitava todas essas coisas e muito mais. Com intensos olhos verdes, cabelos muito negros e um sorriso que poderia proporcionar-lhe uma carreira em Hollywood, Noah era tão atraente a ponto de isso poder parecer ilegal. Ele tinha o poder de fazer Dara – e muito possivelmente qualquer outra mulher dentro de um raio de quilômetros – sentir os joelhos fraquejarem totalmente.

Mas, por alguma razão, ele parecia ter se sentido atraído por ela e, desde o primeiro momento em que puseram os olhos um no outro, os dois se tornaram inseparáveis.

Considerando seu relacionamento apaixonado e repleto de romance, eles se conheceram nas circunstâncias menos românticas possíveis. Dara saíra correndo certa noite para comprar absorventes íntimos na pequena loja próxima a seu apartamento alugado e estava em pé diante do caixa quando percebeu que saíra de casa sem a bolsa. Para seu total embaraço, o belo exemplar do sexo masculino que estava atrás dela insistiu em pagar-lhe a conta. Dara não conseguia determinar o que fora mais constrangedor: toda a loja saber que ela estava menstruada ou o senhor Sexo Ambulante vê-la naquela calça de moletom folgada, sem maquiagem e com o cabelo sujo e ensebado.

Mas isso não deteve Noah Morgan, e quando uma Dara enrubescida insistiu para que ele fosse com ela até o apartamento para que ela pudesse pagar-lhe, ele prontamente a seguiu e, sem mais delongas, convidou-a para sair. Depois disso, era raro não vê-los juntos.

Seu relacionamento era fantástico e todos os dias Dara se beliscava, se perguntando o que ela fizera para merecer alguém como ele – alguém tão fantasticamente lindo, mas também divertido, inteligente, *fiel*.

Ela admitia que os primeiros dias foram desafiadores – a personalidade divertida de Noah, provocando olhares e uma atração magnética por parte das outras mulheres, foi quase demais para Dara suportar. Mas depois de algum tempo, conformando-se com o fato de que *ela* era a única que ele queria, grande parte de seu ciúme se dissipou.

E Noah era diferente da maioria dos homens que ela conhecera, pois era desavergonhadamente romântico. Adorava grandes gestos e não pensava duas vezes antes de enviar uma dúzia de rosas para o escritório de Dara num dia de semana, ou levá-la para românticos fins de semana sem nenhuma razão aparente. E ela adorava sua atitude despreocupada com relação ao trabalho e à carreira. Para ele, tudo era transitório e, para Dara, essa faceta de sua personalidade o tornava totalmente enigmático. Noah tinha uma maneira de reduzir coisas como carreira e dinheiro à maior trivialidade.

Quando tudo começou a ir mal, eles estavam juntos havia mais tempo do que ela conseguia lembrar-se, e na época Dara tinha certeza de que eles ficariam juntos eternamente.

Até aquele dia, ainda não conseguira descobrir por que ela própria pressionara o botão da autodestruição.

É claro que ela podia ver *por que* isso acontecera, mas na época não tinha ideia do que realmente estava fazendo. Tudo começou quando Clodagh Thompson, a melhor amiga de Dara na época, ficou noiva de seu namorado, Simon. As garotas estavam perto dos trinta anos e, embora ela e Noah já estivessem juntos havia algum tempo e compartilhassem um apartamento em Dublin, até então Dara nunca considerara casar-se *devidamente* ou estabelecer-se com ele. Eles se divertiam muito saindo nos fins de semana com o grupo, encarando a vida como ela se apresentava, apenas desfrutando do fato de estarem juntos. E como nenhum dos outros havia seguido ainda a trilha do casamento, isso realmente não constituía um problema. Como estavam juntos havia muito tempo e estavam muito apaixonados, em algum lugar no fundo de sua mente ela supunha que isso por fim ocorreria. Ele a adorava, ela o adorava, eles eram um casal perfeito, então por que *não iriam* terminar juntos?

Mas à medida que Dara se envolvia mais e mais nos preparativos de Clodagh para o casamento, ela – quase inconscientemente – foi ficando mais interessada nos vestidos que Clodagh experimentava, em sua escolha do bolo de casamento, das flores, do hotel – tudo coisas divertidas. Antes de Dara perceber, ela foi picada pelo mosquito do casamento, estava totalmente envolvida pelo conto de fadas.

Então, de todo inconsciente do que estava fazendo, começou a lançar pequenas insinuações a Noah relacionadas a casamento.

Dara se encolhia quando pensava nisso mais tarde – como ela ficava lhe contando todos os detalhes dos preparativos para o casamento de Clodagh, como Simon estava tão interessado em comprar uma casa e iniciar uma família.

Antes que percebesse, ela de algum modo criou o hábito de acrescentar revistas de casamento às suas compras semanais e pedir que corretores enviassem prospectos para sua casa. Então, para culminar tudo isso, enquanto estavam em noites supostamente divertidas na cidade, ela de maneira pouco sutil arrastava Noah para as vitrines de joalherias e lhe mostrava caros anéis de diamante que brilhavam atrativamente na escuridão. Poucos meses depois do noivado de sua melhor amiga, Dara se transformou de uma namorada divertida, relaxada, que encarava as coisas como elas se apresentavam, em uma desesperada aspirante à noiva.

Percebendo que sua melhor amiga estava agora familiarizada com os melhores estilistas de noivas e que seu tópico típico de discussão era em quantas lojas da rua principal da cidade elas haviam entrado em determinado sábado, Clodagh não fazia por mal, mas eventualmente soltava um comentário.

"Você e Noah já conversaram sobre casamento?", perguntou certo dia em que Dara estava na nova casa de Clodagh e Simon.

"Não, por quê?", respondeu Dara, distraída, ao mesmo tempo em que folheava uma das revistas de noiva de Clodagh. Deus, essa cor ficaria maravilhosa em Serena, pensou ela. Com sua fabulosa pele pálida, a irmã de Dara podia usar qualquer cor que quisesse. Mas esta também não ficaria mal em Amy – embora sua irmã caçula não parecesse que iria perder o excesso de peso típico da adolescência. Hum, seria difícil conseguir que elas concordassem, mas...

"Então, por que você continua marcando as páginas em minhas revistas de noiva?" Clodagh pegou um artigo intitulado "Dez principais dicas de beleza para o grande dia".

Dara se encolheu, sentindo-se um pouco culpada. "Não sei, estou só me mantendo atualizada com as coisas... para você. Sei que você não consegue fazer tudo; por isso, como qualquer boa melhor amiga faria, estou me informando ao máximo a respeito para poder ajudá-la em tudo o que puder." Ela não enfrentou os olhos da amiga. "E, afinal, acabo de descobrir que toda essa coisa de casamento é muito interessante, sabe? Considerando que eu realmente nunca pensei nisso antes."

"Dara", começou Clodagh cuidadosamente, "eu aprecio toda a sua ajuda, você sabe, mas se eu fosse você não ficaria dizendo a Noah como tudo isso é 'interessante'. Simon fica furioso quando eu falo sobre isso, e ele foi o primeiro a sugerir o casamento. Por isso, se Noah ficar escutando você falar muito nisso..."

"Não seja tola. Noah sabe que, como sua melhor amiga e dama de honra, estou apenas me mantendo informada sobre as coisas mais atualizadas, isso é tudo." Ela ergueu o queixo, desafiadora.

"Você tem certeza?" Clodagh sentou-se ao lado dela no sofá. "Tem certeza de que não está um pouquinho envolvida demais em tudo isso? Tornando isso um pouco mais pessoal do que imagina?"

"O quê? É claro que não! De todo modo, tenho certeza de que Noah e eu acabaremos nos casando, Clodagh. Por isso, não custa nada ir fazendo alguns preparativos básicos, não é?"

"O preparativo básico mais importante de todos é ter um noivo entusiasmado no dia", respondeu Clodagh rapidamente, e, vendo a expressão magoada da amiga, imediatamente desejou não ter falado nada. "Sinto muito... eu não quis dizer o que pareceu. Mas os homens podem ser às vezes um pouquinho engraçados", acrescentou depressa.

"Não, Noah", insistiu Dara. "Ele sabe como eu sou. E não acho que ele seja um desses homens engraçados de que você está falando. Quero dizer... que outro sujeito que você conhece recita Shakespeare para a namorada quando fica bêbado?"

Clodagh riu. "Talvez você esteja certa. Talvez Noah Morgan seja o único cara que *poderia* aceitar com calma toda essa conversa de casamento!"

Mas certa noite, pouco depois dessa conversa, Noah chegou em casa do trabalho, olhou para Dara e pediu para que ela se sentasse para terem uma conversa.

"Precisamos conversar", disse ele suavemente.

Dara quase explodiu de otimismo. Ele ia fazer isso, ia pedi-la em casamento! Finalmente decidira que eles estavam prontos para dar esse passo. Fantástico! Será que ele tinha o anel com ele, pensou ela, incapaz de evitar um sorriso. Ele sabia como ela adorava aquele solitário oval, não sabia? Aquele que ela lhe mostrara naquele dia na Appleby's? Se não, ele poderia sempre encontrar aquele parecido, mas menos caro, na Fields' – será que ela lhe mostrou aquele também? Sim, ela tinha certeza de tê-lo mencionado uma vez enquanto faziam compras na cidade. O único problema é que ele acabara de começar num novo emprego, e por isso realmente não podia esperar que ele comprasse um grande diam...

"Dara, escute-me", disse Noah com uma voz ultrasséria enquanto acariciava de leve a mão dela.

Ah, uau, pensou ela – conhecendo Noah, isso iria ser *incrivelmente* romântico! Ele era tão atencioso, sempre lhe trazendo pequenos presentes sem nenhum motivo em particular. Sua proposta com certeza seria espetacular – mas por que ele não a levara a Paris ou mesmo a Roma para uma ocasião especial como aquela? Considerando o quanto queriam visitar...

No entanto, o que importava onde isso aconteceria? Estava *acontecendo*, não estava?

"Sim, Noah?" Dara apertou a mão dele e olhou para ele ansiosa, as lágrimas começavam a encher-lhe os olhos.

Oh, Deus, ela iria lembrar-se daquele momento pelo resto de sua vida! Iria lembrar-se do que ela estava vestindo, do que ele estava vestindo – que ocorria de ser um suéter folgado e surrado, e jeans rasgados... Que vergonha ele não ter se arrumado um pouquinho melhor! Mas então, mais uma vez, talvez ele estivesse simplesmente fulminado pelo momento! Talvez fosse porque ela estava parecendo particularmente uma noiva hoje, vestida com um dos "rejeitados" de Clodagh, que por acaso lhe caiu como uma segunda pele.

Elas haviam saído para comprar vestidos de noiva aquele dia e a loja permitira que Clodagh levasse os vestidos para casa para, ter tempo de experimentá-los com sapatos e acessórios. Dara tinha de levá-los de volta à cidade amanhã, e, quando Clodagh saiu, ela não conseguiu resistir e experimentou um dos vestidos de noiva. O vestido era decotado e colante, e Dara, diferentemente de sua amiga, tinha seios para enchê-lo.

Mas ela definitivamente não usaria um véu, decidiu distraída. Não, um véu definitivamente não combinava com ela. Mas mal podia *esperar* para ir até lá e começar a escolher seu próprio vestido – seu próprio estilo! Clodagh ficaria excitada ao saber disso.

"Dara, preciso que você me escute, que preste atenção ao que vou dizer", disse Noah, e ele puxou um pouco sua mão.

"Desculpe, querido, eu estou escutando", disse ela, ofegante. "Continue..."

Será que eles deveriam fazer um casamento duplo? Não, não, isso não seria justo. O Grande Dia de toda garota era o *seu* Grande Dia, e *ela* devia ser o centro das atenções. Fosse como fosse, Clodagh já fizera a maioria dos arranjos, enquanto Dara tinha muita coisa para fazer! Agora ela ia ver o que Noah tinha a dizer, mas em sua opinião eles deveriam provavelmente esperar talvez mais um ano, até ela estar bem estabelecida em seu novo emprego. Afinal, ela mal iniciara seu estágio como advogada e...

"Dara, querida, você tem de parar com isso", disse Noah gentilmente.

"Parar?", repetiu ela, confusa. "Parar o quê?" Será que ele queria dizer parar de ser sua namorada e se tornar sua noiva? Bem, ela o faria – se ele fosse em frente com isso e lhe fizesse a pergunta mais importante!

"Toda essa coisa de experimentar vestidos de noiva", prosseguiu Noah. "Toda essa conversa de anéis de noivado e exposições de noivas. Sem falar em apontar todas essas 'românticas' capelas de casamento todas as vezes em que saímos para dar uma volta de carro!" Ele parecia estar tentando conter sua irritação. "Dara, eu sei que você está se divertindo ajudando Clodagh com os preparativos do casamento dela, mas tente manter em mente que esses não são os *seus* preparativos."

Dara sentiu sua garganta fechar.

"Querida, ao contrário de Clodagh e Simon, eu não estou pronto para me casar. Eu a amo muito e nós sempre nos divertimos demais juntos, mas ultimamente você se transformou em outra pessoa, alguém com quem eu não gosto particularmente de passar o tempo. Você está fixada em casamentos, casamentos e mais casamentos. É tudo que você consegue falar, e pelo que eu consigo perceber, tudo em que você consegue pensar. Não é o tipo de coisa que mantenha um sujeito interessado", acrescentou ele baixinho, com a voz cheia de significado.

"O que você... O que você está dizendo?" Dara lutou para que as palavras saíssem. "Está dizendo que não quer se casar comigo?"

"Estou apenas dizendo que não quero ser *forçado* a me casar com você. Não serei forçado a fazer nada. Dara, nos últimos meses, você se transformou de minha namorada divertida, apaixonada, despreocupada, em uma futura noiva irracional e desesperada." Ele balançou a cabeça. "Eu não sei mais o que quero."

De repente, Dara percebeu como ela devia estar parecendo idiota e patética sentada ali vestida com um dos vestidos de noiva de Clodagh. Pior ainda, percebeu como aquilo devia parecer a Noah. Mas será que vê-la naquele vestido não o comovia? Não ficou nem um pouco emocionado ao vê-la toda vestida de branco? Ela estava tão certa de que se ele a visse naquele vestido iria finalmente se convencer a pedir em casamento...

"Mas você não quer se casar comigo?", perguntou ela outra vez, no fundo sabendo que não deveria estar dizendo isso, que não devia estar insistindo. Mas estava tão envolvida por aquela ideia, tão certa de que eles terminariam subindo ao altar, que não conseguia pensar direito. Eles estariam juntos para sempre – eram o casal perfeito. Havia diversão, romance, paixão – tudo que se pode querer num relacionamento –, e Dara sabia que Noah era o homem certo para ela – seu senhor Certo –, então, qual era o problema?

Até então, Dara nunca havia imaginado a possibilidade de que Noah pudesse não se sentir da mesma maneira. Até então, acreditava que o relacionamento deles era indestrutível.

E acabava de descobrir quanto estava errada.

"Dara, acho que você e eu devemos dar um tempo", disse ele baixinho, e ela sentiu o coração afundar.

Ela tentou falar, porém mais uma vez as palavras não saíam.

"Não sei", continuou Noah. "Talvez eu esteja exagerando, mas toda essa conversa de casamento me fez reavaliar as coisas. Dara, estabelecer-me e ter esposa e filhos está muito distante de mim neste momento..." Sua voz falhou. "Você sabe, eu quero viajar, ver um pouquinho mais do mundo. Quero vivenciar tudo, culturas diferentes, modos de vida diferentes. Até alguns meses atrás, eu achava que você se sentia da mesma maneira."

"Mas isso foi antes de eu..." Dara encarou os fatos. Isso foi antes de me apaixonar pelo conto de fadas, concluiu ela silenciosamente. Antes de começar a invejar Clodagh e Simon e seus planos de uma vida juntos para sempre. De algum modo, coisas tolas como viagens e aventuras me pareceram imaturas e frívolas, algo que um par de estudantes faria, – não dois adultos que tinham empregos decentes e deviam mesmo era estar economizando seu dinheiro tão duramente ganho para dar entrada numa casa.

Sua cabeça estava zonza, sua mente, ainda em choque diante das palavras dele. "Dar um tempo?" Como se poderia mudar tão de repente de "planos de casamento" para "dar um tempo"? O que tinha acontecido?

Mas não, não, não, ele estava apenas exagerando – é que ele ainda não estava pronto para o casamento –, então, ótimo, ela só tinha de esperar até ele estar. Tirar as viagens de seu programa e, então, quando ele tivesse visto "o mundo", estaria mais do que feliz para estabelecer-se para sempre. Súbito, Dara percebeu o erro de seu comportamento.

"Olhe, eu acho que uma pausa poderia nos fazer bem", disse Noah. "Você sabe que eu não estou feliz nesse trabalho idiota, e estava pensando em sair daqui para algum lugar por algum tempo... para a Ásia ou a Austrália. Eu sempre quis ver aquele lado do mundo."

"Eu vou com você!", gritou Dara, ansiosa. Seria perfeito. Eles poderiam partir juntos, e enquanto estivessem longe ela o convenceria de que estavam apenas atravessando uma fase ruim. Ela ia parar por algum tempo com aquela conversa de casamento – até que a relação deles estivesse restaurada e estabilizada. Então ele poderia ser um pouco mais receptivo.

Ela mordeu o lábio. "Agora, eu não sei se o trabalho vai me dar uma licença. Não estou nesse emprego há muito tempo. E depois tenho minhas provas." Fazia pouco tempo que Dara conseguira um cargo de advogada júnior num escritório de advocacia no centro da cidade. "Quanto tempo você acha que vamos precisar? Duas, três semanas, no máximo, eu acho, e..."

"Não serão férias, Dara." Agora, Noah estava olhando para ela de um jeito estranho. "Estou dizendo que quero partir, realmente viajar. E...", acrescentou incisivo: "estou planejando ir sozinho."

"Sozinho?" Dara estava horrorizada. "Por que você quer fazer isso? Não será muito entediante? Sem falar que é perigoso. Quero dizer, sempre há histórias nos jornais sobre mochileiros sendo esfaqueados, assassinados e..."

"Eu não quis dizer isso. Quis dizer sem você", esclareceu ele. "Charlie vai comigo."

"O quê?" O sangue de Dara esfriou. "Você quer dizer que já havia planejado isso?"

Ele aquiesceu, um pouco envergonhado. "Olhe, nas últimas semanas, eu tentei várias vezes conversar com você sobre isso. Mas você estava tão ocupada me enchendo de sugestões e mergulhada em revistas de casamento que mal percebia que eu estava aqui, que dirá o que eu estava dizendo."

"Bem, por alguma estranha razão eu achei que todos esses anos juntos significavam algo!", replicou Dara, odiando a maneira como ele fazia tudo parecer tão patético, fazia com que *ela* soasse tão patética. "Achei que dizer a alguém que o ama e que sempre quer estar com ele significava algo!"

"Significava", disse Noah, antes de acrescentar suavemente: "naquela época."

Ela olhou para ele chocada.

"Mas as pessoas mudam. As pessoas começam a querer coisas diferentes e se mover em direções diferentes. Nos últimos meses, passei a entender que você e eu queremos coisas totalmente diferentes, Dara. Você parece ter seu coração voltado para se estabelecer, enquanto eu sou o completo oposto. Não consigo me ver fazendo isso por muito tempo."

"Então que diabos você estava fazendo comigo durante todo esse tempo?", disse Dara num tom áspero. "Por que você me dizia que eu era a pessoa certa para você? Por que continuava dizendo que tínhamos sorte de termos encontrado um ao outro, que éramos adequados um ao outro, que você não conseguia se imaginar com outra pessoa?"

"Eu acreditava em cada uma dessas palavras, Dara", disse ele. "Nós éramos bem ajustados, tínhamos sorte de estar juntos, e eu realmente achava que você seria a mulher com quem eu passaria o resto da minha vida."

Dara percebeu que ele estava falando no passado. Tudo isso significava que seu amor por ela era também passado? Estupidamente, ela lhe perguntou:

"Você não me ama mais?"

Noah se inclinou para a frente e segurou as duas mãos dela nas suas. "Eu amo você. Mas as coisas ficaram um pouco estranhas ultimamente, e eu na verdade acho que precisamos ficar algum tempo separados. Para o bem de ambos."

"Mas quanto tempo? Se você vai viajar com Charlie, quem sabe quando vão voltar? E quando você decidir voltar, o que faz você pensar que eu ainda estarei sentada aqui esperando por você?" Ela sabia que soava petulante e infantil, mas não conseguia evitar.

"Essa será uma decisão sua", disse ele.

Mas algo na maneira como ele disse isso fez Dara perceber que, de uma forma ou de outra, ele realmente não se importava. Assim, ela continuou na defensiva.

"Bem, então vá, Noah Morgan! Vá para sua grande viagem em torno do mundo! Vá para a Ásia, para a Índia, para onde quiser! Por mim, você pode ir para o inferno!"

Parecia que Noah também chegara ao limite. "Ótimo!", replicou ele. "Eu vou! Para ser honesto, qualquer lugar seria preferível a ficar sentado aqui ouvindo você falar sem parar em bandas de casamento e 'convitinhos'!", disse ele, imitando-a cruelmente. "Credo, Dara, você às vezes devia se ouvir falando. Atualmente você se transformou numa maluca!"

"Uma maluca!", repetiu ela. "Uma maluca! Bem, pensando bem, acho que você está certo! Talvez eu *seja* uma maluca, porque só uma maluca suportaria alguém como você, Noah Morgan. Alguém que depois de três anos de um relacionamento maravilhoso pode simplesmente se levantar e ir embora desse jeito. Alguém que diz 'Ah, eu quero dar um tempo, Dara! Estou me sentindo aprisionado, Dara!' Você nunca teve problemas em se sentir aprisionado quando isso lhe era adequado, não é?", acusou ela, furiosa. "Você nunca teve problemas em ficar aprisionado quando decidiu deixar mais um trabalho que não era adequado para você e sua namorada *maluca* tinha de pagar sua parte do aluguel, teve?"

Com isso, Noah pegou o casaco e se encaminhou para a porta. "Converse comigo quando a loucura passar, Dara", disse ele causticamente e, então, fazendo uma avaliação final em seu vestido de noiva, falou: "Converse comigo quando a Dara por quem eu me apaixonei voltar."

Dizendo isso, Noah bateu a porta atrás de si.

Durante um longo tempo depois disso, Dara ficou sentada no sofá, chocada e derrotada, com lágrimas quentes e salgadas descendo-lhe pelo rosto e manchando o delicado cetim de seu vestido de noiva "emprestado".

Capítulo 6

"Então, o que aconteceu depois?", perguntou Ruth, dando um leve soluço quando Dara terminou de contar sua história humilhantemente constrangedora de noiva irracional e desesperada. Embora, ela teve de admitir, os anos seguintes (e algumas tequilas) tivessem aliviado um pouco a humilhação.

"O quê?"

"Bem, certamente, esse não foi o fim de tudo", continuou Ruth. "Quero dizer, se vocês dois tinham um relacionamento tão brilhante, então certamente lidaram com isso de maneira adequada antes de Noah partir."

Dara balançou a cabeça. "Na verdade, não."

Não obstante o fato de ela ter ficado envergonhada e constrangida por seu comportamento, Dara também ficou incrivelmente magoada por Noah tê-la rejeitado – por ter rejeitado um futuro real juntos. "Ele me telefonou algumas vezes e enviou recados por intermédio de Clodagh, mas eu não quis falar com ele." Ela suspirou. "Eu acho que estava fazendo jogos mentais, pensando estupidamente que se ele soubesse o quanto eu estava arrasada e magoada ele poderia não partir." Quando Ruth fez uma careta, Dara tentou explicar. "Eu sei, eu sei, isso parece patético e muito infantil. Mas nosso relacionamento era um pouquinho assim. Quase sempre meus pequenos ressentimentos e ataques de raiva funcionavam porque Noah normalmente detestava brigar comigo." Ela sorriu, lembrando-se. "Ele era sempre o primeiro a desistir e a fazer as pazes. Estupidamente, presumi que então iria acontecer a mesma coisa."

"Mas ele não cedeu", terminou Ruth.

"Não, não daquela vez. Como eu disse, ele tentou entrar em contato comigo, dizendo coisas como 'Eu não quero partir brigado com você', coisas assim, mas eu não queria ouvir isso. E uma ou duas semanas depois de ele ter partido eu ainda estava convencida de que ele ia voltar para mim."

Ela balançou a cabeça com tristeza. "Cerca de seis semanas após sua partida, ele me mandou uma carta, basicamente dizendo que sempre se recordaria com carinho do tempo que passamos juntos, e que era uma vergonha que tivesse terminado tão mal."

Ruth suspirou sonhadoramente. "Posso ver agora por que você está se recriminando. Ele *realmente* parece perfeito."

"Ele era", disse Dara baixinho, "mas eu fui uma idiota."

"Mas isso foi quando? Séculos atrás? Certamente você o viu depois disso...? Ele voltou para cá, depois da viagem?"

Dara balançou a cabeça. "Eu não tenho certeza, mas acho que não."

"Ele nunca voltou? Para o Natal, férias, nada?"

"Não que eu saiba. E, dadas as suas circunstâncias depois disso, eu duvido", acrescentou ela enigmaticamente.

"Então, o que aconteceu?", implorou Ruth. "Por que ele continuou longe? Ou ele *realmente* foi sequestrado, esfaqueado ou... desculpe", acrescentou ela rapidamente, quando Dara a olhou firme. "Sério, o que *aconteceu*?"

Dara encolheu os ombros. "Ele simplesmente se estabeleceu em outro lugar."

"Olhe, você disse que deixá-lo partir foi o maior erro de sua vida. Bem, para alguém que cometeu um erro tão grande, você não fez absolutamente nada para tentar consertá-lo, fez? Quando enfim recuperou a razão, ou eu devo dizer 'quando você finalmente *cresceu...*' desculpe", disse, lançando um sorriso vitorioso, "por que não foi atrás dele, ou tentou entrar em contato, *qualquer coisa*?"

Dara suspirou. "Porque era tarde demais."

"Mas por quê?"

Então Dara lhe contou como, após finalmente perceber que cometera um enorme erro, ela tentou descobrir alguma maneira de entrar em contato com ele, talvez um endereço, telefone celular, e-mail – qualquer coisa.

Ela fez algumas indagações cautelosas aos pais de Noah e descobriu que ele ainda estava viajando, mas, pelo que eles sabiam, estava perfeitamente bem. Então já havia quase seis meses que ele estava viajando e "provavelmente no meio de algum lugar remoto", segundo me disse sua mãe, e, ao que parecia, eles também não tinham muitas notícias recentes dele.

"E ele disse quando voltaria?", perguntou ela, tentando manter a voz neutra, não querendo pressioná-la. Era óbvio pelo tom seco de Carol Morgan no outro lado do telefone que ela não iria dar muitas informações a Dara. A mãe de Noah decerto tinha alguma ideia de por que eles haviam rompido e provavelmente não queria aquela louca seguindo seu filho pelo mundo afora, tentando colocar uma aliança no dedo dele. Fora mortificante, mas Dara tinha de saber.

"Ele vai ficar fora mais seis meses, talvez mais, é tudo o que eu sei."

"Ah." Dara ficou desapontada. Ela esperava que um ano viajando significasse exatamente isso.

Então, por ora, disse a Ruth, ela não podia fazer outra coisa senão apenas esperar pelo retorno dele. Ela não podia ir atrás dele, pois não sabia em que lugar do mundo ele poderia estar, e não podia fazer contato porque, segundo Carol Morgan, Noah não permanecia em lugar nenhum tempo suficiente para ter um endereço.

Nesse meio-tempo, ela prosseguiu com sua vida; trabalhava longas horas no novo emprego, viu algumas de suas amigas ficarem noivas e algumas delas se casarem, enquanto os comentários de sua mãe com relação às mulheres solteiras se tornavam mais explícitos e desagradáveis. Mas Dara não tinha interesse em sair com outros homens e desperdiçar seu tempo e o deles, quando sabia no fundo de seu coração e de sua alma que Noah era o "homem certo" para ela. Ela só esperava que, quando ele finalmente voltasse, se sentisse da mesma maneira. Era assumir um risco do inferno, mas o que mais ela poderia fazer?

Mas, passado um ano, Dara começou a ficar cansada de esperar por seu retorno e decidiu agir por conta própria. Se a mãe dele não iria ajudá-la, ela encontraria uma saída. Iria descobrir uma maneira de entrar em contato com Noah.

Certo dia, teve a ideia de colocar o nome dele no site de busca do Google, esperando encontrar um endereço de e-mail ou talvez alguma menção a ele. Sim, era um tiro no escuro, mas valeria a pena tentar. E não poderia haver *tantos* Noah Morgans no mundo, poderia?

Ela estava errada. Havia centenas deles, a maioria americanos – e Dara passou séculos navegando por páginas e páginas de links, tentando encontrar alguma menção a um Noah Morgan da Irlanda. Finalmente, ela estreitou os termos de busca incluindo as palavras "Irlanda" e "irlandês". *Fala sério*!

Segundos depois, surgiu uma lista de links. "Ótimo!", pensou Dara com otimismo. Ela estava prestes a encontrar algo ali...

Mas enquanto Dara lia os links, mais ou menos na metade da página, um deles a deixou totalmente abalada.

"*Maria Brown, de Manchester, retratada na escadaria da igreja de Santi Trinità dei Monti com seu noivo irlandês, **Noah Morgan**.*"

Como se estivesse num transe, ela clicou no link e, quase imediatamente, o website de alguma agência – alguma agência de *casamento* online – apareceu na tela.

"*Paradise Weddings... seu casamento dos sonhos no estrangeiro... casamentos na praia, casamentos temáticos, casamentos românticos no paraíso.*

Contem-nos seus desejos e iremos ajudá-lo a concretizar seu sonho", dizia a descrição do website. O link que mostrava Noah e essa... essa *Maria* estava na seção "Clientes Recentes".

O coração de Dara já estava disparando, mas quase parou quando ela examinou os rostos na foto que acompanhava a matéria. O gráfico todo demorou algum tempo para ser baixado, mas não havia como não reconhecer o rosto, não reconhecer aquela mandíbula quadrada, aquele sorriso maravilhoso e aqueles extraordinários olhos verdes. Ali estava ele, todo bronzeado e ainda mais deslumbrante do que ela se lembrava, em pé com aquela... aquela mulher estranha na escadaria da igreja de Santi Trinità dei Monti. Era certamente seu Noah.

E ele estava casado.

E não apenas isso, mas ele se casou em Roma, na Itália – no lugar *deles*. Dara não conseguiu conter a insuportável sensação de desapontamento e derrota que sentiu naquele exato momento. Era como se o mundo inteiro, todas as suas maravilhosas lembranças do passado, todas as suas esperanças e seus sonhos otimistas para o futuro tivessem sido destruídos ao mesmo tempo.

Ali estava ele, o amor da vida dela, o homem de seus sonhos – agora casado com outra mulher.

E tudo aconteceu absolutamente por causa da estupidez de Dara.

* * *

"E, então, o que você fez?", Ruth serviu mais um pouco de tequila. "Você simplesmente desistiu?"

"É claro!", gritou Dara. "O que mais eu *poderia* fazer? Enquanto eu estava sentada em casa, pensando estupidamente que ele voltaria para mim, convencida de que estávamos destinados a ficar juntos, ele conheceu outra mulher e se casou com ela! Então, eu tinha apenas de me conformar com isso."

Nas semanas e nos meses que se seguiram, ela tentou ao máximo lidar com aquilo, deixar aquela história para trás e ir em frente, mas, estupidamente, uma pequena parte dela se agarrava à ideia de que ela e Noah estavam destinados a ficar juntos. Como ele podia ter se apaixonado tão rapidamente por outra pessoa se apenas um ano antes ele dissera repetidas vezes à Dara que nunca mais haveria ninguém para ele?

Então, ela pensou que devia haver alguma coisa – alguma outra coisa – que o teria feito casar-se com aquela garota e esquecer-se de tudo sobre ela. Quem sabe se ele agira por impulso, por estar se sentindo infeliz e confuso?

Mas não, concluiu ela, aquilo era apenas um pensamento fantasioso, e ela estava se agarrando a qualquer esperança. Talvez Noah realmente amasse essa Maria, talvez ela o fizesse feliz e o amasse da maneira que ele merecia ser amado. E, ao contrário de Dara, talvez ela soubesse reconhecer uma coisa boa quando a via.

Depois disso, ela não soube de mais nada a respeito de Noah Morgan. Na verdade, não queria saber mais, sabia que seu coração não suportaria. Noah partira – fora embora para sempre. E Dara tinha de conformar-se com o fato de que ela tivera sua chance. Daquele dia em diante, Dara desistiu da ideia do homem perfeito e começou a entender o que Sinead, Nuala e suas outras amigas de trinta e poucos anos estavam dizendo. Talvez não existisse essa coisa de homem certo, da outra metade perfeita – isso era coisa de contos de fadas e filmes melosos de Hollywood.

Talvez o melhor que qualquer garota podia esperar era um homem bom, decente e confiável – alguém como Mark Russell.

"Isso está mais perto do verdadeiro amor do que eu jamais cheguei", tentou explicar a Ruth naquela noite.

Mas Ruth não acreditava em nada daquilo. "Isso é um monte de besteira e você sabe disso. E se a coisa com Noah não funcionasse? Isso não significa que aquela era sua única chance."

Dara olhou para Ruth como se ela estivesse louca. "Você não sabe como foi. Nunca poderia haver ninguém assim, ninguém como ele. O que tínhamos era especial e..." Ela encolheu os ombros. "... eu estraguei tudo."

"Então você simplesmente vai em frente e se arruma com o primeiro sujeito que olha para você?"

"Não foi isso que aconteceu. Não me arrumei, estou apenas..."

"Você se *arrumou,* sim. Você mesma disse que Mark é um sujeito muito bom, mas não há fagulhas, não há centelhas de luz."

"Eu disse isso?"

"Sim, você disse. Mas nunca parou para pensar que talvez *Mark* mereça um pouco mais? Que ele mereça uma mulher que o ame honesta e completamente e que não saia por aí dizendo como ele é 'confiável'?"

Dara se calou. "Eu tenho pensado sobre isso."

"E?"

"E tentei explicar meus sentimentos para Mark antes, quando nos conhecemos. Tentei lhe explicar que eu havia sido magoada por alguém, alguém que eu amava muito. E ele entendeu."

"Entendeu mesmo?"

Dara aquiesceu. "Ele disse que *é claro* que meus sentimentos por ele seriam diferentes. Se eu fui magoada no passado, era natural que fosse um pouco cautelosa em relação a ele. Ele acha que qualquer pessoa de nossa idade acaba trazendo certa bagagem para um novo relacionamento."

"Então, ele sabe que é a segunda opção?"

"Ele não é a segunda opção, Ruth", suspirou ela. "Eu o amo. Só que... não é a mesma coisa que era com Noah, isso é tudo. Mark me faz feliz e, embora seja diferente, ainda assim é bom. Com ele tudo é mais simples, mais calmo e não há surpresas." Ela pensou por um momento. "Com ele eu me sinto... segura."

"Segura?", repetiu Ruth, franzindo as sobrancelhas. "E você acha que se sentir segura é suficiente para se casar? Para vocês dois?"

"Não tenho certeza", respondeu Dara com sinceridade. "Mas eu espero sinceramente que sim."

* * *

Pensando em retrospecto sobre isso agora, quando começou a abrir seus e-mails no trabalho, Dara supôs que sua decisão de estabelecer-se com Mark tinha a ver com várias outras coisas além de apenas desistir de Noah.

Mas não, não era realmente "estabelecer-se", corrigiu-se ela depressa. Estabelecer era a palavra errada. Implicava coisas como "desespero", e Dara não estava nem remotamente desesperada. Nessa altura, ela estava apenas cansada. Cansada de esperar pelo "felizes para sempre", cansada de ponderar se o ilusório "homem certo" algum dia chegaria, e enfim percebendo que talvez ele tivesse chegado. E o que ela fizera? Apenas o deixou ir e o perdeu!

Segundas e terceiras chances existiam por uma boa razão, disse a si mesma. Ao decidir-se por uma universidade – decidir-se por uma carreira –, era obrigatório incluir uma segunda ou terceira opção caso a primeira não desse certo, não era? Então, o mesmo certamente se aplicava a outras situações na vida.

Certamente nem tudo eram flores, o rapaz conhece a garota e eles vivem felizes para sempre, não é? E se – como em seu caso – a sincronização do tempo estivesse toda errada? O rapaz conhece a garota, mas a garota ficou meio louca durante um tempo, eles se separaram, e o rapaz viveu feliz para sempre com outra garota. "Como os roteiristas de Hollywood lidam com esse cenário?" questionou ela.

Então, quando atingiu os trinta anos e sua mãe começou a fazer comentários pesados sobre "jantar em caixas de papelão" diante da Tevê nos fins de semana (o que era de fato verdade), Dara começou a pensar a sério sobre para onde ela estava indo com sua vida.

O ótimo emprego e o apartamento luxuoso eram suficientes? As noites com as garotas – quer dizer, com as solteiras que restavam – a manteriam satisfeita pelo resto de seus dias? A amizade e a companhia de mulheres eram o bastante? Uma garota precisa mesmo de alguma coisa para voltar para casa no final do dia? Algo além do gato?

Nos anos que se seguiram à partida de Noah, Dara tentou analisar muito as coisas. De todo modo, ela estava se divertindo muito, desfrutando a vida, para pensar seriamente a respeito. Sim, ela tivera o homem perfeito, mas o perdera. E superara isso. Ela pusera tudo a perder, sabia disso, mas não era o fim do mundo. Haveria outros homens.

E houve – muitos deles. Mas nenhum deles chegava aos pés de Noah. Não havia a mesma centelha, a mesma diversão, a mesma atração. Em comparação com ele, os homens que ela conhecia eram insípidos e superficiais.

Mas logo a reação de todas as pessoas à solteirice de Dara começou a dar-lhe nos nervos. Todas as observações severas de sua família, o questionamento pouco sutil de suas amigas casadas, os cochichos a suas costas. Da maneira como as coisas iam, podia-se jurar que atingir os trinta anos sem um homem era algo do qual envergonhar-se!

"Eu sei o que você está fazendo", informou-lhe Serena certo dia depois do almoço, quando o último romance de Dara chegara ao fim. "Você ainda está esperando por alguém que esteja à altura *dele*, não está?" Sua irmã mais moça se inclinou para a frente. "Dara, alguém como ele não existe, pelo menos não fora de sua mente. Então, você tem de tirá-lo da cabeça e começar a procurar alguém que a faça feliz e a quem você também faça feliz. Nem tudo tem de ser flores e centelhas de emoção. Se você deixar de lado seu alto padrão de exigência, poderá ter alguma chance de encontrar um rapaz que esteja à altura do maldito Noah Morgan!"

Mas Serena estava errada. Dara não tinha padrões elevados, ou quaisquer padrões que fosse – não existia medida que pudesse chegar à altura de Noah.

No entanto, ela começou por fim a ponderar. Se fora tão fácil para Noah ir em frente e esquecer-se dela, tão fácil para ele viver sua vida com outra mulher, apesar do que eles tiveram, então talvez ela também devesse pensar em ir em frente.

Então, quando Mark com seu otimismo sem limites e sua personalidade tranquila começou a demonstrar um determinado interesse nela, Dara se deixou abrir para a possibilidade de um futuro real com ele. Ela não podia errar, podia? Ele era respeitoso, afetuoso, confiável... um rapaz cheio de qualidades, que ela soube instintivamente que jamais a magoaria.

Não, ele não tinha o mesmo magnetismo animal de Noah, mas não se pode ter tudo.

Então sua irmã estava certa, afinal? Isso era o bastante? Ela podia seguir sua vida sem a paixão e o romance que impulsionavam seu relacionamento com Noah? Ela precisava dos grandes gestos, das discussões ferozes, do sentimento esmagador de querer estar perto dele o tempo todo, de sentir-se perdida sem ele?

Talvez não.

Com Mark, bem, eles se divertiam, compartilhavam alguns interesses, tinham uma perspectiva de vida similar, e ela sabia implicitamente que podia confiar nele. Repetindo, não havia uma grande paixão, nenhuma sensação de desejo esmagador, mas era melhor que nada, não era?

"O quê? Em que planeta você está?" Ruth quase lhe arrancou a cabeça quando certo dia, no trabalho, Dara inocentemente expressou seus sentimentos sobre o assunto.

Ambas sem homem fazia um longo tempo, as duas moças passavam muitas horas lamentando a solteirice, e muitas horas tentando fazer algo a respeito. Na época, não fazia tanto tempo que Dara estava vendo Mark, e Ruth nada sabia de seus sentimentos ainda persistentes por Noah. Tudo o que Ruth sabia então era que Dara tivera um relacionamento sério alguns anos antes, mas que esse terminara muito mal.

"Qualquer homem é melhor que nenhum homem?", gritou Ruth. "Você foi submetida a tal lavagem cerebral por parte dessa sua família antiquada que agora se sente sub-humana pelo simples fato de não estar casada?"

Dara sorriu. Ruth tinha uma tendência afetuosa a exagerar as coisas ,às vezes. "Olhe...", começou ela, "você e eu sabemos que essa chamada coisa--de-mulheres-independentes, pelo menos neste país, é uma completa tolice. É tudo um grande disfarce. Sim, nós podemos ganhar nosso próprio dinheiro, comprar nossas próprias casas e trocar nossos próprios pneus, mas, não importa a maneira como você encare isso, no fundo todas nós ainda somos julgadas por termos ou não um homem a nosso lado."

"Fale por você", disse Ruth com raiva.

"Olhe, todas nós crescemos ouvindo histórias de príncipe encantado, todas acreditávamos que nosso 'alguém especial' estava por aí, não é?" Dara encolheu os ombros. "Tudo que estou dizendo é que talvez na vida real não funcione assim."

"Mas eu ainda acredito nisso!"gritou Ruth. "Do contrário, eu teria desperdiçado anos esperando pelo homem perfeito, esperando pelo relacionamento perfeito quando muitas vezes eu poderia ter me arranjado por menos? Desisti de relacionamentos que eram bons, mas não ótimos, porque o tempo todo eu tinha certeza de que havia algo melhor. Você sabe o que eu quero dizer?"

Dara sabia. Não fosse por ela, as coisas podiam ter acontecido de maneira diferente. Ela teve o homem perfeito desde o início e só recentemente vivenciou o fenômeno do "bom, mas não ótimo". "Olhe, tudo que estou dizendo é que nos últimos tempos estou ficando cansada de ser a estranha no ninho. Olho para minhas amigas e até minhas irmãs mais moças, elas estão comprometidas." Amy e Serena tinham namorados sérios. "Então, finalmente você começa a ponderar, por que isso não está acontecendo comigo? O que há de errado comigo que eu não encontrei meu alguém especial? E logo você começa a sentir-se sozinha e vulnerável e um pouco... desvalorizada. E a única coisa que vai resolver esse problema para você é um homem, qualquer homem." Ela deu um gole em seu café. "Tenho certeza de que isso acontece o tempo todo. As pessoas ficam cansadas de procurar, cansadas de esperar pelo homem perfeito. Talvez ele realmente não exista, Ruth. Talvez tudo isso seja uma grande mentira, mais uma celebração inventada pela Hallmark Greeting Card Corporation."

"Agora eu fiquei deprimida", disse Ruth.

Dara riu. "Eu não pretendia deprimi-la, mas o que estou dizendo é que talvez o que consegui com Mark Russell agora seja o bastante. Eu tive meu príncipe encantado e o perdi. Não acho que haja outro lá fora, e então talvez eu deva superar minhas perdas e seguir com minha vida."

"Mas e se aquele rapaz não fosse realmente ele?"

"O quê?"

"Esse pensamento nunca lhe passou pela cabeça, não é?", disse Ruth, sacudindo a cabeça. "E eu acho que isso pode ser parte do problema." Ela lançou um olhar expressivo para Dara. "E se aquele antigo namorado sobre o qual você está falando não fosse realmente o 'homem certo', o homem de seus sonhos? E se você entendeu tudo errado?"

Dara não disse nada. Ela nem queria considerar essa perspectiva.

"A vida funciona de maneiras misteriosas, é tudo o que estou dizendo." Ruth se recostou na cadeira e cruzou os braços sobre o peito. "Então, se nesse meio-tempo você se decide pelo bom e confiável Mark, não está apenas superando suas perdas, está também obliterando seus sonhos."

"Você falou como uma verdadeira mulher da lei!", disse Dara, melhorando o humor e ignorando de imediato tudo que sua amiga tinha a dizer.

Mark era um bom sujeito, e talvez eles fossem muito felizes juntos. Tudo o que Dara tinha de fazer agora era convencer Ruth disso, e tudo funcionaria muito bem.

Capítulo 7

21 de junho, 11h50

Louise olhou para a fotografia do passaporte por um longo tempo, imaginando por que aquele rosto lhe parecia tão familiar. Conhecia aquele homem de algum lugar, não conhecia?

Então mais uma vez, pensou ela, baixando o documento e se ocupando com um fio de cabelo loiro, ela não achava *sempre* que reconhecia as pessoas daquele arquivo? Era apenas uma dessas coisas estranhas, só isso.

"Você é sentimental demais", costumava dizer sua mãe, e Louise sabia que ela tinha razão. Ela *era* sentimental demais – e, pela lógica, não devia sentir nada senão uma simpatia neutra pelos nomes nos passaportes fotocopiados que passavam por sua mesa todos os meses. Mas, em vez disso, sempre sentia uma incrível pena deles.

Ela fez uma rápida busca pelo nome do indivíduo no computador, mas nada surgiu, nenhuma informação de conta, nenhum empréstimo digno de nota, nada. Esse homem não era um daqueles, então. Com um suspiro curto, Louise eliminou o nome dele e passou para o próximo da lista. Desde que começara a trabalhar ali, ela achou difícil sondar as informações financeiras de uma pessoa recém-falecida – havia algo de mau gosto naquilo. Mas as investigações de validade do testamento não apenas faziam parte de seu trabalho, como também eram necessárias segundo a lei, e toda instituição financeira no país, incluindo a Advanced Credit Services, tinham de cooperar.

Mas Louise continuava detestando a ideia.

Sentiu um leve ruído em seu estômago e olhou para o relógio. Era quase meio-dia, e ela devia sair para almoçar às 13h00. Pela maneira como estava se sentindo naquele dia, adoraria fazer uma pausa e comer uma bela barra de chocolate ou um pacotinho de batata chip, mas não, ultimamente ela se excedera muito. Uma garota tinha de fazer sacrifícios para manter-se em forma, e Louise decididamente fazia esses sacrifícios!

Falando em fotografias de passaporte, ela precisava fazer algumas novas. Seu passaporte logo estaria caducando e seria bom que o novo tivesse uma foto dela glamorosa e magra, em vez da pessoa gordinha e de rosto redondo que estava no atual.

Sorriu. Ela definitivamente tinha de colocar seu passaporte em ordem se quisesse ir naquela grande viagem de compras para Nova York que as garotas estavam planejando fazer em dezembro. Seria muito divertido. Louise sempre quis conhecer Nova York – parecia um lugar fantástico e cheio de *glamour*. No entanto, pensou ela com um leve mal-estar, se quisesse ir teria de cortar as noitadas por algum tempo, do contrário, suas finanças não a levariam nem até Kildare!

"Louise!" A cabeça de Fiona apareceu sobre a divisória do cubículo de trabalho de Louise. "Adivinhe! A Jigsaw está fazendo uma liquidação com vinte por cento de desconto – só hoje! Vamos pegar alguma coisa numa lanchonete e ir direto para lá no horário de almoço. O que acha?"

Os olhos escuros de Fiona brilhavam de excitação, e Louise sabia por quê. A Jigsaw tinha uma coleção fantástica nessa estação.

Apesar de tudo, ela ficou tentada. Adorava comprar roupas. "Não sei, Fiona, minhas finanças estão um pouquinho baixas este mês e..."

"Mas você não precisa comprar nada, se não quiser, precisa?", provocou Fiona, sabendo muito bem que na Grafton Street isso era quase impossível. "É que eu realmente preciso de algo novo, não tenho nada para usar na quinta-feira à noite. Por falar nisso, o que você vai vestir?"

"Quinta-feira à noite?" Louise parecia confusa.

"A *hen night*.[2] Não me diga que você se esqueceu?"

Droga. Sim, Louise se esquecera daquilo. E realmente desejava que Fiona não a tivesse lembrado porque mais uma noite na cidade tomando martínis e coquetéis de champanhe com as garotas – sem falar na sequência de boates depois – iria causar um rombo enorme em suas finanças.

"Você se esqueceu *mesmo*, não foi?" Fiona riu diante da expressão da colega. "É melhor não contar isso para, Gemma. Ela vai ficar furiosa!" Gemma era outra colega de trabalho que logo iria casar-se. Mas o encontro de quinta-feira à noite era apenas um preâmbulo do principal acontecimento do fim de semana – um *fim de semana festivo* de quatro noites em Marbella.

Louise esperava mesmo por isso e, como não conhecia Gemma muito bem, estava especialmente satisfeita por ter sido convidada. Então, como convidada, seria muito rude de sua parte não comparecer à noite do pré-*hen*, não seria? E, conhecendo as garotas, que gastavam dinheiro como se ele fosse sair de moda, imaginava que tudo isso iria custar-lhe uma fortuna. Louise fez um rápido cálculo mental – ela já pagara as passagens para a Espanha e o hotel, então tudo de que precisava era o suficiente para os drinques e a comida e, então, lembrou-se, seu estômago girava... depois haveria o gasto para comparecer ao casamento de Gemma.

"Desculpe, Fiona", disse Louise com o máximo de firmeza que conseguiu reunir, o tempo todo sabendo que sua amiga não ficaria impressionada. "Eu adoraria ir às compras com você no horário de almoço, mas estou sem nenhum dinheiro."

A expressão animada de Fiona mudou de imediato. "Eu realmente não sei *o que* você faz com seu dinheiro, Louise Patterson", disse ela num tom ofensivo. "Você ganha a mesma coisa que o resto de nós, e *nós* todas conseguimos nos virar bem; então, para onde vai todo o seu dinheiro? Qualquer um pensaria que você tem dívidas de jogo ou algo parecido!"

Com isso, Fiona girou os calcanhares e caminhou de volta para seu próprio cubículo, na parte superior da sala.

---

2 Jantar que a noiva oferece às amigas pouco antes de seu casamento. (N. T.)

Durante um longo instante, Louise olhou sem ver o monitor de seu computador, sua mente estava concentrada no último comentário de Fiona. Sua amiga não romperia com ela por causa de algo tão simples como não ir às compras, romperia? Embora Louise achasse que, afinal, tinha sorte de ter Fiona como amiga – até há pouco tempo alguém como Fiona não olharia duas vezes para ela. Então, ela tinha mesmo de considerar-se afortunada por tê-la como amiga, porque, afora os amigos, o que mais ela tinha?

"Fiona, espere!" Louise se levantou e a chamou. "Eu vou. Encontro você nas escadas rolantes à uma hora?"

Fiona se virou e sua expressão indignada se abriu num grande sorriso e, andando para trás, ela aquiesceu. "Boa menina!"

Sentada de volta diante de sua mesa, Louise respirou fundo e se permitiu um pequeno sorriso. Para o inferno com as finanças! Ela iria às compras no horário de almoço e, se visse algo de que gostasse, bem, ela compraria. E se, com tudo que estaria para acontecer nas próximas duas semanas, suas finanças se descontrolassem, bem, ela sempre poderia aumentar seu limite de empréstimo, não poderia? Afinal, ela trabalhava no lugar certo para isso!

Sim, decidiu Louise, tentando afastar da mente aqueles ameaçadores pensamentos de culpa. E daí se ela estava endividada? A vida é curta demais para nos preocuparmos com algo tão estúpido e inconsequente quanto dinheiro, não é? É claro que é – curta demais. Algo que ela própria sabia de sobra.

* * *

Tudo acontecera três anos antes, logo após o aniversário de vinte e um anos de Louise e bem antes de ela mudar-se para Dublin.

Ainda frequentando a universidade, ela na época morava na casa dos pais em Cork e, certa noite, estava voltando para casa do emprego de meio período na Roches, a agitada loja de departamentos que ficava no centro da cidade. Estava se aproximando o Natal, e por isso as compras à noite estavam a todo vapor; embora Louise em geral não trabalhasse até tarde da noite, as horas extras eram bem pagas e um dinheiro adicional seria muito bem-vindo para comprar os presentes de Natal.

A noite estava escura, fria e úmida, e Louise não se lembrava de muita coisa a não ser estar em pé tremendo diante dos semáforos na Patrick Street Bridge, enquanto esperava que o sinal de pedestres ficasse verde. Sua irmã Heather era gerente de plantão do Metrópole, um hotel popular que ficava do outro lado do rio, e logo terminaria seu turno também. Então, naquela noite, em vez de esperar no frio por um ônibus para o subúrbio, Louise pegaria uma carona para casa no velho – mas aquecido – carro de sua irmã. Ela mal podia esperar.

O sinal de pedestres finalmente abriu e, estupidamente – ela se lembrava de ter pensado depois –, sem olhar, ela mais que depressa pôs o pé na rua.

Bem no caminho de um carro que vinha em alta velocidade.

A próxima coisa de que ela se lembrava era de ter acordado no hospital da Cork University, amarrada e em tração, e do rosto ansioso e preocupado de Heather olhando para ela. Heather era sua única irmã e o único membro remanescente de sua família – as garotas perderam os pais para o câncer pouco antes de Heather completar vinte anos. Roger fora primeiro, e Bridget – com sua doença muitíssimo agravada pela morte do marido – morreu um ano depois.

"Você acordou!", gritou Heather, aliviada, abraçando-a. Mas Louise estava dopada demais pela morfina para sequer sentir o toque da irmã mais velha, que dirá entender o que havia acontecido com ela.

Aparentemente, ela quebrara um braço, fraturara o quadril e a coxa, "além de ter um perônio estilhaçado", explicou o médico. O motorista, um executivo de Dublin aparentemente apressado (e com alguns drinques na cabeça), não parara no sinal vermelho e lançou Louise a um metro e meio de altura.

Isso resultou numa estada de dois meses no hospital para Louise, mas como o motorista foi acusado de embriaguez e direção perigosa, a companhia de seguros muito depressa pagou a conta hospitalar. Embora o homem tenha admitido sua responsabilidade, o que realmente magoou Louise foi a ausência de um pedido de desculpas ou pelo menos de um simples cartão de "melhoras" por parte dele. Ao que parecia, era um homem tão importante que queria que o episódio fosse encerrado o mais rápido possível, tendo pouco tempo para essas amabilidades.

Na época, no entanto, Louise estava na universidade e mal se virava com seu salário de meio período, e por isso o pagamento do seguro fora uma dádiva dos céus. Heather, embora estivesse indo bem em sua carreira no ramo hoteleiro, também não poderia contribuir muito para as contas do hospital e da reabilitação de sua irmã, e por isso ambas estavam agradecidas pelo fato de a companhia de seguros ter pagado tudo rapidamente. Além disso, Heather deveria casar-se no ano-novo, mas adiou a cerimônia por causa da permanência prolongada de Louise no hospital.

Entretanto, as garotas não haviam cauculado algumas complicações adicionais – ou seja, uma lesão recorrente nas costas, cerca de dez meses depois do acidente. Louise precisou de mais reabilitação e, para seu grande desapontamento, foi considerada pelos médicos incapaz de continuar seu curso de Educação Física na universidade.

Como a companhia de seguros já contribuíra para suas contas iniciais no hospital, Louise não teve outra opção senão fazer um grande empréstimo para pagar os custos médicos adicionais. Aos vinte e dois anos, um seguro de saúde pessoal era a última coisa que passava pela cabeça de Louise e, por mais que aquilo a aborrecesse, ela enfim concordou com a sugestão de Heather de vender a casa da família para ajudar nos pagamentos. O que contribuiu para a decisão foi o fato de Heather nesse meio-tempo ter se casado com seu namorado de três anos do País de Gales, e ela estava na época fazendo planos para mudar-se para Cardiff com ele.

Portanto, impedida de seguir sua escolha inicial de carreira por conta das lesões, Louise partiu para descobrir outra profissão. Embora estivesse muito tentada a continuar em Cork, onde estavam todos os seus amigos, descobriu que, graças particularmente à sua lesão nas costas, suas potenciais opções de trabalho ali eram limitadas. Então, quando lhe foi oferecido o que pareceu uma oportunidade muito atrativa de trabalhar com um horário flexível em uma nova companhia de Dublin, a Advanced Credit Services, Louise percebeu que ela não poderia recusar a oportunidade. Afinal, depois das dificuldades que ela tivera nos últimos tempos, a ideia de mudar-se e começar tudo de novo em outra cidade – como Heather estava fazendo – a atraía enormemente.

Então, Louise, não mais tão abalada, mas ainda um pouco contundida, se mudou para Dublin para começar no novo emprego e na nova vida, deixando para trás sua cidade natal – e, esperava, sua recente série de infortúnios.

Capítulo 8

Naquela noite de quinta-feira, após o trabalho, Louise saiu com as garotas para comemorar as iminentes núpcias de Gemma. Ela estava sentada com as outras, desfrutando de seu drinque e pensando em seus próprios assuntos quando alguém lhe chamou a atenção.

Alguém que era realmente, realmente bonito, e estava olhando para... ele estava olhando para *ela*? Louise não tinha certeza.

Era um pouco estranho. Em geral, quando saíam na cidade, os rapazes de boa aparência quase sempre se dirigiam direto a Fiona, cujos cabelos longos, lisos e quase pretos, a aparência exótica e o belo rosto em forma de coração a faziam destacar-se do resto das garotas – em especial de Louise, que estava *pelo menos* seis quilos acima do peso e... Não, censurou-se Louise depressa, você deve parar de pensar assim. Você não é mais a gordinha daqui – na verdade, segundo sua amada irmã, você está pelo menos três quilos *abaixo* do peso ideal para sua altura.

É claro que quando ela teve todos aqueles problemas adicionais depois do acidente, seu peso baixou consideravelmente, embora não o bastante para fazer uma grande diferença. Mas os poucos quilos que *perdera* criaram em Louise a determinação de jamais recuperá-los.

Na verdade, não era muito agradável estar acima do peso. Logo que se mudou para Dublin, ela tinha pouquíssima autoconfiança (não que antes tivesse muita, pensou ela ironicamente), poucos amigos e quase nenhuma vida social. No início, ela se convenceu de que isso não importava muito; afinal, ficou bem contente quando conseguiu seu pequeno apartamento mobiliado em Rathgar e começou sua nova vida, e por isso a falta de companhia não importava tanto.

Só após alguns meses morando em Dublin e trabalhando na ACS ela percebeu que de fato não conhecera ninguém. Um absurdo para sua grande vida nova!

Então, para tentar parar de sentir-se solitária quando as noites brilhantes chegavam, Louise começou a sair depois do trabalho para longas caminhadas ali em volta. Isso a fez sentir-se ótima. Havia muita vida em volta e, pela primeira vez, ela se sentiu como se realmente fizesse parte daquilo.

Depois disso, quando as noites já não estavam tão brilhantes, ela ficou um pouco mais corajosa e decidiu entrar em uma academia. Não um daqueles lugares barulhentos que estavam na moda e pareciam uma boate – Louise não se sentiria à vontade em um deles. Não, ela se matriculou em um lugar pequeno e do tipo antiquado, que era mais apropriado – um lugar com apenas algumas esteiras e nenhum aparelho de *step* à vista. Graças a Deus, a academia de Louise não tinha nenhum daqueles tipos He-Man – Mestre do Universo – olhando por sobre seu ombro e falando sem parar sobre seus músculos desenvolvidos. Não, em sua academia, ninguém olhava por sobre seu ombro, a menos que quisesse que você se apressasse e saísse da única esteira decente do lugar para ceder-lhe a vez.

E foi assim que Louise quase da noite para o dia (demorou meses no total, mas da noite para o dia soava melhor) passou de setenta para sessenta quilos, o que para alguém alta como ela fazia muita diferença – de mais de uma maneira.

Apesar do fato de ela ter esse grande empréstimo para as contas do hospital pairando-lhe sobre a cabeça, não conseguia resistir a sair e comprar roupas que ela nem em um milhão de anos acreditou que usaria. Coisas como tops frente única (os braços protuberantes haviam desaparecido), saias justas de cetim (as coxas protuberantes também) e, embora fosse apenas por uma fase curta, tops com a barriga de fora (autoexplicativos).

Mas, depois de algum tempo, ela desenvolveu gosto próprio, embora tenha levado séculos para juntar coragem de ir àquelas adoráveis butiques na Georges Street Arcade – aquelas elegantes e maravilhosas, onde as vendedoras perguntavam "Olá, posso ajudá-la em alguma coisa?", em vez de ficar se acotovelando desagradavelmente como as pessoas fazem nos shopping centers. Quando fez isso, Louise realmente não olhou para trás. Ela tinha um bom olho, não tanto para a moda, mas para o que se adequava a ela. Por que outra razão as garotas no trabalho estavam constantemente admirando suas roupas e tentando adivinhar onde ela "descobria essas peças *fabulosamente* originais"?

Fiona O'Neill, a autoproclamada especialista em moda do escritório, parecia particularmente interessada, então, certo dia, Louise sugeriu levá-la às compras – bem, em retrospecto, Fiona *insistiu* para que Louise a levasse às compras – mas essa não era a questão.

Daí em diante, ela e Fiona tornaram-se boas amigas e saíam para fazer compras... mais ou menos todas as semanas. Não, pensou Louise, mordendo o lábio, elas faziam compras... praticamente *todos os dias*.

Trabalhar ao lado do Stephen's Green, tão perto da meca das compras, que era a Grafton Street, não ajudava. E, então, é claro que elas reservaram aquele fim de semana de compras em Nova York, que já estava chegando. Meu Deus, pensou Louise então, amigas como ela e Fiona não faziam outra coisa *senão* comprar?

No entanto, ela não podia evitar. E embora Fiona pudesse ser às vezes um pouco autoritária, era muito divertida, e se não fosse por ela, Louise não teria muita vida social. E certamente não seria convidada para noitadas de garotas ou para o *hen weekend* de Gemma, seu casamento ou, na verdade, aquela noite, seu pre-*hen*.

Louise deu outra rápida olhada para onde seu homem estava em pé, do outro lado da sala. Ele parecia estar sozinho, o que era em geral mau sinal – ou seja, uma pessoa estranha, como diria Fiona.

Mas embora não fizesse tanto tempo assim que Louise estava sem ninguém, ela não tinha a confiança de ir sozinha aos *pubs*, embora muitas vezes tivesse sido tentada a isso. Mas era mais fácil para os homens lidar com esse tipo de coisa, não era?

Seja como for, ela realmente queria que ele parasse de encará-la daquele jeito; tornava-se um pouco assustador, e ela estava começando a imaginar o que havia de errado. Por que ele não olhava para Fiona, que parecia fantástica naquela noite em seu top de lantejoulas roxo e seus jeans justos, ambos comprados na véspera, na liquidação da Jigsaw?

Louise não pretendia, mas Fiona a convenceu a comprar o multicolorido vestido envelope que ela estava usando naquela noite e que, embora fosse caro – mesmo para uma liquidação –, ela tinha de admitir que lhe caía muito bem. Ela provavelmente estava muito bem-vestida com ele. Ela mordeu o lábio após gastar quase 200 euros nele, mas quis fazê-lo.

Então, a futura noiva, ou "The Hen", como ela insistia em ser chamada naquela noite – tanto que usava um enorme adesivo proclamando orgulhosamente isso –, cutucou forte as costelas de Louise. Louise ostentava um adesivo muito menor anunciando que ela era uma "hen-nighter". O que na verdade não era totalmente verdade, vendo como...

"É a sua vez, Louise! A maioria de nós está com o copo vazio", declarou Gemma, balançando um copo diante dela. As outras olhavam para Louise ansiosas, todas com os copos vazios.

Louise realmente não se importaria, mas quando elas chegaram havia apenas sete garotas, porém desde então outras cinco haviam se juntado à festa. Portanto era esperado que ela também pagasse...

"Bellinis[3] de novo, para todas?", perguntou ela, esperando que as outras pudessem deixá-la se sair dessa, ou, se não, pelo menos pudessem pedir algo menos caro. Mas seu coração afundou quando todas, com exceção de Fiona (que lhe dirigiu uma cara simpática), concordaram enfaticamente. Louise adorava tanto quanto as outras moças os coquetéis de champanhe, mas quanto custaria *doze* deles? Especialmente ali naquele lugar!

"Ora, pare com isso", censurou-se ela enquanto se levantava da cadeira. "Não seja tão mesquinha, é uma sorte você ter sido convidada para esta festa. E tudo não seria dividido igualmente no final?" No entanto, a

3 Bellini é um coquetel originário de Veneza. É uma mistura de vinho espumante (tradicionalmente *prosecco*) e purê de pêssego ou framboesa, com frequência servido em comemorações. É um dos coquetéis mais populares da Itália. (N. T.)

próxima rodada seria de Fiona e, conhecendo Fi como ela conhecia, Louise sabia que ela provavelmente as levaria para o Paddy Cullen's ou pelo menos para algum lugar mais razoável, e provavelmente muitíssimo mais barato que aquele.

Certo. Com os joelhos tremendo ao pensar se teria dinheiro bastante para pagar aquela rodada, que dirá para o resto da noite, Louise entrou cautelosamente no bar.

"Doze bellinis, por favor", anunciou ela, e até mesmo o barman de meia-idade, que sem dúvida estava bem acostumado às extravagâncias do lugar, pareceu um pouco surpreso.

"Você tem certeza?", perguntou ele. "Isso não será barato."

"Eu sei." Louise sorriu ligeiramente, como se aquele tipo de coisa fosse muito comum. Fiona estava dizendo que em lugares como aquele você sempre deve dar a impressão de que está acostumada com esse tipo de vida – que você pertence a essa classe social. Então, lembrando-se de seu relógio de pulso, ela rapidamente deixou cair o braço ao longo do corpo para que o barman não visse o Swatch barato e enxergasse através de sua fachada autoconfiante.

O barman se afastou, ponderando que diabos ele estava fazendo trabalhando turnos de doze horas em um bar, enquanto uma jovem com metade de sua idade podia pedir doze coquetéis de champanhe no Four Seasons Hotel sem sequer piscar. Logo elas estariam todas pedindo aqueles *diamond martinis*[4] que serviam em Nova York – aqueles que literalmente tinham diamantes no drinque e custavam 10 mil dólares a dose. Ele sacudiu a cabeça enquanto buscava framboesas frescas. Mas aquilo era o resultado do crescimento econômico.

Naquele exato momento, Louise fazia cálculos mentais, tentando imaginar como, depois daquela noite, ela conseguiria pagar o aluguel – que dirá permitir-se comer. Bem, supôs ela, pelo menos não haveria a questão do peso preocupando-a!

Então, uma figura alta apareceu ao lado dela. Era *ele*, não era? Louise confirmou, timidamente excitada. O bonitão com adoráveis olhos casta-

---

4 Coquetel feito com vermute seco, vodca e uma fatia de limão. (N. T.)

nhos que estava antes olhando para ela, embora durante toda a sua vida ainda não conseguisse imaginar por quê. Deus todo-poderoso, ela esperava que ele não fosse algum excêntrico. Por alguma razão, ela sempre atraía personagens bizarros, aqueles com os quais ninguém mais queria conversar. Não sabia o que havia com ela – provavelmente, sua curiosidade natural ou sua inofensiva personalidade aberta –, mas pessoas estranhas sempre se aproximavam dela. Quando chegou a Dublin, teve de acabar com o hábito de cumprimentar todo mundo que via na rua, do modo como fazia em Cork. Todos pareciam pensar que *ela* era esquisita!

"Vocês garotas parecem estar tendo uma boa noite", disse ele, amável, e Louise quase temeu olhá-lo, com receio de que ele estivesse falando com outra pessoa. Isso era outra coisa que com frequência lhe criava problemas – ela tinha o hábito de olhar fixamente para as pessoas e ficar imaginando como eram suas vidas: onde moravam, se eram casadas, se eram felizes. Gostava de construir suas próprias pequenas versões da vida do outros, sempre gostou. Era uma regressão a seus primeiros dias em Dublin, quando não conhecia ninguém e ficava imaginando se as outras pessoas estavam se divertindo.

De todo modo, parecia que seu homem *estava* falando com ela, porque agora ele estava lhe sorrindo.

"Desculpe, talvez eu tenha tido a impressão errada", disse ele rapidamente quando ela não respondeu. "Vocês *não* estão se divertindo?"

"Não, não", Louise balançou a cabeça, "estamos nos divertindo muito. Esta é a *hen night* de minha amiga. Bem, não, na verdade, é sua pré-*hen night*", esclareceu.

"Pré-*hen night*?", repetiu ele, confuso.

Louise sabia exatamente como ele se sentia.

"Sim. Vamos passar na Espanha a *hen night* real, quero dizer o *hen weekend*. Amanhã, depois do trabalho."

"*Hen weekend*, sei", disse ele, aquiescendo amavelmente, como se o grupo de garotas elegantes tivesse saído do hospício para o fim de semana. "Então, ela está aproveitando ao máximo seus últimos dias de solteira ou...", disse ele, fazendo uma pequena pausa, "...talvez *você* esteja aproveitando ao máximo seus últimos dias..."

"Oh, Deus, não!", disse Louise, rindo e interrompendo-o. "*Eu* não vou me casar!" Ela se virou e apontou para as garotas. "Ela é… está vendo aquela garota alta e ruiva espalhando *glitter* sobre todo mundo? É ela." Louise pensou o que a gerência do hotel cinco estrelas Four Seasons iria achar de ter o *glitter* do *body* Miss Selfridge espalhado tolamente por toda a sua maravilhosa mobília naquela noite. Não ficaria muito contente, concluiu ela, súbitamente se sentindo um pouco deslocada.

"A propósito, meu nome é Sam", disse ele, estendendo a mão e lançando-lhe um sorriso amigável.

Com seus adoráveis olhos castanhos e cabelos castanhos ondulados, ele tinha realmente uma ótima aparência, era um pouco bonito demais para estar usando aquele sorriso com pessoas como ela, e mais uma vez ela não conseguiu imaginar por que ele estava interessado nela quando todas as outras mulheres a pouca distância dali eram provavelmente milhões de vezes mais atraentes que ela.

Mas ele continuava sorrindo para ela, e por isso ela supôs que poderia muito bem desfrutar disso.

"Louise", disse, apertando a mão dele e percebendo imediatamente que sua mão era maravilhosa – muito lisa e macia. A julgar pelas mãos, Sam decerto trabalhava num escritório ou algo parecido, não como o último rapaz com quem ela saiu.

Max era pedreiro e suas mãos eram ásperas como lixa e cobertas com tantas bolhas e cortes que Louise com frequência imaginava se ele tinha um segundo emprego, algo como *serial killer* ou coisa assim. Quando esse pensamento entrou em sua mente, o relacionamento deles realmente deixou de funcionar.

Mas Sam parecia mesmo interessante, e de modo algum um *serial killer*.

O barman colocara doze taças longas de Martini no bar, diante de Louise, e, tendo despejado o champanhe e acrescentado o *schnapps* e as frutas, ele agora estava mexendo com as varetas de coquetel a boca de cada uma das taças. Elas pareciam fantásticas, todas as doze taças atrativamente cheias de um espumante líquido cor-de-rosa coberto de framboesas, mas quando ele lhe estendeu a conta, Louise quase caiu.

"Obrigada", disse ela, recuperando-se a tempo de entregar-lhe seu cartão Visa – seu cartão Visa já tão sobrecarregado que podia espontaneamente entrar em combustão –, e rezou com fervor para que a transação ocorresse sem problemas.

Até Sam pareceu surpreso. "Vocês todas estão *definitivamente* decididas a comemorar esta noite", disse ele, com os olhos se arregalando. "Eu ia me oferecer para lhe pagar um drinque, mas ahn... acho que deixei meu cartão ouro em casa!"

Droga, pensou Louise, quando o barman se ofereceu para ajudá-la a levar os drinques para as garotas. Agora ele acha que eu sou uma dessas garotas vulgares e exibidas.

Mal sabia ele.

"Bem, em geral, não é assim", disse ela sorrindo, enquanto o barman saía com a primeira bandeja. "Mas de algum modo eu fui sorteada para esta rodada e..."

"Uma rodada. Eu achava que meus companheiros faziam qualquer coisa por um drinque, mas pelo menos cerveja custa menos que a dívida pública da África!"

O.K., o.k., não me lembre disso, ela queria dizer. Mas pelo menos ela não era a única pessoa que achava que aquilo era exorbitante. Então, percebendo que Gemma se aproximava, rapidamente modificou sua expressão para algo que se assemelhava a um sorriso despreocupado.

"Por que está demorando tanto, Louise?", perguntou Gemma, autoritária. "Estamos todas sedentas!"

Sam riu. "Ela está tentando pensar em algo para empenhar, para poder pagar os coquetéis!", brincou ele.

"O quê?" A futura noiva olhou para Louise com uma expressão furiosa. "Louise, se você não queria me pagar um drinque, tudo que tinha de fazer era falar", disse ela, ofendida.

Louise queria assassinar Sam. Agora parecia que ela era uma perfeita mesquinha.

"Não ligue para ele", disse ela, dando outro sorriso despreocupado. "É claro que eu não tive problema para pagar seus drinques. Afinal, esta não é sua grande noite?"

"Bem, olhe, se apresse com eles, está bem? As garotas estão ficando impacientes. Sasha, Stephanie e Tania só podem ficar para mais este, elas hoje estão no turno da noite, e Fiona quer ir logo para outro lugar."

Típico! Louise gemeu internamente enquanto observava Gemma afastar-se em direção às outras, minúsculos flocos de *glitter* caíam enquanto ela se movia. Balançou a cabeça. A esperta Fiona ia evitar não só uma rodada cara no Ice Bar, mas também estaria com um grupo menor! Em momentos como aquele, Louise gostaria de ser mais assertiva. Fiona estava sempre dizendo que ela era muito complacente. Mas, por alguma razão, Gemma era uma dessas pessoas a quem você jamais consegue dizer não – especialmente em sua *hen night*. Entretanto, Fiona não teve problema algum em dizer não...

"Parece que seu grupo está a fim de uma noite agitada", declarou Sam, e Louise não tinha certeza, mas achou ter sentido um leve desapontamento no tom de voz do rapaz. Ele não estava realmente tão... oh, não, talvez ela tivesse interpretado tudo errado. Talvez ele estivesse interessado em uma das outras garotas, talvez Tania ou mesmo Gemma, e estava sendo amigável com ela para conseguir juntar-se ao grupo. Tinha de ser isso. Deus, ela era realmente muito idiota, achando que alguém como ele poderia...

"É uma pena mesmo", continuou ele, "que você esteja numa *hen night*. Quer dizer, do contrário..."

"Do contrário?"

"Bem..." De repente, ele pareceu nervoso. "Você está hoje numa noitada só de garotas, e numa muito importante pré-*hen night*." Seus olhos cintilaram e então Louise percebeu que ele tinha adoráveis sardas no rosto. "Então, acho que não posso lhe pedir para deixá-las e vir tomar um drinque comigo, posso? Por mais que eu esteja morrendo de vontade de fazer isso desde que você apareceu na porta", acrescentou ele de maneira expressiva.

Louise olhou para ele sem entender, imaginando que piada seria aquela.

Mas Sam olhava diretamente para ela, esperando, claro, que ela dissesse algo.

"Eu... eu..." Deus, você é uma total idiota, censurou-se. Este rapaz é maravilhoso e está convidando você para sair. Então, diga alguma coisa! Qualquer coisa!

"Hum... os bellinis são deliciosos, não são?" Foi tudo em que ela conseguiu pensar.

Sam parecia desapontado. "Eu não sei, para falar a verdade, nunca experimentei."

Louise não conseguia pensar em nada mais para dizer, estava ocupada demais se repreendendo por agir como uma idiota.

"Então", Sam tentou de novo, "vendo que você já está comprometida esta noite, você consideraria sair para tomar um drinque comigo em alguma outra noite?" Ele corou levemente. "Hum, podemos tomar bellinis, se você quiser, eu não me importo, mas devo avisá-la de que sou apenas um mal remunerado auxiliar de escritório."

Louise não conseguia acreditar em seus ouvidos. É *claro* que ela sairia com ele!

"Eu adoraria", disse ela, antes de acrescentar: "Mas para um drinque normal, não um destes."

"Ainda estou um pouquinho preocupado com o que as mulheres chamam de drinques 'normais' atualmente", disse ele, rindo.

Pelo canto do olho, Louise viu Gemma, Fiona e as outras acenando freneticamente em sua direção. Elas provavelmente iriam embora logo, pensou ela sem pressa, acenando de volta para elas. Que pena.

"Acho que suas amigas já terminaram seus drinques", disse Sam. Ele pôs a mão no bolso e tirou o telefone celular. "Você pode me dar seu número? Eu telefono para você na semana que vem, visto que estará fora neste fim de semana. Está bem assim?"

"O quê?" Por um momento, Louise não sabia do que ele estava falando. Então, lembrou-se – o *hen weekend* de Gemma! Deus, agora ele realmente devia achar que ela era uma dessas socialites loucas, pobre menina rica e tudo mais. Era melhor consertar as coisas logo, do contrário, ele poderia esperar que ela pagasse pela saída deles!

Mas o mais importante é que *haveria* um encontro. Brilhante. Ele parecia realmente agradável, e era uma pena que ela fosse estar fora no próximo fim de semana, senão...

"Então, você pode me dar seu telefone?" A voz de Sam tirou-a de seu devaneio.

"Ah... ah, desculpe." Louise deu-lhe seu número e o observou gravá-lo em seu celular. Ela ponderou se ele iria realmente lhe telefonar, ou se teria sido apenas uma daquelas conversas para passar o tempo. Mas ao mesmo tempo *ele* se aproximou *dela* no bar tão...

"Louise, vamos, esvazie esse copo!" Gemma se aproximou e, depois de dar a Sam um de seus sorrisos mais sedutores, agarrou Louise pelo braço, quase lhe derramando o drinque. Então Louise percebeu que enquanto as outras haviam terminado seus coquetéis ela mal tocara no dela. Ela imaginou que engoli-lo de uma vez só na frente de Sam agora a faria parecer uma alcoólatra, então...

"Acho que eu posso simplesmente deixá-lo aqui", disse ela, colocando a taça quase cheia de volta no balcão do bar. Então, pensando em algo, sorriu para Sam. "Ou quem sabe você gostaria de terminá-lo? Já que você disse que nunca experimentou um desses..."

Sam pareceu encantado. "Bem, se você não o quer... Devo dizer que eu não esperava tomar coquetéis luxuosos quando vim aqui esta noite, mas..." Ele baixou o tom e lançou um olhar apreciativo para Louise. "Mas também não esperava conhecer uma moça tão atraente."

Gemma girou os olhos; ou não estava impressionada pelas palavras delicadas daquele homem, ou estava claramente infeliz por ter sido ignorada.

"Desculpe-me por ter de sair correndo desse jeito", disse Louise apologeticamente.

"Não tem problema. Tenha uma boa noite", disse Sam, sorrindo. "Eu posso lhe telefonar na próxima semana?"

"Claro", respondeu com um gesto casual, mas, quando se virou para seguir as outras até o saguão, sua boca se abriu num enorme sorriso feliz. Percebendo a expressão encantada de sua amiga, Fiona conspiratoriamente a provocou: "Está tendo uma boa noite?"

Louise devolveu o sorriso. "Estou tendo uma *ótima* noite", respondeu ela, feliz.

Capítulo 9

O fim de semana foi ainda melhor e, embora Louise se sentisse incrivelmente culpada por ter *outra vez* de aumentar sua dívida para pagar aquelas pequenas férias, valera a pena.

Marbella era fantástica. Muito sol quente, praias fabulosas e o hotel delas era muito mais suntuoso do que aqueles em que Louise costumava ficar nas férias. Após sua chegada, e embora elas estivessem ali por apenas três dias, Gemma imediatamente traçou um plano de ação para conseguir um bronzeado, com uma precisão militar que faria inveja às Forças Especiais dos Estados Unidos.

"Meninas, começamos às sete da manhã, paramos para o almoço ao meio-dia, depois voltamos e ficamos ao sol até as cinco horas", anunciou ela. "Então, preciso de uma lista de voluntárias para acordar cedo e ocupar as cadeiras de sol. Obviamente, *eu* não vou fazer isso..."

Em geral, não havia nada voluntário quando Gemma estava envolvida, e Louise esperava desesperadamente que ela não fosse escolhida como uma daquelas infelizes que estariam acordando ao sol nascer e descendo tropegamente as escadas com o braço cheio de toalhas. Mas, por sorte, daquela vez, a irmã adolescente da noiva, Mel, terminou ficando com a tarefa mais desagradável, e Louise escapou.

Não que ela se importasse de ajudar, mas o banho de sol normalmente estava lá em baixo em sua lista de prioridades. Com sua pele tipicamente irlandesa, Louise havia muito desistira de algum dia conseguir um brilho dourado, mas agora, que estava mais magra, achou que podia ser ótimo poder usar um biquíni sem ter de preocupar-se com sua silhueta.

Entretanto, preocupar-se com suas cicatrizes era outra questão. Ela tinha algumas marcas de cortes, como ela gostava de chamá-las, em sua barriga, e, é claro, os enxertos cirúrgicos em suas pernas costumavam chamar atenção. Mas, dane-se, ela estava de férias e, a julgar pela quantidade de mulheres com grandes seios artificiais nas praias dali, Louise não era a única a ter "sofrido os efeitos da faca".

Na tarde de sua chegada, e sob as instruções rígidas de Gemma, as garotas conseguiram pegar algumas cadeiras de sol vazias e ali ficaram algumas horas relaxando em torno da piscina. Louise ficara temerosa de expor seu corpo pela primeira vez, mas felizmente as garotas não pareciam de modo algum interessadas ou incomodadas com seus ferimentos de guerra – estavam ocupadas demais se preocupando com a maneira como elas próprias se exibiam *au naturel*.

Embora alguém como Fiona não precisasse preocupar-se, pensou Louise, olhando com inveja para as costas claras e perfeitas da amiga, cuja cor pálida se destacava num conjunto de crochê branco. Fiona tinha apenas de olhar rapidamente para um prospecto de férias para conseguir um tom dourado profundo. Louise suspirava e pegava seu Factor One Million, um protetor solar luminescente que aplicava apenas vinte minutos antes, sabendo que se esperasse um pouco mais terminaria com um tom atraente de cereja naquela noite.

Apenas uma vez, pensou Louise, sonhadora, enquanto se sentava em sua cadeira de sol, apenas uma vez ela adoraria voltar para a Irlanda triunfante e bronzeada – com uma cor que faria todos comentarem com inveja: "Estou vendo *alguém* que acabou de voltar do sol!"; em vez do usual e desconcertado: "Você esteve fora? Onde? Em Galway?"

Mas Louise sabia por experiência própria que podia queimar-se esperando ônibus de transferência no aeroporto – no aeroporto de *Dublin*. Por isso, apesar da rígida rotina de banhos de sol de Gemma, conseguir um bronzeado continuaria sendo estritamente um pensamento fantasioso. Não, ela precisava de um ano no sol para fazer uma diferença e, mesmo assim, estaria com sorte se chegasse com sardas!

Olhou em volta para o terraço do hotel e observou um grupo de clones da Britney Spears, magras e de pernas longas, perambulando autoconfiantes em volta da piscina, conversando em voz alta num tom agudo, característico e seguro. Americanas, concluiu ela.

Como *elas* conseguiam ficar tão maravilhosas, pensou ela, particularmente quando se supunha que todos os americanos descendessem de lugares parecidos com Louth e Limerick? Por que não ficavam todas cor-de-rosa e sardentas no verão, como ficavam os decentes e normais irlandeses? Ah, bem, era definitivamente por pura sorte, definiu ela, lambuzando-se de protetor solar, esperando que as outras não a vissem e começassem a fazer comentários sobre sua pele de elefante.

"Você não consegue ficar quieta um segundo?", falou Fiona em voz alta, um pouco irritada. "Não parou de levantar e sentar desde que chegamos aqui! O que há com você? Ah, deixe-me adivinhar, você ainda está sonhando com o rapaz da noite passada, não está?"

Louise olhou para ela inexpressiva.

"Aquele bonitão com belos olhos castanhos?", esclareceu Fiona, rindo.

"Ah!" Louise enrubesceu ligeiramente, mas é provável que Fiona não tenha notado a diferença – sua pele já era lindamente corada. Ela não pensara em Sam até então, mas na verdade pensara um pouquinho desde que o conhecera na noite anterior. Ele parecia maravilhoso, e ela esperava que ele lhe telefonasse. "Eu me esqueci de tudo a respeito dele", mentiu ela.

"Hum, acredito em você."

Louise queria que Fiona parasse de implicar com ela por causa de Sam. Havia uma chance muito boa de que ele lhe telefonasse, e por isso não havia razão para ficar tão excitada a respeito.

No entanto, era difícil não ficar excitada. Ele era tão bonito e parecia mesmo interessado nela, não parecia?

Ela se deitou e fechou os olhos, decidindo que definitivamente não iria permitir-se ficar muito queimada naqueles dias, em especial agora que Fiona a fizera lembrar-se de Sam. Pele escamosa, descascando, definitivamente não produzia boa aparência. E, decerto, ela poderia ir a Saint Tropez quando voltasse, no caso de Sam achar que ela mentira sobre ir para o sol naquele fim de semana.

Naquela noite, as garotas – algumas delas já miraculosamente bronzeadas – estavam prontas às nove horas e foram mais uma vez para a turbulência. Enquanto pulavam de bar em bar na marina, pedindo misturas caras das quais Louise jamais ouvira falar, ela mais uma vez não pôde deixar de pensar em quanto tudo aquilo iria custar. No entanto, estava sendo bastante divertido, e Gemma continuava repetindo, lacrimosa, que sair com as garotas era "tudo o que importava na vida", mas também era, muito literalmente, a hemorragia das finanças de Louise.

Ela tinha uma reunião com seu advogado na próxima semana e esperava que o senhor Cahill tivesse algo positivo para relatar-lhe – ou seja, uma data para a audiência no tribunal –, mas, enquanto isso, ela ainda continuava enrolada até o pescoço com suas dívidas.

Por sugestão de seu médico, Louise alguns meses antes pesquisou como conseguir alguma forma de compensação do motorista que a atropelou. Inicialmente, ela ficara horrorizada com a sugestão – afinal, o homem da companhia de seguro já pagara.

"Eles pagaram uma ninharia, Louise; mal deu para cobrir seu tratamento e suas próprias responsabilidades", disse o doutor Cunningham durante uma de suas consultas periódicas ao hospital da Cork University. "Você deve ter uma conversa com um advogado que trate de danos pessoais em Dublin e ver o que pode ser feito. Mas, em minha opinião, esse motorista ficou impune, considerando o dano que causou."

Assim, após seu retorno a Dublin, Louise consultou as Páginas Amarelas e logo depois foi parar no escritório de James Cahill, um advogado cuja propaganda proclamava que as reclamações de danos pessoais eram sua "especialidade". Cahill fora incrivelmente otimista sobre as chances dela e, melhor ainda, oferecera-se para pegar o caso sem cobrar honorários. O termo real era "sem ganho, sem ônus", aparentemente, mas toda a situação era bastante confusa mesmo sem que se tentasse conseguir captar o significado dessa expressão. O advogado lhe fez algumas perguntas sobre o acidente e sobre suas lesões subsequentes e depois, bem depressa, sugeriu abrir um processo civil contra o motorista imprudente. "Pois a data limite para fazer uma reclamação está se aproximando depressa", explicou ele. Além disso, parecia que Louise tivera mesmo *sorte* pelo fato de seu acidente ter ocorrido quando ocorreu, pois só recentemente o governo introduzira um sistema em que todas as novas reclamações de danos pessoais teriam de ir direto para um conselho especialmente indicado e, daí em diante, informou-lhe Cahill com aspereza, "você não conseguiria um tostão".

Então, com alguma sorte, seu advogado logo conseguiu marcar uma data para uma audiência e poderia aparecer alguma luz no fim do atual túnel cheio de dívidas de Louise.

Entretanto, aquele não era o momento de ficar imaginando isso, pensou ela, levantando-se e se juntando às garotas num cancã improvisado, do contrário, qual seria a vantagem de estar-se vivo? Ela não passara tanto tempo sozinha em seu apartamento, sem amigos e sem nada para fazer? –, pensou ela, levantando suas pernas o mais alto que podia. E não tinha sorte de ter uma vida como aquela e ótimas amigas com as quais compartilhá-la?

"Louise, você é muito desajeitada!", informou-lhe Gemma, que estava à sua direita. "Está completamente fora do ritmo!"

"Ops, desculpe!" A bem da verdade, seu ritmo nunca fora dos melhores, mas é claro que desde a lesão no quadril...

"Ah, esqueça, não tem importância!" Gemma, com ar petulante, tirou seu braço da cintura de Louise e saiu da fila, deixando Louise ainda levantando loucamente as pernas na tentativa de acompanhar o resto do grupo.

De volta à mesa, Vanessa, a melhor amiga de Gemma, lançou um olhar contundente para Louise. "O que há de *errado* com você?", perguntou ela.

"Errado? O que você quer dizer?"

"Você esteve sentada aqui a noite toda com uma expressão que derrubaria um burro! Este é o fim de semana especial de Gemma! Qual é o problema?"

"Não há nada de errado, de verdade...", gaguejou Louise, confusa. Ela não havia tornado isso tão óbvio, havia? Ah, não, ela nunca teve a intenção de deixar seus problemas de dinheiro arruinarem o *hen weekend* da pobre Gemma. Ela realmente não devia ter sido tão idiota – e para o inferno com o maldito dinheiro! "Sinto muito, eu não pretendia perturbar ninguém..."

"Será que eu estou mesmo agindo de modo estranho?", indagou-se, concluindo que seria melhor perguntar a Fiona se ela também achava isso. Mas naquele momento sua amiga estava flertando com um rapaz bonito no bar e Louise não quis interrompê-la. Ela lhe perguntaria mais tarde.

"O fato de você ser a única que não conseguiu um bronzeado neste fim de semana não significa que deva descontar no resto de nós!", acusou Gemma, irritada.

"O quê? Eu não..."

"Bem, você não parou de se queixar sobre isso desde que chegamos aqui, não é? 'Deitar no sol é uma perda de tempo, eu nunca vou conseguir nada aqui'," disse Gemma, imitando-a. "De fato, você não parou de se queixar de tudo desde que chegamos aqui. E não pense que não vi seu rosto antes, quando todas se cotizaram para pagar meu jantar."

Bem, sim, Louise ficara certamente chocada – assim como Fiona. É claro que ela não via problema em participar da refeição de Gemma – de novo. Mas ficou um pouco surpresa porque Gemma pediu e devorou um grande prato de lagosta fresca, que custava 8 euros o quilo...

Mas, ainda assim, ela realmente não dissera ou fizera algo que pudesse fazê-las pensar...

"Olhe, eu sinto muito se sou um pouquinho despreparada, Gemma", disse ela num tom gentil para a outra garota. "Mas, para ser honesta, estou com algumas preocupações na cabeça e..."

"Mas é *sempre* assim com você, Louise, você está sempre devaneando sobre alguma coisa! E, se não queria ter vindo conosco, deveria ter dito." A futura noiva fez uma pausa para causar um efeito dramático e, logo em seguida, magicamente apareceram lágrimas em seus olhos. "Se não estava interessada em comemorar comigo a ocasião mais importante de minha vida..."

Sua *hen night*? Pensou Louise, estupefata. E quanto a seu casamento?

"É claro que eu quero comemorar com você, Gemma", disse ela, esperando amolecê-la. "E eu sei como isso é importante para você. Sinto muito se a aborreci, eu realmente não pretendia. Espere aí." Ela se levantou. "Deixe-me consertar as coisas com você. Você gostaria de outro drinque ou...?"

Gemma sorriu agradecida; as lágrimas desapareceram quase tão depressa quanto chegaram. "Um daqueles coquetéis de maracujá seria ótimo. O que acham, garotas?"

Louise lamentou-se internamente. Ótimo, parecia que ela fora escolhida para pagar outra rodada! Então, bem na hora, ela se deteve. Isso realmente não era justo com a pobre Gemma, e ela não tinha mesmo ideia de que elas a consideravam a vida e a alma dessas coisas. Nem sequer achava que ela e Gemma eram tão próximas, mas se a garota estava aborrecida por ela não se juntar às outras na diversão...

"Quinze coquetéis de maracujá, então", anunciou Louise, e Gemma sorriu.

Louise retribuiu o sorriso. Ela, claro, tinha muito mais amigas do que imaginava!

Capítulo 10

Rosie escancarou a janela, observando o cenário passar depressa enquanto o trem seguia para Dublin. Ela trouxera um livro consigo, como sempre, mas, por mais que tentasse, não conseguia concentrar-se – não hoje, e decerto não depois do telefonema surpreendente que recebera na noite anterior.

Imaginava o que Sheila iria concluir disso tudo quando ela lhe contasse. Sheila era brilhante – muito perceptiva e inteligente, sempre ótima para chegar ao fundo das coisas. Não que o que sua amiga pensava importasse tanto de fato, disse Rosie a si mesma. A decisão já fora tomada.

Ela suspirou, tentando sentir-se um pouquinho mais feliz com tudo aquilo do que realmente se sentia. Como aquilo acontecera? Ela imaginara que seu trabalho fora feito, e bem feito. Achava que seus filhos estavam finalmente estabelecidos e felizes. Como não viu o que estava acontecendo?

Porém, mais uma vez, como *poderia* ter visto o que estava acontecendo? Afinal, ela não sabia muito sobre o dia a dia de seus filhos além daquilo que eles lhe contavam, não é?

Pensando em Sophie, ela suspirou outra vez, como se uma sensação familiar de desapontamento – não, de *rejeição* – a percorresse.

Desde que ela mudou para sua famosa casa nova em Malahide, algumas semanas antes, Rosie mal vira a filha ou falara com ela. É claro que ela entendia que Sophie estava ocupada, e mudar de casa era bastante estressante, mas se ela pudesse pelo menos deixar Rosie ajudar! Não assinando formulários e visitando advogados, mas uma ajuda normal do dia a dia, como limpar, arrumar e cuidar de Claudia enquanto sua mãe tentava organizar as coisas.

Mas não, Sophie insistira que ela estava ótima, que as coisas estavam indo muito bem, mas sua mãe não conseguia entender por que naquele momento ela não tinha tempo sequer de levar a menina para visitá-la aos domingos à tarde. Em vez disso, ela precisava de tempo para visitar lojas de móveis, centros de jardinagem e sabe-se lá o que mais.

"Mas, mamãe, quando tudo estiver pronto e estivermos totalmente instalados, você poderá nos visitar sempre", dissera Sophie ao telefone recentemente, enquanto rejeitava pela quinta vez a oferta de ajuda de sua mãe.

Rosie achou que não podia culpá-la – mudar-se para sua primeira casa com seu marido e sua filha era uma ocasião importantíssima e algo para ser saboreado pela família, mas ela também não era da família? E Sophie não dissera tantas e tantas vezes que foi Rosie que lhes possibilitara isso?

Ela balançou a cabeça. Ah, estava sendo realmente tola. Não era justo querer manter Sophie e Robert assim tão presos a ela. O valor da ajuda estava em não esperar retribuição; era antes de tudo fazer outra pessoa feliz, não era?

E, afinal, é para isso que servem as mães.

Rosie foi arrancada de seu transe, percebendo que o trem estava prestes a fazer sua parada em Blackrock. Ela se levantou de sua cadeira e deu um sorriso breve de reconhecimento para a mulher que estava em pé ao lado da porta, também esperando para sair dali.

Do mesmo modo que ela, a mulher em geral saltava naquela parada mais ou menos no mesmo horário às quintas-feiras pela manhã – na verdade, você vê com frequência as mesmas pessoas entrando e saindo da mesma estação ao mesmo tempo. Rosie muitas vezes especulava sobre aonde elas poderiam estar indo e o que poderiam estar fazendo. A visita ou viagem de negócios daquela mulher em particular era específica das quintas-feiras pela manhã, ponderou ela, ou ela fazia aquela viagem todos os dias?

No caso de Rosie, as manhãs de quinta-feira eram as manhãs em que visitava Sheila e também seu cabeleireiro, um lugar adorável em Blackrock, que, em sua opinião, fazia a melhor secagem de cabelo do país. Nas manhãs de quinta-feira, entre nove e dez horas, o salão fazia uma oferta especial pela metade do preço, que ela em geral aproveitava para, antes de continuar sua viagem, fazer uma curta visita a Sheila. Estava uma bela manhã, e aquilo era algo que ela realmente esperava ansiosa toda semana.

Sua velha amiga tivera sérios problemas de saúde no ano anterior e, em vista disso, mudou-se de Wicklow para morar com sua filha mais velha e sua nova família. Rosie achou adorável a maneira como Gillian insistiu em receber a mãe doente em sua casa e cuidar dela. Sorriu intencionalmente. De algum modo, não conseguia imaginar Sophie fazendo o mesmo por ela, caso surgisse a ocasião.

Rosie teria preferido visitar sua amiga mais de uma vez por mês, mas ao mesmo tempo não queria aborrecer a filha de Sheila, ou atrapalhá-la. Entretanto incluindo suas próprias irmãs e seus três filhos muito bons, Sheila nunca foi muito afeita às visitas e, com toda a honestidade, Rosie provavelmente ansiava mais por aquelas visitas do que sua amiga.

Hoje Sheila parecia revigorada e bem, e estava sentada na sala lendo um livro quando Rosie chegou. Gillian a fez entrar, e as três conversaram durante algum tempo antes de ela sair e deixar as duas amigas sozinhas. Então elas se prepararam para uma conversa apropriada.

"Então, a princesa já recebeu a corte em seu castelo?", perguntou Sheila num tom áspero, referindo-se a Sophie e a sua recusa em deixar Rosie visitá-la, que dirá ajudá-la.

"Ah, pare com isso", disse Rosie com um leve sorriso diante da referência à "princesa". Sheila conhecia Sophie desde que ela era bebê e, embora sua amiga nunca admitisse isso em voz alta, Rosie sabia que Sheila achava Sophie mimada e um pouco egoísta. Apesar de tudo, Rosie não conseguia evitar de pensar a mesma coisa. "Ela está muito ocupada e não precisa de mim atrapalhando."

"Hum, ela não estava ocupada demais para vir aqui e lhe pedir para dar sua casa como garantia pela dela, estava?", retrucou Sheila.

Além disso, Sheila não aprovava o que Rosie fizera por Sophie, tendo a mesma opinião que Martin de que "quando começamos, todos trabalhamos duro e fizemos sacrifício para termos *nossas* casas". Mas os filhos de Sheila estavam todos bem estabelecidos, com belas casas próprias, e por isso ela nunca teve de preocupar-se com eles da maneira como Rosie se preocupava com Sophie.

Ou da maneira como ela agora estava preocupada com David.

"Recebi um telefonema de David ontem à noite", disse Rosie casualmente, mas pelo seu tom de voz Sheila percebeu que aquele não fora um telefonema qualquer.

Ambas sabiam que o filho de Rosie não era exatamente a melhor pessoa para manter contato, e Sheila não fez segredo de seu aborrecimento para com David quando ele voltou para Liverpool imediatamente após o funeral de seu pai, alegando o trabalho como desculpa. Era verdade que Rosie não tinha notícias dele com frequência, mas os meninos são diferentes – ele não ia telefonar para sua mãe todos os dias da semana, ia? Seja como for, como ela dizia repetidamente a Sheila, David tinha sua própria vida para viver e estava indo muito bem em Liverpool.

Ou pelo menos era o que Rosie achava.

"Ah? Como ele está?"

Rosie franziu o cenho. "Ele e Kelly estão se separando", disse ela, como admitindo algo vergonhoso. "Não consigo acreditar nisso. Eles estão casados há poucos anos, e eu a achava uma garota tão adorável."

"Você a *achava*? O que aconteceu? Ela fugiu com outro homem ou..."

"Eu honestamente não sei, mas, lendo nas entrelinhas, acho que sim", respondeu Rosie num tom lamentoso. "Tudo o que ele disse foi que eles tiveram uma separação experimental, que agora está parecendo definitiva, e provavelmente divórcio." Ela juntou as mãos no colo. "Eu nunca percebi que estivesse acontecendo alguma coisa, Sheila. Achava que eles eram muito felizes juntos, e que a Kelly era um encanto."

A esposa de David era uma garota bonita e alegre, que raramente parava de falar, e era também muito afetuosa. Todos a adoravam.

Rosie se lembrou da primeira visita que ela e Martin fizeram a Liverpool, anos atrás, quando David e Kelly ficaram noivos. Enquanto os homens foram a um jogo de futebol, Kelly e sua mãe – uma mulher parecida com a filha, tanto na aparência quanto na personalidade – haviam insistido em mostrar a Rosie os arredores e levá-la para fazer compras. Rosie gostara imensamente daquela adorável cidade em que todos pareciam ansiosos para conversar, no mesmo agradável sotaque cantado de Kelly e de sua mãe.

Até mesmo as vendedoras das lojas, ao reconhecer o sotaque irlandês de Rosie, queriam saber tudo sobre ela, perguntando-lhe por que ela estava visitando Liverpool e esperando que ela gostasse da cidade – em vez de simplesmente agarrarem seu dinheiro sem um cumprimento ou um agradecimento, como tendiam a fazer nas lojas atualmente. "E não deixe de nos visitar de novo, querida", insistiam elas, sorrindo e se despedindo, enquanto ela se afastava com suas compras.

Ela ficou tão encantada com a afetividade genuína do povo de Liverpool que, no fim da viagem, ela quase se sentia em casa ali. Quando Kelly ouviu aquilo, ela riu, agradecida por sua futura sogra ter vivenciado um pouco da famosa hospitalidade de sua cidade natal.

Tendo gostado dela desde o início, era difícil para Rosie conciliar a imagem que ela tinha de Kelly com aquela da mulher que traíra seu marido – traíra David. Mas, afinal, a gente nunca sabe, não é?

"Ah, Rosie, sinto muito", disse Sheila com suavidade, sabendo o quanto Rosie adorava sua nora. "Mas se não é para ser, não é para ser."

"Eu sei, mas isso é só parte do problema", disse Rosie, parecendo artificial e lembrando-se de como, tendo explicado que ele e Kelly estavam se separando, David delineou o resto de seus planos.

"Então, mamãe, eu decidi voltar para casa", disse ele, e Rosie quase deixou cair o telefone.

"Para casa? Aqui para a Irlanda?"

"Sim... e eu estava pensando...", e instintivamente Rosie sabia o que estava vindo. "Estava pensando que eu poderia ficar com você."

"Comigo?", repetiu Rosie.

"Sim." Houve um traço de irritação no tom de David. "Acabei de me separar de minha esposa, mamãe. Não tenho mais nenhum lugar para ir."

"Não, eu não quero dizer que você não seja bem-vindo, nem qualquer coisa desse tipo", disse Rosie depressa. "Só que... desculpe, querido. É que isso foi um pouco chocante para mim, isso é tudo."

"Está sendo muito difícil para mim também, mamãe, acredite em mim, mas eu tive uma conversa com Sophie e ela acha..."

"Sophie? Você já conversou com Sophie sobre isso?"

Ele pigarreou de leve. "Sim, ela já sabe disso há algum tempo."

"Ah." Isso surpreendeu Rosie. David e Sophie não eram próximos – na verdade, eles nem se davam bem, nunca haviam se dado. E Sophie não dissera uma palavra a respeito. Não que Rosie esperasse isso dela, na verdade. Afinal, David provavelmente lhe falou em confidência, mas, ainda assim, aquilo tudo estava chegando como um grande choque para ela agora. Seria melhor se tivesse sido mais preparada.

Mas, pensando nisso agora, bem, não seria maravilhoso ter David de volta em casa e poder ficar com ele? Ela não o via muito e realmente sentiu bastante a falta dele quando ele se mudou para Liverpool.

Era realmente a solução perfeita, decidiu então. David teria um pouquinho de tempo e espaço para reerguer-se sem ter de se preocupar em começar tudo de novo na Irlanda. Deus sabe que não seria fácil para ele comprar um imóvel em Dublin, caso decidisse ficar lá para sempre.

E para Rosie também seria ótimo ter outra pessoa na casa, alguém mais para preocupar-se em verificar se a porta estava devidamente trancada à noite, ou se a janela de cima ficara aberta. Pequenas coisas tolas com as quais Rosie nem se importava quando Martin estava ali, mas que tinham ficado mais importantes agora que ela estava sozinha.

E ter David por perto para conversar a impediria de sentir-se inquieta durante as noites escuras do inverno, quando ela não podia sair para tantas caminhadas quanto fazia agora. O inverno daquele primeiro ano depois da morte de Martin a atingira duramente. Até então, Rosie conseguira manter-se ocupada, saindo e se encontrando com as pessoas na cidade ou à beira-mar. Mas com a chegada do inverno, este começou a atingir a casa, e ela percebeu que estava realmente sozinha.

No entanto, pensou Rosie afetuosamente, ela conseguira superar o inverno – graças em grande parte a um pequeno *cocker spaniel* chamado Twix. O cão chegara à vida de Rosie praticamente por acaso. Certa noite, não muito depois da morte de Martin, Rosie estava se sentindo muito deprimida e, para sair da depressão, decidiu ir até a mercearia e pegar algumas coisinhas, e talvez comer uma barrinha de chocolate enquanto estivesse ali. Vira um anúncio de uma barra de Twix na televisão e decidira que isso cairia na verdade muito bem – especialmente com uma boa xícara de chá. No caminho para a mercearia, imaginou ter visto um pequeno animal espreitando por trás dos arbustos, mas não pensou muito naquilo até que, quando já estava quase chegando, se virou e viu um pequeno montinho de pelo dourado perto de seus calcanhares – com a língua de fora e sacudindo vigorosamente o rabo. O cão era uma fêmea, obviamente um filhote, e era uma coisinha adorável. Mas estava muito provavelmente perdida e com certeza pertencia a alguém, pois se via que era uma cadela de raça e com um aspecto muito melhor do que o da maioria dos vira-latas que havia por ali.

A cadelinha esperou do lado de fora enquanto Rosie estava dentro da mercearia e depois a acompanhou em seu caminho de volta para casa, o tempo todo pulando sobre Rosie e mordiscando alegremente seus pés.

O bichinho parecia faminto, e, com o coração já conquistado por aquela coisinha, Rosie a levou para dentro e lhe deu algumas sobras do jantar. Depois, com um melancólico até logo, colocou a excitada cadelinha no portão e mandou que ela seguisse seu caminho. Sem dúvida, seus donos estariam loucos, procurando por ela.

Mas, na manhã seguinte, quando Rosie abriu a porta para o carteiro, quase caiu sobre a cadelinha. Parecia que ela havia encontrado uma nova amiga. Nos próximos dias, pesquisou nos jornais para ver se alguém estava procurando pelo animalzinho e colocou alguns anúncios nas lojas locais, mas ninguém veio reclamar a falta da alegre cadelinha de olhos inocentes, que então Rosie passou a chamar de Twix. "Foi a primeira coisa que eu tirei de minha sacola de compras naquela noite e, vendo que foi aquilo que nos uniu, achei o nome adequado", disse ela, bem-humorada, à sua vizinha do lado. Na época, a pequena Twix foi um presente dos deuses, particularmente naquelas longas noites escuras após a morte de Martin. Sem sua pequena amiga, Rose não sabia como teria se saído.

"Então Sophie insistiu em dizer que você pularia de alegria diante da oportunidade de um pouco de companhia", disse então David, trazendo sua mãe de volta ao presente.

Rosie não conseguiu evitar de sentir-se um pouco aborrecida. Sim, ela gostaria de tê-lo por perto, mas "pular de alegria diante da oportunidade" era um pouco de exagero! É claro que ela ainda se sentia solitária após a morte de Martin e sem dúvida sempre se sentiria solitária depois da partida dele, mas ao mesmo tempo estava começando a desfrutar de sua independência. Saía para caminhar com Twix três vezes ao dia, jogava *badminton* até recentemente, quando suas costas começaram a incomodá-la, e estava sempre viajando de trem para visitar Sheila. Pela maneira como seus filhos estavam falando, você juraria que ela estava sentada em casa ansiando por alguém com quem conversar!

"Bem, é claro que eu gosto de companhia, David, mas também tenho meus próprios interesses", disse ela, com uma leve contundência em seu tom.

"Eu sei disso, mamãe, e, para ser honesto, preferia não incomodá-la, mas Sophie está tentando se instalar em sua nova casa e eu sei que ela não me quer junto com eles. Na verdade, eu realmente não esperava que ela me convidasse, mas..."

Diante disso, os olhos de Rosie se arregalaram. "Então, você antes perguntou a Sophie se podia ficar lá?"

"Bem..." David recuou um pouco. "Não, não, eu lhe perguntei o que ela achava que poderia ser melhor... para todos... e ambos concordamos que o melhor seria eu ficar com você em Wicklow."

"Entendo." Rosie se sentiu um pouco ofendida porque todas aquelas decisões tinham sido tomadas a sua revelia. Mas, para ser justa, pensou ela com um suspiro, Sophie provavelmente estava certa. Ela, Robert e Claudia eram uma jovem família tentando desfrutar de sua nova casa. Provavelmente não faria muito bem ao casamento de sua filha ter o irmão mais velho recém-separado compartilhando de seu espaço!

Embora ele certamente pudesse ter ficado em um daqueles cinco enormes quartos...

"Então, eu estava esperando ir logo para casa; provavelmente nas próximas semanas", continuou David. "Espero conseguir acomodar a maioria de minhas coisas no carro, mas, se não puder, posso enviar uma parte e..."

Nas próximas semanas? Ele estaria ali diante de Rose sem que ela sequer tivesse a chance de acostumar-se com a ideia! Embora, é claro, ela estivesse ansiando por tê-lo em casa, na verdade, não achava que teria tão pouco tempo para fazê-lo!

"Mas e quanto à Kelly"?, perguntou Rosie. "Você tem certeza de que vocês dois não conseguem se entender? Está certo de que não tem volta?"

Mas, pelo tom de David quando ele respondeu, Rosie quase desejou não ter perguntado.

"Posso lhe garantir que está acabado", cortou ele. "Não há volta para isso."

E naquele momento Rosie decidiu que não se atreveria tão cedo a voltar a tocar no assunto.

Então, virou-se para Sheila: "Portanto, parece que vou ter meu filho de volta", disse ela.

"E como você se sente com relação a isso?"

Rosie encolheu os ombros. "Ele é meu filho, e pelo que pude perceber está atravessando um momento difícil. Não vou largá-lo na rua."

"É claro que não, mas, ainda assim, essa será uma enorme mudança para você", disse Sheila. "Você agora tem sua própria vida e sua independência. David saiu de casa há quase dez anos e então súbitamente decide largar tudo e voltar para casa. Ele ao menos pensou no que vai fazer quando chegar aqui?"

"Acho que isso é com ele. Ele pode fazer o que quiser."

"Mas e quanto a você, Rosie?", insistiu Sheila, suspeitando de que sua amiga não estava completamente feliz com a situação. *Ela* não estava feliz com a situação. David e Sophie nunca apreciaram muito a mãe, ao menos pelo que ela conseguia lembrar-se, e isso não havia mudado. "E quanto ao que *você* quer?"

"Eu quero o que for melhor para meus filhos, Sheila", disse Rosie, encolhendo os ombros. "Afinal, não é isso que toda mãe quer?"

Capítulo 11

O trem estava atrasado – de novo. Os ossos de Dara doíam enquanto ela esperava em pé na plataforma abarrotada da Connolly Station. Ela sabia que podia pegar o próximo Dart para levá-la até Sandycove, mas a vantagem do trem era que ele não parava em cada estação ao longo do caminho. Psicológica e fisicamente, o trem era bem mais rápido, e assim ela se convenceu de que valia a pena esperar alguns minutos mais.

Enfim, o trem apareceu e os impacientes passageiros se empilharam de imediato, inclusive Dara. Ela ficou desapontada quando percebeu que o vagão já estava totalmente lotado e não havia nenhuma esperança de que ela conseguisse um assento. Praguejou consigo mesma. Era o mesmo de manhã. Aquele trem parecia estar ficando cada vez mais cheio, e a companhia ferroviária devia considerar seriamente a hipótese de colocar alguns vagões extras. Seria mais adequado do que ficar fazendo todas aquelas melhorias nos trilhos que eles pareciam continuar fazendo.

Entretanto, por piores que pudessem ser os trens, pelo menos era melhor do que ficar sentada no trânsito lento durante horas sem fim. Dara mais de uma vez sugerira a Mark que, em vez de usar-se um trevo como símbolo nacional, o mais apropriado seria usar um cone de trânsito, pois parecia haver vários milhões deles espalhados pelas estradas irlandesas.

Mark, no entanto, tinha sorte. Trabalhando como fisioterapeuta num clube de *rugby* próximo, ele não tinha de cumprir um horário rígido das nove às cinco nem tentar ir de A a B nos horários mais tumultuados. Como resultado, costumava ir de carro a toda parte. Entretanto, o lado ruim de seu emprego era que Mark com frequência tinha de trabalhar nos fins de semana e em algumas noites, enquanto Dara adorava ter os fins de semana livres para fazer compras, jantar com as amigas ou simplesmente ficar largada em frente à tevê com uma pilha de chocolates e uma montanha de batata chip. Hum, ficar largada soava agora como uma perspectiva tentadora, e ela estava realmente louca para chegar em casa e descansar suas doloridas articulações.

Mark estava fazendo o jantar quando ela chegou. Ele era brilhante nisso; Dara mal conseguia preparar uma xícara de chá sem ficar histérica. Por alguma razão, ela nascera sem o gene da culinária e – na verdade, pensava ela, fazendo uma careta ao ver a poeira na mesa do café – também sem o gene dos afazeres domésticos. Ah, droga, ela os fazia, às vezes. Qualquer vida era curta demais para rechear-se um cogumelo, como alguém famoso disse um dia, e apesar do fato de não ser nenhum Shakespeare, Dara achou que essa poderia ser registrada como a melhor citação da História.

"Como foi o trabalho?", perguntou Mark, adicionando uma miríade de diferentes ingredientes – a maioria dos quais Dara não conseguia identificar – no liquidificador. Ótimo, ele estava fazendo algum de seus famosos molhos italianos, pensou ela, com seu estômago rugindo. Quando se tratava de culinária italiana, as coisas que Mark fazia podiam com frequência ser dez vezes melhores do que qualquer coisa que se pudesse comer num restaurante. Ela se inclinou na direção dele e lhe deu um beijo rápido no rosto. "Movimentado como sempre. Ainda estou pondo em dia os casos que se acumularam durante minhas férias." Com uma das mãos, ela massageou sua coluna lombar, tentando aliviar o incômodo.

"Bem, isso não vai demorar muito tempo. Sente-se no sofá, e eu a chamo quando estiver pronto."

"Obrigada, querido." Dara sorriu agradecida para ele e se instalou no sofá. Imediatamente tirou seus sapatos desconfortáveis, algo que ela estivera louca para fazer o dia todo. Em certo momento da volta para casa, no trem, ficou meio tentada a livrar deles seus pés doloridos, mas achou que os outros passageiros não ficariam muito satisfeitos com isso!

Logo o jantar estava servido, e, como sempre, Mark se superara.

Assim que terminaram, ele levantou um assunto que Dara desconfiava de que estava havia algum tempo em sua mente.

"O que você acha de nos mudarmos?", perguntou ele, enquanto colocava os utensílios na máquina de lavar pratos. "Eu sei que você adora este lugar, mas é um pouquinho pequeno demais para nós dois." Antes de irem morar juntos, Mark alugava um apartamento muito menor no centro da cidade. Ao contrário de Dara, ele não tivera a visão de investir num lugar próprio antes de o mercado imobiliário enlouquecer, e ela sabia que ele estava ansioso para os dois se estabelecerem em algum lugar permanentemente. O apartamento de dois quartos de Dara estava ótimo por enquanto, mas quando eles decidissem iniciar uma família...

"Não podemos ficar aqui para sempre", prosseguiu Mark, enquanto servia duas xícaras de café e estendia uma para Dara, "portanto, podemos muito bem começar a procurar outro lugar."

"Eu sei." Dara mordeu o lábio. O problema era que ela realmente adorava aquele apartamento e se sentia orgulhosa do fato de tê-lo comprado. Era algo para mostrar por todos os meses e anos que passou trabalhando como uma louca e tentando esquecer-se... tentando esquecer-se de seus erros. "Mas, ao mesmo tempo, eu detestaria vendê-lo."

"Então não venda", respondeu Mark, levando seu café para a sala de estar e se sentando no sofá, esticando suas longas pernas musculosas diante dele. "Fique com ele e o alugue. Você não terá problema em conseguir inquilinos para ele. Não aqui, pelo menos."

Dara se sentou ao lado dele, pensando sobre o que ele disse. Mark estava certo. E eles precisariam pensar em algo maior, sobretudo quando iniciassem uma família, o que, pela lógica, deveriam fazer logo. Ambos decidiram esperar um ano antes de começar a tentar ter um bebê. Dara estava agora com trinta e quatro anos, e, por mais que odiasse admitir, o tempo estava começando a correr. Ela fez uma careta, pensando em como Ruth provavelmente rejeitaria aquela ideia, como se fosse mais uma razão inaceitável para sua decisão de "estabelecer-se".

"O.K., vamos pensar nisso", disse ela. "Devemos mais tarde dar uma olhada na Internet, para ver se encontramos alguma coisa. Eu adoraria algo perto daqui, uma maravilhosa casa georgiana com vista para o mar e talvez uma varanda ou..."

Mark riu. "Acho que então você está no emprego errado. Você deveria ter treinado para ser uma advogada de tribunal! E, a menos que nesse meio-tempo eu consiga um emprego com uma seleção irlandesa de *rugby*, você pode apenas pensar em uma coisa mais modesta, especialmente se não quer vender este apartamento."

"Vamos ver", disse Dara, pensando que, se eles encontrassem a casa perfeita, ela podia ser persuadida a abrir mão de seu adorado primeiro lar. Ela terminou seu café e colocou sua caneca no chão ao lado dela. "Ah, isso está gostoso!" Mark estendeu as pernas dela sobre o colo dele e estava agora competentemente massageando-lhe os pés doloridos. "Hum, está cada vez melhor", suspirou ela, sonhadora, e então se deitou e apoiou sua cabeça no braço do sofá. Mark era maravilhoso em suas massagens. Sendo fisioterapeuta, ele tinha de ser, mas seus talentos eram também muito apreciados em casa.

"Eu já lhe disse que esses saltos altos estão causando um dano enorme a sua postura", censurou ele.

"Eu sei, mas não posso ir para o tribunal de tênis, posso?"

"Por que não?", brincou ele. "O juiz faria você perder o caso por não gostar da aparência de seus Reeboks?"

Dara riu ao pensar nisso. “Não, mas meus clientes provavelmente me demitiriam!”, brincou ela, pensando no que alguém como Leo Gardner poderia dizer se sua equipe de advogados aparecesse vestida com trajes menos que perfeitos. Ao pensar em Gardner, ela suspirou profundamente.

Mark percebeu de imediato sua mudança de humor. “*Esse* não foi um suspiro de prazer”, disse ele. “Qual é o problema? Trabalho?”

Dara assentiu e girou os olhos. “O maldito Leo Gardner está me deixando louca, de novo.”

Gardner, um arrogante e presunçoso produtor de tevê, era um dos clientes mais importantes da Cullen & Co e – principalmente por causa de sua personalidade abrasiva – era também um dos mais frequentes. Dara trabalhava muito para ele, mas na verdade odiava ter qualquer coisa a ver com aquela criatura repulsiva.

Mark balançou a cabeça, sério. “Olhe, se ele sequer pensar em encostar a mão em você de novo, me diga. Depois que eu acabar com ele, ele terá de pensar muito seriamente antes de repetir isso.”

Gardner era também um porco chauvinista que com frequência tinha dificuldade para conter suas mãos. Dara riu diante da postura protetora do marido; ela adoraria que Mark pusesse alguém como Gardner em seu lugar.

“Não é apenas isso”, disse ela, suspirando. “Nigel e eu tivemos uma reunião com ele hoje à tarde, e não demorou muito e ele estava na porta de minha sala pedindo – não, *ordenando* – que eu fosse fazer um chá. Chá! Eu estou prestes a virar sócia, Mark, e o maldito *neanderthal* me vê como boa apenas para fazer um chá fétido!”

Mark balançou a cabeça contrariado; já tinha ouvido muito sobre isso antes.

Dara prosseguiu. “Durante toda a reunião, ele demonstrou tanto respeito por mim quanto demonstraria por uma daquelas dançarinas baratas que ele visita regularmente! Na verdade, espere, não... Ele provavelmente respeita muito mais essas garotas, porque pelo menos elas supostamente ‘conhecem seu lugar’.” Ela girou os olhos.

“Não há como você passá-lo para outra pessoa? Quem sabe, colocar toda essa coisa nas mãos de Nigel?”

Ela suspirou. "Não, ele gera muito trabalho, o que é ótimo para a Cullen & Co, mas não tão bom para pessoas como eu e quaisquer outras mulheres do escritório." Ela pensou, desgostosa, na ocasião em que Gardner casualmente deu um tapa no bumbum de Rose enquanto entrava no escritório. Ruth imediatamente ameaçou de processá-lo por assédio sexual, mas logo mudou de opinião ao perceber que seu próprio patrão – e na verdade Dara – iria terminar o defendendo. Dara quase desejou que alguém abrisse um processo desse tipo contra o cretino, mas ela ficaria seriamente tentada a derrubá-lo.

Quando disse isso a Mark, ele balançou a cabeça. "Ainda não consigo entender como vocês continuam a trabalhar para esse sujeito. Não há um conflito de interesses?"

Dara encolheu os ombros. "Eu não tenho necessariamente que adorar todos os meus clientes. E, no fim do dia, é apenas trabalho. É isso que eu faço. O mesmo acontece com você. Sabe aquele meia de quem você sempre está se queixando? Aquele de que você não gosta? Aquele que você definitivamente detesta?"

"Sim", estremeceu Mark, e Dara sorriu.

"Bem, se ele tiver uma distensão no quadril, você terá de ajudá-lo, não é? Não importa quanto isso possa lhe causar repulsa, não importa quanto você odeie fazê-lo, ainda assim você terá de... cuidar do quadril dele." Ela riu diante da expressão nauseada de Mark. "É seu trabalho, não é? Não é?"

"Ugh, podemos mudar de assunto, por favor?", pediu ele, sacudindo a cabeça. "Não quero ficar pensando no quadril de um idiota, não agora, pelo menos." Ele lhe lançou um olhar significativo e bateu seus tornozelos um contra o outro. "Não quando minha maravilhosa esposa está tão pertinho de mim."

Dara arregalou os olhos. "Seu demônio", brincou ela, tentando livrar-se do abraço dele.

"Não adianta", disse ele, usando uma das mãos para fazer cócegas no pé dela, o que ele sabia que sempre lhe provocava ataques de riso. "Eu tenho você presa... Não há como se livrar de mim!"

As cócegas lhe provocaram convulsões de riso e, por mais que tentasse, Dara não conseguiu escapar. Finalmente, as coisas ficaram um pouco mais sérias e logo Mark começou a beijá-la e acariciá-la enquanto percorria o corpo dela com suas mãos, cobrindo-a de minúsculos beijos. Ele era um amante maravilhoso, pensou ela. Sempre tão respeitoso, gentil, amoroso. E quando eles estavam juntos era bom – na verdade, era muito bom –, mas, como ela tentava explicar a Ruth, seu relacionamento com Mark não tinha a mesma intensidade feroz e apaixonada que seu caso com Noah. Eles não pareciam ter aquele incrível e incontrolável tesão um pelo outro. Era, como o resto do relacionamento, bom, constante, agradável.

E Dara mais uma vez se tranquilizou, não havia absolutamente nada de errado com isso. Mark podia não incendiar o mundo dela, mas a paixão feroz não era tudo, era? Embora, pensou, lembrando de suas incertezas sobre o futuro de seu relacionamento nos primeiros dias, tenha sido preciso um pouco de persuasão antes de ela aceitar essa ideia.

* * *

O que realmente ajudou Dara a abandonar suas noções românticas e idealistas sobre o relacionamento perfeito foi uma conversa que tivera com seu pai quando ela e Mark começaram a sair.

Seus pais sabiam que ela estava namorando alguém, mas ela intencionalmente não comentou muita coisa com eles sobre Mark ou como estava indo seu relacionamento. No entanto, depois de saber que Dara estava tendo um romance, sua mãe se comportou como se houvesse ganhado na loteria. Até que enfim a pobre Dara encontrara um homem! Enfim, eles poderiam parar de preocupar-se com ela e de ficar pensando que diabos havia de errado com sua filha. Ah, não seria adorável se em seu aniversário de trinta e três anos ela finalmente se assentasse e se concentrasse em alguma outra coisa além de sua preciosa carreira? E não seria ainda melhor se conseguisse conquistar para sempre esse Mark e eles terminassem se casando? Na opinião de Hannah, uma aliança no dedo resolveria *tudo.*

Mas o que Dara queria descobrir era se essas duas coisas haviam resolvido tudo para sua mãe – se o casamento e o marido haviam significado a felicidade para sempre, para seus pais. Isso era algo de que ela poderia nunca ter certeza. Seus pais estavam juntos havia trinta e cinco anos e, portanto, deviam ser felizes, mas, ainda assim, ela queria saber se as coisas haviam mudado no relacionamento deles com o passar dos anos.

E como ela e Hannah não tinham esse tipo de ligação – ela nunca conseguia uma resposta direta de sua mãe –, recorreu a Eddie.

Como qualquer criança, Dara sempre tomou como certo que seus pais haviam se conhecido e se apaixonado perdidamente, se casado e tido filhos muito desejados. Mas ela queria saber se a paixão ainda estava ali, se o fogo ainda ardia. Em outras palavras, queria ver se os seus ideais românticos arraigados sobre amor e casamento eram válidos. Não era sempre melhor começar com o casamento que ela conhecia melhor?

Eles estavam sentados no *pub* local numa noite de sexta-feira, Dara tomando vinho branco e Eddie saboreando meio litro de cerveja preta cremosa. Hannah, que nem morta seria vista num *pub* minúsculo, e se sentia muito mais à vontade em hotéis onde ela poderia se exibir um pouco, ficou em casa. Tipicamente, expressou sua desaprovação quando Dara lhe disse que ela e seu pai iriam sair um pouco.

"O que esse pobre Mark pensaria do fato de você estar circulando pelos *pubs* às costas dele?", perguntou ela.

Dara conteve o impulso de girar os olhos. "Mamãe, eu vou até o Brady's com papai para conversarmos um pouco. Isso dificilmente poderia ser chamado de circular."

Hannah fungou. "Não acho certo uma garota de sua idade sair para beber com os amigos em *pubs* como esse. As pessoas podem ter uma ideia errada."

Ahá! Então não era Mark que ficaria preocupado, pensou Dara, cerrando os dentes. É o fato de sua decrépita filha de trinta e três anos de idade poder ser vista como solteirona! Que inferno, tudo teria sempre a ver com o que as pessoas pensavam? E quanto ao que *ela* pensava?

"Eles que pensem o que quiserem", replicou ela simplesmente. "Mas se isso chega a ponto de eu não poder sair para tomar um drinque tranquilo com meu próprio pai..."

"Está pronta para ir, querida?", interrompeu Eddie, tentando evitar a inevitável batalha de vontades entre as duas mulheres. Era assim desde que Dara completara trinta anos, e ele não conseguia entender por que diabos, aos olhos de Hannah, a solteirice da filha era algo tão vergonhoso.

É claro que ele adoraria vê-la casada, mas só quando ela assim o decidisse e, certamente, não só para não ficar solteira.

"E você não volte aqui cheio de Guinness também. Não quero ter de ouvir seus gemidos e suas reclamações o dia todo, amanhã", trovejou Hannah.

Dara lançou um olhar fulminante para a mãe. Qualquer um que a ouvisse pensaria que Eddie era um alcoólatra! Certamente, depois de uma semana de trabalho duro, ele merecia sair e relaxar tomando um ou dois drinques. E não que isso acontecesse com muita frequência – pela maneira como sua mãe falava, seria possível jurar que ele nunca saía do *pub*!

"Não, querida", respondeu Eddie, obediente.

Dara balançou a cabeça. Seria demais pedir que sua mãe simplesmente lhes desejasse uma boa noite fora? Mas não, ela tinha de fazer comentários sarcásticos e suscitar sentimentos de culpa. Deus proibia que eles saíssem e se divertissem!

"Então, como vai ele?", perguntou Eddie mais tarde, quando eles estavam no segundo drinque e haviam se colocado à vontade para conversar.

Surpreendentemente, ninguém no local ficara chocado diante da visão da solteirona local que saiu para tomar um drinque com seu pai. E, incrivelmente, não pareciam perceber a espessa nuvem de "desespero" que Hannah estava tão certa de que Dara emitiria.

"Está ótimo", respondeu ela. "Ele e seu time de *rugby* foram para o norte neste fim de semana."

"Ele parece um bom rapaz", prosseguiu Eddie. "E também um sujeito confiável, diria eu." E então ele deu uma risadinha. "Perdão, querida, isso soou um pouco parecido com algo que sua mãe diria."

"Certamente, pareceu!" Dara riu também. Era exatamente o que Hannah diria, mas vindo de seu pai não soava tão carregado. Entretanto, vendo que ele trouxera à tona o assunto... "Ele é adorável, papai, e gosto muito dele, mas..." Ela enrubesceu um pouco, ponderando se o seu pai era a pessoa certa para ela conversar sobre isso. Então hesitou, decidindo que não, que ele provavelmente não era. "Sim", concluiu ela, "ele é ótimo."

Eddie olhou para ela. "Acho que eu ouvi um 'mas' em algum lugar aí."

Ela fez uma careta. "É melhor não contar isso para a mamãe. Ela teria um infarto. Ela acha que Mark é 'minha última esperança'." Ela fez as aspas com seus dedos.

"Não ligue para sua mãe, ela só quer o melhor para você, todos nós queremos."

Dara se recostou na cadeira, a segunda taça de vinho tinha conseguido relaxá-la um pouco. "Isso é realmente tão terrível, papai?", perguntou ela, tentando manter um tom leve. "Ter uma filha solteira aos trinta e três anos?"

Eddie pareceu constrangido. "De jeito nenhum, não foi isso que eu quis dizer. Na verdade, eu penso o contrário. Sei que você tem sofrido nas mãos de sua mãe, e tenho tentado conversar com ela sobre isso, mas", ele encolheu os ombros, "você sabe tão bem quanto eu que posso muito bem estar conversando com a parede. Seja como for, não acho que ela pense assim, é só seu jeito de ser, e por trás disso tudo essa é sua maneira de mostrar que se preocupa com você."

"Mas por que ela se preocupa comigo? Eu tenho um bom emprego, meu próprio apartamento, uma vida ótima... Não estou enfiada em algum lugarzinho apertado e miserável e sem amigos! Por que ter um homem é a coisa mais importante para ela?"

Eddie balançou a cabeça. "Acho que hoje em dia é diferente, mas, quando nós nos conhecemos, *ser* casado era a coisa mais importante. Ninguém pensava muito no que iria acontecer depois. É claro que eu mesmo sei que muitos desses casamentos não foram necessariamente uma coisa boa para as pessoas envolvidas."

Então ele fez uma pausa e, por um breve segundo, Dara ponderou se ele não estaria falando de sua própria experiência. Isso não a teria surpreendido. Hannah era uma mulher difícil de conviver, ela sabia disso muito bem. Mas, pelo menos, ela conseguira livrar-se das incômodas e pequenas acomodações. Será que seu pai tivera de tolerar isso o tempo todo? Será que ele se apaixonou loucamente por uma mulher muito diferente daquela que eles tinham deixado em casa? Será que seu casamento se tornara algo muito diverso do que ele esperara?

Dara sabia que eles haviam se conhecido num daqueles antigos salões de dança que estavam na moda na Irlanda nos anos 1960 e 1970. Aparentemente, saíram juntos durante um ano antes de se casarem e, então, nove meses depois, Dara chegou. Com apenas dois ou três anos entre cada filho subsequente, seus pais dificilmente tiveram tempo para desfrutar de viverem juntos a vida em comum. Quando ela perguntou ao pai sobre isso – sobre se eles tiveram tempo suficiente juntos como casal, Eddie sorriu calmamente e balançou a cabeça.

"Esse tipo de coisa não existia na época. Da maneira como as coisas eram, você conhecia uma pessoa, se dava bem com ela, vocês se casavam e então iniciavam uma família o mais cedo possível. Era a mesma coisa para todos, pelo que eu sei."

"Então, quando você conheceu a mamãe no salão de dança, soube imediatamente que ela seria a mulher certa para você ou..." Dara se sentia estranha conversando daquele jeito com seu pai, mas o que ele disse sobre todo mundo na época seguir o mesmo caminho a intrigou.

Eddie riu. "Também não foi exatamente assim. Ela era uma mulher de boa aparência, nós nos dávamos bem e... bem... Eu achei, depois de algum tempo, que era inevitável que nós seguíssemos juntos."

"Inevitável? Isso soa como se você não tivesse pensado muito a respeito. Ou ela era a mulher certa para você ou não era."

Eddie se recostou na cadeira. "Dara, era assim que as coisas funcionavam naquele tempo. Não passávamos a metade de nossas vidas ponderando sobre cada decisão como parece que vocês fazem agora. Não estou dizendo que haja alguma coisa de errado com isso, entenda", acrescentou ele, quando viu a expressão de sua filha. "Era como as coisas funcionavam, mas, para ser sincero, acho que tornava a vida muito mais simples. Eu e Hannah nos casamos, nos mudamos para uma casa nova e logo depois você chegou e depois as outras duas. Sua mãe sempre quis alguns filhos, particularmente meninas, e então ficou encantada quando você nasceu."

"No entanto, isso não durou muito tempo, durou?" pensou Dara com tristeza. Pelo que ela se lembrava, naquela época, sua mãe estava longe de parecer encantada com ela.

Mas o que seu pai descrevia estava tão distante de suas expectativas, tão longe dos relâmpagos e das centelhas que ela estava tão certa de que existiam, que de certa maneira foi estranhamente reconfortante. Ele não falou sobre Hannah da maneira como eles frequentemente faziam naqueles antigos filmes em preto e branco, lembrando que desde o primeiro momento em que se viram eles simplesmente *souberam*. Ela também nunca ouvira sua mãe falar coisas românticas sobre seu namoro – se algo acontecera, foi tudo muito sensato e objetivo. Certamente não houve menção de joelhos tremendo ou borboletas no estômago, pelo menos no que se referia a Hannah.

Eddie prosseguiu. "Para ser absolutamente honesto, acho que talvez haja tantos divórcios hoje em dia porque as pessoas *realmente* pensam demais nisso. Elas querem a perfeição imediata e, se a pessoa com quem estão não corresponde ao ideal, saem buscando outra que corresponda. Mas, querida, há muito a ser dito sobre alguém que é sério e confiável e que não tem qualquer noção fantasiosa sobre o romance ideal. Porém hoje em dia as pessoas estão ocupadas demais procurando arco-íris para entender isso." Então ele olhou para ela com um brilho travesso nos olhos. "Está quase fechando, mas eu preciso dizer que estou adorando nossa conversinha. Teremos outra assim?"

Dara assentiu, decidindo naquele momento que as palavras de seu pai faziam muito sentido.

Era isso que ela estava fazendo, então, ponderou Dara quando Eddie foi até o bar. Estava simplesmente procurando arco-íris, desejando algo que não existia? Tornando-se insegura e infeliz, esperando por alguém que pudesse fazer seus joelhos fraquejarem, quando, na época de seu pai, qualquer mulher sensata já teria se casado com alguém como Mark há tempos?

Talvez ela tivesse desperdiçado anos esperando pelo conto de fadas hollywoodiano, esperando o homem perfeito – aquele ilusório Homem Certo. Esperando alguém que pudesse corresponder a sua ideia de perfeição – Noah Morgan. Então talvez ela devesse desistir do conto de fadas, abandonar a ideia infantil de que poderia encontrar outro Noah e simplesmente ficar muito agradecida pelo que já tinha.

Capítulo 12

Na noite da sexta-feira seguinte, ela e Mark foram convidados para um jantar de família na casa da irmã dele. Gillian, a mais velha dos filhos dos Russells, morava em Blackrock com seu marido e dois filhos pequenos. A mãe de Mark também morava lá, pois Gillian insistiu em cuidar dela quando seu pai morreu e a saúde de Sheila começou a deteriorar. Foi um maravilhoso gesto de desprendimento, e Dara a admirava por isso, não tendo certeza se poderia se ver algum dia fazendo o mesmo com sua mãe. Elas terminariam estrangulando-se uma a outra!

Gillian sempre foi polida quando elas se encontravam, mas por alguma razão Dara nunca se sentiu realmente afeiçoada a ela. Não conseguia identificar o que era, mas havia algo na postura da outra mulher que a deixava pouco à vontade.

A outra irmã, Linda, no entanto, era uma história diferente. Doce, bonita e um pouco tímida, aos vinte e seis anos era o bebê da família, e Dara gostava bastante dela. Linda trabalhava e morava no centro da cidade.

Ela e Mark não viam a família desde o casamento, e ela sabia que ele estava ansioso para encontrar-se com eles todos.

Dara adorava a maneira como os Russells eram tão próximos e pareciam tão relaxados e à vontade uns com os outros, e a mãe de Mark tinha o mesmo jeito dele de estar sempre pronta a fazer um comentário inteligente ou contar uma piada hilária. Sheila tratava todos os seus filhos como adultos, uma postura totalmente diferente daquela dos Campbells, pois Hannah tratava todas as suas filhas como se fossem idiotas indisciplinadas que poderiam constrangê-la a qualquer momento.

Então, ela estava ansiando particularmente por aquele jantar, apesar de sua reserva em relação a Gillian.

"Bem, chegaram os recém-casados!" Jeff, o marido de Gillian, os cumprimentou efusivamente na porta da frente. Eles haviam tomado o Dart de Sandycove para a curta corrida até Blackrock. "Entrem, entrem! Dara, deixe-me pegar seu casaco." Ele piscou para ela. "Então, algum sinal de um sobrinho ou uma sobrinha para mim?"

Mark girou seus olhos para o céu. "Jesus, me dê um tempo! Ainda tenho que me recuperar do casamento!"

Acostumada às brincadeiras divertidas de seu cunhado, Dara riu. Entretanto, pensou ela, era melhor acostumar-se com esse tipo de comentário. Sem dúvida, as perguntas logo começariam em casa também, substituindo aquelas que ela tivera de ouvir anteriormente sobre casar-se. Ela suspirou. Às vezes, não havia como manter as pessoas satisfeitas!

Seguindo Jeff até a sala, Dara acenou para os outros. "Olá, todo mundo!" Os gêmeos não estavam em nenhum lugar à vista, e Dara deduziu que eles já deviam ter ido para a cama. Que pena, eles eram uns amores, e Dara gostava de estar com eles. Embora talvez fosse melhor assim. Gillian podia ficar um pouco incomodada com as crianças, e, ainda que eles fossem muito encantadores, não era tão agradável ouvir cada detalhe minucioso de suas últimas explorações. Fora da vista, fora da mente, assim esperamos.

"Oi, Dara!" Linda se levantou e lhe deu um abraço afetuoso. "Você está maravilhosa... e, incrível, você conseguiu manter seu adorável bronzeado italiano!"

"Você é que está maravilhosa", replicou Dara com sinceridade. E então, olhando a bolsa que sua cunhada estava segurando, seus olhos se arregalaram. "Linda! *É uma bolsa Fendi que eu tenho diante de meus olhos, ao alcance de minhas mãos*?"

Linda riu. "Falsa, eu acho." Sorrindo abertamente, ela entregou a bolsa a Dara para que ela inspecionasse. "Então, eu soube que você estudou *Macbeth* enquanto viajava, também?", acrescentou ela, erguendo uma divertida sobrancelha.

"Não, ela é uma daquelas fanáticas que realmente *gostam* de Shakespeare", disse Mark, pilheriando com a esposa. "Está sempre recitando isso para mim, também, embora infelizmente não da maneira como possam estar pensando. Na semana passada, eu estava fazendo o jantar e ela entrou na cozinha, franziu o nariz e disse: '*Há algo de podre no reino da Dinamarca!*'" Ele imitou-lhe perfeitamente a entonação, e Dara lhe deu uma cotovelada. "Dinamarca? Ela demorou uma hora e meia para me explicar que aquela era uma citação de Shakespeare e o que ela significava!"

Os outros riram e, nesse momento, Gillian entrou na sala. "Conheci uma garota assim na faculdade", disse secamente. "Ela também fazia isso, parecia adorar tentar fazer as outras pessoas se sentirem inadequadas com suas palavras pomposas e seu guarda-roupa luxuoso."

Instantaneamente, o humor animado mudou.

Dara não conseguiu acreditar que a irmã mais velha de Mark não a cumprimentara sequer antes de dar-lhe uma alfinetada. "Bem, eu estava na verdade tentando fazer um elogio a Linda", disse ela, forçando um sorriso e tentando não demonstrar seu embaraço.

"Pare com isso, Gill, estamos apenas nos divertindo um pouco!", disse Sheila, rindo e dando uma piscada encorajadora para Dara. "Seja como for, todos nós sabemos como Dara é inteligente. Ela não tem o direito de demonstrar isso um pouco?"

Uau! Em definitivo, aquela era a coisa errada a dizer, pensou Dara, estremecendo, em especial porque Gillian parecia estar particularmente mal-humorada. Fazia muito tempo que ela vinha desconfiando de que a aparente antipatia de Gillian por ela se originava do fato de ela sentir-se um pouco ameaçada pelo suposto trabalho e pela educação sofisticada de Dara. Entretanto, Dara respeitava muito Gillian pelo maravilhoso sacrifício que ela fazia em cuidar de sua mãe – algo que ela própria sabia que jamais conseguiria fazer. Em sua opinião, as circunstâncias de todas as mulheres são diferentes e tudo que qualquer uma poderia fazer seria respeitar as escolhas das outras. Parecia que Gillian não estava preparada para fazer isso.

Dara sabia bem que as duas jamais seriam próximas, mas, ingênua, achava que as coisas poderiam ficar mais fáceis quando ela e Mark estivessem casados. Entretanto, o fato de Dara não ter acrescentado o sobrenome de Mark ao seu depois do casamento foi outro ponto perdido no que dizia respeito a Gillian. Dara não tinha uma opinião forte sobre isso, mas como seu nome profissional era Dara Campbell e as pessoas estavam acostumadas a usá-lo, parecia mais fácil mantê-lo assim. E Mark não se importava nem um pouco com isso. Mas, ao que parecia, isso era algo que realmente incomodava Gillian.

Entretanto, não era justo a mulher sugerir que Dara estava sendo arrogante naquela noite. Aquele era um hábito realmente estúpido, que ela mantinha havia anos, mas Dara não conseguia evitar vez ou outra citar frases de Shakespeare na conversa.

"Bem, algo está cheirando *maravilhosamente* esta noite", disse ela num tom harmonioso, determinada a manter as coisas animadas. "Posso ajudá-la com alguma coisa na cozinha, Gillian?"

"Não, tudo bem. Eu mantive tudo sob controle."

"Você está certa em não deixá-la aproximar-se da cozinha, Gill", disse Mark, sardônico, "especialmente se ainda quiser a casa de pé amanhã. Eu lhes contei sobre quando ela tentou fazer uma empanada de cordeiro para mim e tivemos de chamar o corpo de bombeiros?"

Dara olhou para ele toda inocente. "Você está perdendo seu tempo na fisioterapia, Mark Russell. Não consigo entender por que você não começa a escrever dramas."

Na verdade, Dara detestava que suas deficiências domésticas fossem expostas na frente de Gillian, que – a julgar pelo maravilhoso aroma que vinha de sua cozinha – era obviamente a gêmea perdida de Nigella Lawson. Ela tinha também um pouquinho de Martha Stewart, a julgar pelos cantos da sala, que pareciam estranhamente ostensivos pela completa ausência de teias de aranha. E não havia um grão de poeira em parte alguma. "Como Gillian conseguia manter tudo assim?" – ponderava ela, pensando na limpeza interminável que necessitava ser feita em seu apartamento. Interminável porque ela raramente a fazia.

Sheila riu e lançou um olhar astuto para o filho. "Sabe, você parece *mesmo* ter perdido um pouco de peso nos últimos tempos. Então, será que a minha nora não o está alimentando como deve?"

Dara fez uma careta, desejando que eles mudassem de assunto. "Desculpe, Sheila."

"Mamãe, não sei onde a encontrei", dizia Mark. "E eis-me aqui pensando que vou terminar meus dias procurando uma mulher como minha mãe."

"Bem, em minha opinião, você fez uma escolha muito melhor!", riu Sheila, caminhando com dificuldade na frente deles e se dirigindo à cozinha.

Todos se acomodaram em volta da enorme mesa de Gillian, em sua enorme cozinha de fazenda. Gillian obviamente tinha grande orgulho de suas habilidades culinárias e maternais e parecia muito à vontade com isso. Dara sempre invejou isso, invejou essas mulheres que conseguiam praticamente sem esforço enfrentar cozinhar enormes jantares para mais de quatro pessoas, e que não ficavam agitadas como ela, tentando entreter os convidados e ao mesmo tempo manter tudo em ordem. Sua mãe era igual. Hannah detestava receber visitas, talvez porque passava o tempo todo imaginando o que suas visitas estavam pensando dela, se perceberam que o carpete estava um pouco gasto em alguns pontos, se os seus filhos estavam se comportando bem.

Mas parecia que Gillian era um prodígio nesse tipo de coisa. Ali estava ela equilibrando alguns pratos em cada braço e dispondo os aperitivos ao longo da mesa como se fizesse isso todos os dias. O que de certa maneira, supôs Dara, ela fazia.

Pegando um camarão de dar água na boca envolvido numa massa perfeitamente frita, Dara uma vez mais se maravilhava diante das habilidades domésticas de Gillian.

"Isto está fantástico", Dara sabia que era falta de educação falar com a boca cheia, mas não conseguiu evitar. Aquela maravilha merecia.

Gillian arrefeceu temporariamente. "Sei que meu querido irmão os adora", respondeu, antes de acrescentar: "e como Mark está nos dizendo que você não o está alimentando..." Seu tom era leve, mas não havia erro no comentário maldoso.

"Foi uma piada, Gill", Mark a interrompeu aborrecido. "E eu sou perfeitamente capaz de me alimentar."

Jeff, ao que parecia, também achava que sua esposa ultrapassara os limites e, desafiador, mudou de assunto. "Então, Linda, como está sua vida social nos últimos tempos?", perguntou ele, com um sorriso afetuoso, à irmã de Gillian.

Linda enrubesceu um pouco. "Eu não saberia dizer ao certo. Não tenho saído muito ultimamente."

"Por que não?", perguntou Mark.

"Ah, o dinheiro está curto no momento e, para ser honesta, isso fica um pouco entediante depois de algum tempo."

"Você não vai conhecer um homem sentada em casa nos fins de semana, de pijama, assistindo ao *Late Late Show*", disse Gillian.

"Talvez eu não *queira* conhecer um", replicou sua irmã irritada, e Dara suspeitou de que aquela era uma conversa antiga e desgastada. "Seja como for, isso pode ser às vezes como um mercado de carne, e todo homem que eu conheço atualmente parece estar atrás apenas de uma coisa. Desculpe, mamãe", acrescentou ela, quando Sheila pareceu preocupada.

"Eu posso imaginar", concordou sua mãe, "e, para ser honesta, estou um pouco aliviada de tê-la criado com percepção suficiente para ver isso. Não há razão para sair e se atirar às feras só para não ficar em casa."

"Linda, na sua idade, você está louca por ficar sentada em casa sozinha!" continuou Gillian, ignorando sua mãe. "Você tem que começar a sair, encontrar pessoas. Afinal, terá que beijar alguns sapos antes de encontrar seu príncipe encantado, mas e daí? Todos temos de fazer isso."

"Eu não acho que seja mais tudo igual, Gillian", aventurou-se Dara, falando por experiência própria. Pelo que ela sabia, Gillian e Jeff estavam juntos desde os tempos da escola e se casaram relativamente jovens. Gillian teve muita sorte de não ter de beijar sapos demais. "Eu sei o que ela está dizendo. Pode ser difícil conhecer pessoas atualmente." Ela foi intencional em usar "pessoas" em vez de "homens", sabendo muito bem como isso poderia fazer uma garota parecer – ou soar – patética. De todo modo, Linda ainda era jovem demais para ser considerada estranha por não ter um homem. Pelo amor de Deus, ela tinha apenas vinte e seis anos!

"É exatamente por isso que ela tem de sair. Se você não tomar cuidado, Linda, vai acabar perdendo o barco. E aí onde você vai estar?"

Dara percebeu que as articulações dos dedos de Linda haviam ficado brancas.

"O trabalho está muito estafante no momento, Gill." Linda trabalhava na Receita Federal e fora promovida havia pouco. "A maior parte do tempo eu não tenho energia para sair e conversar com homens. De todo modo, eu não sou assim. Não gosto de me atirar sobre as pessoas."

"Eu também não gosto da ideia de você se atirar sobre as pessoas", disse Mark, protetor, "e concordo com Dara quando diz que não é fácil encontrar alguém decente atualmente. Nós demoramos bastante, não foi?", disse rindo.

Dara não riu. Ela estava extremamente aborrecida com Gillian por fazer Linda sentir-se exatamente como sua família costumava fazê-la sentir-se antes de juntar-se ao clube e casar-se com Mark. Por que as famílias tinham de se meter em tudo? O que Gillian tinha a ver com Linda ter ou não um homem?

"Você tem de tomar cuidado para não transformar-se em uma dessas arrogantes mulheres de carreira", disse Gillian, e, mais uma vez, Dara percebeu que aquela alfinetada era para ela. "Você pode ter um ótimo emprego e muito dinheiro, mas o que adianta tudo isso se não tem um homem nem amigos com quem compartilhar isso?"

"Mas eu só tenho vinte e seis..."

"Exatamente. Eu tinha vinte e dois quando me casei e tive meu primeiro filho com sua idade. O tempo passa e..."

"Gillian, não precisamos de mais salada?", interrompeu Sheila, tentando mudar de assunto e procurando acalmar Linda. Por que ela não desafiava sua filha diretamente? Dara não sabia, embora, a bem da verdade, como uma hóspede permanente na casa de Gillian ela não estava numa posição confortável para começar a agir como a matriarca.

Evidentemente pouco à vontade com a conversa, Linda se levantou. "Com licença, eu preciso ir ao banheiro", disse ela baixinho. "Volto num segundo."

A pobre garota decerto não conseguia suportar mais os comentários invasivos e depreciativos de sua irmã. Dara não podia culpá-la.

"Gillian, você está mesmo sugerindo que ela deve sacrificar sua carreira para procurar um homem?", perguntou Dara quando Linda saiu da cozinha. Ela sabia que estava ultrapassando os limites – afinal, aquela era uma conversa familiar –, mas os comentários de Gillian a haviam irritado.

"Bem, todos sabemos como essas mulheres de carreira arrogantes podem ser. Ocupadas demais, participando de importantes reuniões de negócios, tendo reuniões e tão obcecadas com dinheiro que não pensam em ninguém além de si mesmas. Não quero que Linda se transforme em alguém assim. O que adianta ela ter dinheiro se estiver sozinha?"

Dara estava tão aborrecida que mal conseguia falar. Mulheres de carreira arrogantes? Por que os homens de carreira são sempre descritos como diligentes, mas as mulheres de carreira são *arrogantes*? A atitude de Gillian era exatamente a abordagem estreita e patética que suas amigas tinham com ela. "*Não seja tão obsessiva com o trabalho, Dara! Os homens não gostam de mulheres de carreira neuróticas, Dara!*" No entanto, assim que ela se casou com Mark, os comentários pararam e todos deram um suspiro de alívio coletivo. Ah, ótimo, Dara agora está casada. Finalmente ela é uma de nós – ela é normal.

Percebendo o aborrecimento de sua esposa, Mark falou: "Gill, você e Jeff tiveram muita sorte de encontrar um ao outro naquela época. Mas isso não é tão fácil para todo mundo, sobretudo nos dias de hoje, independentemente de sua carreira ou seu estilo de vida", acrescentou ele, diplomático.

"Mas ela nem mesmo tenta!", insistiu Gillian. "Ela disse que anda muito cansada para sair ultimamente. Você não pode pedir um namorado como pede uma pizza, você sabe."

Dara resistiu ao ímpeto de girar os olhos.

"E eu sei que a maioria de suas amigas já está comprometida, e por isso vai chegar o momento em que ela não terá mais ninguém com quem sair."

"Por quê? Seus amigos deixam automaticamente de ser seus amigos quando se ligam a alguém?", perguntou Dara.

"Bem, não, mas é diferente. Nenhum casal quer uma garota solteira andando com eles para onde eles vão, sobretudo uma tão bonita como Linda. Não é bom para o relacionamento."

"Entendo. Então, uma garota solteira, qualquer garota solteira, mesmo uma boa amiga, de repente se torna uma ameaça?"

Infelizmente, ela sabia bem o que Gillian estava falando. Algumas das amigas casadas de Dara pararam de convidá-la para sair à noite quando se tornou aparente que não havia sinal de ela estar procurando um homem para casar-se.

"Bem, não exatamente, mas ao mesmo tempo..." As palavras de Gillian se desvaneceram quando Linda voltou para a cozinha.

A jovem sorriu timidamente quando reassumiu seu lugar à mesa.

Mark lambeu os lábios com exagero. "Mal posso esperar para ver o que você preparou para o prato principal, Gill", disse ele. "Porque isso vai ser muito difícil de superar." Ele cutucou Dara sob a mesa, e ela soube que ele estava tentando ao máximo pôr fim ao assunto e manter as coisas amenas. "Sério, por que *você* não consegue cozinhar assim?"

Porque eu sou uma dessas venenosas mulheres de carreira arrogantes, Dara quis dizer, mas em vez disso acompanhou a intenção de seu marido.

"Eu na verdade consigo", brincou ela, com uma piscada furtiva para Linda, "mas não quero mimá-lo demais; do contrário, você vai ficar todo dependente de mim!"

Gillian saiu direto para matar. "Não há nada de errado em mimar um homem", disse ela, sorrindo beatificamente para Dara. "No meu livro, é o dever de uma mulher."

Dara tossiu ruidosamente. "Bem, seu livro deve ter sido escrito no século passado", disse ela para si mesma.

"E você decerto não vai encontrá-lo em minha estante".

* * *

"Realmente não foi justo Gillian perseguir Linda daquele jeito", disse Dara a Mark no trem de volta para casa. "Eu sei que isso não é da minha conta, e ela é sua irmã, mas..." Ela deixou o resto da frase desaparecer.

"Olhe, não ligue para a Gillian. Ela sempre foi um pouco autoritária e nunca teme demonstrar seus sentimentos. Para ser franco, acho que ela age mais como mãe do que minha mãe. Ela fazia a mesma coisa comigo antes de eu conhecer você, sempre fazendo comentários sobre eu encontrar uma boa mulher para cuidar de mim."

Dara fez uma careta. "Então ela deve estar apavorada comigo. Não acho que eu seja nem de longe o que ela tinha em mente para você."

"E você acha que eu me importo com o que ela acha? Já lhe disse um milhão de vezes para não se meter em minha vida. O problema de Linda é que ela é meiga demais para fazer o mesmo."

"Eu tive a impressão de que esta noite não foi a primeira vez que ela provocou Linda sobre isso. Pensando nisso agora, fiquei tentando entender por que ela pareceu tão apologética em levar alguma de suas amigas para o casamento em vez de ter 'uma companhia masculina adequada'." Ela suspirou profundamente. "Eu não teria ficado tão aborrecida, só que eu sei exatamente como a pobre garota se sente. Eu só consegui ver o fim disso por parte de minha família quando conheci você."

"É mesmo?"

"É, você sabe disso. Eu lhe disse muitas vezes como minha mãe costumava me deixar louca com todos aqueles comentários pesados e pequenas provocações. Ela não sossegou até me ver casada. O estranho é que ela nunca pareceu tão incomodada com Serena ou com Amy porque elas sempre pareciam ter namorados. Mas eu entrei naquilo que se poderia chamar de um período de seca de alguns anos, e quando cheguei aos trinta, minha pobre mãe achou que não havia mais esperança para mim. Começou a rezar novenas, qualquer coisa para ajudar a causa."

Mark estava às gargalhadas. "Não espanta que ela tivesse me agradado tanto quando fui a primeira vez à casa dela."

Era verdade. Hannah agradou tanto a Mark naquele dia que Dara ponderou se ela realmente não se sentira atraída por ele. Mas não, Hannah demonstrara seu melhor comportamento para que ele não perdesse a coragem diante de uma perspectiva tão decente. Foi patético.

Quando Dara anunciou que ia trazer seu novo namorado à casa dos pais para o jantar de domingo, quase pôde ouvir as rolhas de champanhe estourando no cérebro de sua mãe.

Finalmente! E um rapaz respeitável, um moço sério, ao que parecia – nem um pouco parecido com aquele vagabundo do Morgan com quem Dara perdeu tanto tempo. Quem já ouviu falar de alguém que larga tudo e sai viajando pelo mundo desse jeito? E na idade dele!

Mark conquistara de imediato seus pais, e na verdade também as garotas, com sua atitude despretensiosa e despreocupada. Ele apenas conversou sobre coisas normais do cotidiano e não houve nenhuma conversa pretensiosa sobre ver o mundo e "não estar pronto" para casar-se e ter filhos.

E o melhor de tudo é que ele aparentava estar louco por Dara e não parecia de maneira alguma sentir-se ameaçado pela carreira importante dela e por seu guarda-roupa luxuoso. De algum modo, Mark parecia entender como as mulheres eram hoje em dia.

"Então, você é fisioterapeuta, Mark?", começou Hannah, doce como uma torta. "É uma espécie de médico, não é?" Dara podia vê-la mentalmente imaginando como colocar aquela preciosa informação sobre o novo homem de Dara na conversa, no mercado de fazendeiros da semana seguinte. Um médico, nada menos!

"Bem, não, não sou médico", replicou Mark com delicadeza. "O que eu faço é muito especializado e eu estudei especificamente para isso. No entanto, é um trabalho ótimo e eu o adoro."

"Isso parece mesmo muito interessante", disse Eddie amavelmente.

Dara sabia que ele não estava avaliando Mark como um genro em perspectiva, mas tentando determinar se gostava dele.

"Então, você está se saindo bem profissionalmente?", especulou a mãe de Dara.

"Bem, às vezes é um trabalho difícil, mas afinal qual não é hoje em dia?", disse Mark com o sorriso travesso que era sua marca registrada – aquele que primeiro conquistou Dara.

Hannah balançou a cabeça em aprovação, e, por dentro, Dara grunhiu. Ótimo, outro ponto a favor de Mark.

Ela podia quase ouvir um suspiro de alívio coletivo quando eles saíram da casa naquela noite, e o telefonema que se seguiu no dia seguinte foi cheio de comentários sobre como Mark era um rapaz adorável, tão respeitável e um ótimo partido para ela.

"Sim, minha mãe com certeza lhe agradou o mais que pôde naquela primeira visita", disse Dara com secura. "Na verdade, ela realmente usou as palavras 'ótimo partido' quando me telefonou no dia seguinte."

Mark abriu um sorriso. "Bem, ela não estava certa?", brincou ele, levantando-se quando o trem chegou à estação. "Eu *sou* um ótimo partido."

Dara sorriu para ele quando saíram do trem. "Imagino que você está se achando o máximo", disse ela, enroscando seu braço no dele enquanto caminhavam da estação para seu apartamento. "No entanto, não consigo evitar de sentir pena de Linda. Não, eu retiro o que disse, eu *não* sinto pena dela porque eu costumava odiar o fato de as pessoas sentirem pena de mim. O que quero dizer é que eu me sinto mal por ela ter de ouvir esse tipo de besteira de Gillian. Se ela começar a se sentir mal consigo mesma, isso só vai piorar as coisas."

"O que você quer dizer?"

"Bem, se ela começar a sentir a pressão das pessoas para encontrar um homem, então não ficará totalmente relaxada e à vontade consigo mesma se acontecer de conhecer alguém de que ela goste. Ela não conseguirá simplesmente levar as coisas devagar e ver até onde elas vão. Em vez disso, vai ficar constantemente se perguntando 'Será que é Ele? Será que este é o Homem Certo?'." Ela encolheu os ombros. "Eu fiz isso durante muito tempo, sei como funciona."

"E os homens sentem isso também, suponho eu", concordou Mark. "Isso me passou pela cabeça algumas vezes antes de conhecer você." Ele olhou de lado para ela. "Foi isso que me deixou interessado, sabe?"

"O quê?"

"O fato de você não parecer de jeito nenhum tão interessada em mim. Você não me transmitia aquela sensação de desespero que algumas mulheres transmitem. Eu gostava disso em você. Tornava as coisas muito mais interessantes."

"Ah, você gostou da caça." Mal sabia ele que a razão de ela não transmitir aquela sensação de desespero era simplesmente porque ela não estava desesperada. E, no início, não estava tão interessada. Só depois de passarem algum tempo juntos e se tornarem bons amigos é que ela considerou seriamente ter um envolvimento romântico com ele.

"Então, por que você não estava interessada em mim?", perguntou Mark, como se estivesse lendo seus pensamentos.

Dara enrubesceu um pouco. "É claro que eu estava. Mas isso era diferente. Você era amigo de Sinead e, por isso..."

"E você não percebeu que Sinead estava tentando nos aproximar?"

"É claro, eu logo percebi. Como poderia não perceber?"

Na época, Sinead estava na missão de encontrar um homem para Dara. Principalmente porque ela era sempre a estranha em suas reuniões e nas saídas noturnas. Então, quando conheceu Mark em um dos jantares "Dar um Jeito em Dara" de Sinead, ela relutantemente admitiu que daquela vez sua amiga fizera uma boa escolha. Àquela altura, ela estava cansada da obsessão de suas amigas de encontrar um homem – *qualquer* homem – para ela. Então, quando Mark se mostrou relativamente normal e pareceu divertido, ela se abriu para a possibilidade de ter alguns encontros com ele.

E como algumas de suas amigas casadas estavam lhe dando um "chega pra lá" não muito sutil quando ela se convidava para sair com elas à noite, pelo menos se estivesse com Mark elas não se preocupariam tanto.

Qualquer um juraria que ela se transformaria numa *femme fatale* exótica, pensou ela com sarcasmo, lembrando-se da maneira como as garotas se agarravam tão possessivamente a seus maridos naquela época. Simon e Nick eram bons sujeitos, mas, para falar a verdade, Dara não se aproximaria deles de maneira nenhuma. E, pelo que ela sabe, o sentimento era mútuo.

Mas quando ela e Mark se uniram, Dara por fim deixou de ser a estranha nos jantares ou o número ímpar nas reuniões. E, surpreendentemente, uma vez que ela ficou mais oficialmente comprometida, os convites e as sugestões de saídas à noite retornaram. Dara era de novo "uma delas". Ela se juntava à festa de maneira adequada. Não constituía mais um perigo.

Agora parecia que a mesma coisa estava acontecendo com a pobre Linda, pelo menos no que dizia respeito a sua família. Ela não conhecia as amigas de Linda, mas, pelo que ela dissera anteriormente, a maioria delas já estava comprometida.

Quando já estavam de volta ao aconchego do apartamento, e Mark colocou a chaleira no fogo para fazer um café, eles discutiram mais uma vez a situação de Linda.

"Eu sempre achei que a pior coisa a ser enfrentada", disse Dara, recordando seus não tão distantes dias de solteira, "era a maneira como minhas amigas casadas costumavam sempre ficar um pouco cautelosas com relação a minha presença junto a seus maridos, homens que também eram meus amigos."

"Eu sei o que você quer dizer, mas acho que isso é uma coisa mais de mulher. Nenhum de meus amigos jamais pestanejou enquanto eu conversava com suas esposas ou namoradas." Estendendo-lhe uma caneca fumegante de café e um prato de torradas quentes com manteiga, ele se juntou a ela no sofá.

"Mas por que isso, fico pensando?" Dara continuou entre os bocados de torrada. "E quanto à confiança? E eu não estou falando apenas da confiança entre homens e mulheres, mas entre *mulheres* e mulheres? Eu era amiga de Sinead e Clodagh havia anos, e mesmo que ocorresse de seus maridos serem, digamos... Josh Hartnett ou mesmo Matthew McConnaughey, eu jamais olharia duas vezes para eles. Eles estariam fora dos limites!" Apesar de que se eles se parecessem com esses dois ela poderia ficar tentada, pensou com um sorriso.

"Matthew McConnaughey, hein?", disse Mark, esfregando o queixo, pensativo. "Agora que você mencionou isso, me lembrei de que já fui confundido com esse cara algumas vezes."

"Só porque você quer", sorriu Dara. "Não, espere, apague isso... *eu* quero!"

"Pense nisso", insistiu ele, sorvendo seu café. "O cabelo liso ligeiramente despenteado, corpo queimado, olhos sedutores e ardentes." Ele ergueu uma das sobrancelhas sugestivamente.

Dara teve de rir de suas palhaçadas. "Estou realmente tendo dificuldade de encontrar a semelhança aqui", disse ela, zombando dele, "mas se você está dizendo." Mark tinha a pele clara e muito boa aparência, e não tinha olhos maravilhosos. Mas, por Deus, ele não era um astro de cinema.

"Pode ter certeza, querida", disse ele devagar, numa imitação quase perfeita do sotaque sulista sensual do ator.

Dara explodiu em risos. "Essa foi realmente boa!" Então, colocando sua caneca na mesa do café, ela se levantou e se colocou ao lado dele, dando seu sorriso mais travesso. "Então, você fala comigo assim mais tarde, na cama?", perguntou ela, movendo seus cílios rapidamente para ele com um visível exagero.

"Por que depois?", respondeu Mark com uma voz rouca, mantendo o sotaque, e então – tomando-a completamente de surpresa – colocou um braço em torno de sua cintura e puxou-a desafiadoramente para junto dele. Baixou a boca na direção da dela, o cheiro do café ainda fresco e quente em seu hálito. "E quem precisa de uma cama?"

Dara riu e retribuiu o beijo.

Capítulo 13

Louise mal chegara em casa após aquele fabuloso fim de semana em Marbella quando, por incrível que pudesse parecer, Sam telefonou. Ela estava desfazendo a mala na segunda-feira à noite quando seu celular tocou e sorriu encantada quando reconheceu seu tom cordial do outro lado da linha.

"Você se lembra de mim?", perguntou ele.

"Acho que sim", Louise se sentou na beira da cama, as palmas de suas mãos transpiravam de nervoso, o coração batia de ansiedade. Ele telefonou!

"E então, foi bom o fim de semana?", perguntou ele. "Valeu a pena perder um encontro com um sujeito bonitão como eu?"

Ouvindo isso, Louise praticamente dançou em volta do quarto, encantada. Ela não podia acreditar que ele estivesse tão interessado! Será que ser magra realmente fazia tanta diferença? Sim, ela parecia muito melhor do que estava um ano antes, mas não desconsiderava o fato de que ainda continuava sendo uma beleza comum, com uma aparência nada excepcional segundo quaisquer padrões. Entretanto, talvez fosse verdade o que diziam sobre a beleza estar nos olhos de quem vê e tudo mais. Talvez Sam não estivesse interessado nela por causa da aparência. Talvez ele tivesse gostado de sua personalidade.

"*Foi* um ótimo fim de semana", respondeu ela, tentando manter o tom controlado e levemente desinteressado, mas fracassando miseravelmente.

"E a outra parte?"

"Que outra...?"

"A parte sobre perder um encontro comigo", repetiu ele, malicioso.

"Eu ainda não sei, sei?", respondeu ela; sua franqueza chocou até a si mesma. "Porque eu ainda não *tive* um encontro com você."

"Ainda", completou ele.

"Ainda."

"Então, e quanto a isso?", ele prosseguiu, e Louise em pensamento abraçou a si mesma. "Vocês elegantes vão fazer alguma coisa amanhã à noite?"

"Ah, isso seria ótimo, mas..." Louise fez uma pausa, pensando no assunto.

Por um lado, ela estava *morrendo* de vontade de sair com ele. Havia décadas que ela não tinha um encontro – um encontro de verdade –, sem contar os idiotas que Fiona tentava empurrar para ela enquanto caçava seus companheiros tipicamente bonitos – e, para variar, ele era alguém que se aproximara *dela*. Seria loucura dizer não. Mas, ao mesmo tempo, ela não devia ir devagar, como os outros sempre faziam? Aceitar logo um convite, demonstrando tanta ansiedade, não era uma ideia tão boa.

"Eu não quero ser insistente", estava dizendo Sam, parecendo agora constrangido, "só que... bem, nós nos demos tão bem na outra noite, e eu realmente gostaria de vê-la de novo."

"Ah... eu também gostaria, Sam. Só que acho que tenho algo para fazer amanhã à noite. Espere um minuto que eu vou checar..." Ela baixou o fone. Ah, Deus, isso parecia uma idiotice! Como se ela não soubesse se tinha ou não alguma coisa para fazer amanhã à noite!

O que ela deveria fazer? Havia também o fato de que acabara de chegar de um fim de semana agitado e gastado tanto que planejava viver como uma monja o resto do mês. Mas ela não podia dizer uma coisa dessas para Sam. Na outra noite, ele foi levado a acreditar que ela era uma mulher do mundo, sofisticada e autossuficiente, alguém para quem beber champanhe no Four Seasons era uma coisa trivial. O que acharia se soubesse que ela mal tinha o suficiente para sobreviver o resto do mês? Não, era melhor não dizer nada sobre sua situação financeira e tentar deixá-lo fora disso um pouco. Pelo menos uma vez, ela desempenharia o papel da interessada, mas minha-agenda-está-tão-ocupada. E não aquele do estou-morrendo-de-vontade-mas-realmente-estou-quebrada.

Ela pegou de novo o telefone. "Sam?"

"Sim?"

"Hum, eu adoraria sair com você esta semana", começou ela, tentando exibir um tom indiferente, "mas sinto muito por já ter outros compromissos."

"A *semana toda*?"

Ele pareceu naturalmente surpreso – ou ficou impressionado? Louise de certo esperava que sim.

"Sim. Tenho um encontro com amigos para jantar amanhã à noite, e depois tem o evento de moda de outono em Harvey Nichols na quarta à noite", vangloriou-se ela, olhando um dos muitos folhetos que ela pegou no correio e que lhe chamou a atenção. "Dez por cento de desconto em todos os itens de *design*", disse ela, assertiva.

"*Design*... Ah, você quer dizer que vai fazer compras?"

Eu gostaria, suspirou ela baixinho. "Sim. Bem, é um *evento*", informou-lhe com gravidade, como se essas coisas realmente merecessem ser levadas a sério.

"Entendo."

Agora ele parecia um pouco aborrecido, e Louise ponderou se não estaria levando as coisas longe demais. Tudo bem ela tentar manter um distanciamento frio, mas ao mesmo tempo não queria também parecer uma pessoa frívola, só interessada em moda.

"Ah, eu provavelmente não vou comprar muita coisa", acrescentou rapidamente. "Para falar a verdade, é apenas uma desculpa para uma noite com as garotas."

"Você e suas amigas saem muito, não é?", disse ele, parecendo desapontado.

Uau, ele devia estar realmente interessado! Louise riu alegremente, pensando em suas mais recentes explorações. Compras de roupas na segunda-feira, coquetéis e boates na quinta e banho de sol em Marbella no fim de semana. *Soava* bem, não? "Bem, nós estamos aqui apenas por um bom tempo, não para um longo tempo!", replicou ela, emprestando a expressão frequentemente usada por Fiona – em geral, quando estava tentando convencer Louise a comprar outro traje caro ou a sair para outra noitada na cidade.

Sim, sim, isso era bom. Ela realmente parecia alguém com uma atitude solta, despreocupada em relação à vida, alguém com muitos amigos e uma vida social agitada – em suma, alguém que definitivamente valia a pena conhecer.

"Essa é uma maneira de ver as coisas", replicou Sam.

"E depois, é claro, eu tenho o casamento de Gemma no fim de semana, por isso..." Ela parou, como se ter um calendário social tão ocupado pudesse ser *muito* cansativo. Deu uma risadinha feliz, desfrutando seu inspirado desempenho. Na próxima semana, ele iria estar *louco* para sair com ela.

Mas, do outro lado da linha, Sam permanecia estranhamente silencioso. Ah, Deus, será que eu exagerei? Terei parecido frívola *demais*?

"Olhe, por que não marcamos algo para o próximo fim de semana?" sugeriu rapidamente.

"Você tem certeza? Não quer checar sua agenda primeiro?" ele replicou, e dessa vez Louise achou que pôde detectar um tom de irritação na voz dele.

"Não, seria ótimo", respondeu ela, convincentemente. É claro que seria ótimo, qualquer fim de semana seria ótimo, pois ela jurara que não iria pôr os pés fora de casa até o dia do pagamento! Mas ainda faltava muito para isso, e na verdade não poderia parar sua vida até lá. Não quando um homem bonitão e encantador estava demonstrando tanto interesse por ela.

"O.K. Bem, eu telefono para você algum dia da próxima semana, então", disse ele, num tom amigável, muito mais parecido com aquele usado no início da conversa. "Divirta-se no casamento de sua amiga."

"Com certeza", disse ela, tendo visões de si mesma atirando-se sobre a comida – provavelmente a única refeição decente que ela teria nas próximas semanas, que dirá nos próximos dias.

* * *

Naquela tarde de quarta-feira, Louise apareceu para uma reunião com seu advogado, James Cahill.

"Então, como tem estado?", perguntou ele, quando os dois estavam confortavelmente instalados em seu escritório.

Louise descobriu que ela nunca sabia ao certo como responder a essa pergunta – especialmente quando era ele quem perguntava. Estava se sentindo ótima ultimamente, e, com exceção de uma dor aguda nas costas de vez em quando, não podia mesmo dizer que houvesse qualquer coisa de errado com ela.

Isso a fez sentir-se duplamente culpada em relação ao que estava fazendo, pensou ela, mordendo o lábio. Então, muito depressa, se lembrou do crescente empréstimo no banco que esperava ser pago, da pesada conta de seu cartão de crédito e de seu saldo bancário que se mantinha negativo. Não eram apenas seus gastos habituais que haviam deixado suas finanças naquele estado.

"Não muito mal", respondeu, com uma expressão evasiva.

"Tem certeza? Nenhuma dor nas costas?"

Ela encolheu os ombros. "Algumas pontadas de vez em quando, mas nada sério."

"Entendo." Por alguma razão, Cahill não parecia muito contente.

Ele esperava que Louise lhe dissesse que estava aleijada. Sim, os médicos haviam concordado que, em consequência do acidente, ela iria sofrer para sempre de dores crônicas nas costas, mas, felizmente para ela, essa dor não era contínua. No entanto, quando doía, doía muito, e havia ocasiões em que ela mal conseguia se mexer. Segundo os médicos, isso pioraria gradualmente com a idade, e era provável que ela fosse sofrer com isso o resto de sua vida.

"Bem, eu estive examinando seu arquivo, e realmente temos um caso muito sólido", prosseguiu o advogado. "O relatório do doutor Cunningham sobre a lesão é abrangente e muito convincente, e estou confiante de que deveremos ter um julgamento decente em outubro."

Louise se levantou. "Então, o senhor tem uma data real para a audiência?"

"Com certeza, temos."

"Essa é uma boa notícia." Na verdade, era aterrorizante. Louise estava temendo a audiência, temendo ter de prosseguir com o processo. Cobrir o custo de suas contas médicas seria maravilhoso, é claro, mas desde o primeiro dia ela não estava satisfeita com a insistência de Cahill em alegar ganhos diminuídos como resultado de suas lesões.

Ela não era uma pedreira, disse-lhe ele, e por isso era muito improvável que seus problemas nas costas pudessem afetá-la no trabalho, não era? E, enquanto conseguisse permanecer sentada confortavelmente diante de uma mesa, ela estaria bem.

"Então, não há realmente necessidade de ganhos diminuídos", explicou ela.

"Mas, Louise, sua primeira escolha de carreira foi Educação Física e, por causa desse acidente, você está confinada a um trabalho em escritório", argumentou Cahill. "Pense no que estaria ganhando se estivesse trabalhando em seu campo de escolha. Sem dúvida, temos aqui um caso de ganhos diminuídos. Acho que qualquer juiz do país concordaria com isso."

Louise mordeu o lábio. Ela não gostava da ideia, especialmente quando todos pareciam estar processando todos atualmente. Havia sempre histórias nos jornais sobre isso. "*Soldado processa o Exército por ser muito rígido*" ou "*Mulher processa por estresse porque a sopa de tomate está verde*" ou qualquer coisa do gênero. E depois havia aquele americano louco que processou a estação de tevê por dano emocional quando Janet Jackson mostrou seus seios na premiação da MTevê. Era tudo realmente muito louco.

Para Louise, isso simplesmente não parecia certo. O.K., talvez um empreguinho na ACS não fosse a carreira que ela achou que teria, mas ela tinha um emprego, não tinha? A bem da verdade, ela não era afortunada por estar viva, afinal, e até para ir aos tribunais clamando por compensação? E o motorista não a atropelou intencionalmente – foi um acidente, e os acidentes acontecem. As pessoas não podem estar constantemente saindo com a mão estendida, só porque havia algumas pedras no que se supunha ser uma praia de areia, podiam?

E não havia como negar a noção de que talvez ela também tivesse sua parcela de culpa. Essa ideia passara mais de uma vez pela cabeça de Louise nos últimos anos. Sim, ela vira a luz verde dos pedestres e estava liberada para andar, mas talvez devesse ter olhado melhor para certificar-se de que não estava vindo nenhum carro. Mas não, na ocasião, andava ocupada demais sonhando acordada com os presentes de Natal que iria comprar. Então, talvez fosse tão culpada quanto o motorista.

Explicou isso a Cahill.

"Pelo amor de Deus, Louise, nunca pense em dizer isso num tribunal!", censurou-a Cahill, irritado. "Não há dúvida de que você não teve culpa alguma. O motorista dirigia ilegalmente, atravessou o sinal vermelho e estava além da velocidade permitida. Sem mencionar o fato de que estava dirigindo alcoolizado. Louise, o sujeito era um idiota que podia ter matado você!"

"Mas ele não me matou, é isso que eu estou dizendo", argumentou Louise. "E, olhe, não me oponho a você lhe pedir para pagar minhas contas médicas, porque, para ser absolutamente honesta, essa é a única maneira de elas serem pagas algum dia", disse ela expressando tristeza, "mas não me sinto à vontade com a coisa dos ganhos."

"Confie em mim, Louise, o relatório de seu médico é irrefutável. É quase impossível calcular o dano que esse homem lhe causou... *financeiramente*", acrescentou ele, quando Louise abriu a boca para protestar dizendo que ela agora estava bem. "E, com certeza, é muito mais do que aquele pagamento miserável do seguro."

Ele fez tudo isso soar perfeitamente razoável, mas ainda assim Louise não conseguia evitar de sentir-se como se estivesse trapaceando. Sim, a ideia de ter o dinheiro para pagar suas contas médicas lhe parecia fantástica, porque com seu módico salário elas tão cedo não seriam pagas. E é claro que nesse meio-tempo ela teria que viver.

Então, ela enfim cedeu. Embora até aquele dia ainda se sentisse culpada com relação à parte da diminuição dos ganhos do processo.

Agora, segundo Cahill, o processo deveria estar encerrado até o Natal.

"Nosso escritório recebeu a confirmação no início da semana passada. Como eu disse, o processo será julgado na Suprema Corte em outubro. O juiz é um bom homem, pode ser às vezes um velho irritado, mas é justo. Também contratei um excelente advogado especialista na defesa dos processos nos tribunais, Donald O'Toole, que deverá fazer um ótimo trabalho para nós."

"Senhor Cahill, o senhor tem certeza absoluta de que estamos fazendo a coisa certa?", perguntou Louise mais uma vez. A ideia de livrar-se de todos aqueles empréstimos até o Natal parecia fantástica, mas algo no fundo de sua mente lhe dizia que aquilo tudo estava errado. Ela não queria ser parte dessa parcela litigiosa e ávida por dinheiro da sociedade irlandesa. Isso simplesmente não parecia correto. As pessoas não deveriam contentar-se com o que têm? O.K., então ela poderia ter um bom veredito, mas e se isso não lhe trouxesse nada senão má sorte?

"Louise, já conversamos sobre isso antes. Você não fez nada errado. Pelo que eu sei, este é um caso ganho. Não há questão de responsabilidade. O motorista já admitiu que estava errado. Tudo que estamos pedindo é que você seja compensada por suas lesões e pelo estilo de vida que você está sendo obrigada a levar em consequência dessas lesões. Nada mais que isso."

"Acho que sim." Entretanto, ela não estava convencida. "Mas, senhor Cahill, e se o juiz achar que eu ganho o suficiente na companhia de seguros? Se achar que estou só tentando conseguir mais uma compensação?"

"Louise, eu passei meses trabalhando neste caso, tentando provar além de qualquer dúvida que você não ganha o bastante, longe disso. Agora posso lhe dizer em definitivo que estamos diante de um caso praticamente ganho. Em todos os meus anos de advogado, nunca disse isso a *ninguém*, mas o que posso lhe dizer é que temos uma chance muito boa de sucesso."

"Mas se não ganharmos..."

"Louise, confie em mim", insistiu Cahill. "Tudo acabará bem."

* * *

Na manhã seguinte, no trabalho, enquanto Louise ainda estava tentando tirar de sua mente o julgamento iminente de seu processo no tribunal, Fiona se aproximou dela com uma sugestão muito oportuna e intrigante.

"Tive uma ideia fantástica!", declarou ela, sentando-se na beirada da mesa de Louise.

Por favor, por favor, não queira levar-me para outra ida às compras ou outra noitada, rezou Louise em silêncio. Após as núpcias ultracaras de Gemma no fim de semana anterior – e, é claro, todas as comemorações relacionadas ao casamento –, ela não conseguiria enfrentar mais isso. E ultimamente ela estava indo muito bem. Desde então, mal colocara o nariz fora da porta e, por mais que estivesse tentada, em particular com todas aquelas fantásticas roupas de festa que haviam nas lojas, não chegou nem perto da Grafton Street.

"Continue", disse ela, quase com medo.

"Bem, você conhece os apartamentos que Becky e eu estamos de olho, aqueles no Marina Quarter?"

Louise aquiesceu. Fiona e sua companheira de apartamento haviam decidido que viver na área 6 de Dublin "com todos aqueles estudantes e refugiados" não era mais conveniente, e que *in* agora era morar num apartamento moderno.

Após um esforço maciço de construção ao longo da baía de Dublin, muitos prédios de apartamentos à beira-mar foram erguidos próximo a Dun Laoghaire, numa área atualmente chamada de Marina Quarter.

Os apartamentos foram comprados minutos depois de terem sido postos à venda, principalmente por investidores, e como resultado houve uma série fantástica de acomodações alugadas disponíveis na área, adequadas para profissionais exigentes do Southside. O Marina Quarter estava sendo anunciado nos jornais como o novo distrito boêmio de Dublin, com todas as suas novas galerias, bares e restaurantes da moda – perfeito para qualquer garota solteira independente e amante da diversão. Fiona se apaixonou à primeira vista pelo lugar, alucinada pela ideia de viver o estilo de vida *Sex and the City*, ainda que na velha e tediosa Dublin.

Louise recentemente fora com Fiona num sábado de manhã dar uma olhada no local e pôde ver por que sua amiga queria morar ali. Os apartamentos eram chiques, modernos e infinitamente glamorosos – quilômetros de distância da caixinha de fósforo decadente de Louise, em Rathgar.

"Você não mudou de ideia, mudou?", perguntou ela, achando que isso fosse improvável. Mas dizer isso não seria nenhuma novidade para Fiona. A garota era conhecida por fazer mudanças radicais em tudo, fosse na cor do cabelo ou nos homens que apreciava. Por isso, se de repente decidisse que viver em cabanas de barro seria a próxima melhor coisa, Louise não ficaria muito surpresa.

"É claro que não! Louise, você viu a vista deles para a Marina, daquele com as janelas do chão até o teto, com aquela vista incrível da baía..." Ela suspirou.

"Mas eu achei também que era caro demais", replicou Louise.

Os olhos de Fiona brilharam. "Era, para duas de nós", disse ela, maliciosamente.

Louise parecia sem expressão.

"Mas não para *três* de nós!", declarou Fiona, como se fosse a coisa mais óbvia do mundo.

"Para três de..."

"Você realmente não quer ficar naquele quartinho horrível para sempre, quer, Louise? Três de nós podemos conseguir um apartamento muito maior, um apartamento grande, arejado, com um quarto para cada uma. Você pode imaginar como seria... três garotas solteiras morando bem no coração daquilo tudo, os bares e as boates da moda, os restaurantes, aquelas fabulosas butiques..." Ela riu excitada. "Seria maravilhoso! Mas, para conseguir um lugar maior, eu e Becky precisamos de uma terceira pessoa. Louise, *você* poderia ser essa pessoa." Ela anunciou com mais ênfase do que quem anuncia o prêmio da Loteria.

Louise pensou nisso. Ela podia imaginar *exatamente* como seria. Nunca se livraria das dívidas; estaria gastando sem parar se vivesse num lugar como aquele. E por falar em dinheiro...

"Não sei, Fi", disse ela, sacudindo a cabeça. "Um lugar como esse..."

"Por favor?", implorou Fiona, e então Louise percebeu como ela estava desesperada. Fiona *jamais* implorava.

"Então, o que aconteceu para impedir você e Becky de alugarem um apartamento, só vocês duas?"

Fiona suspirou. "Não conseguimos um apartamento de dois quartos por nada, foi isso que aconteceu. Mas o corretor telefonou nesta manhã para dizer que surgira um de três quartos. Só nós duas não poderíamos arcar com ele, mas com três não haveria problema. O problema é que precisamos nos mudar rápido, Louise, portanto..."

Parecia tentador, mas Louise sabia que não podia permitir-se isso. Seu apartamento de um quarto no início parecia ser apenas algo temporário até que encontrasse algo melhor, no entanto ela acabou não conseguindo arranjar nenhuma outra coisa. Mas não seria adorável não ter mais que morar sozinha? Louise detestava aquele cubículo. Nunca se sentiu feliz sozinha, sempre se sentiu um tanto patética. Agora Fiona, sua boa amiga Fiona, a estava convidando para morar com ela – e num adorável apartamento moderno numa área linda de morrer. O que mais poderia querer uma garota?

E havia sempre a possibilidade de que, se Louise não concordasse, Fiona pudesse voltar-se contra ela. Ela estava mesmo desesperada para conseguir aquele apartamento, e Louise não queria ser responsável por fazê-la perdê-lo. Como resultado, poderia perder sua melhor amiga. Mas ainda havia uma questão muito importante? Ela não sabia se poderia ou não arcar com ele.

Quando finalmente Fiona declarou qual era o valor do aluguel, Louise ficou um pouco surpresa, mas não tanto quanto esperava. E seria um lugar um milhão de vezes melhor do que aquele onde ela estava morando agora.

"Não é terrivelmente caro, considerando... " insistiu Fiona. "E, é claro, podemos dividir as contas... não que haja muitas", acrescentou ela rapidamente, quando Louise pareceu preocupada. "Pense um pouco a respeito e me diga o que resolveu até o fim da semana. O.K.?"

Louise concordou. Ela iria pensar a respeito, mas, na verdade, não havia como permitir-se aquilo – não da maneira como as coisas estavam atualmente. No entanto, se o seu caso no tribunal fosse tão bem quanto Cahill tinha certeza de que iria...

Ela sorriu ansiosa. Não seria maravilhoso dividir um *flat*, não, espere, um *apartamento* com alguém como Fiona? Demorara tanto tempo para ela fazer amigos quando veio para Dublin que então realmente achava que deveria tentar unir-se às únicas amigas que ela tinha, não deveria? E, para falar a verdade, Fiona não estava lhe fazendo um enorme favor ao tirá-la daquele cortiço em Rathgar? No entanto, ela não poderia mais ir a pé para o trabalho, não é? Não, teria que pegar o trem todos os dias para ir e voltar, mas isso não seria mesmo um problema...

"Bem...", disse ela, respirando profundamente, "eu me comunico com você..."

Fiona quase pulou em seu colo. "Ah, Louise, você é fantástica! Becky vai ficar eufórica! Ela gosta muito de você, você sabe, e nós três vamos nos entender maravilhosamente bem! Ah, Louise, mal posso esperar! Isso será absolutamente brilhante!"

Seria brilhante, concluiu Louise, impressionada por ter deixado sua amiga tão feliz. Esqueça o maldito dinheiro – afinal, a amizade não é *muito* mais importante?

Capítulo 14

Rosie estava abalada. Suas costas doíam como nunca, e depois de toda a arrumação e limpeza que fizera naquela manhã, a única coisa que queria era deitar-se por algumas horas e deixar a dor ir embora.

Mas, infelizmente, isso estava fora de questão. Naquela tarde, David viria para casa, e Rosie queria que tudo, inclusive ela própria, parecesse bem e limpo quando ele chegasse. Ela sorriu contente diante da ideia do retorno iminente de seu único filho. Fez uma boa limpeza no lugar e disse para si mesma que a casa estava parecendo maravilhosa. Agora, tudo que tinha a fazer era preparar um jantar especial de boas-vindas para David.

Tendo terminado de polir a mobília da sala, Rosie juntou seus utensílios e se encaminhou para a cozinha, para lavar as mãos.

Twix a olhava ansiosa de sua cesta, balançando o rabo.

"Sinceramente, Twix, você nunca está satisfeita?" Rosie a censurou amavelmente e foi até o armário para pegar-lhe um pequeno biscoito para cachorro e, como se quisesse comprovar uma opinião, Twix engoliu sua guloseima numa velocidade vertiginosa e lambeu os lábios, feliz.

Rosie olhou em torno da sala, tentando vê-la através dos olhos de David. Sua casa em Liverpool tinha uma adorável cozinha moderna com máquinas novas e todo tipo de dispositivo para economizar tempo que se pudesse pensar. David sempre foi muito interessado em artefatos mecânicos e em tecnologia, enquanto Rosie preferia fazer as coisas à maneira tradicional. As únicas máquinas que tinha em sua cozinha eram uma chaleira elétrica, uma torradeira e um micro-ondas – e nenhum desses novos espremedores de suco e misturadores de que David e Kelly pareciam gostar tanto.

Ela esperava que ele não achasse difícil demais voltar para casa, mas, afinal, o lugar não mudara tanto desde a época em que ele morava ali.

A cozinha ainda era o local da casa preferido de Rosie e provavelmente fora a principal razão de ela e Martin terem comprado a casa. Muito clara, ela recebia luz a maior parte do dia, e o ladrilho amarelo que haviam escolhido para as paredes, juntamente com os tradicionais armários de pinho, com a mesa e as cadeiras combinando, davam-lhe um adorável aspecto campestre. Rosie expandira esse tema escolhendo uma toalha de mesa de algodão azul e decorando as paredes com flores secas, cerâmicas feitas à mão e os tradicionais utensílios de cobre. Sheila chamava a cozinha de Rosie de "o bistrô".

Mas, para Rosie, a maior atração do aposento era a maravilhosa visão marítima panorâmica que dava diretamente para o porto e se estendia de Broadlough até Bray Head. Como a maioria das casas na cidade de Wicklow fora construída ao longo da colina acima do porto, uma vista do mar não era incomum, mas ela e Martin concordaram quando viram a casa que aquele aposento em particular estava perfeitamente posicionado para proporcionar a mais espetacular vista da costa. Os dois com frequência passavam longas tardes ali sentados, lendo, ou, no caso de Martin, *cochilando* em frente à janela. Como aquele era um local aconchegante, convidativo e tranquilo, eles raramente ficavam em sua sala de estar, visto que nenhum dos dois era muito fanático por televisão. A sala de estar também era muito confortável, e ótima para assistir aos noticiários ou uma meia hora de *Coronation Street*, mas Rosie podia contar nos dedos de uma mão o número de vezes em que ficou ali à noite desde a morte de Martin. Preferia muito mais aconchegar-se na poltrona com um bom livro, Twix descansando satisfeita em seu colo ou a seus pés. Não, a cozinha era seu local preferido, o lugar onde ela se sentia totalmente relaxada e de bem com a vida.

Mas hoje não havia tempo para relaxar na cozinha, não quando tinha um jantar de boas-vindas para preparar. David viria dirigindo diretamente do porto de balsas de Dun Laoghaire, o que era muito conveniente porque ele não teria de estar arrastando para muito longe todos os seus pertences.

Rosie sorriu de novo, o pensamento de sua chegada a alegrava muito, seu desconforto inicial a respeito daquilo havia muito fora esquecido. Apesar do que Sheila lhe dissera sobre as possíveis dificuldades de ter novamente alguém morando com ela – como se David fosse algum inquilino estranho ou algo assim –, Rosie estava realmente ansiando por isso.

Então, seu primeiro filho logo estaria de volta, morando sob seu teto, e para recepcioná-lo adequadamente ela iria preparar seu jantar preferido – carne, cebolas e cogumelos, e algum dos molhos de carne inventados por ela. David iria ficar encantado com aquilo, pensou ela com carinho. Quando ele se mudou para Liverpool, sempre dizia que a carne de lá não tinha o mesmo gosto. Então, aquela era uma boa maneira de deixá-lo à vontade e tentar fazê-lo esquecer – pelo menos por algum tempo – a razão de ele estar realmente voltando para casa. Ela estivera na cidade mais cedo e comprara um pedaço maravilhoso de filé no açougue, e assim...

O telefone tocando no corredor pôs um fim às reflexões de Rosie e, agarrando uma toalha para secar as mãos molhadas, ela foi atendê-lo. Esperava que não fosse David telefonando para dizer que a balsa estava atrasada ou qualquer coisa assim. A última coisa que a pobre criatura precisava era mais contratempos em sua vida no momento e...

"Alô?"

"Alô, é Rosie?"

Rosie imediatamente reconheceu o sotaque caloroso e melódico de sua nora.

"Kelly, alô", disse ela, ligeiramente confusa. Por que a esposa de David estava lhe telefonando? Era com a esperança de que Rosie pudesse ajudar a convencê-lo a voltar para casa? Ela estava pedindo perdão? Bem, David não lhe contara muita coisa, e por isso Rosie não sabia o que acontecera e, na verdade, não queria ser envolvida...

Para sua surpresa, Kelly começou a chorar. "Rosie, eu só queria lhe dizer como eu sinto que tudo isso tenha acontecido. Sinto muito que tenha chegado a este ponto. Eu amo David, e você sabe que eu gosto muito de você e, é claro, gostava de Martin e..."

"Kelly, querida, você não tem de me pedir desculpas", falou Rosie, tranquilizando-a. "Não sei exatamente o que aconteceu entre você e David e, para ser honesta, não quero muito saber. É óbvio que vocês tiveram sérios problemas e por isso..."

"Eu simplesmente não consegui suportar mais, Rosie", soluçou Kelly. "Não consegui suportar mais. Eu tentei, honestamente, eu tentei, mas foi muito difícil. *Ele* também era muito difícil, e não importava o que eu fizesse, não importava o quanto eu tenha tentado mudar, nunca estava bom o suficiente."

Os olhos de Rosie se arregalaram. O que era todo aquele negócio de "tentar mudar"? Pelo que David dissera, Rosie pensou que Kelly o traíra, e pelo que a garota estava dizendo agora, obviamente não era o que havia acontecido. Rosie não estava entendendo aquela atitude. Se uma pessoa trai, há algo seriamente errado, e, como dizia o velho clichê, um leopardo nunca muda suas manchas.

"Ele se tornou uma pessoa muito difícil de conviver, e, Rosie, eu sei que ele é seu filho e talvez ele seja diferente com você, mas eu só achei que devia adverti-la, e mais uma vez dizer que sinto muito por ter colocado tudo isso sobre você."

Me advertir? Me advertir de quê?

"Mas quando eu lhe disse para ir embora, quando eu lhe disse que não conseguia suportar mais e o queria fora da casa, achei que ele iria sair e arranjar um apartamento na cidade ou algo assim. Não pensei mesmo que ele fosse voltar para casa..."

"*Você* mandou David embora?"

"Bem, sim." Kelly se acalmou um pouco. "Eu achei que você soubesse... Ah, não, por favor, não me diga que ele está tentando me culpar de tudo isso." Ela começou a chorar de novo. "Ah, Rosie, eu não quero envolvê-la nisso. Não é justo! E, afinal, ele é seu filho, mas... Rosie, ele mudou! Ele não é o mesmo David com quem me casei, não é o mesmo David por quem me apaixonei. Ele... não sei... ele está... diferente."

A cabeça de Rosie girava. Era inevitável que Kelly estivesse perturbada e confusa com o término de seu casamento, mas o que era tudo aquilo que ela estava dizendo sobre David ter "mudado"? É claro, as pessoas mudam, particularmente quando se casam. As pessoas ficam mais velhas, mais sábias e mais assentadas. Kelly era por natureza um tipo de garota expansiva e sociável, mas Rosie sempre achou que ela era também sensata. Será que a raiz do problema era que David quisera assentar-se na vida de casado e Kelly ainda queria sair nos fins de semana para desfrutar da animada vida noturna de Liverpool? Se esse era o caso, então, sim, isso certamente criaria problemas.

Particularmente, se Kelly estava desfrutando um pouquinho demais de sua vida noturna.

No entanto, o fato de ela parecer tão perturbada com tudo isso significava que poderia ainda haver uma chance para eles, não é?

"Kelly, repito que eu não sei o que aconteceu entre vocês dois, mas tenho a impressão de que...", ela escolheu suas palavras cuidadosamente, "um de vocês talvez tenha conhecido outra pessoa ou algo assim." Como Kelly permaneceu calada, ela prosseguiu. "Estou certa de que houve erros de ambos os lados, mas, obviamente, vocês dois ainda não estão prontos para terminar tudo. Acho que David está voltando para casa por algum tempo, e vocês dois ficarem algum tempo separados pode ser uma coisa boa em longo prazo. Quem sabe como os dois vão se sentir depois de algum tempo? As coisas podem parecer muito diferentes."

"Rosie, sinto muito, mas é mais complicado do que você pensa. Se por alguma razão você acha que eu o traí ou qualquer coisa desse gênero, está completamente equivocada. Eu *jamais* trairia David. Eu ainda o amo." Então, sua voz fraquejou. "Mas não consigo suportar mais. Tentei o máximo que pude, e tudo isso está sendo muito difícil. Esse constante pisar em ovos, imaginando se ele vai ou não explodir..."

Explodir? Mas David não tinha mau gênio.

"O que você quer dizer? Explodir?"

Kelly se recompôs. "Olhe, eu só espero que ele não aja da mesma maneira com você... Ah, acho que estou sendo idiota. Afinal, ele é seu filho, e você o conhece melhor, mas... Só queria que você soubesse que eu tentei o máximo que pude. Eu tentei, mas você precisa suportar muita coisa até entender que não está certo."

Rose estava estupefata. "Você tem certeza de que vocês dois não podem...?"

"Tenho certeza, Rosie. E mais uma vez eu lhe peço desculpas por tudo ter terminado assim. Sinto muito sua falta."

Diante daquilo, Rosie se sentiu muito entristecida. Kelly ainda era a mesma garota meiga que ela conhecia bem, e era óbvio, ao ouvi-la, que ela ainda amava David. E acabara de dizer a Rosie que não traíra David com ninguém, como de início Rosie suspeitara. Ela acreditava nela também; Kelly não era um tipo de pessoa desleal, e Rosie tinha certeza de que, se isso tivesse acontecido, a garota teria prontamente admitido.

Então, que diabos acontecera com eles?

* * *

Algumas horas mais tarde, quando a carne estava cozida no ponto – exatamente como David gostava – e o molho quase pronto, a campainha da porta tocou. O *timing* perfeito. Rosie quase não conseguia conter sua excitação. Ele estava lá!

Para sua surpresa, ela se sentira quase nervosa na última meia hora enquanto esperava por sua chegada, como se David fosse apenas algum estranho chegando para o jantar, e não seu primeiro filho voltando para casa após dez longos anos longe. Mas tudo seria ótimo e, com uma bela refeição feita em casa esperando por ele no fogão, logo seria como se ele nunca tivesse partido.

Quando saiu para recebê-lo, Rosie tentou tirar da cabeça a conversa anterior com Kelly ao telefone. Ela não ia meter o nariz – se David quisesse discutir seus problemas, tudo bem, mas ela não iria dizer nada espontaneamente. Esse não era seu papel.

Sorrindo de orelha a orelha, ela abriu totalmente a porta da frente para encontrar seu amado filho de pé na entrada, com um ar irritado no rosto. Pobre criatura, a travessia na balsa deve ter sido difícil para ele, foi seu primeiro pensamento, e o segundo foi perceber como ele parecia pálido e infeliz.

"Olá, querido", disse Rosie alegremente. "Bem-vindo ao lar!"

David permanecia com uma expressão de raiva. "Você disse ao país todo que eu ia voltar esta noite ou algo assim?", disse ele, como cumprimento.

"Não, só contei a Maureen aqui do lado. Por quê?", disse Rosie, um pouco magoada pelo mau jeito do filho.

"Porque há um bando de galinhas cacarejando por aí", disse ele, apontando sua cabeça para o local onde algumas das antigas vizinhas estavam de pé num de seus portões conversando, como frequentemente faziam.

"Elas sempre ficam conversando ali, querido... E eu não acho que estivessem olhando para você. Olhe, por que você não entra? Eu o ajudo com sua bagagem depois."

"Está bem", replicou ele, relutante, enquanto entrava no *hall*. "Mas eu realmente não apreciei o comitê de boas-vindas."

"Bem, isso não tem nada a ver comigo", respondeu Rosie, um pouco aborrecida pelo fato de ele sequer tê-la cumprimentado direito. Mas isso estava sendo difícil para ele, não estava? Voltar para a casa da mãe depois de romper seu casamento não poderia ser bom para o ego, que dirá para o humor, e Rosie não podia culpá-lo por estar deprimido.

Entretanto, pensou ela, com seu ânimo se levantando enquanto fechava a porta e o seguia para dentro de casa, quando ele se sentasse e comesse o belo jantar que ela lhe preparara, os dois poderiam ter uma conversa e...

"Jesus Cristo!" David parou diante da porta da cozinha e se virou para olhar para ela, com o desgosto escrito em seu rosto. "Que diabo de fedor é esse?"

"Fedor?" Por um momento, Rosie não soube do que ele estava falando. Ela esperava que o vaso sanitário do lavabo sob a escada não estivesse entupido de novo, mas... Ah, com certeza ele não estava se referindo...? "David, é seu jantar, seu prato preferido, carne com cebolas. Eu sabia que você estaria faminto depois de toda essa viagem, e então comprei um maravilhoso pedaço de carne na cidade hoje e..."

"Pelo amor de Deus, mamãe, você não tem nenhum lixo aí?"

"O quê? Mas eu..."

"Eu não como carne. Eu não como *carne*!" Seu nariz franzia de nojo, sua expressão era a mesma que seria se ele tivesse acabado de entrar num esgoto aberto. David entrou na cozinha e começou grosseiramente a abrir o quanto pôde as janelas da cozinha.

Rose o observava perplexa e na verdade também um pouco amedrontada por seu comportamento.

"Do que você está falando, David? Você adora carne. Não é seu prato preferido?"

"Pode ter sido meu preferido quando eu era jovem demais para conhecer coisa melhor, mas já faz anos que eu não como essa porcaria! Sou vegetariano, mamãe. Eu achei que você soubesse disso!" David passou direto por onde sua mãe estava, chocada, no corredor.

Vegetariano? Rosie não sabia, nunca soube daquilo. Quando isso aconteceu? Sim, ele mencionara certa vez que a carne na Inglaterra não era boa, mas... Pensando nisso, não espanta que ele pareça tão esgotado e pálido – obviamente, não estava comendo os alimentos certos. E todo aquele maravilhoso jantar que ela preparara com tanto capricho para que tudo desse certo...

"Sinto muito, David. Eu realmente não sabia", disse ela, sentindo-se de repente muito desconfortável. Aquelas não eram exatamente as boas-vindas que ela imaginara. "Mas você vai comer as batatas e os brócolis, não vai? E os cogumelos e as cebolas devem estar ótimos, então..."

"Conhecendo você, provavelmente deve ter cozido tudo isso na mesma panela que a carne, e então é claro que eles não vão estar ótimos!" Claramente agitado – muito mais que a situação merecia, pensou Rosie –, David passava uma mão sobre o cabelo. "Vou trazer minhas coisas aqui para dentro e depois vou até a cidade comer alguma coisa", disse ele. "Espero que quando eu voltar o fedor já tenha ido embora."

Com isso, atravessou com grandes passadas a porta da frente enquanto Rosie permanecia ali imóvel e atônita.

Quem era aquela pessoa furiosa? Certamente não era seu David, o David bem-comportado e bem-intencionado que ela e Martin criaram tão amorosamente até ele sair para seguir seu próprio caminho no mundo. Por que ele estava tão aborrecido com ela? Sim, ela podia entender que ele estava zangado por causa da carne, especialmente se achava que ela sabia que ele era vegetariano, mas certamente não poderia achar que ela fizera aquilo de propósito. Por que ela faria isso? Por que *alguém* faria isso?

Tentando acalmar-se, e também ficando fora do caminho de David enquanto ele trazia para dentro sua bagagem, Rosie foi para a cozinha e se sentou ao lado da janela. Sua cabeça girava, e ela sentia um frio gelado. Agora, o ar frio entrando pela janela aberta começava a tornar difuso o calor anteriormente aconchegante da cozinha, mas o calafrio que Rosie estava sentindo não era resultado da temperatura do aposento.

Ela tentou entender as coisas. A bem da verdade, era inevitável que aquilo não estivesse sendo fácil para ele, não era? O fim de um casamento não é um piquenique para ninguém; então, ela fora mesmo um pouco idiota por esperar essa grande volta para casa, em que ela e seu filho se sentariam para jantar e conversar como se nada estivesse errado. É claro que ia ser difícil e, como mãe de David, ela realmente devia entender isso. Mas achou que aquilo não poderia superar o encantamento de tê-lo em casa e de cuidar dele novamente.

Então, deveria dar-lhe alguns minutos para acalmar-se e daí talvez ele entendesse que estava fora de si. David sempre foi bom nisso e, embora nunca se intimidasse diante do confronto – ele e Sophie tiveram algumas boas brigas quando eram menores –, ele nunca teve dificuldade para admitir a culpa e pedir perdão quando estava errado.

Portanto, ela tinha de dar-lhe um pouco de tempo para acalmar-se. Sim, fora um mau início, mas eles o superariam. Tinham de superá-lo, não tinham?

Alguns minutos mais tarde, Rosie ouviu a porta da frente bater de novo, o som reverberando alto por todo o corredor. Ela continuou sentada ali por algum tempo, chocada e imóvel, com Twix no colo; a cadelinha havia percebido a ansiedade de Rosie e pulou sobre ela para tentar animá-la.

David tinha saído para comer alguma coisa – saiu sem uma palavra, uma desculpa, nada.

Quem era aquela pessoa? O que havia acontecido com seu filho?

* * *

"O sujeitinho!" Sheila estava furiosa. "Ele perdeu as estribeiras com você... tudo porque *ele* se tornou um excêntrico?"

Rosie aquiesceu, um pouco envergonhada por admitir o que acontecera. "Um vegetariano. Mas acho que deveria realmente ter perguntado..."

"Besteira! Já é ruim o bastante ele voltar para sua casa e se acomodar em cima de você, que dirá esperar cardápios especiais!"

De certa maneira, Rosie estava arrependida de ter comentado qualquer coisa com Sheila, mas nos dois últimos dias, desde o retorno de David, ela esteve transtornada de preocupação. Depois da explosão daquela noite, ele voltou mais tarde para casa, tendo comido alguma coisa de odor estranho em algum lugar. Rejeitando as desculpas e fracas tentativas de Rosie para acalmar as coisas, ele finalmente subiu as escadas para desfazer as malas, pondo fim às esperanças dela de uma boa conversa a dois.

Rosie mal o vira desde então. Bem cedo, na manhã seguinte, ele foi para algum lugar com seu carro e, como ainda não tinha uma chave da casa, ela ficou confinada ali o dia todo, pois não queria sair e deixá-lo trancado do lado de fora. É claro que não conseguia colocar seu nariz na cozinha sem que Twix choramingasse e rolasse sobre seu próprio corpo, implorando para ser levada para dar uma volta. Mas Rosie tinha medo de sair, ainda que por meia hora – pensando que aquele seria o exato momento em que David *voltaria*. No entanto, ele só voltou muito tarde naquela noite, mas ela ficou aliviada ao ver que houvera uma leve melhora em suas maneiras quando ela lhe ofereceu sua chave reserva.

"Acho que ele está apenas tentando se familiarizar com tudo de novo", disse ela a Sheila. "O lugar mudou muito nos dez anos em que ele esteve fora. Não deve ser fácil para ele."

"Não deve ser fácil para você também, mas ele não parece pensar nisso, parece? 'Fedor' o diabo! Que maneira adorável de saudar sua mãe!" Ela balançou a cabeça, não conseguindo acreditar naquilo. "Deus, eu o teria enforcado se visse isso... Quem ele pensa que é?"

Rosie suspirou. "Ele é um homem recém-separado, Sheila, e acho que isso pode ser parte do problema. É difícil culpá-lo por agir de um modo um pouco estranho. Qualquer um de nós faria o mesmo." Tinha de ser isso. David estava agindo de uma maneira totalmente estranha e inamistosa porque ainda estava sofrendo muito com o fim de seu casamento. Tudo que ela precisava de fazer era dar-lhe um pouco de espaço e algum tempo para ajustar-se, e então tudo ficaria bem.

Sheila protestou. "Eu ainda acho que você não deveria deixá-lo ser grosseiro desse jeito com você."

"É o jeito de David", respondeu ela baixinho. "Tenho certeza de que ele vai superar isso, mas por enquanto eu terei de fazer algumas concessões."

"Deixe que *ele* faça concessões! Se eu fosse você, começaria baixando algumas regras. E faça-o saber que ele não pode simplesmente ficar entrando e saindo do jeito que quer de sua casa!"

"Ele é um homem adulto, Sheila, não uma criança rebelde", replicou Rosie, levemente divertida diante do pensamento de tratar David como o tratava quando ele era adolescente. Mas, para ser honesta, ele sempre foi um adolescente bem-comportado. Sophie é que era difícil de controlar e, de certa maneira, pensou ela com um quase sorriso, ainda era. Mas é claro que Martin nunca deixou nenhum deles passar dos limites, e David sempre...

Então, um pensamento a assaltou. É claro! Isso tinha de fazer parte de tudo aquilo. David estava não só sofrendo a perda de seu casamento, mas possivelmente estava também sentindo a falta do pai. Voltar para morar na mesma casa provavelmente agravara esse sentimento. Ela não sabia por que não pensara nisso antes. Não fazia assim tanto tempo que Martin morrera, e ele e David sempre foram muito chegados, então devia ser isso. Rosie gostaria de poder perguntar-lhe isso, ou conversar com ele a respeito, mas ele andava tão retraído que ela realmente não queria arriscar-se a dizer nada.

"Apesar de tudo, você tem direito a um pouco de respeito", continuou Sheila. "Eu sei que ele pode estar passando por maus momentos agora, mas não se esqueça de que você foi a única que apareceu em seu socorro, permitindo-lhe voltar correndo para morar em sua casa."

"'Voltar correndo para casa?' Dizer-lhe algo desse tipo vai realmente aproximá-lo de mim, não é?", disse ela num tom irônico.

"Ah, você sabe o que eu quis dizer. Mas não tenha medo de demonstrar um pouco de fibra! A princesa Sophie pode ter amarrado você em seu dedinho, mas a Rosie que eu conheço não vai aguentar loucos satisfeita."

Os olhos de Rosie se arregalaram teatralmente. "Você está chamando *meu filho* de louco?", disse ela, usando seu tom de voz mais arrogante, e Sheila riu; esta era uma antiga brincadeira entre elas. As duas mulheres haviam criado suas famílias no mesmo lugar e se divertiam muito com a competitividade de algumas de suas vizinhas quando se vangloriavam de seus filhos. Frequentemente brincavam entre si falando em "meu David" e "minha Gillian". Embora, para grande divertimento de Sheila, "minha Gillian" tornava-se também arrogância quando se tratava de seus próprios filhos.

"Não, mas no momento sua mãe está começando a parecer um pouquinho louca", retorquiu Sheila, irritada. "Agora vá para casa e o coloque em seu lugar. Faça-o saber que ele não vai continuar com esse comportamento infantil."

Sheila estava só brincando, mas ao mesmo tempo Rosie sabia que havia uma preocupação real por trás das palavras da amiga. Mas ela não precisava ficar preocupada, pensou Rosie, com seu ânimo melhorando enormemente agora que percebera o que podia estar errado com "seu" David. De repente, as coisas não pareciam tão terríveis. De certa maneira, a percepção daquilo a aliviou um pouco, pois nos dois dias desde seu retorno ela imaginara que aquilo era de alguma forma culpa sua. Certamente, servir uma carne ao ponto para um vegetariano fora um mau começo, pensou ironicamente, mas as coisas poderiam melhorar de agora em diante.

Não, decidiu Rosie, sentindo-se muito mais animada e positiva na viagem de trem de volta a Wicklow, David ficaria ótimo.

E, para ser honesta, as coisas certamente não poderiam ficar muito piores, poderiam?

* * *

Mais tarde, carregando pesadas sacolas de compras, Rosie lutou para subir o caminho até sua porta da frente. Através da janela, percebeu a televisão acesa na sala. Bom, então David devia estar em casa.

Ela ia entrar e começar a preparar o jantar, o tipo certo de jantar dessa vez – Rosie comprara um monte de vegetais na cidade – e talvez depois os dois pudessem sentar-se e assistir a um daqueles programas de crime que pareciam tão populares ultimamente. Ela tinha certeza de que David os adoraria.

Como ela própria, ele sempre foi um leitor ávido, mas em vez dos romances leves e animados que Rosie lia, David era louco por aquelas histórias do tipo "descobrir o *serial killer*". Rosie tremia quando colocou a chave na porta. Ela pegara um deles quando estava louca por alguma coisa para ler e não conseguia imaginar por que alguém quereria ler histórias sobre pessoas sendo esfaqueadas, esquartejadas, etc. Mas os programas de crime na televisão não eram tão descritivos, e ela encararia assistir a algum deles se isso ajudasse os dois a passar algum tempo juntos.

"Olá, querido", disse Rosie, enquanto entrava.

"Oi, mamãe", respondeu David, no que poderia ser considerado um tom relativamente animado, e Rosie percebeu que até ouvir sua resposta ela realmente contivera a respiração. Achando-se tola, pendurou o casaco e entrou na sala de estar.

"Como estão as coisas?", perguntou ela. "Você tem dormido bem? A cama está confortável?"

"Está tudo ótimo, mamãe, obrigado", respondeu ele com um sorriso despreocupado.

O alívio de Rosie era quase palpável. Hoje ele parecia e soava muito mais como o David real. Ela levantou suas sacolas de compras. "Comprei um monte de coisas para o jantar e pensei em fazer..."

David fez um gesto dispensando-a, com seu olhar fixo na televisão. "Nada para mim. Já comi algo mais cedo."

Sua cara caiu. "Você tem certeza? Comprei uma maravilhosa variedade de vegetais e..."

"Sério, mamãe, estou ótimo. E, olhe, não se preocupe em cozinhar para mim. Eu farei minha própria comida."

"Ah." Por razões que não conseguiu bem identificar, Rosie se sentiu magoada. É claro que ela metera os pés pelas mãos no começo, mas não havia razão para David achar que tinha de fazer sua própria comida. Mais cedo, antes de sair para visitar Sheila, ela comprara um livro de culinária vegetariana para ler no trem e planejara fazer para ele aquela noite um daqueles pratos de vegetais de fritura rápida. Ela não tocaria nele, é claro – não, Rosie não ficava sem um pedaço de carne no jantar. Mas como David não queria ser afetado pelo cheiro de carne cozida, ela comprou um daqueles frangos pré-cozidos – algo que nunca fizera na vida. Provavelmente não teria a metade do sabor de um bom frango fresco, mas, se ela não gostasse, daria amanhã para Twix.

"Bem, então me diga a que horas você quer jantar amanhã à noite e eu vou lhe fazer um prato de fritura rápida."

"Hum, é sério, eu mesmo vou fazer minha comida", repetiu David, dessa vez com uma leve contundência em seu tom. Depois se virou para olhar para ela. "Olhe, como você, eu estou acostumado com minha própria rotina. Não há razão para você mudar as coisas para se adequar a mim. Você pode comer o que normalmente come, e eu farei o mesmo. Honestamente", acrescentou ele quando viu que Rosie parecia insegura, "eu realmente não quero lhe dar trabalho."

"Mas você não estaria me dando trabalho, de jeito nenhum. Eu gosto de cozinhar para você, e não faz diferença para mim quando eu como."

Mas era uma batalha perdida, e Rosie sabia. David estava obviamente acostumado com sua independência e não queria sua mãe correndo atrás dele. O que era bastante justo, ela supôs.

"Escute, pensando nisso...", disse David, então, "eu estava imaginando se você não se importaria de eu mudar um pouco a decoração do quarto, talvez melhorar um pouco a aparência das paredes."

"Do quarto? Do seu antigo quarto, você quer dizer?"

"Sim, bem, ele ainda *é* meu quarto, não é?"

"Sim, é claro", disse Rosie rapidamente. "Desculpe, eu não quis dizer... é claro que ainda é seu quarto e, sim, é claro que você pode fazer algumas modificações lá, se quiser. Ele provavelmente precisa mesmo. Seu pai havia planejado reformar os quartos, mas com seu coração ficando tão fraco..." Ela sorriu com tristeza.

"Eu sei disso, mamãe."

"Então, sim, é claro, faça o que quiser", repetiu Rosie. "Veja os materiais que precisa e eu compro para você depois."

"Não seja tola, não há necessidade."

"É claro que há!", disse Rosie, animada pelo fato de eles estarem realmente tendo uma conversa decente. "Estou encantada por você ter resolvido fazê-lo, pois, do contrário, eu teria de contratar alguém. E isso custaria dez vezes mais."

"Bem, se você pensa assim... porque até eu me estabelecer e encontrar um emprego, não tenho muito para gastar e..."

"Ah, David", Rosie ficou mortificada por não ter pensado nisso antes. "Por que você não disse nada? Sabe, eu estou muito feliz por ajudá-lo." Ela rapidamente buscou sua bolsa. "Aqui está", disse ela, entregando-lhe um pequeno maço de notas. "Isso é tudo que eu tenho comigo no momento, mas a minha pensão de viúva cai na semana que vem e então..."

"Mamãe, eu não posso aceitar isso."

"É claro que pode. Eu só sinto por não ter pensado nisso antes." Coitado, é claro que ele estava precisando de dinheiro! E Rosie estava encantada por ajudá-lo, encantada por fazê-lo feliz.

"Bem, assim que eu conseguir trabalho, prometo que lhe devolvo." David tornara-se convenientemente agradável.

"Não há pressa, nenhuma pressa", disse Rosie. "E, outra coisa, diga-me os ingredientes que vai precisar para esses jantares de que você gosta. Você pode fazê-los, se quiser, mas escreva-me uma lista e eu peço a alguma das garotas do supermercado para pegá-los para mim. Você me conhece, eu provavelmente pegaria a coisa errada e envenenaria você!" Ela riu alegremente, feliz por eles estarem se entendendo tão bem.

"Você não se importa? Eu mesmo faria as compras esta semana, mas estou planejando ir a Dublin para ver se consigo trabalhar num canteiro de obras em algum lugar."

O coração de Rosie se animou. Então ele obviamente só estava planejando ficar ali por algum tempo.

"Eu diria que você não terá problemas lá. Com a quantidade de guindastes que se vê atualmente em Dublin, acho que eles estão planejando construir apartamentos que vão até a lua!", disse ela, brincando.

"Bem, espero ter sorte, então."

"Você ficará bem." Ela o tranquilizou. Então, fez uma ligeira pausa antes de continuar, quase temendo insistir, mas também incapaz de resistir a perguntar. "Então, você e Kelly estão definitivamente...?"

Rápido como um *flash*, o humor de David mudou e sua expressão se endureceu. "Definitivamente", disse ele.

Rosie se recriminou. Por que ela abriu a boca? "Tudo bem." Ela então se levantou e já quase saindo da sala acrescentou: "É melhor eu começar a fazer o jantar."

"Certo." O olhar de David voltou para a televisão.

"Há um daqueles programas de crime na televisão esta noite, não é?", acrescentou ela num tom casual, esperando mudar de assunto e, com alguma sorte, retomar a agradável atmosfera cordial de minutos antes. "Quando eu voltar do meu passeio com a cachorrinha, podemos..."

"Eu vou sair cedo", foi a resposta cortante de David, e Rosie soube que, mais uma vez, ela perdera a batalha.

Capítulo 15

Uma semana depois, David deixou uma conta da loja de ferragens local na mesa da cozinha. Rosie a pegou quando voltava de sua caminhada com Twix e teve de admitir que ficou um pouco chocada quando viu o total. Ele gastara quase 400 euros em uma coisa simples como pintura!

Mas Rosie não ousou questioná-lo a respeito quando pouco depois viu seu filho circulando com um sorriso no rosto e um andar saltitante. Era como se o fato de ele próprio ajeitar seu quarto o tivesse deixado fora de si, e, na verdade, algumas latas de tinta e – Rosie olhou de novo a conta – uma estante, uma mesinha de cabeceira e um abajur eram um preço pequeno a pagar para deixar David feliz de novo.

Não se falou mais em Kelly desde então e, pelo que Rosie sabia, ela não telefonara, e por isso parecia que realmente era o fim para eles. Que pena, pensou ela com tristeza. Especialmente quando eles pareciam tão perfeitos um para o outro. Mas isso não era de sua conta, portanto...

Ouvindo passos descendo a escada, Rosie enfiou a conta dentro de uma das gavetas e rapidamente se ocupou com outra coisa.

"Oi, mamãe!" David irrompeu na cozinha e, quase imediatamente, Twix soltou um rosnado baixo.

Rosie lançou um olhar divertido para ela. Twix estava fazendo aquilo com frequência ultimamente. Assim que David chegou, ela tentara todos os seus truques usuais de cachorro para tentar fazer com que ele brincasse com ela; deitava-se a seus pés com suas patas no ar esperando que ele a acariciasse e pulava para cima e para baixo quando ele entrava na cozinha.

Mas, apesar de seus truques divertidos, David não tomava o menor conhecimento dela e, na verdade, se comportava como se ela não existisse. Então, infeliz por ser ignorada, Twix obviamente desistiu de David um e desde então decidiu que ele era na verdade inimigo. Rosie achava hilária a maneira como ela tentava agir como o cachorrão bravo sempre que ele estava por perto, porque na verdade ela não machucaria uma mosca.

Mas David obviamente não compartilhava da opinião de Rose.

"Sua pestinha!", disse ele, tentando chutá-la, e rápida como uma flecha a cadelinha correu para sua cesta no canto, com seus olhos enormes tristes e magoados.

Rosie olhou para ele chocada. Ele realmente tinha feito aquilo? Seu filho acabava de tentar chutar uma pobre e indefesa cadelinha? "David, ela é inofensiva... Ela não se aproximaria de você!", exclamou ela.

Os olhos dele faiscavam. "Isso é o que todos dizem", disse ele, mal-humorado, "e antes que se dê conta o monstrinho arranca um pedaço de sua perna. Eles são animais e, em minha opinião, são todos ferozes."

Rose sentiu-se desencorajada. "David, eu lhe juro que Twix não tocaria em você nem em ninguém. Olhe para ela!" Ela lançou um olhar para Twix, que estava tremendo de nervoso em sua cesta. "Ela é tão pequena!" Magoada com o comportamento dele e por sua atitude para com sua inofensiva cadelinha, ela não pôde resistir a acrescentar. "De todo modo, ela só rosnou para você porque você continua ignorando-a."

Os olhos de David se arregalaram. "Ignorando? Jesus, o que você quer que eu faça? Quer que diga olá e até logo, por favor e obrigado para essa coisa? Mamãe, ela é só uma pequena vira-lata estúpida!"

Diante da voz alterada de David, Twix se encolheu ainda mais no canto de sua cesta e escondeu a carinha no corpo.

Por mais que estivesse tentada a fazê-lo, Rosie decidiu não informar a David que aquela "coisa" podia ser uma pequena vira-lata, mas era a vira-lata dela, e vinha sendo uma companhia essencial para ela, até mesmo sua tábua de salvação depois da morte do pai dele – quando David voltou para sua bela vida em Liverpool e Sophie para a sua em Dublin.

Era Twix que, à sua própria maneira, tentava confortar Rosie quando sua dona se sentia triste e sozinha. Ela lera em algum lugar que os cães têm uma percepção inata do sofrimento ou da tristeza humana, e parecia que Twix instintivamente sabia quando Rosie precisava de sua proximidade. Alguns dias, ela pulava em seu colo e lambia-lhe o rosto e, às vezes, as lágrimas de Rosie.

Nas semanas e nos meses após o funeral de Martin, Rosie sabia que teria ficado perdida se não fosse a companhia da cadelinha. Na verdade, o primeiro conselho que ela dava a qualquer homem ou mulher recém-enviuvado era arranjar um cachorro. Ter o animal por perto, ainda que fosse apenas uma coisinha minúscula como Twix, parecia de algum modo diminuir o inevitável vazio que enchia uma casa imediatamente após uma morte.

Mas mencionar o funeral de Martin num momento como aquele poderia ser entrar em terreno perigoso, e Rosie decidiu que não havia razão para trazer aquilo à tona.

"Ela é uma boa cachorrinha", disse Rosie, tentando disfarçar seu não característico aborrecimento, mas o desprezo dele pela pobre Twix realmente a perturbou, "mas eu acho que ela precisa de tempo para se acostumar com sua presença aqui."

David fungou. "Essa cachorra toma conta do lugar e deixa seu maldito pelo em toda parte! Nas poltronas, pelo chão, em toda parte!" Ele balançou a cabeça. "E também não é higiênico ter um cachorro na cozinha."

Mais uma vez, Rosie lutou para segurar a língua. "Um pouquinho de pelo nunca fez mal a ninguém e, de todo modo, ela é um cachorro que vive dentro de casa e, por isso, é muito limpinha, não é, Twix?", disse ela; e instintivamente, mas certamente com cautela, o rabo da cadelinha começou a agitar-se.

David grunhiu; seu bom humor inicial tinha agora definitivamente evaporado. "Falando em limpeza, acho que posso fazer uma revisão neste lugar enquanto eu estiver aqui."

"Uma revisão... O quê?" Rosie estava confusa.

Ele tornou a franzir o cenho. "A cozinha. Ela precisa ser modernizada. Então, quando eu terminar lá em cima, vou começar por aqui." Ele olhou em volta da cozinha, e seu olhar se demorou nas paredes. "Se você puder se livrar desses velhos pratos e dessa quinquilharia antiga, será de grande ajuda. Eu tenho algumas gravuras bonitas de meu antigo apartamento que ficariam bem aqui. E, é claro, essas velhas poltronas horríveis também vão ter de sair."

Rosie achava que não era possível sentir-se mais chocada do que antes, mas se sentiu. Aqueles pratos "velhos" a que ele estava se referindo eram o orgulho e a alegria de Rosie – e aquela era sua cozinha, seu espaço! Ela não tinha objeções a ele fazer uma nova pintura ou reformar o quarto dele, mas de jeito nenhum iria deixá-lo redecorar toda a sua casa! E pensar que ele queria livrar-se de sua poltrona, de sua cadeira de leitura favorita, na qual ela passou muitas noites encolhida com uma xícara de chá, um bom livro e alguns biscoitos de chocolate. Sem mencionar o fato de que a outra poltrona "horrível" fora a poltrona de Martin!

"Sinto muito, David, mas acho que a cozinha está ótima como está", disse ela, tentando manter sua voz calma. Ela não queria uma discórdia ou uma discussão; a *última* coisa que Rosie queria era uma discussão e detestava qualquer tipo de confrontação, mas, como disse Sheila, ela não podia deixá-lo chegar e tomar conta da casa dela. Sim, ele era seu filho e ela não o deixaria ao desabrigo, mas, na verdade, ele tinha de entender que ela estava lhe fazendo um favor deixando-o ficar ali.

"Hum, isso não é mexido há anos!" Então o tom de voz de David abrandou-se ligeiramente quando viu a expressão magoada de Rosie. "Olhe, você mesma disse que papai não conseguia mais fazer essas coisas, e ninguém esperaria que você ficasse subindo e descendo escadas. Mas o fato é que esta casa vai se deteriorar se alguém não cuidar dela. E, como sou jovem e capaz de fazer isso, e não estou trabalhando no momento, por que você não pode me deixar ajudar?"

Rosie piscou. Desde quando ela achou que precisava da ajuda dele? A cozinha estava ótima como estava, embora provavelmente pudesse levar uma mão de tinta, mas...

"Olhe, mamãe, podemos manter as cerâmicas e as quinquilharias se você quiser, embora eu realmente ache que isso tudo está um pouco ultrapassado. Você tem visto esses programas de decoração na televisão, não tem? Eles não estão sempre dizendo que uma casa renovada e moderna é aquela que conserva seu valor?"

"Seu valor? David, eu não sei do que você está falando porque certamente não estou planejando vender esta casa", gritou Rosie; seu coração agora batia acelerado. Toda aquela conversa estava começando a fazê-la sentir-se incrivelmente ameaçada. Primeiro, Sophie pedindo-lhe para dar sua casa como garantia para comprar a dela, e agora David falando em vendê-la! O que em nome de Deus estava acontecendo? "De todo modo, eu não posso vendê-la, não enquanto a imobiliária de Sophie a tiver como garantia e..."

"O quê?", perguntou David asperamente, e Rosie observou Twix outra vez encolher-se em sua cesta. "O que você quer dizer? O que Sophie conseguiu fazer com isso?"

"Bem... eu a ajudei, você sabe", Rosie não gostou do olhar de suspeita que ele de repente lhe lançou. "Eu a ajudei a conseguir o financiamento para a casa dela. Tudo que eu fiz foi assinar..."

"Aquela putinha sorrateira!", exclamou David maldosamente. "Então ela conseguiu, afinal!"

O quê? O que *isso* significa? Rosie se sentia como se o chão estivesse se abrindo sob ela, como se o seu mundo estivesse girando e houvesse alguma estranha conspiração acontecendo e ela não tivesse conhecimento de nada.

"Então, você simplesmente deu este lugar como garantia, sabendo muito bem que papai não concordou com isso quando ela lhe pediu antes. E com boas razões! Mamãe, você não entende o que fez?"

"É claro", explicou Rosie, tentando manter as coisas calmas, embora sua voz tremesse. Por que ele estava tão furioso? Martin deve ter lhe contado sobre o pedido de Sophie naquele tempo, mas tanto quanto ela sabia que isso não era da conta de David, pois naquela época eles todos achavam que David estava estabelecido.

E, seja como for, ela não tinha escolha senão tomar aquela decisão sozinha, porque Martin não estava mais ali, estava?

"Eu a ajudei. Eu tinha que ajudá-la. David, você provavelmente não imagina como os preços das casas estão altos por aqui. Sem minha ajuda, Sophie e Robert jamais teriam conseguido..."

Agora o rosto de David estava rubro de raiva. "Mamãe, você não tinha o direito... *Não* tinha o direito de fazer isso sem antes falar comigo!"

Falar com ele? O que aquilo tinha a ver com ele? "Mas esta é... é *minha* casa, David", reiterou ela, confusa. "Minha e de seu pai."

"Sim, mas e quando você se *for*?", cortou ele e, instantaneamente, o sangue sumiu do rosto de Rosie. "Ela deveria ser dividida em duas partes! *Duas* partes, mamãe! É claro que está tudo bem para Sophie, pois graças a você ela arranjou um ótimo lugar para morar. Mas o que eu vou fazer? Eu não tenho mais nada, agora que a putinha esperta se foi e tirou tudo de mim!"

E então, sem mais palavras, David saiu chispando da cozinha.

Durante um longo momento, Rosie não conseguiu respirar. Seu coração estava disparado e fraco com o choque; ela então finalmente se deixou cair em sua poltrona favorita, com suas pernas parecendo geleia. Então, tendo primeiro checado que David saíra e que o terreno agora estava realmente livre, Twix correu e saltou no colo de sua dona. Instintivamente, e agora desesperada por algum tipo de conforto, por algum sentido de realidade, Rosie começou a acariciar delicadamente o pelo da cadela.

E quando você se for? A pergunta que David gritara continuava soando repetidamente em sua mente. *E quando você se for?*

Ele não estava nem um pouco preocupado em ajudar Rosie a arrumar a casa. Estava apenas se assegurando de que o lugar ficasse bem cuidado, calmamente garantindo que ele mantivesse seu valor, tudo sob o disfarce de estar sendo um filho consciencioso e prestativo. Mas sabendo que Sophie já fizera uso do valor da propriedade ele realmente se mostrou como era.

A percepção do que David realmente era a atingiu forte e duramente. E talvez ele estivesse certo. Talvez Sophie tivesse sido dissimulada. Ela também fizera uma bela demonstração de ser uma filha prestativa nas semanas anteriores ao grande favor. E, tendo conseguido o que queria, Rosie mal a vira desde então.

Como aquilo aconteceu? Como seus filhos haviam se tornado tão cruéis, tão egoístas? Será que ela fizera algo de errado? Será que fora uma mãe ruim? Será que havia cometido erros enormes na criação deles?

Se havia, ela não sabia o que fora. Tudo que fez foi amá-los desesperadamente; tudo que ela sempre quis foi que eles fossem felizes. Durante toda a sua vida de casada, ela viveu para as crianças e para Martin – sua família era a coisa mais importante no mundo para ela.

E, embora Martin tivesse partido, até então Rosie realmente acreditava que ainda tinha uma família, que seus filhos a amavam tanto quanto ela os amava.

Mas Rosie percebeu que ela fora uma idiota, ela estava muito errada. Sua filha tirou o que queria dela e agora ela não conseguia ver nem a sombra de Sophie, e após apenas alguns dias em casa, David estava esperando pacientemente sua mãe morrer para que ele também pudesse começar a desfrutar de sua herança.

Capítulo 16

A manhã estava anormalmente fria e desagradável, e Dara ficou encantada por chegar ao escritório. Ela tinha uma reunião com um cliente logo cedo e estava checando suas mensagens com Breda, a recepcionista, antes de subir as escadas até sua sala.

Então, um cliente se aproximou do balcão. Dara educadamente se moveu para a outra extremidade do balcão, enquanto o homem anunciava sua entrevista.

"Olá, eu tenho uma entrevista marcada às 14 horas com Paul Owens", disse ele num tom confiante.

Dara estava ocupada demais lendo suas mensagens para realmente ouvir, mas depois não conseguiu entender como ela não reconhecera aquela voz.

Imediatamente.

Breda sorriu diante do mais belo cliente que ela já vira em todos os dez anos que estava trabalhando ali. "Senhor Morgan, não é?", confirmou ela. "Por favor, sente-se que eu vou informá-lo de que o senhor está aqui."

À menção do sobrenome, a cabeça de Dara deu um salto, e quando o homem virou as costas ela lançou um rápido olhar furtivo para ele. Não era... não podia... Podia?

Ela ficou paralisada onde estava, quase temerosa de mover-se.

Não, não, sua mente estava pregando-lhe uma peça. É claro que não podia ser ele. Entretanto, subitamente ela ficou totalmente tonta e teve de segurar-se na beira do balcão.

"Dara, você está bem?", perguntou Breda sussurrando. "Você ficou branca."

"Eu... estou bem", Dara conseguiu dizer. Mas ela não estava bem. Naquele momento, estava mais longe de estar bem do que jamais estivera.

"Dara?" Ela ouviu uma voz atrás dela. "Dara Campbell, é você?"

E, então, Dara se virou e ficou face a face com o homem que ela tinha certeza de que nunca iria ver de novo.

"*É* você!", disse Noah. "Não acredito! Não tinha ideia de que você trabalhava aqui. Achei que você ainda estava no Brophy's."

"Noah, que bom ver você", foi tudo o que Dara conseguiu dizer, com medo de que Breda conseguisse entender exatamente o que estava acontecendo, exatamente o que estava se passando ali. Porque ela tinha certeza de que seus sentimentos estavam escritos em todo o seu rosto.

"Não, agora eu trabalho aqui."

"Que bom para você", disse ele amavelmente. "Estou encantado de ver que se deu tão bem." Então ele sorriu, o mesmo incrível sorriso que derreteu seu coração da mesma maneira que derretera tantos anos antes. "E então, como você tem passado?"

"Muito bem, obrigada", respondeu ela, tentando manter a voz calma, tentando não demonstrar sua completa surpresa e descrença por vê-lo ali.

"Senhor Morgan? Por aqui, por favor." O assistente de Paul Owens apareceu na soleira da porta e o coração de Dara parou, quando ela percebeu algo. Paul Owens era especializado em direito de família. Acordos de separação, pensão de filhos... *divórcios*.

Noah a olhou observando-a, aqueles magníficos olhos verdes sondando, buscando, quase lendo sua mente. "Será que podemos conversar quando eu terminar aqui?", sugeriu ele num tom casual.

E, antes que pudesse evitar, Dara aquiesceu.

"Seria ótimo colocarmos a conversa em dia", continuou ele.

"Claro. Fale com a Breda quando você terminar", respondeu ela, um pouquinho sem fôlego, e Noah sorriu.

Dara moveu-se como um zumbi enquanto subia as escadas até sua sala, tendo deixado instruções para Breda informá-la quando Noah terminasse a conversa com Paul. O que diabos acabara de acontecer?

De todas as empresas de advocacia do mundo... ela não conseguia entender. Como... *Como* Noah Morgan terminou naquela? Era o destino, não era? Tinha de ser o destino. Porque coisas como essa simplesmente não acontecem, a não ser nos filmes. Coisas assim não acontecem, a menos que seja por uma razão muito boa.

Diante da perspectiva de vê-lo e conversar com ele, passar novamente algum tempo em sua companhia depois de todo esse tempo, o coração de Dara disparou.

Noah Morgan – o amor de sua vida, o homem de seus sonhos, aquele que fora embora – estava de volta.

* * *

O sexo era ainda melhor do que Dara imaginara.

Ela não conseguiu evitar. Quando o viu em pé inocentemente no saguão, quando eles se olharam mais uma vez, Dara no fundo soube que chegariam àquilo. Era só uma questão de tempo.

Noah era tudo em que ela conseguia pensar quando subiu as escadas. A próxima meia hora passou como um borrão, até que finalmente Breda a avisou de que ele estava esperando por ela lá na frente.

Dara tentou acalmar-se e tentou manter suas pernas firmes enquanto caminhava lá para fora, mas quando ficou de novo face a face com Noah, tudo o que era certo e a razão saíram pela janela.

Ela o queria, ela o queria tanto que se ele a houvesse tomado nos braços naquele momento, ali no meio da rua, ela não teria se importado. O desejo era tão grande que se tornava quase insuportável.

"Oi", disse ela baixinho, e, quando Noah a olhou, ela pôde ver em seus olhos que ele se sentia da mesma maneira. O olhar que ele lhe deu fez sua cabeça girar e suas pernas amolecerem.

Eles caminharam um pouco sem dizer nada, até que finalmente o incrível magnetismo entre os dois simplesmente foi demais para suportar.

Então, sem uma única palavra entre eles, Dara deixou Noah conduzi--la para um beco nas proximidades – atrás de uma companhia de material de papelaria que o escritório usava.

Então, ele a ergueu em seus braços, colocou-a contra a parede e, sem dizer uma única palavra, sem dar um único beijo em sua boca, Noah se posicionou entre as pernas dela.

Os braços dela estreitamente apertados em torno dele, Dara não conseguia compreender como algo podia ser tão bom. Quando a respiração de Noah se aprofundou, e suas estocadas tornaram-se mais profundas e mais rápidas, ela se agarrou firme, rezando para que ele nunca, nunca mais parasse. Ela estava embriagada dele, embriagada da sensação dele dentro dela, embriagada da percepção de que ele estava ali – realmente ali. Ela se lembrou de pensar que tudo aquilo tinha de ter sido um sonho, algum sonho arriscado e delicioso, um sonho do qual ela não queria despertar.

Finalmente, Noah inclinou sua cabeça e a beijou ferozmente e, quando o fez, ela gritou dentro da boca dele em total êxtase. Foi o prazer mais incrível que ela jamais experimentou.

Depois disso, e ainda sem dizerem sequer uma palavra, foram direto para o hotel mais próximo, Dara cegamente pedindo e pagando pelo quarto. Uma vez lá em cima, eles mal se despiram... Passaram toda a tarde bebendo nos corpos um do outro. Durante todo esse tempo, ela imaginava por que diabos desistira dele, como se convencera de que outro homem poderia ser um substituto dele.

O corpo de Noah era moreno e rijo, e naquela tarde parecia num permanente estado de excitação. Ele estava totalmente insaciável, mas eles estavam em perfeita harmonia – cada um sabia bem o que o outro queria, do que o outro precisava. Era tão bom e sempre foi assim entre eles – bruto, apaixonado, feroz –, mas o tempo que ficaram distantes fez isso parecer um milhão de vezes melhor.

Noah obviamente aprendera muito em suas viagens.

Desde que saíram do escritório de Dara, mal falaram – simplesmente deixaram seus corpos falarem por eles. Não houve perguntas, não houve respostas, nada além dos dois, envolvidos em alguma bolha atemporal, isolados do resto do mundo.

Para Dara, era como se ela estivesse sob a influência de alguma droga poderosa que alterava a mente e induzia o prazer, e ela não tinha absolutamente nenhum controle sobre o que seu corpo estava fazendo. Sua mente racional não recebeu nem um olhar, que dirá sua consciência. Ela apenas tinha que tê-lo, estar com ele de novo.

Quando ela o viu ali em pé no saguão, em carne e osso de novo, após todos aqueles anos, foi simplesmente demais para suportar, e ela não pensou um segundo sequer em Mark. Era como se ele nunca tivesse existido e...

"Dara, Dara, Dara..."

Agora ele estava chamando seu nome repetidas vezes, e ela sentiu seus lábios roçarem levemente seu rosto. Ela achava que nunca mais teria a chance de ouvi-lo sussurrar seu nome assim, de estar com ele assim. Mas então, sem nenhuma razão aparente, ele começou... Ele começou de repente a *sacudi-la*. O que estava acontecendo com...?

"Dara! Dara! Acorde! Você vai chegar atrasada no trabalho!"

"O quê? Onde...?"

Os olhos de Dara se abriram e ela olhou para o teto, tonta e desorientada.

Então, um pouco acima de sua cabeça, o rosto de Mark apareceu do nada e... *Mark*!

Imediatamente, Dara deu um salto horrorizada.

"Deve ter sido algum sonho!" Mark riu tranquilamente e se sentou na beirada da cama. "Você estava se contorcendo como um personagem saído do *Exorcista*."

Dara corou, constrangida diante do que sonhara, do que *pensara*! O.K., podia ter sido apenas seu subconsciente, mas ainda assim! Que diabos ela estava fazendo – sonhando que estava fazendo amor com outro homem enquanto seu marido dormia profundamente a seu lado? Será que o reaparecimento de Noah na véspera havia mexido *tanto* com ela?

"Eu... eu..." Dara não conseguia encontrar as palavras. "Foi um pesadelo", falou ela por fim, antes de levantar-se e dirigir-se ao banheiro, ainda um pouco desorientada e se sentindo muito, muito culpada.

Mark estava dando risada. "Algum pesadelo", ele disse a ela. "Foi aquele usual? Aquele em que ficam atirando em você?"

Dara estremeceu. Essa era uma maneira de dizer as coisas!

"Algo do tipo", respondeu ela vagamente. Ela estava se sentindo tão culpada que mal conseguia responder-lhe. Deus, que constrangimento!

De repente, Mark colocou sua cabeça na porta, olhando fixamente para ela. Ele lhe lançou um olhar estranho. "Foi assim *tão* ruim?", perguntou ele. "Você parecia ter visto um fantasma."

"Eu estou bem. Estou bem. Desculpe... ainda um pouco tonta, mas é tudo." Ela tentou dar um sorriso pouco entusiasmado.

"Bem, eu tenho de ir agora, mas vejo você mais tarde, O.K.?"

Ela aquiesceu. "Daqui a pouco eu falo com você."

Ele fechou a porta do banheiro atrás de si e ela entrou no chuveiro, esperando que a água quente de algum modo pudesse lavar sua memória ainda viva daquele sonho totalmente constrangedor.

* * *

Na viagem de trem para o trabalho, Dara se lembrou dos acontecimentos da tarde anterior.

Depois de Noah ter terminado sua reunião com Paul Owens, eles combinaram de encontrar-se para almoçar e, felizmente, pensou ela tremendo, o encontro não foi nada parecido com o sonho mortificante da noite anterior.

Certamente não houve nenhuma escapada para um beco nem nada desse tipo – o que ela estava *pensando*?

Dara fez então uma anotação mental aqui e ali para se lembrar de encaixotar sua coleção da Mills & Boon quando chegasse em casa à noite – aqueles livros haviam obviamente ativado sua imaginação. Fora isso, concluiu ela, sua mente compreendeu um pouco mais facilmente que aquele homem sexy e viril com quem ela... ahn... *sonhara* não era Noah Morgan. Não, fora algum herói rude de *The Italian Stallion's Baby* ou algo assim. Sim, definitivamente fora isso, ela se tranquilizou, tinha sido apenas pura coincidência que ele se parecesse um pouquinho com seu antigo namorado.

E, *em vez* de passar a tarde tendo um encontro clandestino apaixonado em algum quarto de hotel, ela simplesmente voltou ao trabalho e tentou não pensar demais sobre o encontro com Noah. Agora estava casada com Mark e perdera o barco no que se referia a Noah. Não podia esquecer-se disso. Então, não havia razão para ficar louca pensando nisso, havia?

No entanto, Noah continuava tão encantador e maravilhoso como sempre, e seus olhos ainda tinham um maravilhoso tom verde mediterrâneo, e os anos haviam tornado sua linha da mandíbula mais pronunciada e mais sexy que nunca e...

Pare! Dara respirou fundo e desejou que seus pensamentos parassem de ficar vagando. Aquele maldito sonho realmente a deixara inquieta. Graças a Deus ninguém inventara um aparelho que permitisse que as pessoas lessem os pensamentos umas das outras, do contrário, o pobre Mark teria pedido o divórcio imediatamente!

Mas, apesar de suas melhores intenções, sua mente não conseguia deixar de evocar outra vez os detalhes do encontro da véspera, com Noah. Eles almoçaram num pequeno café próximo ao escritório e, após alguns (muito assexuados) *paninis*, Dara descobriu que estava certa em sua suposição sobre o encontro dele com Paul Owens. Ele e Maria, a garota com quem ele se casara em Roma, estavam em processo de divórcio.

"O que aconteceu?", perguntou ela, tentando não parecer demasiadamente interessada.

Noah encolheu os ombros, seu torso bronzeado e amplo claramente delineado numa camiseta justa que, concluiu Dara, homens como ele jamais deveriam ter permissão para usar. Era perigoso demais. Pare, pare! – censurou-se ela, tentando desesperadamente não observar coisas como o peito incrivelmente atraente de Noah. *Mark também tem um peito atraente, por isso tente pensar no de Mark. Pense em Mark. Pense em Mark*, repetia ela para si mesma.

Mas não, isso não era bom – se ela tentava pensar em Mark, então, é claro, se sentia culpada por estar ali com Noah. Não que estivesse fazendo qualquer coisa de errado, mas, ainda assim...

Era isso! Por sorte, Dara encontrara a solução perfeita. Para conseguir concentrar sua mente e parar de deixar-se distrair pela boa aparência dolorosamente óbvia de Noah, ela tentou fingir que ele era simplesmente um cliente – um feio e desagradável cliente… digamos que Leo Gardner ou alguém parecido. Mas não, isso também não funcionava; Leo Gardner era tão sem atrativos, tão nauseante e repulsivo que ela não conseguia manter a ficção. Ah, deixe pra lá, não há como esquecer como ele é maravilhoso – nenhuma mulher com sangue nas veias conseguiria isso!

Noah estava lhe falando sobre seu casamento.

"Nunca foi a coisa certa", admitiu. "Eu a conheci enquanto viajávamos pela Austrália, nos demos bem e, certo dia, num momento de loucura, eu lhe propus casamento." Ele olhou direto para ela, e então o peso de seu olhar quase a grudou na cadeira. "Eu na verdade nunca pensara a sério nisso antes, mas… mas estávamos juntos havia algum tempo e eu achei que a amava, mas…" Suas palavras se perderam.

Dara então sentiu algo, algo que parecia desconfortavelmente próximo de alívio, otimismo, esperança. Noah disse que *achou* que estava apaixonado. Será que isso significava que… não, não, nem pense nisso, disse a si mesma em silêncio. Simplesmente significava que ele achou que estava apaixonado, nada mais. Com certeza, não significava que ele estivesse *mesmo* apaixonado por outra pessoa, alguém como ela.

"Voltamos para casa alguns meses depois, mas tão logo chegamos tudo mudou. Era estranho, como se eu estivesse vivendo algum tipo de vida de fantasia enquanto estávamos longe. Não havia responsabilidades, contas a pagar, hipotecas. E quando a realidade bateu…" Suas palavras se perderam, e ele balançou a cabeça. "Tudo desmoronou poucos meses depois de termos voltado para casa. Alugamos uma casa aqui durante algum tempo, um lugar bonito, em Swords, mas Maria não conseguia se adaptar. Finalmente, decidiu voltar para Manchester, sua cidade natal. Acho que no fundo ambos sabíamos que não era para sempre. Não estávamos fazendo um ao outro feliz. Talvez não estivéssemos realmente apaixonados. Foi apenas uma coisa impulsiva, um momento de loucura, na verdade."

"Sinto muito", disse Dara, com sinceridade. Que vergonha tudo ter desmoronado tão rápido.

"Ah, em primeiro lugar, nós fomos tolos em nos casarmos. Ela é uma pessoa maravilhosa, e eu ainda gosto dela, mas…" Ele fez uma pausa e sustentou o olhar de Dara, aqueles magnéticos olhos verdes quase furando os dela. Então, deixou seus olhos pousarem na toalha de mesa antes de acrescentar: "Nunca foi a mesma coisa que... a mesma coisa que tivemos, Dara."

Naquele momento, com aquelas palavras, Dara se sentiu como se alguém houvesse lhe arrancado o coração e tivesse dançado sobre ele. Ele estava dizendo...? Ele estava admitindo...?

"Isso já faz muito tempo, Noah", disse ela, engolindo com dificuldade. "E nós éramos jovens." Ela não podia continuar com aquilo; eles não podiam conversar sobre aquilo. Não agora, não depois de todo aquele tempo. E ela agora estava *casada*, pelo amor de Deus!

"Eu sei que as coisas ficaram um pouco estranhas entre nós antes de minha partida, mas por que você não respondeu as minhas cartas, Dara... ou retornou aos meus telefonemas? A maneira como deixamos as coisas... foi horrível. Eu sabia que você havia ficado furiosa, mas..."

"Eu não fiquei apenas furiosa. Fiquei constrangida, mortificada! Até agora, pensando em retrospecto, lembro-me como me comportei de maneira estúpida, como fui patética, devo ter parecido..." Ela se contraiu de novo, lembrando-se.

Noah sorriu. "Olhe, você ficou apenas envolvida com o casamento de Clodagh. Eu sei disso. Sabia disso o tempo todo. Mas não consegui entender por que você ficou tão furiosa naquela noite, não consegui acreditar que você iria me tirar totalmente de sua vida depois daquilo."

"*Por que* eu fiquei tão furiosa?" A vergonha de tudo aquilo estava tão clara em sua mente, mesmo agora. Dara não conseguia evitar de falar naquilo. "Noah, nós estávamos juntos havia anos, e então de repente você disse que não queria se casar comigo, que não nos via tendo um futuro juntos. Por que eu não ficaria furiosa?" Ela baixou um pouco a voz, temendo que alguém pudesse ouvi-los.

"Não foi isso que eu disse", ele contestou rapidamente. "Eu nunca disse que não tínhamos um futuro juntos. Pelo que me lembro, você era a mulher certa para mim, a *única*, e você era meu futuro. Mas naquela ocasião eu não estava pronto. Eu queria fazer algo mais com minha vida, queria ver o mundo, queria que *nós* víssemos o mundo juntos, antes de pensarmos em nos acomodar. Foi isso, Dara. Não tinha nada a ver com eu não amá-la ou não querer me casar com você. Eu só não estava pronto."

Ele se inclinou para a frente em sua cadeira e tocou de leve a mão dela. "Não consegui acreditar que você não quis falar comigo antes de eu partir. Não consegui acreditar que estava acabado. Mas quando você não retornou aos meus telefonemas nem respondeu as minhas cartas, entendi que havia falado sério, que eu tinha mesmo perdido você." Ele balançou a cabeça. "Durante um longo tempo depois disso, eu mal conseguia agir. Fiquei destroçado." Ele esboçou um sorriso. "Em certa altura, Charlie estava quase desistindo de mim. Estávamos em Bangcoc, na estrada de Patpong, e para toda parte que se olhava havia aquelas mulheres lindas..."

"Você *esperava* que fossem mulheres!" disse Dara, divertida.

"Não, eu não era assim", sorriu ele. "Mas os olhos de Charlie estavam quase saltando das órbitas, e eu... bem, eu não conseguia me envolver com aquilo. Simplesmente não estava interessado. Por fim, Charlie ficou cansado de me ver deprimido e me disse de forma direta que ou eu ia em frente ou voltava para casa. Pensei seriamente em voltar para casa, e então lhe escrevi uma última carta para ver se você havia se acalmado ou se realmente havia desistido de mim."

Dara se lembrou, e seu coração se torceu como um pedaço de corda. "Eu não respondi", confirmou ela tristemente.

"Não, você não respondeu."

Dara não conseguia compreender o que sentira na época. Ela confundira tudo. Noah admitiu que o que havia acontecido não era o fim do mundo. Admitiu que seus sentimentos continuavam os mesmos, mas ela foi estupidamente irredutível. Lembrou-se de ter pensado na época que, se ele a amasse de verdade, não teria partido.

"E tudo indica que ele esteja desfrutando de sua recém-descoberta liberdade!", dissera ela mal-humorada para Clodagh, totalmente ciumenta e desconfiada de que ela estava achando difícil lidar com o início do fim de seu relacionamento.

"Se você está dizendo isso..." Clodagh já estava cansada de ouvir Dara queixar-se de Noah. Ela tinha um casamento para planejar e pouco tempo para ficar acalmando o coração partido de sua amiga, que – quando o assunto vinha à tona – era tão obstinada que se tornara sua pior inimiga.

Noah continuou com sua história. "Então, eu desisti. E me deixei levar. Depois de algum tempo, Charlie e eu estávamos desfrutando tanto da companhia um do outro que decidimos nos afastar durante algum tempo. Arranjamos emprego de meio período aqui e ali para continuarmos nos mantendo e, finalmente, cheguei à conclusão de que você e eu havíamos terminado." Então, ele fez uma pausa e seus olhos piscaram de um jeito engraçado. "E, vendo como você parecia tão ansiosa para se casar, achei que você podia ter ido em frente e me substituído." Ele encolheu os ombros. "E foi o que você fez."

Dara se recostou em sua cadeira e tentou absorver tudo aquilo. Era louco, inacreditável, irreal – não, na verdade, não havia uma palavra adequada para descrever como ela se sentia agora.

"E, depois de um longo tempo, eu finalmente fui em frente." Ele riu quando os olhos de Dara se arregalaram. "Não me interprete mal. Eu não vivia exatamente como um monge. Mas quando conheci Maria, foi diferente. Nós dávamos tão bem, ríamos tanto e, eu não sei, como eu disse, a vida é diferente, mais fácil, mais despreocupada, quando estamos longe. Então, ficamos juntos durante algum tempo, as coisas iam bem e daí nós nos casamos."

"Eu sei." Dara se lembrou do terrível desapontamento que ela sentiu quando encontrou a foto do casamento deles na Internet. Quando ela lhe disse isso, a cara dele foi ao chão.

"Ah!"

"Então, por que Roma?" Ela não pôde evitar de perguntar. Ela ficara magoada demais com isso em particular, pelo fato de ele partir e casar-se naquele que supostamente era o lugar *deles*. Não que ela tivesse qualquer direito de sentir-se daquele jeito, mas ainda assim não conseguia evitar. Fora o corte mais profundo de todos. "Por que Roma, quando lá deveria ser..." Ela encolheu os ombros, subitamente constrangida, "... você sabe."

Noah a observou. "Para falar a verdade, foi sugestão de Maria. Estávamos na Itália na época e era fácil arranjar as coisas. Uma de suas companheiras de casa a colocou em contato com aquela companhia de casamentos..." Ele se encolheu, sentindo-se pouco à vontade. "Então, depois, talvez, no fundo... eu não sei..."

"Eu fiz algo similar", revelou Dara, e lhe contou sobre sua lua de mel lá. "Acho que eu precisava tirar aquilo... tirar *você* do meu sistema." Ela não se importava de dizer a verdade para ele agora, e era estranho, mas, apesar de não ver Noah por tanto tempo, ela ainda se sentia à vontade com ele, como se nunca tivessem se separado.

Mas agora as coisas eram diferentes, pensou ela, sentindo mais que um toque de tristeza enquanto girava a aliança de ouro em seu dedo. As coisas eram muito diferentes.

Noah percebera de imediato que Dara estava casada, vira a aliança em seu dedo ainda no escritório.

"Então, como ele é?", perguntou Noah. "Vocês estão casados há muito tempo?"

O estômago dela se desprendeu. Fazia realmente pouco tempo? "Alguns meses", lhe disse ela, quase envergonhada. "Ele é maravilhoso."

E era. O problema era que, por mais maravilhoso que Mark fosse, não era ele quem lhe provocava borboletas no estômago, quem lhe deixava com as pernas bambas. Não, Mark Russell não era o homem que provocava isso.

Mas o homem que *realmente* provocava isso estava sentado diretamente a sua frente, e enquanto ambos tentavam extrair algum sentido de como tudo dera errado para eles, ela sentiu um remorso doído.

"É melhor eu voltar para o escritório", disse ela por fim, compreendendo que eles não poderiam continuar conversando assim. Era perigoso demais. As coisas haviam mudado e, embora fosse difícil vê-lo pessoalmente, e ainda mais difícil ouvir como ela arruinara tudo para ambos, ela sabia que não poderia ir nem um pouco além dali. Muito tempo se passara. Eles eram ambos pessoas muito diferentes com vidas muito diferentes. Talvez não tivessem mais nada em comum além do passado compartilhado.

"Eu adoraria ver você de novo, algum dia", disse Noah, então, com um tom neutro e uma expressão impenetrável.

"Tenho certeza de que vamos nos esbarrar em algum momento", respondeu Dara da maneira mais espontânea que pôde.

"Não foi isso que eu quis dizer."

Ah, Deus, não, ela não poderia fazer isso. Por mais que estivesse tentada, não poderia começar a encontrar Noah escondido de Mark daquele jeito. Da maneira como as coisas estavam indo, terminariam em lágrimas, não havia outra saída para isso, e ela não era tão ingênua a ponto de pensar que eles poderiam ficar se vendo apenas como amigos. Ainda havia muita eletricidade, muitas fagulhas – qualquer tolo poderia ver isso.

"Noah, eu realmente não acho que seria uma boa ideia", disse ela, recusando-se a enfrentar o olhar dele. Ela pegou sua bolsa e a pendurou no ombro. "Foi maravilhoso vê-lo de novo, e eu… sinto muito que as coisas não tenham funcionado para você e sua esposa."

"Claro." A expressão dele continuava impenetrável.

"Mas Paul é um bom advogado, e tenho certeza de que ele fará um bom trabalho para você."

Então ela percebeu que eles poderiam muito facilmente encontrar-se de novo, sendo Noah agora um cliente da firma. E, no fundo, algo que parecia perigosamente próximo de excitação cresceu dentro dela.

"Com certeza, ele fará."

Ela sorriu rigidamente. "Certo, bem, obrigada pelo almoço e… tudo de bom. Cuide-se."

"Você também, Dara."

Com isso, ela saiu do café e, como em transe, voltou para o escritório. Ia se esquecer de cada palavra daquela conversa e se esquecer de cada detalhe do rosto de Noah, de seu sorriso, sua incrível presença.

Entretanto, foi um choque vê-lo de novo depois de todo aquele tempo e ouvir as coisas que ele disse, mas agora tudo estava diferente. Ela estava casada com Mark, e Noah era apenas um velho amigo, uma lembrança distante. Uma lembrança que ela apagara de sua mente de uma vez por todas e para sempre.

Mas as coisas não estavam indo bem até agora, estavam? – pensava ela agora, enquanto o trem parava na estação de Pearse Street. Ela *não conseguira* apagar as lembranças, do contrário, não teria sonhado com ele na noite anterior. E ainda não conseguira parar de pensar nele naquela manhã, quando por direito deveria estar pensando em seu marido.

Então, a pergunta ameaçadora, mas fundamental, que ela passara as últimas vinte e quatro horas tentando enterrar veio à tona por vingança.

"Por que eu fiz aquilo?", perguntou finalmente a si mesma. Por que *realmente* se casara com Mark? Fora para de algum modo vingar-se de Noah? Para provar a ele, ou mesmo a ela própria, que não ia ficar sentada esperando que ele voltasse para ela? Mas ela se convencera – ela *de fato* se convencera de que perdera sua chance com Noah – que ele estava fora de sua vida para sempre.

Ela repassou mais uma vez sua lista de razões – tudo o que parecera perfeitamente válido na época. O tempo estava passando, ela estava cansada de ser solteira, cansada de parecer uma espécie de pária social por ser a única que não se casara. Cansada de dar desculpas a sua mãe, cansada de sentir-se constrangida por ser independente e, enfim, começando a ponderar a hipótese de terminar sozinha. Havia também a questão de filhos, não havia? Ela sempre quis ter um filho, mas não gostava da perspectiva de criar um filho sozinha.

Então decidiu assentar-se na próxima oportunidade e casar-se com um homem de cuja companhia ela gostasse. Alguém por quem tivesse uma grande afeição, mas *realmente* não amasse – pelo menos, não como amara Noah.

Mas naquele momento Dara começava a questionar-se se não havia cometido um enorme erro se casando com Mark.

Porém, se havia, era um pouquinho tarde para pensar naquilo agora, não era?

Capítulo 17

Enquanto aplicava cuidadosamente a maquiagem, Louise não conseguia lembrar-se de ter se sentido tão nervosa. Ela concordou em encontrar-se com Sam para um drinque na cidade e estava tão preocupada com isso que mal comeu o dia todo. O que não era uma coisa ruim; pelo menos não haveria o risco de ela explodir no jeans justo que estava planejando vestir.

"Agora, tome cuidado", advertiu Fiona, criando ainda mais borboletas no estômago de Louise. "Você não conhece esse sujeito direito e por isso..."

Por isso... o quê? Louise queria perguntar. Sam não parecia ser do tipo "assassino da machadinha", embora agora fosse difícil dizer. Mas ficou comovida com a preocupação da amiga. Fiona tinha seus momentos, mas no fundo era muito meiga.

"Eu vou ficar bem", respondeu ela. "E você o conheceu também... Ele lhe pareceu estranho?"

Fiona franziu o nariz. "Não tão estranho, mas só que, bem, para ser honesta, ele não era seu tipo usual, Louise."

"Meu tipo usual?"

"Bem, ele era um pouquinho suave demais, um pouquinho... não sei, bonito demais, acho eu."

"Então meu tipo são os homens estranhos, feios?", pensou Louise, mais do que um pouco insultada. E certamente não existia essa coisa de bonito *demais*.

Quando ela disse isso a Fiona, sua amiga encolheu os ombros e disse: "Desculpe, eu não pretendia amedrontá-la, mas às vezes você parece ser tão confiante... Tente ser cuidadosa, é só isso que estou dizendo. Rapazes como aquele... bem, você precisa saber como lidar com eles."

Agora, sentada no trem rumando para a cidade, Louise ponderou se sua amiga estaria certa. Ela não conhecia Sam. Talvez tivesse sido um pouco apressada em encontrar-se com ele na cidade, em vez de em algum lugar mais perto de casa.

Mas não se corre riscos com qualquer rapaz que se conhece hoje em dia? E ela acreditava firmemente em seguir sua própria intuição. Sam fora adorável naquela noite no Four Seasons e ainda mais adorável aquela vez por telefone. E deu duro para conseguir que ela concordasse em aceitar seu convite, pensou satisfeita. Ele estava mesmo interessado nela, e se ela conseguisse continuar esperta, aquela noite seria perfeita. Ela gostava dele – muito, e não iria arruinar tudo sendo ansiosa demais. Os homens não gostavam disso. Não, naquela noite Louise seria a mulher autoconfiante, independente e despreocupada que todas as revistas insistiam em afirmar que toda mulher devia ser. E esperava que Sam ficasse loucamente apaixonado por ela e... bem, não havia por que fugir de si mesma, pensou ela, mordendo o lábio. Se eles se dessem bem naquela noite e Sam estivesse interessado em vê-la de novo, então, seria um trabalho bem-feito.

Estava chovendo, e enquanto Louise caminhou da estação de trem até o *pub*, ficou ensopada. Concordara em encontrar-se com Sam num bar popular do centro da cidade, um lugar da moda com centenas de luzes desagradáveis, música alta e uma clientela enlouquecidamente bonita e confiante. O tipo de lugar que fazia alguém como Louise – com gotas de chuva (e maquiagem) escorrendo pelo rosto, vestida de jeans brancos – parecer um polegar ferido em comparação com as garotas *hippy chicks* e boêmias comuns dali.

Uma vez dentro do *pub*, ela passou os dedos por seus cabelos molhados, esperando e rezando para que eles não ficassen crespos demais. Depois de passar tanto tempo alisando o cabelo... Ela não conseguia ver nenhum sinal de Sam; por isso, enquanto o esperava chegar, pegou uma mesa e tentou assumir uma postura descolada, o tempo todo procurando esconder seus jeans manchados da chuva e os pés encharcados sob a mesa. Honestamente, ela devia estar parecendo um rato afogado. O que lhe passou pela cabeça para usar jeans brancos e sandálias de tiras... na chuva? Deus, ela às vezes era totalmente idiota.

"Que bom que você conseguiu chegar!"

Louise sentiu o hálito quente em seu ouvido e, espantada, se virou para ver Sam sorrindo de orelha a orelha.

"Você está aqui!" Ela sorriu de volta, encantada por vê-lo de novo e achando que ele parecia ainda mais bonito do que ela se lembrava. Ela adorava aquelas pequenas sardas em seu rosto – faziam ele parecer tão infantil, inocente e fofinho.

"Eu estava em pé no bar e vi você entrar." Ele a olhou rápido de cima a baixo. "Você parece... hum... ótima."

Ela morreu de vergonha. "Estou assim tão horrível?", perguntou ela, tendo desaparecido qualquer vestígio de esperança de parecer-se com a garota sofisticada e equilibrada da cidade.

Sam tentou manter uma expressão séria. "Bem, a menos que esteja tentando um novo ar gótico..." Ele fez as marcas escorridas ao longo do próprio rosto, e ela imediatamente entendeu.

"Ah, droga! Meu rímel!" Louise pulou da cadeira.

"Bem, eu não ia dizer nada, mas..."

"Onde é o toalete feminino aqui?"

Sam indicou algum lugar no fundo, e então Louise teve de sofrer a indignidade de passar por um grupo de garotas incríveis, cada uma delas parecendo ostentar naturalmente o que Louise passara as últimas horas tentando conseguir – a perfeição sem esforço. Tentou passar despercebida, mas, quando chegou ao toalete e olhou seu reflexo no espelho, percebeu que isso era quase impossível.

Oh, meu Deus, ela parecia um daqueles tipos mais estranhos que dera errado! Seu maravilhoso bronzeador Clarins parecia ter dissolvido completamente na chuva, e seu rímel, cujo rótulo dizia ser à prova d'água, estava escorrendo feliz pelos dois lados do rosto.

O que ele devia estar pensando dela? Por mais atraente que ela pudesse ter-lhe parecido na primeira noite, ele decerto estaria mudando de ideia agora. O mais provável é que tivesse fugido quando ela voltasse para lá.

Mas surpreendentemente – depois de ter feito um reparo em sua maquiagem –, quando ela voltou para a mesa, Sam ainda estava lá. Ele lhe lançou um sorriso travesso com seus adoráveis olhos escuros piscando maliciosamente quando ela voltou.

"Eu não tinha certeza do que deveria pedir para você", disse ele, indicando sua própria Budweiser.

"Uma cerveja está ótimo para mim também, obrigada", disse ela amavelmente para a garçonete do salão de espera que estava aguardando.

Sam parecia estar se divertindo. "Você tem certeza? Não precisa compartilhar a 'pobreza' comigo, você sabe."

Louise franziu a testa, sem entender. Compartilhar a 'pobreza'? O que ele... Ah! Então ela se lembrou, ele estava se referindo àqueles explosivos coquetéis caríssimos e semicheios. Ela sorriu e sacudiu a cabeça. "Cerveja está ótimo."

“Então, o que tem feito ultimamente?”, perguntou Sam, acomodando-se confortavelmente.

E Louise, sentindo-se muito melhor depois de ter consertado a maquiagem, começou a relaxar um pouco. Sim, ele era definitivamente tão bonito quanto ela se lembrava, se não mais ainda, vestido como estava com uma camisa polo azul-marinho e jeans lavados. Seu cabelo escuro e despenteado se encaracolava atrativamente nas pontas, e quando ele sorria... uau! Mais uma vez, ela pensou que diabos ele vira nela.

“Ah, não muita coisa”, começou. “Eu...” ela parou, achando que dentro de cinco minutos ele estaria totalmente entediado se ela lhe contasse a verdade, que ela passara os últimos dias tentando vender pacotes financeiros para famílias desamparadas e financeiramente sobrecarregadas, desesperadas para conseguir algum dinheiro extra nos dias que antecediam o Natal.

E que estava às vésperas de um processo judicial iminente, que a estava preocupando sobremaneira, e que sua amiga Fiona a convencera a mudar-se para um maravilhoso, mas muito caro, apartamento de frente para o mar... falando nisso...

“Estou planejando logo mudar de apartamento”, disse ela, achando que ele ficaria mais impressionado com isso. Na verdade, agora que ela pensava a respeito, o jogo estaria terminado se ele ficasse sabendo sobre seu vagabundo apartamento de um quarto, não estaria? Então, ficaria sabendo que ela era apenas uma funcionariazinha burocrata de um escritório vagabundo, e não a mulher do mundo sofisticado com a qual ele conversara no Ice Bar.

Como ela esperava, os olhos de Sam brilharam de interesse. “É mesmo?”

“Sim, para um daqueles fabulosos novos apartamentos perto de Dun Laoghaire”, continuou ela, orgulhosa. O “Marina Quarter”. Marina Quarter, seu novo endereço. Parecia bom, não?

“Uau!” Como ela esperava, Sam pareceu devidamente impressionado. “Eu vi a propaganda deles... São fantásticos!”

Ela sorriu com um ar coquete. “Bem, como diz minha amiga Fiona... Você a conheceu, lembra-se? ‘Nós merecemos!’”

Sam riu, mas Louise percebeu algo mais por trás de seu sorriso. O que será que ele estava pensando, imaginou ela. Será que estava preocupado por talvez ela estar fora do alcance dele, por aquela garota sofisticada ser demais para ele, porque ele não conseguiria estar à altura dela? Mas se ele estava bebendo num lugar como o Four Seasons, então devia estar acostumado a garotas como ela e…

"E quanto a você?", perguntou ela, mudando de assunto. "Tem estado ocupado? Aliás, o que você faz? Você me disse que trabalhava num escritório, mas…"

Sam tomou um gole de sua cerveja e girou os olhos. "Você realmente não quer saber... Eu lhe garanto que morreria de tédio. E é um pouquinho complicado."

"Eu quero saber", disse Louise, tomando um gole de sua Budweiser.

"Bem, se você insiste... Suponho que você diria que eu sou um solucionador de problemas", respondeu ele, simplesmente seu tom sugeria que a maioria das pessoas não tinha nem ideia do que ele fazia.

Louise aquiesceu de imediato. Ela sabia exatamente o que aquilo significava. Muito frequentemente ela precisava da ajuda de pessoas como ele. "Você ajuda as pessoas a descobrirem o que há de errado com as coisas… como computadores, materiais elétricos, coisas desse tipo?"

Ele assentiu. "Algo desse tipo."

"Então, você é um especialista em eletrônica."

"Bem, não exatamente, mas bem próximo disso", disse ele, sorrindo. "E quanto a você?"

"Eu?"

"É. O que você faz?"

"Ah, meu trabalho é ainda mais entediante", respondeu Louise. "Eu trabalho com finanças."

"Perfeito! E sempre pronta para todas estas noitadas e fins de semana no estrangeiro, também, posso apostar!"

Você não tem a menor ideia, pensou Louise, sorrindo consigo mesma. "Sempre pronta", concordou ela, rindo.

Logo o copo dela estava vazio, e Sam rapidamente pediu outra rodada.

Eles conversaram um pouco mais, e como Louise se sentia relaxada e ficara muito mais à vontade com ele, percebeu o quanto gostava dele. Ele era ótimo, ótimo mesmo, e não apenas ótimo para um encontro. Era o tipo de rapaz que ela realmente gostaria de conhecer melhor. Apesar de sua óbvia boa aparência, ele não parecia de modo algum vazio, algo que era muitíssimo comum em rapazes bonitos como aquele. Fiona entendera tudo errado. Sam era tão normal quanto parecia, e havia algo que dizia a Louise que ela podia confiar totalmente nele.

Ela só não sabia muito bem por que – ela apenas sabia.

* * *

Nas semanas seguintes, ela e Sam começaram a ver-se cada vez mais. Pareciam dar-se incrivelmente bem e gostavam de fazer as mesmas coisas: restaurantes italianos baratos e animados, comida tailandesa para viagem e noitadas no cinema. O único problema era que Sam adorava doces, e sua paixão por chocolate estava criando problemas para a dieta de Louise. Ele adorava em especial ovos de chocolate, e certa noite, no cinema, e para a enorme diversão de Louise, ele comeu cinco ovos seguidos! Pouco a pouco, ela começou a apaixonar-se por ele. Não, para ser honesta, pensou ela sorrindo, ela se apaixonou por ele desde a primeira noite. Nesse meio-tempo, ela apenas foi se apaixonando mais.

"Você deve trazê-lo aqui para nos conhecer um dia desses", sugeriu Heather certo dia ao telefone. Ela tentou parecer despreocupada a respeito, mas Louise sabia que ela estava morrendo de vontade de conhecer Sam e ver como ele era ou, mais importante ainda, ver se ele era bom o bastante para sua irmãzinha.

"Talvez em breve", respondeu Louise, "mas você precisa de um pouco de treinamento antes!" Ela continuou, rindo e explicando que fizera Sam acreditar que ela era um tipo de garota sofisticada, cheia de dinheiro.

Mas a desaprovação de Heather foi quase palpável. "Por que ele acha isso? E, mais importante ainda, por que você está *deixando* que ele pense isso?", perguntou ela, em seu tom mais recriminador de irmã mais velha.

Louise explicou como ela e Sam haviam se conhecido, e como, embora tentando parecer fria e desinteressada, ela continuava mantendo o fingimento de ser alguém digno de se conhecer.

"Mas, Louise, você *é* alguém digno de se conhecer", respondeu Heather, exasperada. "Você não precisa fingir ser nada além de você mesma!"

"Mas eu gosto muito dele, Heather. Ele é diferente da maioria dos rapazes com quem eu já saí. Ele é maduro, sensível, divertido, e eu me sinto como se pudesse conversar com ele sobre qualquer coisa."

"Bem, se é assim, o que importa se ele descobrir a verdade? Que você não é uma garota de origem abastada, que é apenas uma pessoa decente e trabalhadora de uma família de trabalhadores decentes e normais. Se ele for tão bom quanto você diz que é, tenho certeza de que não irá importar-se de saber de onde você veio."

Diante disso, Louise se sentiu envergonhada. Sua irmã estava certa. Ela não tinha razão para ficar constrangida sobre sua origem. Seus pais, e mesmo Heather, sempre fizeram o máximo por ela, e ali estava ela mais ou menos tentando negá-los. Isso não era certo.

Mas, ao mesmo tempo, ela não via as coisas assim. Apenas achava que seria divertido fingir ser o tipo de garota que ela sempre quis ser, uma mulher do mundo, divertida, confiante, desejável. E, na verdade, ela gostava de suas pequenas maquinações, a ponto de sentir-se quase encantada por parecer com algo novo e igualmente ultrajante. Ela queria viver aquele tipo de estilo de vida – as compras, as férias, as amizades com as garotas.

Isso na verdade não tinha nada a ver com sua origem; tinha mais a ver com o tipo de vida que Louise queria viver e com a forma como ela queria que Sam e todas as outras pessoas a vissem.

Por isso, nesse meio-tempo, ela cedeu aos pedidos de Fiona e se mudou com ela e com Becky para seu fabuloso apartamento em Marina Quarter, finalmente deixando para trás aquele horrível conjugado de estudante.

E atualmente Louise *estava* vivendo no estilo de vida glamoroso e sofisticado com o qual sempre sonhou, e isso ela não estava inventando, estava? Só na noite passada, ela e as garotas conseguiram penetrar em uma das moradias das celebridades da cidade. Foi muito divertido. E ali havia montanhas de caras realmente famosas – astros e estrelas da tevê, astros dos esportes, modelos irlandeses. Os olhos de Louise quase não se fechavam diante da visão de pessoas que ela em geral só via nos jornais ou na televisão.

"E adivinhe quem nós vimos lá?", disse Louise, certa de que sua irmã ficaria impressionadíssima com sua vida social glamorosa.

"Quem?"

"Troy Brophy-Hyland!"

"Aquele jogador de *rugby* nojento com mexas no cabelo?"

Bem, essa era uma maneira de descrevê-lo, pensou Louise, e na verdade ele não era um presente dos deuses, mas *era* uma celebridade, portanto... "Sim, e ele sorriu para mim e para Fiona quando estávamos indo ao toalete!"

"*Ooooh!*", exclamou Heather com sarcasmo.

"Mas era Troy Brophy-Hyland, Heather!", insistiu Louise, sentindo-se um tanto decepcionada por sua irmã não ter ficado nem um pouco impressionada com isso. "Ele é realmente famoso!"

"Famoso por quê? Por seu penteado feminino ou pela quantidade de modelos irlandeses que ele encheu de drogas? Certamente não é por suas habilidades no *rugby*. Com certeza, há meses que ele não é escalado para a seleção irlandesa."

Sim, bem, Heather tinha razão nisso, mas...

"Louise, por favor, não me diga que você está se deixando impressionar por todos esses impostores e supostas celebridades. Eles são um bando de mentirosos! Deus sabe como eu cruzo com uma quantidade enorme deles no hotel aqui, e é incrível ver como eles são idiotas!"

Louise mordeu o lábio. Mas eles eram tão glamorosos, tinham tão boa aparência, eram tão *importantes...* e a maioria das pessoas morreria para ter a chance de estar no mesmo lugar que eles, por isso...

"Olhe, prometa-me que você vai continuar com seus pés no chão, o.k.?", continuou Heather. "Tenho certeza de que o cenário festivo de Dublin é muito divertido, mas lembre-se de que essas pessoas não são suas amigas e jamais serão. São idiotas vazios e sem cérebro que estão preocupados mais em aparecer nas páginas sociais do que em fazer qualquer outra coisa. Não se deixe fascinar por essa droga, Louise."

"Mas eu gosto de fazer parte disso tudo, Heather. É realmente excitante, glamoroso e..."

"O que há de excitante nisso? E não é glamoroso... é terrivelmente patético. Por que você mantém essas pessoas em tão alta estima, Louise? O que elas já fizeram por você?"

Louise suspirou. Heather podia ser às vezes tão desmancha-prazeres... Ela simplesmente não entendia o cenário social de Dublin, isso era tudo.

Quando ela disse isso a Heather, sua irmã a advertiu: "Só tenha cuidado para que tudo não termine em lágrimas."

"Tudo o quê?"

"Esse novo apartamento, as férias caras e todas essas noitadas loucas. Ouvindo você, parece que não está contando tantas mentiras a esse Sam. Vocês parecem estar se divertindo." Então ela fez uma pausa. "O que é ótimo, mas..."

"Mas o quê?"

"Bem, como você pode estar se permitindo tudo isso? Você pagou seu empréstimo antecipadamente, ou algo assim?"

Embora sua irmã não pudesse vê-la, Louise corou, sentindo-se culpada. *O* empréstimo. Heather mal sabia que onde um dia houve um empréstimo agora havia dois, além dos cartões de crédito e de um saldo negativo na conta, é claro. Mas tudo seria resolvido quando o processo fosse julgado no tribunal, não seria? E todo mundo não está sempre dizendo que não podemos levar nada conosco?

Seja como for, Louise não queria passar o resto de sua vida morando num quarto e sala fedidos, pensando em como pagar empréstimos, enquanto todas as suas amigas estavam saindo e vivendo sua vida plenamente. E como ela agora tinha um namorado, ria feliz, não podia ficar sentada toda noite em casa preocupando-se com dinheiro, do contrário, ficaria velha e grisalha – e pior, sozinha. Todos sabiam como era difícil encontrar alguém atualmente, que dirá alguém interessante, e ela não podia arriscar o relacionamento com seu namorado para pagar um extra do cartão de crédito, podia? Isso seria loucura!

Não, assim eram as coisas hoje em dia. Fiona tinha *três* cartões de crédito diferentes e, da maneira como sua amiga gastava dinheiro, provavelmente estava muito mais endividada do que Louise. Heather tinha de entender como as coisas eram. Ela era dez anos mais velha e crescera numa época diferente daquela. Sem falar que já havia encontrado seu homem e tinha um casamento muito feliz. Então, como poderia entender?

"Não, o empréstimo ainda existe, mas o senhor Cahill..."

"Louise, não suponha que você já tenha se dado bem com essa reivindicação", interrompeu Heather, com um tom de advertência na voz. Sua irmã não aprovara de modo algum o processo de responsabilidade pessoal, acreditando, como Louise também acreditava no início, que nenhum bem viria disso. "Não cometa o erro de achar que isso vai resolver tudo. Deus que me perdoe, mas se você perder..."

"Eu não vou perder, Heather", disse Louise num tom desafiador. "O senhor Cahill me garantiu que esse é um caso ganho. Com todas as complicações que eu tive depois..."

"Eu sei disso, menina", o tom de Heather abrandou, obviamente recordando aquela época difícil, "mas a gente nunca sabe..."

"Eu vou ficar bem", insistiu Louise, as palavras de Cahill reverberando em sua cabeça. "É um caso ganho, estamos certos disso. E tudo vai dar certo."

Capítulo 18

Nas semanas que se seguiram, Rosie fez o máximo para manter-se fora da vista de David. Graças a Deus, ele arranjou um emprego como rebocador numa construção na cidade; sendo assim, naqueles dias ela só o via à noite. Ele se acalmara um pouco com relação à casa, embora obviamente continuasse atacando Sophie.

"Só porque ele foi rejeitado e está sem casa não significa que deva descontar em mim", reclamou Sophie por telefone no dia seguinte. "E a ousadia de sugerir que eu tentaria me apossar da casa às escondidas dele!

É claro que tudo será dividido em partes iguais. Rob e eu não faríamos isso de outro modo."

Do outro lado da linha, Rosie esperava pacientemente que Sophie se lembrasse de que sua mãe na verdade ainda estava viva, que toda aquela conversa de "dividir" era no momento totalmente irrelevante.

Era difícil acreditar que seus filhos estavam pensando daquele jeito. Talvez fosse inevitável – em particular, porque Martin morrera – que David e Sophie começassem a perceber que seus pais não estariam ali para sempre, mas o que mais a perturbou foi que isso não parecia incomodá-los tanto. Se eles perceberam que ela estava indo em frente, sem dúvida, isso não deveria fazê-los apreciá-la mais?

Entretanto, Rosie não era mártir – ela e Martin haviam criado seus filhos para serem autossuficientes e independentes, e ela decerto jamais esperou que algum deles fizesse o que Gillian fizera com Sheila, cuidando da mãe em sua velhice.

Velhice mesmo! Por Deus – eles estavam se comportando como se ela estivesse às portas da morte! E ela estava gozando de boa saúde, exceto, é claro, pela questão da artrite e por algumas dores agudas nos ossos de vez em quando. No que lhe dizia respeito, ela ainda tinha um longo caminho pela frente!

Mas até mesmo ter pensamentos como esses fazia que se sentisse desconfortável e pessimista, e ela não gostava disso. Precisava de algo a que aspirar, algo que levantasse seu espírito e a impedisse de pensar em quão pouco seus filhos pareciam pensar nela.

Por isso, em sua visita mais recente a Sheila, Rosie disse à amiga que estava dando início a um novo hobby.

"É algo que eu sempre quis fazer", disse ela, omitindo de propósito a "confrontação" mais recente com David e o ataque dele com respeito a sua herança. Não havia por quê. Isso só faria Sheila ficar preocupada com ela, e cabia a ela ser mais assertiva ao lidar com ele.

Porém não havia razão para agravar a situação. David estava obviamente ali para ficar, e pelo andar da carruagem, por muito tempo. Ambos teriam de conviver na casa, e não adiantava piorar as coisas criando tensão entre eles.

Então, em vez disso, ela resolveu ficar fora do caminho de David, sua intenção de cuidar dele em sua "hora de necessidade" agora desaparecera. Não, ela iria fazer suas próprias coisas, como sempre, e deixar David fazer as dele, e esperava que não houvesse mais conversas sobre o que aconteceria com a casa depois.

Então, quando apareceu em sua caixa de correio uma mala-direta anunciando uma série de cursos noturnos, ela imediatamente decidiu ir. Seu objeto de escolha foi pintura com aquarela.

"O quê?" Sheila ergueu a sobrancelha ao ouvir a notícia. "Quando foi que você teve interesse nesse tipo de coisa?"

Desconfortável com qualquer tipo de decepção, Rosie desviou o olhar. Sheila a conhecia muito bem. A verdade era que ela não tinha nenhum interesse por "esse tipo de coisa", mas a ideia lhe pareceu bastante agradável, e como – diferentemente de algumas das outras opções – não requeria uma grande quantidade de escrita ou estudo, deveria ser bastante adequado para ela.

De todo modo, a tiraria do caminho de David pelo menos uma noite por semana, e isso era o principal. Nas outras noites, ela poderia ir à casa dos vizinhos para conversar ou talvez até a cidade com Twix para dar uma caminhada. No entanto, as noites estavam chegando mais cedo agora e, por mais segura que pudesse ser a cidade, Rosie não queria correr o risco de andar sozinha pelas ruas escuras. Twix podia ser ótima para agir como um cão feroz, mas na verdade não a protegeria muito.

Nas noites em que ela não saísse, deixaria David sozinho assistindo à televisão na sala e ficaria na cozinha lendo em sua poltrona. Havia reservado alguns ótimos livros e estava louca para mergulhar neles.

Ficar sem televisão não a incomodava; ela podia ver o noticiário durante o dia, se quisesse, e tinha certeza de que a vida continuaria ótima sem o *Coronation Street*. De todo modo, eram sempre as mesmas histórias toda semana – convenceu-se –, e ela já tinha drama suficiente em seus livros.

E, com alguma sorte, poderia realmente gostar dessa pintura com aquarela e terminar ficando horas na cozinha praticando. Rosie sorriu. Martin se orgulharia dela. Ele sempre foi ávido por conhecimento, ótimo para aprender novas habilidades e ilustrar-se.

Então, foi com satisfação que, naquela mesma noite, Rosie se apresentou na escola para assistir à sua primeira aula em mais de quarenta anos. Tentou não demonstrar nervosismo, especialmente quando entrou na classe e no mesmo momento deduziu que era sem dúvida a pessoa mais velha ali. Cerca de vinte anos.

No entanto, as probabilidades estavam contra ela, pois parecia que aquele curso em particular não fora muito procurado e não havia mais do que oito pessoas ali para assisti-lo. Ela esperava que houvesse alguns conhecidos, mas não reconheceu nenhum dos rostos.

Rosie sorriu sem jeito para os colegas, mas seu ânimo se levantou quando outro homem, parecendo ter alguns anos a mais que ela, veio em sua direção.

"Olá, todo mundo, sejam bem-vindos!", disse o homem com uma voz forte e alta, e o coração de Rosie bateu mais forte quando ela percebeu que o homem mais velho deveria ser o professor. É claro.

O homem se sentou, com suas longas pernas vestidas de jeans, e olhou para os outros; seu rosto era bronzeado, demonstrando que ele passava muito tempo ao ar livre.

"Sejam bem-vindos à 'Pintura com Aquarela para Iniciantes'. Agora todos nós sabemos por que estamos aqui... E, pelo que posso ver, não seremos muitos", acrescentou ele, piscando os olhos de um jeito cômico.

Rosie gostou dele imediatamente, e seu semblante relaxou um pouco.

"Então, por que não começamos nos apresentando? Sou Stephen Dowd, e espero que após algumas semanas eu tenha lhes ensinado muito de tudo que há para aprender sobre pintura com aquarela."

Como Rosie era a que estava mais próxima dele, ele olhou para ela e continuou as apresentações. Ela piscou nervosa e, embora já fizesse muitos, muitos anos, se lembrou claramente de que se sentiu da mesma maneira em seu primeiro dia de escola.

"Olá", começou ela, com seu rosto enrubescendo ao sentir-se o foco das atenções, particularmente de Stephen. "Meu nome é Rosie Mitchell e eu... eu...", disse ela, gaguejando e com a voz rouca, "... eu moro estrada acima."

"Ótimo!", exclamou Stephen, com seus olhos cinzentos cheios de afetividade. "Teremos aonde ir para nossas festas de estudantes!"

Os outros riram, e, sabendo que Stephen estava tentando deixá-la à vontade, Rosie sorriu para ele agradecida.

Os outros se apresentaram e depois o resto da noite foi dedicado a aprender os procedimentos básicos da pintura com aquarela e familiarizar-se com a tinta e os outros materiais. Para sua surpresa, ela adorou a aula e não pôde acreditar quando Stephen anunciou que o tempo estava acabando.

As duas horas haviam voado, e quase imediatamente ela se viu ansiando pela próxima aula. É claro que o adorável jeito despreocupado de Stephen ajudou muito, e como se percebesse que Rosie estava um pouco envergonhada de estar ali, ele pareceu estar lhe dedicando um pouco mais de tempo para certificar-se de que ela entendera bem suas explicações.

"Eu sei que é muito cedo para dizer, mas acho que você pode ter um 'olho' para esse tipo de coisa", disse ele, fazendo Rosie corar muito, secretamente encantada por poder ser boa nisso.

Ele tinha mesmo talento e um jeito especial que o tornava a pessoa ideal para ensinar num curso noturno, pensou ela, subindo a colina em seu caminho de volta para casa. Ela ficou tentando adivinhar tolamente de onde era Stephen, pois havia tido dificuldade para identificar seu sotaque durante a aula. De algum lugar no sul... possivelmente Cork ou Kerry, imaginou ela, abrindo o portão da frente.

Rosie bocejou. Sentia-se cansada depois de toda aquela concentração e, apesar de suas intenções iniciais de chegar em casa e relaxar na poltrona com uma boa xícara de chá quente e um biscoito, agora achou que iria direto para a cama. No entanto, era melhor primeiro levar Twix lá fora para fazer suas necessidades.

Entrando silenciosamente, Rosie pendurou seu casaco e foi até a cozinha quase na ponta dos pés. Sheila queria se matar por ela ficar se rastejando assim, mas Rosie não conseguia evitar. Desde o retorno de David e por causa de seu comportamento subsequente, ela se sentia como uma estranha em sua própria casa e às vezes ficava quase na defensiva ali. De qualquer forma, era mais fácil apenas desaparecer em silêncio na cozinha e tentar não aborrecê-lo. Então, ela só ia levar Twix lá para fora e depois...

"Mamãe, onde diabos você esteve?" Ela ouviu uma voz atrás de si perguntar.

Rosie se virou surpresa. "David, eu não queria perturbá-lo enquanto você estava assistindo à televisão e..."

"Onde você esteve até esta hora?", perguntou ele novamente, dessa vez olhando para o relógio. "São quase dez horas e está muito escuro lá fora."

Rosie ficou instantaneamente tocada por sua preocupação. "Eu estava assistindo a um curso noturno, querido... Não lhe falei?", disse ela, com o rosto um tantinho ruborizado pelo entusiasmo. Ela não pensou em lhe contar, supondo que ele não se importaria, contanto que ela ficasse fora de seu caminho. Mas como David estava tão preocupado com ela, Rosie obviamente o subestimara e...

"Um curso noturno? Que tipo de curso noturno você faria?", perguntou ele, com uma expressão descrente. "Você mal sabe escrever!"

Rosie se encolheu decepcionada. "Eu sei disso, David", respondeu ela baixinho. "Por isso estou fazendo um curso de pintura."

"Mas o que há de errado com a pintura que *eu* fiz para você?", perguntou ele num tom acusador. "Não está boa o bastante para você? É engraçado isso, visto que nenhum dos quartos foi tocado em anos!"

"Não, não...", Rosie sacudiu a cabeça, seu coração acelerando nervosamente, "... não é esse tipo de pintura, querido... São quadros, pintura de quadros... e Stephen, o professor, acha que eu posso ser boa nisso. Ele acha que eu tenho um bom olho." Ela agora estava falando demais, mas não conseguiu evitar.

David deu um riso debochado. "Essa é que é a sua? Escapar para aulas de pintura e deixar uma pilha de louça suja na pia? Você não entende como eu dou duro e trabalho o dia todo naquela construção, e ainda tenho de voltar para casa e limpar a cozinha antes de começar a fazer meu jantar?"

Uma pilha de louça suja? Limpar a cozinha? Do que ele estava falando? Ela deixou um prato e algumas panelas na pia em vez de lavá-las logo depois de usá-las, como normalmente fazia. Mas como estava muito ansiosa para ir à aula, e especialmente sobre o que *vestir* para ir à aula, acabou se esquecendo.

"David, eu ia lavar, mas estava com um pouco de pressa e..."

"Com um pouco de pressa! Um pouco de pressa! Bem, isso significa que você está *sempre* com um pouco de pressa, pelo jeito como cuida desta casa. A cozinha está imunda, mamãe! O tampo da mesa precisa de uma boa esfregada, e o forno parece que não é limpo há meses!"

"Tem sido difícil para mim limpar o forno desde que começou meu problema de coluna", disse ela cuidadosamente. "Tenho dificuldade para me abaixar. Mas eu mantenho minha casa tão bem como sempre mantive."

David deu outra risada zombeteira. Seus comentários feriam Rosie profundamente e a faziam tentar entender como seu filho – que quando era garoto costumava colocar folhas sujas nos bolsos e deixar uma trilha de barro pela casa ao voltar do futebol – havia se transformado num obcecado por higiene.

"E você sabe que eu não consigo suportar esse maldito cachorro andando por toda parte", continuou ele, e por razões que não conseguia absolutamente compreender, subitamente, Rosie sentiu um medo intenso. Ele não faria alguma coisa... Faria?

Agora, aterrorizada ao imaginar que a pobre Twix pudesse ter sido vítima de sua raiva, Rosie girou nos calcanhares e foi até a cozinha para procurar seu amado bichinho.

"Eu a coloquei lá fora, no galpão", informou-lhe David em seu tom aborrecido.

"O quê? Você não pode fazer isso, David. Está frio e úmido lá fora e Twix dorme aqui dentro desde que era filhote. Ela pode morrer!"

David murmurou algo baixinho que aos ouvidos de Rosie soou como "não faria falta", e se o pensamento da pobre criatura congelando e infeliz no galpão escuro não tirou Rosie do sério, aquilo tirou.

"Sinto muito, David, mas eu não vou aguentar isso", disse ela; sua voz se elevou ligeiramente enquanto ela se encaminhava para a porta dos fundos e ia até o quintal. "Ela é minha cadela, esta é a minha casa e eu não vou admitir que você jogue o pobre animalzinho indefeso lá fora como se fosse algum rato sujo!"

"Ela *é* um rato sujo", desafiou David, aparecendo na porta da cozinha. "Fungando e se arrastando por aí, pedindo comida o tempo todo. Eu não tenho paz com ela aqui."

"Ela é minha cadela, David."

"E eu sou seu filho."

"Eu sei que você é, mas Twix está comigo há muito tempo, e eu não vou admitir que ela seja maltratada."

"Maltratada? Eu só pus o maldito animal lá fora no galpão, onde ela deveria ficar, em minha opinião."

"E você se sente da mesma maneira a meu respeito?," questionou Rosie então. Eu também devo ficar lá fora no galpão, porque da maneira como você fala comigo aqui, decerto é assim que se sente."

"Bem, eu não vou deixá-la lá fora", disse ela; seu tom desafiador escondia seu desconforto interno.

"Ah, pelo amor de Deus!" Sacudindo sua cabeça com frustração, David petulantemente bateu a porta atrás de si.

Com as mãos tremendo por uma combinação de raiva e desconforto, Rosie respirou fundo e se aproximou do galpão. Fazendo um esforço para destrancá-lo sob a lâmpada fraca lá de fora, ela abriu a porta, colocou a cabeça lá dentro e encontrou a cadelinha encolhida num canto, obviamente apavorada e desesperada. Reconhecendo de imediato sua dona, a cadelinha chorou baixinho.

"Venha, Twix. Essa é uma boa menina", Rosie a chamou, com seu coração mortificado diante da visão do bichinho. Mas embora Twix não se mexesse, seus enormes olhos estavam arregalados e tristes, e seu pequeno corpo tremia de medo.

Rose ficou com o estômago virado e seus olhos se encheram de lágrimas. Ao que parecia, David fizera mais do que apenas atirar o cão lá fora. Ela balançou a cabeça com tristeza, lembrando-se da vez em que ele tentou chutar Twix. Dessa vez, a pretensão podia ter se concretizado.

Como ele podia ser tão cruel? Como podia ser tão frio e desalmado, tão diferente do David afetivo e amoroso que ela achou que tivesse criado? O que havia acontecido com ele que o fazia tratar desse jeito um pobre animal indefeso?

Então mais uma vez, admitiu ela, ele não estava sendo exatamente generoso na maneira de tratar sua mãe, estava? Rosie logo tirou aquele pensamento da cabeça, no momento não querendo admitir para si mesma que seu filho também a vinha maltratando.

Ela continuava tentando convencer Twix a sair do galpão.

"Venha, boa menina", dizia ela, estendendo a mão e acariciando a cabeça sedosa e macia da cadelinha. Diante disso, Twix avançou devagar e por fim foi até onde estava Rosie, balançando com cautela seu rabo curto.

"Boa menina." Tentando ignorar a dor aguda na base da espinha, Rosie pegou-a do chão e segurou-a bem próximo de seu corpo; a cadelinha tremia toda. "Venha, vamos entrar", disse ela, encaminhando-se de volta à cozinha.

Felizmente, quando elas voltaram, David não estava à vista em parte alguma. Rosie fechou a porta atrás de si e colocou delicadamente Twix de volta em sua cesta. Durante um longo momento, ela ficou em pé no meio da cozinha, insegura em relação ao que fazer ou ao que sentir. Teve vontade de ir atrás dele e colocá-lo para fora de casa, mas não conseguiria enfrentar outra confrontação – simplesmente não se sentia capaz disso.

Sua excitação inicial sobre o curso noturno agora evaporara totalmente. Rosie afundou pesadamente na poltrona e tentou impedir suas lágrimas de saírem.

Não bastasse David ter admitido abertamente que ficaria por ali até ela morrer, agora ele estava tentando fazer de sua vida um inferno enquanto ela ainda estava viva. E o que era aquilo de ela manter a casa imunda? Ele não entendia como era difícil para Rosie atualmente uma coisa simples como limpar o interior de um forno – especialmente com sua dor na coluna?

E ela deveria realmente ser castigada (castigada por seu próprio filho, imagine – Rosie sorriu com tristeza) por não lavar os poucos itens que usara para fazer seu jantar mais cedo? O que dava a ele o direito de dizer aquilo, de comportar-se daquela maneira com sua própria mãe?

E pensar, refletiu ela, soltando uma risada baixa, pensar que ainda outro dia uma das vizinhas parara Rosie na rua para dizer-lhe como ela era afortunada de ter seu filho de volta para morar com ela, e como devia ser maravilhoso tê-lo por perto para cuidar dela.

"E ele é uma pessoa adorável e simpática também", disse Maude Hennessey, sem saber do lado de David que agora sua mãe tinha a infelicidade de ver. "Eu e alguns dos vizinhos o encontramos algumas vezes desde que ele voltou, e ele sempre acena com simpatia e sorri para nós."

Bem, pensava Rosie agora, a "pessoa adorável" de quem Maude estava falando podia ser um anjo na rua, mas, como ela própria descobriu da pior maneira, ele era um verdadeiro demônio em casa.

Onde ela errara? – ponderava Rosie, desalentada. Como criara um filho que podia comportar-se daquele jeito? Um filho que fazia sua mãe sentir-se como uma prisioneira em sua própria casa?

Rose não sabia. E não sabia como poderia continuar vivendo daquele jeito, vivendo o resto dos seus dias com um filho que evidentemente não a amava – ou, se amava, tinha uma maneira muito estranha de demonstrar.

E a coisa engraçada foi, pensava ela agora, que só quando David voltou para casa e levantou a questão da herança que ela começou a pensar sobre sua própria mortalidade, começou realmente a sentir-se velha.

Antes disso, fizera o possível para desfrutar e abraçar a vida, e extrair o máximo dela, apesar do fato de não mais desfrutá-la com Martin. Seu marido sempre evitou de tornar-se o tipo acomodado, pensionista aposentado, que depois de certa idade se afasta do mundo e de tudo que ele tem a oferecer. Ele sempre achou que a vida estava aí para ser desfrutada e abraçada, não importando que idade você tenha.

E até o retorno de David, um ou dois meses antes, Rosie também acreditava nisso.

* * *

Depois disso, Rosie atirou-se à pintura com aquarela. Diferentemente dos outros alunos da classe, ela nunca perdeu uma aula sequer, e, talvez em razão dos comentários ferinos de David sobre suas habilidades, ela se viu quase duplamente determinada a sair-se bem.

Mas, segundo Stephen, ela não precisava esforçar-se muito.

"Você *tem* um olho natural, Rosie", disse Stephen na última aula, quando ele os estava ensinando a fazer esboços. "Especialmente para a composição. Alguns de meus alunos demoram meses para aprender isso."

Rosie se sentou e examinou seu esboço. Eles estavam apenas fazendo esboços a partir de fotografias, mas ela achava que era óbvio que o objeto dominante – nesse caso, um barco – devia ser posicionado de forma que o olho fosse imediatamente atraído para ele.

Ela sorriu consigo mesma. Talvez ela tivesse mesmo um olho natural. Ou talvez Stephen estivesse apenas sentindo pena dela. Mas por que ele faria isso? Não fazia tanto tempo que ele a conhecia e ficou óbvio na primeira noite de aula que ela estava nervosa, mas desde então se tornara muito mais confiante – tanto em si mesma quanto em suas habilidades.

E embora antes ela pudesse ter sentido medo de perguntar sobre algo que não entendera, temendo parecer ignorante, Stephen era tão acessível que ela não hesitava em pedir seu conselho e suas opiniões. Felizmente, ele nunca parecia importar-se de responder o que ela considerava como sendo perguntas tolas e óbvias, e levava o tempo que fosse necessário para ajudá-la a entender.

Rosie se sentia extremamente à vontade perto dele. Talvez porque eles fossem mais ou menos da mesma idade, pensava ela, lembrando-se de uma vez em que Stephen deixou escapar o ano em que nascera, para a diversão de alguns dos alunos mais jovens.

Naquela noite após a aula, ocorreu de ambos estarem saindo do prédio ao mesmo tempo. Quando se aproximavam da porta da frente, Stephen, como um verdadeiro cavalheiro, se adiantou e abriu a porta à frente de Rosie, depois se afastou para deixá-la passar.

"Muito obrigada, senhor", disse Rosie, sorrindo, não acostumada a atitudes de cavalheirismo como aquela.

"O prazer foi todo meu, madame", disse ele, respondendo ao sorriso dela.

Lá fora, ela apertou seu casaco de *tweed* contra o corpo. "Está uma noite fria", disse ela. Rose agora lamentava não ter trazido chapéu e luvas.

"Realmente está", respondeu Stephen, colocando seu paletó. "E parece que poderemos ter geada também." Ele olhou para Rosie, que estava ali em pé, tremendo. "Posso lhe dar uma carona para algum lugar?"

"Ah, não, eu não quero atrasá-lo", disse ela, dando-lhe um aceno de despedida. "De todo modo, minha casa não fica longe daqui."

Os olhos cinzentos de Stephen piscaram. "Bem, se não é longe, não vai me atrasar, vai? Vamos, está congelando", insistiu ele. "O aquecimento do carro não é dos melhores, mas posso quase garantir que lá estará mais quente do que aqui fora."

Rosie estava indecisa. Por um lado, não queria impor-se, mas por outro, o pensamento de não ter de subir aquela colina íngreme – em especial naquele frio – parecia maravilhoso.

"Se você tem certeza de que não se importa", disse ela por fim.

"Não há nenhum problema, eu ficarei encantado", disse Stephen, conduzindo-a até onde seu carro estava estacionado. "Só me diga para onde ir, e eu a levarei até sua casa num minuto."

Rosie lhe deu instruções breves de como chegar até sua casa e então se acomodou no banco do passageiro.

Mas assim que entrou no carro começou a ter segundos pensamentos. Sim, Stephen era seu professor e parecia um homem muito simpático, mas ao mesmo tempo ele podia ser qualquer um! E se ele não fosse tão bom quanto parecia e decidisse levá-la até as Montanhas Wicklow e cortá-la em pedacinhos ou coisa desse tipo? O coração de Rosie se apertou enquanto uma onda de nervosismo inexplicável a assaltava. Ah, como ela desejava que Martin ainda estivesse ali; então ela não teria de pegar carona com estranhos, pensou ela, com seus nervos de repente exagerando seus temores... e sua imaginação.

"Você está bem? Esse banco está muito para a frente, para você?" A voz calma e tranquilizadora de Stephen arrancou-a de seu devaneio.

Mas, é claro, era por isso que esses assassinos escapavam ilesos, não era? – pensou ela, sua paranoia agora elevada ao máximo. Porque eles pareciam muito simpáticos e confiáveis. Bem, ela não ia aceitar nada como fato consumado.

"Não, não, está ótimo", respondeu ela sem pensar, ao mesmo tempo tentando desesperadamente imaginar um plano de fuga, se fosse necessário.

"Eu coloquei todo o meu equipamento no chão, atrás de você", estava dizendo Stephen quando deu partida no carro, "mas posso tirá-lo, se você quiser."

Seus olhos se arregalaram quando ele disse isso. Equipamento? Que *tipo* de equipamento? Cordas, facas, fita adesiva, talvez?

"Rosie, você tem certeza de que está bem?", perguntou ele de novo, preocupado com sua óbvia mudança de atitude.

"Estou ótima", disse ela, enquanto o carro partia. Então, de repente, ela ergueu sua bolsa no colo, garantindo que ficasse plenamente à vista. Em seguida, fez uma grande demonstração, batendo o cabo de sua escova de cabelo sob o couro. "Estou apenas me certificando de que meu revólver está preparado", acrescentou ela, alegremente.

Stephen quase bateu na traseira do carro que estava na frente do dele. "Você *o quê*?"

"Meu revólver", repetiu Rosie, satisfeita. Essa fora uma grande ideia. Agora ele sabia que era melhor não tentar nada.

"O. K." Durante algum tempo, houve um silêncio no carro, enquanto eles cruzavam a cidade e subiam a colina rumo à casa de Rosie.

Então, com sua ansiedade um pouco aliviada, Rosie sorriu consigo mesma. O que ela estava pensando, deixando-se levar pela emoção daquele jeito? Stephen era seu professor, seu *amigo*, por Deus! Ela conteve uma risada divertida. Deus, ele devia achar que ela era uma idiota – ou totalmente insana!

Enfim, Stephen tornou a falar: "Então, você... ahn... carrega um desses com você toda parte ou..."

"Ah, sim, a toda parte", replicou ela, tentando conter-se, não desejando ainda desfazer a farsa – sem mencionar que seria muito difícil fazer isso agora! "Porque hoje em dia a gente nunca sabe."

"Certo." Stephen parecia embasbacado. Fez outra pausa. "E... e você conseguiu uma permissão para isso... quer dizer, o revólver...?"

Uma permissão? Rosie titubeou; seu nervosismo retornava rapidamente. Agora, se *ocorresse* de Stephen ser um assassino, então ele saberia tudo sobre permissões e essas coisas, e se elas eram ou não requeridas. Portanto, era melhor responder direito, do contrário, ele saberia que ela estava blefando.

"Acho que sim", respondeu ela com cautela. "Mas meu filho resolve esse tipo de coisa para mim, então eu realmente não sei os detalhes." Essa fora uma boa resposta.

"Então, seu filho trabalha nas forças de defesa ou algo assim?", perguntou Stephen.

"Não, atualmente ele é agente do FBI." Mais uma vez, as palavras saíram antes que ela pudesse detê-las. Talvez estivesse *realmente* exagerando, e talvez não devesse ter dito aquilo, mas, apesar de tudo, estava gostando daquela pequena excitação.

"Agente do FBI? Entendo."

Stephen ficou em silêncio o restante da jornada, e quando o carro chegou a seu conjunto habitacional, Rosie sabia que estava segura.

Ela lhe lançou um olhar rápido com o canto do olho e, subitamente, sentiu-se envergonhada. Imagine pensar que aquele professor simpático e bem-educado do curso noturno poderia realmente ser um *serial killer*! Sua imaginação dessa vez disparara mesmo, e, para fazer justiça, ela deveria contar-lhe a verdade e pedir-lhe desculpas. Do contrário, o que ele pensaria dela, quando ela voltasse à aula, dali em diante?

"Onde eu deixo você?", perguntou Stephen.

Então, sentindo-se culpada e mais que um pouco constrangida por desconfiar dele, Rosie lhe pediu que a deixasse na esquina mais próxima.

"Não, falando sério, eu disse que a deixaria em casa e é isso que eu vou fazer. Então, qual é o número?"

"Honestamente, Stephen, aqui está ótimo", disse Rosie. "É uma daquelas casas ali."

"Qual delas?", insistiu ele.

E, rápido como um *flash*, Rosie sentiu a onda de pânico inicial assaltá-la outra vez. Por que ele estava sendo tão insistente em descobrir onde ela morava? Será que ela estava certa o tempo todo?

"Bem, qual delas?", repetiu Stephen, dessa vez com certa impaciência na voz.

Ela pensou, e imediatamente sua boca ficou seca. Seu coração batia forte contra o peito.

Então, de repente, ele passou o braço na frente dela, como se fosse atacá-la e...

Rosie fechou rapidamente os olhos, cobriu o rosto com as mãos e soltou um grito aterrorizado.

"Rosie? Você está bem?"

Um sopro de ar frio entrou de algum lugar e então ela ouviu Stephen rir baixinho.

Devagar, ele afastou as mãos dela do rosto e olhou para a porta do passageiro aberta. Então, mais devagar ainda, ela virou sua cabeça para olhar para ele e, quando o fez, uma sensação de enorme alívio a inundou.

Ele ainda estava rindo, seu grande corpo sacudia-se pelas risadas. "Rosie, você é realmente um tônico", disse ele, seus olhos brilhando na escuridão. "Você achou mesmo que eu iria raptar você ou algo assim?"

Rosie estava mortificada. "É claro que não", disse ela. "Eu só fiquei um pouquinho assustada, só isso."

"Sei." Stephen estava balançando a cabeça num gesto exagerado. "E isso foi só comigo ou você ameaça com um revólver todo homem que lhe oferece uma carona para casa?", acrescentou ele, num tom brincalhão, que sugeria que ele sabia o tempo todo que ela estava fingindo.

Ela mordeu o lábio, agora se sentindo muito tola. "Não, nem todo homem", admitiu ela, num tom de desculpas. Depois voltou a encará-lo. "Sinto muito, Stephen, não sei mesmo o que me aconteceu. Ali estava você, tão amável, me oferecendo uma carona para casa, e eu pensando todas essas coisas horríveis sobre você, e acabei me deixando levar pela emoção e..."

Ele fez um gesto tranquilizador. "Olhe, eu não a culpo, e do jeito que as coisas andam hoje em dia, você provavelmente está certa de ficar preocupada. Mas, Rosie, nós já nos conhecemos há alguns meses, eu acho você uma pessoa adorável e... bem, olhe, não sei se tenho qualquer direito de dizer isso, mas achei que fôssemos amigos."

Ela sorriu para ele, pensando outra vez em como fora estúpida de achar que ele poderia fazer-lhe mal. Não quando passava todo aquele tempo extra na aula se certificando de que ela entendera suas explicações!

"Você tem razão, Stephen, e não sei por que estou me comportando assim. É claro que eu sei que você é uma pessoa adorável e... ah, não sei, é uma coisa muito idiota, mas desde que Martin, meu marido, morreu, eu me sinto um pouco como um barco sendo levado por apenas um remo."

Ela suspirou. "Eu dependia dele para tanta coisa e... ah, eu sei, isso é patético, mas às vezes não sei se estou indo ou vindo."

"Não, não é patético", insistiu ele num tom que sugeria que ele sabia exatamente de onde ela estava vindo. "Entretanto, devo admitir que eu *não* estava tão certo de que você não tinha um revólver aí na bolsa!", acrescentou ele, voltando a rir. "Com as mulheres de hoje em dia, a gente nunca sabe!"

"Desculpe." Rosie agora se sentia muito tola. "Bem, olhe", disse ela, "eu já o atrasei bastante e ambos já tivemos excitação suficiente para uma noite, por isso..."

"Sua casa fica longe?"

"Apenas um pouquinho adiante, virando a esquina", admitiu Rosie. "Mas aqui está ótimo para mim, de verdade."

"Não seja tola. Vou levá-la até lá. Tenho que virar o carro de qualquer jeito. Feche a porta."

"Está bem, então." Rosie se acomodou e fechou a porta do passageiro, não querendo causar mais nenhuma confusão.

Segundos depois, ele parou em frente ao portão da casa dela. A luz da sala estava acesa, o que significava que David ainda estava acordado. Rosie suspirou internamente.

"Tem alguém esperando por você?", perguntou Stephen.

Rosie aquiesceu. "Meu filho está morando comigo agora."

"Ah, certo." Stephen ficou calado por um momento. "Às vezes, isso pode ser difícil de levar, não é?", disse, mais uma vez sugerindo que ele sabia do que estava falando. "Recentemente, eu tive minha filha e seu marido morando comigo durante alguns meses enquanto esperavam para se mudar para sua nova casa. Por mais que eu ame Miriam, foi difícil de levar. Nós brigamos muito, e Mary, minha esposa, costumava dizer que era porque nós dois éramos muitíssimo parecidos." Ele sorriu, como se estivesse se lembrando. "Acho que de alguma forma ela estava certa. Mas foi um pouco parecido com um pesadelo e eu na verdade achei que jamais chegaria o dia em que eles se mudariam, para que minha vida pudesse voltar ao normal."

Rosie aquiesceu, entendendo perfeitamente aquele sentimento. "David voltou para casa há pouco tempo, depois de morar dez anos em Liverpool.

Ele se separou da esposa", acrescentou ela, estranhamente aliviada de que alguém entendesse que nem sempre tudo eram flores quando se tinha um filho adulto voltando a morar sob seu teto.

Às vezes, ela se sentia culpada por admitir para si mesma que a situação não era ideal e, na verdade, achava que era uma mãe ruim por querer que David jamais tivesse voltado a morar com ela. Antes do retorno dele, ela estava bem feliz com sua vida, sua independência e suas pequenas manias. Agora era tudo aquele pisar em ovos para não perturbá-lo, e o tempo todo dolorosamente consciente de que ele não estava nem um pouco preocupado com ela – muito pelo contrário.

Stephen deve ter visto a maior parte disso escrita em seu rosto. "Deus sabe como fazemos o máximo para criá-los, e eles nem sempre retribuem o favor", disse ele. "Mas ao mesmo tempo isso não significa que eles não se importem", acrescentou ele baixinho.

Rosie concordou, decidindo que era melhor ela entrar, ou iria mantê-lo ali a noite toda falando sobre isso. Mas estava feliz por eles terem tido a oportunidade de ter aquela breve conversa. Stephen entendia sua situação talvez até melhor do que ela própria a entendia. Saber disso fez com que ela se sentisse melhor a respeito de tudo.

"Preciso entrar e deixar você ir para casa", disse ela, sorrindo timidamente para ele. "Você está morando em Dublin?"

"Não, não, eu moro em Brittas", disse ele, referindo-se àquela bela e popular região costeira, não muito distante de Wicklow Town. "Tenho uma daquelas belas casas de frente para o mar, ideal para praticar minhas aquarelas." Ele sorriu. "Foi como eu comecei, na verdade. Durante anos, convivi com essas vistas fantásticas e, então, quando me aposentei, decidi que tinha de tentar preservá-las para sempre nas telas."

Rosie suspirou. "Eu diria que seria fabuloso pintar ali em frente ao mar", disse ela. "Você é um afortunado! Eu adoraria ver isso na vida real." Então ela sorriu. "Certamente, talvez, quando você terminar de me ensinar, eu possa ser capaz de fazê-lo!"

Ele riu. "Não se preocupe com você! E, olhe, se você passar por minha casa e quiser experimentar, me dê um grito e eu lhe mostrarei as coisas que tenho feito."

Rosie sorriu, agradecida pelo convite, mas bastante certa de que jamais o aceitaria.

"Embora, se as coisas correrem bem, acho que não ficarei lá por muito tempo", disse Stephen. Quando ela o olhou inquisidora, ele acrescentou: "A casa está à venda. É grande demais para mim, agora que toda a família se mudou, e ela parece estar numa localização tão boa que eu vou cobrar um preço indecente, pelo menos foi o que o corretor me disse."

Rosie concordou com ironia. "Eu posso imaginar."

"Então, vou pegar o dinheiro que conseguir com ela e comprar uma bela casa na costa do Atlântico, em Kerry, provavelmente", disse ele. "Sempre adorei o lugar onde moro, mas, embora eu conheça todos os arredores, a cidade pode ficar um pouco agitada depois de algum tempo, com todo aquele trânsito e tudo mais."

Rosie assentiu, entendendo.

"Então, pensei que diminuir o ritmo, relaxar e pintar a paisagem num lugar bonito e tranquilo seria uma maneira tão boa como qualquer outra de passar o resto de meus dias."

Rosie balançou a cabeça. Isso soava como a felicidade absoluta. Ela não sabia por que ela própria não pensara em algo assim – talvez mudar-se para Clare. Mas, supôs ela, como David estava ali e sua filha e sua neta estavam morando em Dublin, ela queria estar perto deles, estar por ali se sua família precisasse dela. Mas sua família precisava dela? Eles se importavam com o lugar onde ela morava ou se estava por perto para ajudá-los?

Entretanto, agora era um pouco tarde para pensar em mudar-se para Clare, não com a casa alienada para a compra da casa de Sophie e tudo mais, sem mencionar também o fato de David estar morando com ela.

Não, ela estava totalmente aprisionada ali, gostasse ela ou não. E, é claro, Rosie gostava, na verdade, adorava morar em Wicklow, mas ficava imaginando se, caso fosse mesmo livre para tomar uma decisão dessas, voltaria para sua terra natal, para Clare, onde ainda estava seu coração?

Rosie não sabia. Tudo que sabia agora era que não havia por que ficar se iludindo. O que estava feito estava feito, e ela tinha de conviver com isso.

"Bem, boa sorte com a venda", disse ela a Stephen. "E obrigada de novo por me trazer em casa."

"Não por isso", respondeu ele. "E eu adoraria dizer que foi um prazer, mas eu diria que ser ameaçado por uma mulher louca com um revólver não é uma experiência agradável para ninguém." Ele riu de novo. "Tudo de bom, Rosie! Vejo você na próxima semana?"

"Com certeza", respondeu ela, saindo e fechando a porta atrás de si.

Então, ela atravessou o caminho da frente de sua casa.

Quando colocou a chave na porta e olhou as luzes traseiras do carro dele se afastando a distância, Rosie percebeu que fizera um novo amigo.

Capítulo 19

Na manhã da segunda-feira seguinte, Dara estava atrasada para o trabalho. O trem havia atrasado e, como resultado, também atrasaram-se os sofredores passageiros da Costa Leste.

Grrr! Em ocasiões como aquela, ela ficava meio tentada a voltar a usar um carro, mas sabia que seus nervos não suportariam. De todo modo, no fim de semana, ela e Mark haviam visitado a primeira do que ela esperava que fossem muitas casas durante as próximas semanas – se não meses – e se conseguissem algo próximo da linha do bonde elétrico, como era sua intenção, ela provalvelmente não precisaria viajar muito tempo mais naquele trem.

Chegando à estação da Pearse Street, ela tentou acompanhar a marcha de seus companheiros viajantes subindo de dois em dois os degraus que os levavam até a rua.

Chegou ao escritório com meia hora de atraso, mas em vez de implicar por causa de seu atraso, como em geral fazia, Ruth simplesmente olhou para ela inquisidoramente e abriu um daqueles seus aborrecidos sorrisos de autossatisfação.

"Por que você está olhando assim para...?" O resto de sua frase morreu quando, Dara olhou para sua mesa bem atrás de Ruth. Engoliu em seco. Ali, acomodado sobre seus livros, os papéis, o material de escritório, etc., estava um imenso buquê de lírios, suas flores preferidas. O buquê era tão imenso que escondia a maior parte da mesa.

Instantaneamente, sua garganta ficou seca. Pelo que ela se lembrava, só havia uma pessoa que sabia que aquelas eram suas flores preferidas, e essa pessoa era...

"E você ainda me diz que Mark não é romântico?", suspirou Ruth, sonhadora. "Mas qual é a celebração, Dara? Eu achei que podia ser um aniversário de casamento ou algo assim, no entanto ainda não faz um ano que vocês se casaram, faz?"

Sua língua parecia uma lixa. "Não... não, não é nada disso."

"Bem, então vamos lá!", insistiu Ruth, animada. "Conte-me tudo, ou se você não sabe o que fez para merecer esse buquê incrível, então, pelo menos, abra o cartão e tire nós duas de nossa infelicidade!"

"Hum, eu não tenho tempo agora", murmurou Dara, pouco à vontade. "Dou uma olhada mais tarde." Ela acomodou sua pasta e foi para trás da mesa.

Ruth arregalou os olhos. "O quê? Você está falando sério? Como você pode *não* olhar? Vamos, por favor... por mim!" Ela continuou a implorar naquele tom tolo e infantil que frequentemente usava para convencer as pessoas. "Por favor!"

Dara mordeu o lábio. Droga, ela podia também resignar-se e ir em frente. Eram apenas flores, afinal, e quem iria dizer que *não eram* de Mark, ou mesmo de um cliente? O fato de ocorrer de serem suas flores preferidas era provavelmente mera coincidência. Ela abriu o envelope e lentamente retirou o cartão. Não havia razão para ela automaticamente assumir que eram de... Oh, Deus, eram.

Realmente adorei estar com você outro dia.

Espero que logo possamos repetir... N. xx

Seguido do número de seu telefone celular.

Ah, ótimo, pensou ela, ótimo. Isso era tudo de que ela precisava. Justamente quando tentava tirar aquele almoço e aquela conversa de sua mente, ele vai e faz isso. E, ainda mais desconcertante, o fato de ter incluído o número de seu celular significava que ela teria de fazer contato com ele para agradecer pelas flores… não teria? E então… quem sabe o que poderia acontecer?

Entretanto, no fundo, ela não conseguiu evitar de sentir um minúsculo arrepio de antecipação, mas descartou a sensação quase imediatamente depois de ela surgir.

"Qual é o problema?", perguntou Ruth. "O que ele disse? Não, por favor, não me diga que vocês tiveram uma briga ou algo assim e agora ele está tentando fazer as pazes com você. Que incrivelmente romântico! Eu preciso cumprimentá-lo por isso da próxima vez que ele telefonar e…"

"Ruth!", sussurrou Dara baixinho. Ela se aproximou de Ruth. Deus, a voz de Ruth era tão alta que todo o primeiro andar tomaria conhecimento daquilo!

"O quê?" Ruth parecia magoada.

"Escute...", Dara lançou-lhe um olhar expressivo e baixou a voz até ela tornar-se não mais que um sussurro: "Estas flores não são de Mark... São de Noah."

Agora os olhos de Ruth estavam saltando das órbitas. "Noah? Você quer dizer *aquele* Noah?"

"Sim", respondeu Dara entredentes. "Por isso, pare de ficar proclamando para todo mundo como meu marido é romântico!"

Ela não contara a Ruth sobre o reaparecimento recente de Noah em sua vida. Não conseguira contar a ninguém. Estava ocupada demais tentando acertar as coisas na própria cabeça e também tentando esquecer-se daquilo para poder concentrar-se no aqui e agora. Se Ruth soubesse daquele almoço com Noah ou, pior ainda, do que fora dito naquele almoço, ela jamais a deixaria em paz.

"Mas, mas…" De repente, Ruth parecia sem palavras.

"Nós conversaremos sobre isso mais tarde, o.k.?" Dara imediatamente tirou o buquê de sua mesa e colocou-o no chão ao lado dela. E então, com um olhar final de quem não toleraria discussão, ela se afastou de Ruth e começou a ligar seu PC.

"O.K.!" Pela expressão resoluta de Dara, Ruth sabia que não conseguiria tirar muito mais dela.

Por fim, quando deu 13h00 e elas estavam confortavelmente acomodadas num café próximo, diferente daquele ao qual ela fora com Noah – Dara se certificou disso –, Ruth ouviu tudo.

"Eu topei com ele há poucos dias. Nós almoçamos juntos", informou-lhe Dara.

Ruth estava chocada. "Você topou com o amor de sua vida e não me contou? Como pôde esconder uma coisa dessas de mim? Como pôde não me contar?"

"Ele não é mais o amor de minha vida", replicou Dara, tentando convencer mais a si própria do que a Ruth. "Eu tenho Mark agora."

"Mas o que aconteceu? O que ele disse?" Ruth não conseguia fazer as perguntas depressa o bastante. "Como ele estava? Ficou mesmo aborrecido com aquela coisa do vestido de noiva? Está definitivamente casado? Ele lhe contou o que aconteceu depois que deixou você?"

Dara assentiu melancólica. "Pode-se dizer que sim." Ela prosseguiu para pôr Ruth a par de sua infelicidade e contar-lhe a maior parte das coisas que Noah dissera, omitindo cuidadosamente a parte em que ele admitiu que queira vê-la de novo.

Quando ela terminou, Ruth apenas a olhava sem poder acreditar. "Mas… mas…" Pela segunda vez naquele dia, ela ficou sem palavras. "Mas, Dara, o que você vai *fazer*?"

Dara olhou para ela confusa. "O que eu vou fazer? O que eu *posso* fazer?"

"Mas ele está se divorciando!" Ruth declarou como se a resposta fosse óbvia. "Ele admitiu que deixar você foi um erro! Admitiu que continuou amando você séculos depois daquilo e obviamente ainda pensa em você. Agora voltou para você. Dara, ele realmente *era* o Homem Certo!" O coração idealista de Ruth estava abalado por todo aquele drama, abalado pelo fato de o verdadeiro amor de Dara ter voltado para ela. Mas ela se esquecia de um fato muito importante.

"Talvez", disse Dara baixinho. "Mas agora eu estou casada, Ruth. Estou casada com Mark."

"Mas você já admitiu para si mesma que esse casamento não é perfeito! Você me disse, não faz muito tempo, que só estava se casando com ele porque ele era o mais próximo de Noah que você já encontrara. Mas Noah voltou... A coisa real está de volta! E, pelo que você me contou, ele quer *você* de volta!"

"Ruth, estamos falando sobre os sentimentos de uma pessoa aqui, sem mencionar um *casamento* real. Eu fiz meus votos e fiz promessas a Mark. Estou ligada a ele, não apenas pela lei, mas por centenas de outras coisas também. Não posso simplesmente cair fora disso."

"Mas se Noah é de fato o homem certo para você... e se agora ele voltou para a sua vida..." A personalidade romântica de Ruth não conseguia entender. "Tem de ser o destino, não é?"

Dara suspirou. De início, ela pensara a mesma coisa. O destino... era inevitável? "Não é tão simples assim. O.K., eu admito que havia ainda algo ali, mas quem sabe? Noah e eu somos pessoas muito diferentes agora, e estamos fora da vida um do outro há anos. Quem pode dizer que ele é mesmo o homem certo pra mim?" Mas embora tenha dito essas palavras, ela própria não acreditava nelas. É claro, Noah era o Homem Certo – na verdade, nunca houvera outro, houvera? Mas ela amava Mark, só que não da mesma maneira e...

"Eu acho que sim", disse Ruth, enfim saindo do alto de seu romantismo e começando a extrair sentido das coisas.

As duas mulheres ficaram em silêncio durante algum tempo, ambas perdidas em seus próprios pensamentos.

Por fim, Ruth suspirou dramaticamente. "Sabe...? Isso tudo é muito irritante!", disse ela, sacudindo a cabeça. "Você é como uma daquelas mulheres realmente estranhas que não gostam de chocolate!"

"Eu sou como o quê?"

Ruth girou os olhos. "Você é uma cretina... e eu estou com inveja! Aí está você com dois homens fabulosos brigando por você, e em toda a minha vida eu nunca cruzei com um sequer! Embora...", acrescentou ela com relutância, "... o fato de você ser muitíssimo mais bonita do que eu provavelmente explique isso."

Apesar de tudo, Dara teve de rir. "Não seja tola. E eles não estão brigando por mim. Não há briga a ser travada."

Sua amiga não respondeu. Apenas continuou comendo o restante de sua salada, o tempo todo cantarolando uma melodia irritante que parecia um pouco com aquela canção horrível: "Torn between two lovers".[5]

Dara reclamou. "Ruth, pare com isso! Eu não estou dividida entre ninguém, você me escutou?"

Para sua frustração, Ruth continuou cantarolando.

"Eu perdi minha chance com Noah e agora estou casada com Mark", insistiu Dara. "Fim da história, o.k.?"

Fim da história?

Ela certamente esperava que sim.

* * *

Mas, é claro, não foi o fim da história. Nas semanas seguintes, Noah começou a telefonar regularmente para Dara no trabalho, convidando-a para almoçar ou para encontrar-se de novo com ele. Da primeira vez que ela recusou o convite, ele ficou insistindo em dizer que tinha mais coisas para lhe falar. Ela sabia que isso era errado e muito perigoso, mas achou impossível dizer não. Noah fora uma parte importante de sua vida no passado e era um bom amigo agora. Como ela podia não querer vê-lo?

E quem sabe se ele não queria – como Ruth insistia – tentar reconquistá-la? Quem sabe se ele queria apenas que fossem amigos, que retomassem a amizade onde ela fora interrompida, mas não o romance?

E, apesar de suas melhores intenções, havia um lado dela que gostava de ver o número de Noah aparecer na tela de seu telefone; da mesma maneira que agora ela temia ver o de Mark. Ela não estava fazendo nada de errado, mas de algum modo achava que estava.

"Por que eu me sinto tão culpada?", perguntou ela a Ruth, certa tarde, antes de sair para almoçar outra vez com Noah.

---

5 "Dividida entre dois amores". (N. T.)

"Por que não *deveria*?", arriscou Ruth com um ar ingênuo. "Seja honesta, você não está se encontrando com Noah para conversarem sobre como Mark é maravilhoso, está?

"Nós conversamos sobre Mark", replicou Dara, envergonhada, "mas a maior parte do tempo conversamos como velhos amigos, sobre os velhos tempos e coisas assim."

E assim era. Ela se encontrara com ele duas vezes na última semana, e eles se divertiram muito falando sobre o passado, lembrando de mais coisas e falando sobre o que aconteceu com todo o grupo desde então.

"É tudo muito inocente", acrescentou, para satisfazer Ruth.

"Talvez." Ruth permanecia impassível. "Mas onde isso vai parar? O que vai acontecer quando vocês já tiverem repassado todas as coisas? Aonde isso vai levar vocês, então? Para um terreno perigoso, escute o que estou lhe dizendo."

"Bem, e o que você quer que eu faça?", perguntou Dara, exasperada diante da reviravolta rápida de Ruth e incapaz de negar seu próprio sentimento de culpa sobre a situação. "Não faz muito tempo, você estava tentando me convencer a me livrar de Mark e correr para ver o pôr do sol com Noah. Agora está olhando para mim com essa sua cara de reprovação! Qual é a sua?"

"Eu só acho que você não deveria mentir para si mesma e deveria parar de tentar fingir que esses almoços não significam nada. É claro que significam alguma coisa. E você tem que decidir o que você quer. Não pode continuar se encontrando com Noah pelas costas de Mark desse jeito. Você deve ou pedir a Noah que se afaste um pouco enquanto você tenta entender como está se sentindo, ou dizer claramente a Mark o que aconteceu e que as coisas não vão bem. Se você continuar agindo da maneira que está, vai fazer algo de que irá se arrepender, Dara." Lançando um olhar firme para sua amiga, Ruth continuou: "Essa é uma droga séria. O.K., eu admito que era algo um pouco irreverente no princípio, mas não é mais. Pense nisso. Você me disse que esse homem foi o amor de sua vida. Você admitiu que Mark foi o segundo, um segundo próximo, veja bem, mas ainda o segundo. Agora,

Noah está de volta em sua vida e ocorre de ele estar livre. Mas você não está. Tente se lembrar disso."

"Eu me lembro disso!", gritou Dara, magoada. "Eu venho lhe dizendo isso desde o início! Tenho passado todos os segundos das últimas semanas me lembrando disso! Por que você acha que estou tão atrasada em meus processos? Por que acha que passei grande parte de meu trabalho para Nigel? Por que eu não consigo me concentrar em outra coisa, é por isso!"

"Você tem que tomar uma decisão", disse Ruth, obstinada. "E tem que tomá-la logo."

"Mas eu não posso simplesmente me afastar de Mark", disse Dara com suavidade. "Mesmo que eu quisesse. Não é tão simples assim." Ela deixou cair a cabeça. "Eu sei que isso soa patético e egoísta, mas eu o amo também. Não posso simplesmente me levantar e ir embora. Não quero magoá-lo."

"Se você continuar seguindo esse caminho, vai terminar magoando-o de qualquer jeito. É um beco sem saída, Dara. Por mais que eu brinque sobre desejar estar em sua situação, não acho que eu gostaria muito de estar nela." Ela suspirou. "Olhe, por que você não tira um tempo para você? Vá passar alguns dias na casa de seus pais ou algo assim, para colocar a para cabeça no lugar."

"Não posso. O que Mark vai dizer? E se ele desconfiar de alguma coisa?"

"Dara, eu ficaria muito surpresa se soubesse que ele ainda não suspeitou de algo. Você não está tendo um bom desempenho aqui, anda com a cabeça nas nuvens ou sabe-se lá onde. Tenho certeza de que ele também percebeu."

Mark percebera algo. Outro dia ele fizera um comentário sobre o humor cada vez mais instável de Dara.

"Eu sei que você está com muito trabalho", disse ele, quando Dara lhe falou algo de forma grosseira. "Mas o que quer que esteja acontecendo, ou você me diz o que é ou deixa o problema no escritório. Não comece a descontar em mim."

Era muito raro Mark ficar irritado assim, e Dara não estava preparada para aquilo. "Ah, então, para você, tudo bem vir para casa e ficar falando sobre tendões estendidos e cartilagens inchadas, não é? Mas quando *eu* tenho um dia ruim..."

"Eu não estou dizendo que você não deva falar sobre seu trabalho", disse Mark entredentes. "Na verdade, estou dizendo que você *deveria*. Um problema compartilhado e tudo deve ser mais. Então, qual é o problema agora?"

"O problema é que eu já tenho coisas bastantes em minha cabeça para ainda ter de ouvir você se queixando de mim. Estou de mau humor, o.k.? Entenda isso!"

"O que há de *errado* com você? Nessas últimas semanas, você está se comportando como uma gata em teto de zinco quente. Olhe, eu sei que você tem muita coisa na cabeça com todos esses novos processos entrando, mas há alguma coisa mais em sua cabeça, Dara? E, se houver, fale logo, está bem? Eu não tenho tempo para todos esses suspiros profundos e as portas batendo. Isso é muito infantil, e eu não suporto!"

"O quê? Eu não bato portas! E o que você quer dizer com você não suporta isso? O que você vai fazer?"

"Ah, cresça, Dara!" O tom de Mark não permitia mais discussões, e, apesar de seus próprios problemas, ela ficou um pouco chocada diante da determinação dele. Ele raras vezes a enfrentara assim.

Quase instantaneamente, ela abrandou. Ele estava certo. Ela não estava sendo justa comportando-se daquele jeito. Mark não tinha ideia do que se passava na cabeça dela. Mas, afinal, ela não poderia lhe contar exatamente o que estava acontecendo, poderia?

"Desculpe", admitiu ela afinal. "Eu estou com algumas coisas na cabeça, isso é tudo." Essa era uma espécie de verdade, não era? "E parece que todo cliente com quem eu falo ultimamente tem algum motivo para me enfrentar."

"Então, tente não deixar que isso a atinja, o.k.?", disse ele, beijando-a suavemente na testa. "Há outras coisas na vida além de trabalho, você sabe."

"Eu sei", respondeu Dara, sentindo-se ainda pior agora que ele estava sendo tão compreensivo.

Mas o fato de Mark *ter* percebido que havia algo errado fez com que ela se sentisse mais culpada, e Ruth a atingira no ponto nevrálgico dizendo que ela terminaria por magoá-lo, não importava o que fizesse.

"Dara, você esta preocupada com a vida das outras pessoas aqui", disse Ruth. "Mas pense sobre o que é mais importante na sua. Se realmente acha que Noah é o homem certo para você e ele se sente da mesma maneira, então vocês têm que pensar seriamente nisso. Qual é a razão de manter um casamento apenas por manter? Você não tem filhos para com quem se preocupar... ainda... e eu sei que você ama o Mark, mas não é a mesma coisa, é?"

"Mas não temos nem seis meses de casados...", replicou Dara, melancólica.

"Exatamente. Por isso, não seria melhor sair desse casamento agora, enquanto vocês dois ainda estão jovens o bastante para superar isso? Dara, você se casou com ele pelas razões erradas, você sabe disso. Você se casou com ele porque achou que tinha perdido sua chance com Noah e não queria ficar sozinha." Ruth se inclinou para a frente e seu tom abrandou. "Olhe, apesar das coisas duras que tenho lhe dito, eu *posso* entender isso. Às vezes, eu me sinto da mesma maneira. Não pense que não ouço os mesmos comentários de minha família, ou as vibrações estranhas de minhas amigas casadas. Sim, às vezes, sou tentada a me acomodar, mas, como você sabe, sou romântica demais e posso mesmo parecer estúpida, mas prefiro viver na esperança." Ela sorriu de uma maneira autodepreciativa. "Mas é assim que eu sou."

"Eu devia ter ouvido você", disse Dara, com sinceridade, "mas honestamente achei que Noah estava perdido para mim, achei que eu tinha destruído tudo. E certamente não achei que ele voltaria, do contrário, não teria sonhado em me casar com ninguém."

"Eu sei disso. E, olhe, embora não se trate de mim, ainda consigo entender por que você agiu assim." Ruth sacudiu a cabeça e suspirou profundamente. "Mas talvez, Dara, talvez você tenha cometido um terrível equívoco."

Dara olhou para ela com um misto de culpa e confusão nos olhos. "Mas, Ruth, se eu cometi um equívoco, como diabos vou conseguir sair disso?"

Capítulo 20

Fiona balançou a cabeça e gaguejou enquanto lia a manchete daquela manhã no *Irish Independent*. Ela e Louise estavam em sua manhã de folga, mas, como ambas estavam de ressaca da noite anterior de socialização, nenhuma das duas estava com humor para conversar. Apesar de seus protestos, Fiona arrastara Louise para ajudá-la a ir atrás de outro rapaz por quem ela estava interessada. Infelizmente, o mesmo rapaz tinha uma inclinação para andar de bar em bar, o que significou que, em vez da "noite tranquila" que Louise imaginara, as duas garotas ficaram fora de casa muito mais tempo e beberam muito mais do que pretendiam. E, no fim, Fiona não conseguira agarrar seu homem, ele sequer parecia notar a existência dela. Fora um enorme desperdício de tempo – ou, de maneira mais apropriada, no caso de Louise, um enorme desperdício de dinheiro. Os apelos de Fiona não chegaram a financiar seus gastos e cada uma delas foi obrigada a pagar cada rodada de drinques toda vez em que o objeto de afeição de Fiona ia para outro bar.

Louise percebeu que nos últimos tempos ela estava cansada de toda aquela bebida – estava cansada daquele contínuo aspecto "vamos sair para beber" de sua vida social. Sim, era muito bom ter tão ótimas amigas e divertir-se tanto com elas, mas ela queria que de vez em quando elas fizessem algo diferente. Queria que pudessem ir ao cinema para assistir a algum lançamento, ou por uma vez se esquecerem das roupas do estilista do momento, colocar pijamas confortáveis e apenas se sentar e ter uma boa conversa comendo um delivery chinês e assistindo a um DVD. Afinal, era para isso que aquele luxuoso sistema de som do apartamento servia, não era? Mas ela achava que ele jamais seria usado – mais uma vez, outro exemplo da obsessão de Fiona com "o melhor".

No entanto, devia ser ótimo não ter preocupações com dinheiro. Fiona provavelmente devia tanto quanto Louise para a financeira de cartão de crédito, mas não parecia importar-se. Seu lema era viver intensamente, e para o inferno com as consequências.

Louise gostaria de ter a mesma atitude do tipo "o diabo que se dane", mas fora criada de outra maneira. Sem mencionar que ela praticamente crescera com aquela imensa e insuperável dívida.

Mas felizmente tudo seria logo resolvido, e talvez Louise então pudesse parar de preocupar-se tanto e, pelo menos uma vez, conseguisse relaxar e desfrutar a vida, em vez de sentir-se culpada toda vez em que gastava além de suas posses, o que ocorria basicamente o tempo todo.

"Desgraçada!" Fiona continuava sacudindo a cabeça diante do artigo de jornal que ela estava lendo: "Maldita desgraçada."

"O que foi?" Louise virou sua cabeça para conseguir ler melhor. A manchete era "*Irlandesa consegue enorme recompensa após queda em supermercado*".

Ao que parecia, a mulher havia escorregado em uma das ilhas de um supermercado lesionando o quadril e fraturando o tornozelo. Ela processara o supermercado por danos e recebera uma quantia enorme de dinheiro como indenização.

"Este país está enlouquecendo", gaguejou Fiona. "Reclame de alguém hoje e logo depois estará lhe exigindo uma compensação. Desgraçada. Por que a vaca não olhou para onde estava indo?"

Louise sentiu a pele arder. Fiona não tinha nenhum conhecimento de seu processo iminente e, a julgar por sua reação diante daquela pobre mulher, que segundo o artigo parecia ter mesmo sofrido lesões, era melhor não saber. Fiona sabia muito pouco sobre o acidente da amiga e vira suas cicatrizes naquelas férias, mas por alguma razão Louise nunca lhe contara sobre o processo que seu advogado estava impetrando. Talvez porque no fundo achava o mesmo que Fiona, que ela na verdade não o merecia, que ela devia ter olhado antes de atravessar. Mas já se sentia suficientemente mal com tudo aquilo sem a censura de uma aparentemente implacável Fiona.

"O que aconteceu com a responsabilidade pessoal?", disse Fiona. "O que aconteceu com 'olhar para onde você está indo?' Se eu fosse suficientemente idiota a ponto de cair desse jeito num supermercado, em primeiro lugar, eu ficaria tão constrangida que não conseguiria sair dali rápido o bastante e, em segundo lugar, não seria minha própria culpa não olhar por onde ando? Mas não, essas pessoas enxergam oportunidades em todo lugar, e então, rapidamente, abrem um processo criminal alegando que suas vidas foram arruinadas para sempre!"

Louise concordou distraída, não desejando dar nenhuma opinião, contra ou a favor. Entretanto, não pôde evitar de posicionar-se a favor da mulher. "Ela quebrou o quadril, Fi... Ela não pode simplesmente se levantar e correr por aí, e tenho certeza de que sofreu as consequências disso. Um quadril quebrado não é brincadeira."

"Sofreu o caramba! Louise, você consegue ser às vezes tão ingênua... sempre enxergando o melhor em todo mundo! Veja o sorriso afetado no rosto dela naquela foto!" Fiona gritou, apontando para a fotografia que acompanhava a reportagem, que mostrava a mulher lesionada deixando o tribunal. Louise teve de admitir que a mulher parecia realmente muito satisfeita, mas isso não era razão para suspeitar...

"Os advogados são os piores", prosseguiu Fiona. "Eu me lembro de ter lido sobre algumas firmas de advocacia que usavam o mesmo médico em todos os casos. O sujeito era tão tendencioso que falsificava relatórios, exagerava as lesões, usava todos os truques possíveis para conseguir uma grande indenização. E, é claro, os juízes sempre caem nessa."

"Mas algumas pessoas podem estar falando a verdade", disse Louise, jurando para si mesma que ela nunca mais faria nenhuma confidência a Fiona. Ela tomou sua xícara de café e checou seu relógio. Estava na hora de ir trabalhar.

"Talvez, mas atualmente isso não importa. De todo modo, não para os advogados, claro", replicou Fiona, fechando o jornal. "Eles estão ganhando muito mais dinheiro com isso do que seus chamados clientes prejudicados. Se quer saber, são um sorvedouro de dinheiro."

Ela e Louise saíram da cantina e desceram as escadas em direção ao andar de seu escritório. "Se eu fosse esperta, também faria o 'teatro', talvez algum dia levando um tombo 'acidental' nestas escadas", disse ela. "Mas eu tenho mais respeito por mim mesma. Em minha opinião, isso não é nada além de fraude, Louise. Nada além de uma rematada fraude."

* * *

"Então, o que vamos fazer hoje?", Sam lhe perguntou mais tarde, naquela noite. "Você quer ir ao *pub*, ao cinema, comer alguma coisa... ou...", acrescentou ele, acariciando a lateral do pescoço dela, "simplesmente devemos ficar aqui?"

Louise se mexeu, pouco à vontade. Fiona e Becky já haviam saído para a noite, e Sam lhe telefonara pouco depois de elas terem saído. Aquela era sua primeira ida ao apartamento, e ele ficara bastante impressionado, como Louise pôde perceber.

"Uau, algumas almofadas!", disse ele entusiasmado, observando o ultramoderno estéreo Bose que Fiona insistira em instalar, a enorme tevê de tela plana e a decoração modesta, mas chique. Era tudo fabuloso e, como dizia aquela propaganda de cerveja, "certamente caro". O aluguel era mesmo uma loucura, o dobro do que ela pagava em seu apartamento antigo, mas ainda assim esse era muito mais bonito e as três se divertiam muito juntas.

Bem, elas se divertiam quando Fiona não estava naqueles seus humores engraçados ou quando Becky não ficava grudada na televisão. Não havia nenhum canal ao qual ela quisesse assistir, e embora Louise gostasse muito de *Corrie*, não estava nem um pouco interessada em *Platt Family Special* ou *Coronation Street – Hairstyles Through the Years*, ou em qualquer especial que eles exibiam de vez em quando. Mas Becky ficava grudada neles, o que Louise achava não ser realmente adequado para a imagem sofisticada e moderna que as duas tentavam projetar.

Mas Louise nunca reclamou da fixação pela tevê ou das alterações de humor, da desordem ou do fato de ela ter ficado com o quarto menor. Na verdade, ele era pouco maior que um armário, mas ela achou que isso não importava muito, particularmente porque estava acostumada a viver num só cômodo, e o apartamento era bem grande.

Além disso, havia ocasiões em que ela deixava de fazer coisas de que gostava, comer quando queria e assistir ao que queria na televisão. Mas não era algo para preocupar-se, as garotas estavam acostumadas umas com as outras, e ela tinha certeza de que tudo daria certo.

Sam continuava lhe acariciando o pescoço sugestivamente. Eles não haviam dormido juntos – ainda. Louise estava louca por ele, realmente estava, mas eles estavam juntos havia apenas algumas semanas e, no fundo, ela era uma garota à antiga. Não que não estivesse tentada – ela já ficara tentada muitas vezes, em especial porque ele beijava incrivelmente bem e fazia coisas fantásticas com as mãos.

Não, a verdade é que Louise não queria que ele a visse despida, que visse seus feios enxertos e suas cicatrizes. Ela ainda não havia lhe contado sobre o acidente. Na verdade, não contara a ninguém – porque isso tinha acontecido já havia muito tempo e ela não via nenhuma razão para aquilo. Mas agora, com o processo vindo à tona e ela e Sam se tornando cada vez mais íntimos, achava que devia contar-lhe algo. Porém, mais uma vez, temia que se Sam a conhecesse como ela realmente era, a Louise real, comum e sem atrativos, ele perdesse o interesse. E, para dizer a verdade, falar em quadris quebrados e pélvis abaladas não era uma coisa terrivelmente glamorosa ou sexy.

Mas achou que era melhor falar alguma coisa, do contrário, Sam pensaria que ela era frígida, o que, pensou Louise com um sorriso, definitivamente *não era* o caso.

"Podemos ficar aqui, se você quiser", respondeu ela, virando-se para beijá-lo.

"Eu achava que garotas como você não gostassem de ficar em casa." Sam colocou seus braços em torno da cintura dela e puxou-a para mais perto dele. Beijou-a suavemente nos lábios.

"Eu não sou um animal muito festivo, você sabe."

"Hã? Você poderia ter me enganado", ele deu um leve sorriso e inclinou a cabeça na direção da dela.

Depois de algum tempo, eles passaram para o sofá, e os beijos de Sam se tornaram mais ardentes.

O coração dela disparou. Certo, ela tinha que dizer alguma coisa agora, não tinha? Do contrário, ele teria um choque quando... no entanto, ela poderia simplesmente apagar as luzes e talvez ele não conseguisse perceber nada, mas, não, isso não seria justo. Ela tinha que ser franca com ele antes que qualquer coisa acontecesse. Ele teria que enfrentar isso algum dia, não teria? Louise não conseguiria esconder seu corpo para sempre.

"Sam", começou ela, interrompendo seus beijos. "Hum, isso é um pouco constrangedor, mas..."

Ele lhe lançou um olhar estranho. "O quê? Isto?"

"Não, não, isto está ótimo, realmente ótimo." Ela deu um sorriso tímido. "É que... bem... algo aconteceu comigo alguns anos atrás, e isso afeta a maneira como me sinto sobre tudo isto..." A voz dela se desvaneceu quando algo no rosto dele mudou. Então ela pensou em como tudo aquilo soara. "Não, não me interprete mal. Não quero dizer que aconteceu algo comigo dessa maneira... Eu não fui atacada nem nada desse tipo."

A expressão dele ficou visivelmente relaxada, e Louise se sentiu um pouco culpada. Como sempre, ela estava enfrentando tudo isso da maneira errada. Ela se sentou, afastou o cabelo do rosto e olhou para ele. Sam também se sentou, percebendo que aquilo era importante. "Quando eu ainda morava na minha casa em Cork, fui envolvida num acidente."

A expressão dele não mudou. "Que tipo de acidente?"

Diante disso, Louise se sentiu constrangida, embora não tivesse nenhuma certeza do porquê. "Eu estava certo dia pensando em minha própria vida quando fui atingida por um carro", disse ela, despreocupada, como se estivesse lhe dizendo que gostava de açúcar no chá. Pois estava fazendo o máximo para não fazer disso um grande espetáculo. "O motorista atravessou o sinal vermelho", explicou ela.

Mas quando viu que Sam não demonstrou nenhuma reação, Louise começou a ficar um pouco preocupada. Aquela não era a maneira como a maioria das pessoas se comportava após uma confissão desse tipo. A maioria das pessoas teria a reação normal de dizer "Pobrezinha! Você está bem?", mas Sam a olhou como se ela tivesse acabado de dizer-lhe algo particularmente ultrajante. "Ah, é provável que ele estivesse com muita pressa", acrescentou ela, tentando acalmar os ânimos.

"Bem, eu realmente espero que eles peguem o bastardo", disse Sam com veemência. "Ninguém deveria poder se livrar assim de uma coisa dessas!"

Louise percebeu então que ele era um daqueles tipos fortes e calados que reprimiam suas preocupações, enquanto por dentro ardiam de fúria. Ela se acalmou, secretamente encantada por sua clara preocupação com o bem-estar dela, e assentiu. "Ele se responsabilizou. Para lhe fazer justiça, embora ele soubesse que agira assim por estar dirigindo alcoolizado, ficou no lugar e chamou uma ambulância. Mas, de todo modo, eu fiquei muito ferida", continuou ela, tentando voltar ao aspecto mais pertinente de todos. Quebrei o quadril, o braço e tive a pélvis esmagada."

"Que canalha! Por que alguém *faz* algo assim?", Sam continuou, e Louise desejou que ele tivesse se concentrado menos no acidente e mais em suas lesões.

"Bem, olhe, pode ser que não tenha sido tudo culpa dele. Eu provavelmente deveria ter checado se não estava vindo algum carro mas, você já me conhece...", disse ela girando os olhos, "eu estava em algum lugar de meu próprio mundinho."

"Mas você acabou de dizer que ele atravessou o sinal vermelho!"

"Ah, sim, sim, ele atravessou, pelo menos foi o que os guardas me disseram depois. Mas, veja, nós o pegamos, então não se preocupe com isso. A questão é que eu fui submetida a muitas operações e, por isso..."

"Bem, eu realmente espero que ele seja preso e trancafiado para sempre.

Louise se sentiu exasperada. Ele não conseguia ouvir o que ela estava tentando lhe dizer?

"Como eu lhe disse, fui submetida a muitas operações..."

"Mas ele tinha seguro, é claro. Ah, não me diga...", ele prosseguiu enquanto Louise parecia encabulada, "não me diga que ele era um daqueles corredores desgraçados e que a companhia de seguros não vai indenizá-la?"

Louise acalmou-o. "Não, não, não, a companhia de seguros pagou, foi tudo resolvido. A questão é que...", tentou ela novamente, "a questão é que em consequência de todas essas operações, bem... minha pele não é como, bem... vamos dizer... perfeita como era antes."

"Perfeita?"

Com a pulsação acelerada, ela baixou o cós de sua calça para mostrar-lhe o início da cicatriz no quadril. "Não é muito atraente", concluiu ela, sentindo-se culpada.

"Louise", disse Sam amavelmente, "você achou mesmo que suas cicatrizes me incomodariam? Eu estou mais preocupado com *você*, com o que aconteceu com você depois, como você enfrentou isso, quanto tempo passou no hospital, coisas desse tipo."

Ela se sentiu inundada de alívio. "Não se incomode com isso. Aconteceu há muito tempo e eu já superei", disse ela da maneira mais despreocupada que conseguiu. *Bem, pelo menos até o processo no tribunal* – mas não havia por que falar nisso agora. "O importante é que eu queria que você soubesse, para que não ficasse um pouco chocado..." Ela enrubesceu. "... Você sabe."

"Louise, acredite em mim. Eu nunca pensei nisso. Estou interessado em você porque você é como é, não por quem parece ser."

Mais uma vez, ela tentou parecer despreocupada. "Bem, se eu pudesse, provavelmente faria algumas dessas cirurgias plásticas estéticas, mas enquanto não posso eu tenho que aguentar isso."

"E você realmente...?" ,perguntou ele.

"Eu realmente o quê?"

"Você pensou mesmo em fazer outras cirurgias para reparar isso? Você deve ter sido submetida a muitas operações desde..."

Louise girou os olhos. "Se você passou por uma, passou por todas", disse ela. "A essa altura, eu não acho que isso poderia fazer tanta diferença."

"Você é muito corajosa", disse Sam, sacudindo a cabeça.

"Não sou corajosa, foi uma dessas coisas que..." disse ela, encolhendo os ombros.

"E você ainda tem alguns danos colaterais, algum problema para andar, coisas desse tipo?"

Louise tornou a encolher os ombros, não estava preparada para admitir que ela poderia muito bem terminar comprometida por suas dores nas costas quando ficasse mais velha. Bem, aquela não era uma perspectiva muito agradável para quem poderia muito bem envelhecer junto com ela, era?

"Eu com frequência sinto uma dor aguda nas costas, mas não muito", respondeu ela. Daí ela colocou os braços em torno dele de novo. "Então, agora que você sabe de minhas deficiências...", começou ela, e o beijou de novo.

Sam beijou rapidamente suas costas, mas Louise percebeu que seu humor mudara.

Muito.

Ele se sentou, rígido. "Obrigado por ter me contado isso. Tenho certeza de que lhe custou muita coragem e eu respeito sua atitude." Ele passou os dedos pelos cabelos. "Eu também a respeito, você sabe."

"Eu sei," disse Louise alegremente, aliviada por ter enfim compartilhado com ele seus problemas.

"Por isso, eu também tenho algo a lhe dizer."

"Hã?"

Ele parecia culpado. "Quando nos conhecemos, algumas semanas atrás, eu não esperava conhecer ninguém. Decerto não esperava conhecer alguém por quem me apaixonasse... me apaixonasse..." Ele não conseguiu enfrentar os olhos dela "... tão rapidamente."

O coração de Louise se derreteu.

"Eu deveria ter lhe contado logo, é claro, mas, para ser honesto, eu não sabia como as coisas iriam acontecer, e não tinha certeza de que você ficaria interessada. Garotas como você não se encontram todos os dias, Louise."

Ela tentou imaginar onde aquilo iria chegar. O que ele queria dizer com aquilo?

"O problema é que...", ele pegou as duas mãos dela entre as suas, "o problema é que eu preciso me afastar por algumas semanas, a trabalho."

"Ah..." Louise ficou genuinamente desapontada.

"Eu ia lhe dizer, mas ainda não sabia como você se sentiria com respeito a isso, e não sabia se estaria interessada num relacionamento distante, pelo menos distante por algum tempo."

Ela não conseguia acreditar. Sam queria continuar saindo com ela; ele queria que ela esperasse por ele até sua volta. Que maravilha!

"Para onde você vai?"

"Para os Estados Unidos, para fazer um curso de treinamento. É realmente um momento ruim, mas eu não tinha ideia... Louise, eu não tinha ideia de que conheceria alguém como você."

Ela sorriu. "Estou contente por você ter me dito isso agora, em vez de sair para um fim de semana e eu nunca mais vê-lo de novo. E isso não tem problema." Na verdade, seria uma boa desculpa passar algumas noites ali. Essa seria uma bênção dissimulada. Agora que ela tinha um namorado, as garotas não esperariam (ou quereriam) que ela saísse pela cidade enquanto elas iam beber. Então, nesse meio-tempo, ela poderia economizar algum dinheiro. "Mas quando você irá?"

"Daqui a quinze dias", respondeu ele, surpreendendo-a. "Eu sabia que pareceria um pouco repentino, mas é apenas por seis semanas, e logo eu estarei de volta."

Então, ele voltaria antes do Natal, o que era uma época muito boa mesmo. Até lá, seu processo teria sido julgado e resolvido, ela conseguiria pagar todos os seus empréstimos e teria também economizado algum dinheiro. Embora ela fosse realmente sentir falta dele, essas eram ótimas notícias. Mas era melhor não mencionar nada sobre o processo, porque ele poderia sentir-se mal por não estar ali para ajudá-la com isso. Estava totalmente satisfeita agora por não ter mencionado nada sobre isso antes. Não, era melhor não dizer nada e esperar até que tudo estivesse acabado. Então poderia seguir com o resto de sua vida. Ela sorriu contente. As coisas estavam realmente melhorando. Ela tinha ótimas amigas, um apartamento maravilhoso, um namorado ainda mais maravilhoso que a amava tanto que mal podia suportar ter de deixá-la, e, dentro de algumas semanas, ela teria uma boa chance de ter todas as suas preocupações financeiras terminadas!

Ela se aninhou feliz nos braços de Sam, que estreitou seu abraço. As coisas estavam parecendo ter uma boa perspectiva.

Capítulo 21

Rosie e Stephen tornaram-se grandes amigos depois da noite em que ele a levou pra casa, e com frequência se encontravam para tomar um café e conversar um pouco, às vezes depois da aula e outras vezes em Wicklow, quando ele estava na cidade. Eles conversavam sobre toda e qualquer coisa, e ele era uma pessoa tão agradável que Rosie se percebeu ansiando por suas breves conversas.

Sheila brincou impiedosamente com ela sobre ele. "Você é uma mulher interessante para os homens, Rosie Mitchell!", disse ela, quando

Rosie lhe contou sobre seu novo amigo. "Vá firme! Você ainda está em forma!"

"Não é nada disso, Sheila", garantiu-lhe Rosie.

E *não era* nada disso. Stephen era um homem adorável, mas era apenas um amigo. E embora ela soubesse bem que Sheila estava apenas brincando, de certa maneira, se sentia um pouquinho aborrecida pelo fato de seu amigo nem sequer sugerir nada desse tipo. Com certeza, ela sabia que houvera, e sempre *haveria*, apenas um homem para Rosie e que esse era Martin.

Ela ainda sentia muitíssimo a falta dele, ainda mais nos últimos tempos, desde que David começara a cortá-la totalmente de sua vida.

Certo dia, ela chegara em casa havia pouco, e descobrira que ele tirara os pratos e os ornamentos da cozinha – como dissera que faria – e pintara as paredes de uma horrível cor esverdeada. A nova decoração não tinha nada a ver com a cozinha e, além de tudo, a fazia parecer escura e fria.

Como ele terminara, não havia sinal de que pretendesse recolocar os objetos de Rosie ali, e ela não se surpreendeu muito ao descobrir que, colocando sua própria marca na parede, David começara a tornar aquele que fora o aposento preferido de sua mãe muito parecido com ele. Então, descobriu depois que já não se importava mais como antes de ficar sentada ali como costumava fazer, relaxando e lendo seus livros. E agora, é claro, Twix não tinha mais permissão de ficar na cozinha e, com todo o pelo que a cadelinha espalhava, Rosie sabia que não podia sequer cogitar a possibilidade de deixá-la na sala.

Logo depois disso, David começou a redecorar o *hall* de entrada, dessa vez, escolhendo outra cor que Rosie odiava. Mas, temendo irritá-lo, ela não disse nada e simplesmente o deixou ir adiante com aquilo – deixou seu filho desnudar as paredes de sua casa e repintá-las – e destruir os vestígios da antiga e tão feliz vida de Rosie ali.

Então, pouco a pouco, Rosie se viu passando cada vez mais tempo no andar de cima, em seu quarto. Era o único lugar onde ela ainda se sentia à vontade, o único lugar que era ainda realmente dela. Também transferiu a cesta de Twix para lá, e embora durante algum tempo a cadelinha tenha se sentido um pouco deslocada ali, por fim, se acostumou com seu novo "lugar" na casa, e Rosie sabia que ela gostava de poder pular em sua cama à noite. Rosie gostava de tê-la ali também, pois isso a fazia sentir-se menos sozinha.

Nervosa, temendo que David, como ameaçara, jogasse fora as velhas poltronas dela e de Martin, ela lhe pediu para colocá-las lá em cima, mas até aquele momento ele ainda não o fizera e Rosie temia o dia em que chegaria em casa e veria as duas poltronas atiradas no lixo.

Mas ficar no quarto à noite não era tão ruim, e agora seus livros eram lidos mais devagar, com certeza, começando a assumir um segundo plano em relação à pintura. Embora não conseguisse ter uma vista de sua janela da frente, Rosie gostava de ficar horas perdida em suas pinturas. Com toda a prática que estava adquirindo, podia perceber que sua técnica estava melhorando muito e, apesar de suas dúvidas iniciais sobre seu talento, começou a acreditar que Stephen pudesse estar certo quando dizia que ela tinha olho para aquilo.

Aquela foi realmente uma tábua de salvação e a estava impedindo de pensar muito em sua situação. Ela sabia que não deveria ter deixado David chegar e tomar conta de tudo, mas o que podia fazer? Ele era seu filho e, em vez de enfrentar uma grande discussão, era mais fácil simplesmente deixá-lo prosseguir com aquilo.

É claro que houve momentos em que Rosie considerou realmente sair dali e alugar um pequeno apartamento na cidade ou algo assim, porque, afinal, ela estava vivendo praticamente num cômodo. Mas ter de pagar o aluguel de um apartamento causaria um grande rombo em seu orçamento, e Rosie não queria isso. Nunca se sabe quando se vai precisar de alguns euros, e não havia por que entregar todo aquele dinheiro para outra pessoa quando ela tinha sua própria casa ali.

Bem, ela tinha seu próprio *quarto* ali, pensou com ironia.

No entanto, havia momentos em que ela ponderava sobre como as coisas haviam chegado àquele ponto – com ela enfiada num pequeno quarto lá em cima, enquanto seu filho tomava conta de toda a sua casa. Será que ela cometera um erro deixando David voltar para casa sem questionamentos – ou cometera um erro muito tempo antes, em algum momento de sua criação, talvez?

Ela e Martin, como a maioria dos pais – supunha ela –, haviam se deixado levar no correr dos anos, e até alguns meses antes Rosie sempre acreditou que haviam realizado um bom trabalho na educação de David e Sophie.

Desde que eram crianças eles tentaram instilar neles boas maneiras e bom comportamento, e assegurar-se de que sabiam a diferença entre o certo e o errado. Não lhes davam muito dinheiro enquanto estavam crescendo e, embora tivesse havido alguns momentos difíceis – em especial quando eles eram adolescentes –, ela, na verdade, achava que eles haviam conseguido resolver bem e, em termos de preocupação e trauma, haviam escapado ilesos.

Diferentemente de algumas das outras famílias do lugar, nenhum dos filhos de Rosie jamais teve problemas com a lei ou ficava até altas horas bebendo, fumando ou perambulando com os amigos. Não, tanto David quanto Sophie tiveram amigos respeitáveis, conseguiram empregos bons e respeitáveis e, no entender de Rosie, sem dúvida, teriam vidas boas e respeitáveis. Então, o que tinha acontecido?

Colocar um filho no mundo, fazer o possível para criá-lo da maneira adequada e ir até o fim do mundo para fazê-lo feliz significava automaticamente que você devia obter algo deles em troca?

Será que ela devia mesmo esperar que David caísse a seus pés em gratidão por deixá-lo voltar para casa? Ou devia apenas tentar entender que ele precisava de seu próprio espaço e que não havia razão para ele ter sua mãe envolvida no que acontecia em seu cotidiano? Talvez aquele fosse exatamente o tipo de pessoa que ele era, e Rosie não poderia ou não *deveria* mudar isso.

Entretanto, Sophie parecia sentir-se do mesmo modo a respeito dela, e isso a magoava. Magoava Rosie o fato de seus filhos não parecerem querê-la envolvida em suas vidas – na verdade, parecia que não precisavam mais dela. Não que ela quisesse estar metida em tudo – ela sabia que David e Sophie precisavam fazer suas próprias coisas –, mas, depois de tudo que ela fizera e de tudo que sacrificou por eles durante todos aqueles anos, ela decerto merecia alguma consideração, não merecia?

Será? Será que estava sendo pouco razoável acreditando que seus filhos lhe deviam algo pelo simples fato de ela ser sua mãe? Talvez sim, ponderava ela. Porque afinal de contas o mínimo que qualquer mãe merecia era um pouquinho de respeito, não é mesmo?

E David não a respeitava, obviamente não a respeitava, porque se para ele respeito significava ver sua mãe ter medo até de dizer-lhe olá quando ele chegava em casa do trabalho à noite, então havia alguma coisa muito errada.

E, é claro, como ele ficara tão incomodado com o cheiro da comida de Rosie, e particularmente com o gosto dela por carne vermelha (carne moída era o pior), ela resolvera fazer seu próprio jantar mais ou menos uma hora antes de ele chegar, para que ela pudesse ter certeza de que até lá os odores de sua cozinha já teriam desaparecido. Chegava ao ponto de colocar sua odiosa carne em um dos compartimentos mais baixos do refrigerador, tamanho era o medo que tinha de ofender a aparentemente tão delicada sensibilidade de seu filho. Ela faria qualquer coisa para deixá-lo feliz – ou, antes, pensou ela ironicamente, qualquer coisa para ter uma vida sossegada.

Mas, deixando de lado o que ela cozinhava, o que dizer do cheiro daquele molho de soja ou o que quer que fosse que *ele* usava? Perdurava ali durante dias! Rosie não tinha nada contra aquilo – em sua opinião, todos tinham o direito de ter suas preferências. Mas achava difícil entender como alguém que era tão obsessivo com relação ao vegetarianismo podia tratar com tanto desdém um animalzinho inofensivo como Twix!

Ela suspirou. David se transformara num estranho, com certeza, e, pensando nisso agora, ela entendia bem por que a pobre Kelly o deixara.

Se ele se comportara com a esposa uma pequena parte do que estava se comportando com sua mãe, então é claro que ela não teve escolha senão mandá-lo embora. No início, dava a impressão de que eles haviam tido um casamento feliz, mas em algum lugar ao longo do caminho parecia que David mudara. Ele mudara de um homem razoavelmente bem ajustado para alguém que agora deixava uma pessoa temerosa e sobressaltada sempre que ele estava por perto. Alguém que parecia não ter respeito ou apreciação por ninguém exceto por ele próprio; alguém que acreditava que tinha o direito concedido por Deus de fazer o que lhe aprouvesse, e para o inferno com as consequências disso para quem quer que fosse. Com certeza, quem conseguiria aguentar um homem assim?

Mas infelizmente, pensou Rosie com tristeza, ela não tinha opção senão aguentar um homem como aquele.

Porque simplesmente ocorria de aquele homem ser seu filho.

* * *

Muitas semanas depois da família mudar-se, Rosie finalmente teve a chance de visitar "Graceland", como Sheila, brincando, chamava a nova casa de Sophie.

Ela estava mesmo querendo ter uma boa conversa com sua filha. Queria dizer-lhe tudo que acontecera desde o retorno de David e obter sua opinião sobre o que deveria fazer a respeito daquilo tudo.

Sheila acreditava firmemente que Rosie devia enfrentar David e dizer-lhe que ela não ia admitir que tripudiassem sobre ela em sua própria casa, mas Rosie sabia que não conseguiria fazer isso sem algum tipo de apoio. Ela tinha certeza de que Sophie, quando soubesse o que estava acontecendo, ficaria horrorizada com a atitude beligerante de David e não hesitaria em dar-lhe algum apoio se Rosie decidisse dizer alguma coisa a ele.

Então, seria ótimo conseguir tirar tudo aquilo de seu peito e tentar extrair sentido dos sentimentos confusos que estava experimentando desde o retorno dele. Sheila foi uma boa ouvinte, mas, na verdade, tudo que fez foi insistir em dizer que Rosie deveria pôr David em seu lugar.

"Você não tem que suportar de modo algum esse tipo de coisa, Rosie. Não se esqueça de que fez um enorme favor a esse rapaz acolhendo-o em sua casa. Faça-o ver isso!"

No entanto, para Sheila, era fácil falar; ela sempre fora direta e franca e jamais admitiria desaforo, nem de seus filhos, nem de ninguém. Mas para Rosie, que era muito mais conciliadora, aquilo era muito difícil, mais ainda porque odiava qualquer tipo de confrontação.

Fosse como fosse, havia a questão de David ser seu filho, e, como uma boa mãe, ela certamente tinha de dar-lhe um pouco de espaço – em especial, considerando tudo por que ele passara.

Então, foi com grande expectativa que ela tomou o primeiro trem da manhã até a Connolly Station e depois o Dart para Malahide, para ir à casa de Sophie.

Para ser honesta, a casa era realmente espetacular, mas muito exagerada, e Rosie ainda não conseguia entender por que a família necessitava de tanto espaço quando eles eram apenas três. Então Sophie, mais uma vez, disse que eles estavam planejando logo ter outro filho e, portanto, quem era ela para dizer que tamanho de casa eles deveriam ou não comprar. Entretanto, ficava imaginando como eles conseguiriam pagar essas enormes parcelas do financiamento, ainda mais tendo dois carros, pagando uma babá e ainda tendo de vestir-se e alimentar-se.

Pressionando o botão do interfone no imponente portão da frente, Rosie balançou a cabeça. Os jovens realmente tinham uma vida difícil hoje em dia, trabalhando como escravos para conseguir manter tudo aquilo.

"Olá! Residência dos Morris", disse a voz pelo interfone, e Rosie ficou imaginando que sua filha recentemente teria pegado um resfriado muito forte, pois aquela não parecia de modo algum a voz dela.

"Ahn... Olá, Sophie, sou eu, Rosie... sua mãe." Deus, Rosie detestava aquelas coisas. Você juraria que ela estava pedindo uma audiência com a rainha, em vez de visitando sua única filha, e quando os portões recuaram ela quase achou que teria de passar por uma fila de guardas uniformizados e rostos impassíveis em seu caminho até a porta da frente.

Ela tocou a campainha, ponderando em vão por que entrar naquela casa era como tentar entrar no Forte Knox, por que, com todas as correntes e flechas, Sophie parecia estar trancada atrás da porta. Aquela era uma área boa e respeitável, não era? Rosie de repente se sentiu um pouquinho nervosa. Talvez houvesse uma boa razão para toda aquela segurança.

"Oi, mamãe!"

Sophie saudou sua mãe com um abraço efusivo e, imediatamente, Rosie se sentiu aliviada. Todo aquele tempo ela achou que sua filha não queria mais sua ajuda, uma vez que obtivera o que queria, mas, não, Sophie parecia genuinamente encantada por vê-la agora. Coitada, ela realmente devia ter ficado muito atarefada entre mudar-se e conseguir deixar a casa organizada. Ela teve que tirar algumas semanas de licença para fazer isso, o que foi adorável para a pequena Claudia, é claro, tendo sua mãe por perto, mas provavelmente muito cansativo para Sophie. Ela só queria que Sophie tivesse lhe deixado compartilhar com ela parte da carga, pelo menos até eles estarem instalados.

"Olá, querida", respondeu Rosie enquanto retribuía o abraço da filha. "Este lugar está com uma aparência maravilhosa."

"Não está?" Sophie deu um passo para trás e, excitada, fez um movimento amplo com a mão como se dissesse: "Olhe! É tudo meu!"

E, na verdade, pensou Rosie, Sophie também estava com uma ótima aparência, vestida com um delicado suéter rosa-escuro de lã de carneiro, uma saia de cetim preta parecendo muito cara e botas de salto alto. Onde sua filha adquirira tal bom gosto? Certamente não puxara a ela, pensou Rosie, subitamente sentindo-se mal-arrumada com seu bom casaco de inverno e sua saia e blusa ordinárias.

"Bem, você parece estar muito bem instalada", disse ela, entusiasmada por ver sua filha tão feliz. Ajudar a ela e a Robert a comprar aquele lugar foi a melhor coisa que ela já fizera, reiterava a si mesma – apesar do que Sheila parecia pensar.

"Bem, durante algum tempo, foi um pouquinho louco, mas conseguimos! E, mamãe, desculpe-me por não tê-la convidado para vir aqui antes, mas as coisas estavam simplesmente agitadas demais! Você não imagina quanto trabalho dá para encontrar uma empregada filipina decente hoje em dia, e depois, é claro, certificar-se de que ela realmente faz o que diz que faz!" Sophie girou os olhos numa expressão dramática. "Daí, então estive ocupada, tentando encontrar uma babá adequada para Claudia", acrescentou ela, suas palavras saindo apressadamente, "mas, graças a Deus, encontramos a *perfeita*. Na verdade, ela agora saiu com Claudia."

"Uma babá?" Os olhos de Rosie se arregalaram de surpresa. *É claro* que ela sabia o que era uma babá, mas as palavras saíram antes que ela pudesse contê-las e...

Sophie caiu na risada. "Mamãe, você é hilária!", disse ela. "Você sabe o que eu quero dizer, uma babá *de verdade*, alguém para cuidar dela quando eu não estou em casa."

"Mas, querida, se você estava buscando alguém para cuidar dela, eu teria ficado encantada de poder ajudá-la, você sabe disso", disse Rosie, magoada porque todas as suas recentes ofertas de ajuda com sua neta tinham sido consistentemente rejeitadas. E então, depois de tudo aquilo, Sophie acabou empregando uma estranha para cuidar de Claudia.

Sophie olhou para ela. "Eu sei disso, mamãe, mas é que... eu precisava de alguém em quem eu pudesse confiar, alguém com as qualificações certas... Você sabe."

"Qualificações? Mas quem poderia ter melhores qualificações para cuidar de sua filha do que a sua própria mãe?", disse Rosie, um tanto divertida com isso. "Eu não criei *você*?"

Sophie mordeu o lábio. "Eu sei disso, e o tempo todo tenho certeza de que você fez um ótimo trabalho comigo e com David, mas..."

Mas? Rosie imaginou o que estava por vir.

"Mas as coisas hoje em dia são diferentes, mamãe. As crianças precisam de muito mais do que apenas alguém que as crie, e eu acho que queríamos alguém que pudesse estimular Claudia... intelectualmente, sabe..." Ela baixou um pouco a voz, percebendo vagamente como isso poderia ter magoado sua mãe.

"Ah, entendo." Mas não entendia de jeito nenhum. De que tipo de estímulo uma criança de dois anos e meio necessita que sua avó não possa proporcionar-lhe? Tudo bem, Rosie não era uma pessoa ilustrada, mas será que hoje em dia eles estavam ensinando *Guerra e paz* para as crianças de dois anos de idade? E Claudia logo entraria na escola, então, por que sua educação seria algo a ser considerado agora?

"Sinto muito, mamãe... Isso soou terrível." Sophie teve a benevolência de parecer envergonhada. "Tenho certeza de que você fez um bom trabalho, mas há também o fato de que não esperávamos que você cuidasse de uma criança pequena, não na sua idade."

"Sophie, eu não estou pronta ainda para ser colocada num caixão!" Rosie não pôde evitar o tom magoado na voz.

"Eu não estou dizendo isso, mamãe", replicou Sophie entredentes. "Mas já tomamos a decisão de arranjar uma babá para Claudia, e por isso não há razão sequer para estarmos tendo esta conversa, não é?"

Um silêncio tenso caiu entre as duas mulheres, e pareceu a Rosie que o alto teto abobadado do saguão de algum modo tornava a tensão muito mais aparente.

Enfim, ela suspirou. "Desculpe, querida. É claro, você e Robert têm de fazer o que é certo para vocês... e para Claudia." Ela esboçou um sorriso, ansiosa para aliviar seu desapontamento. "Agora, há alguma chance de tomarmos uma xícara de chá ou...?"

Instantaneamente, Sophie se reanimou. "É claro! Vamos até a cozinha", disse ela, sua irritação inicial já esquecida. "Então, o que posso lhe oferecer? Dente-de-leão, sabugueiro, camomila?", perguntou ela, encaminhando-se para os armários de sua fabulosa cozinha Acácia. O lugar era enorme, mas pelo menos tinha uma bela área aconchegante à esquerda – e encostado na parede havia um enorme sofá de couro marrom.

"Hum, camomila?", sugeriu Sophie. "Ou talvez você prefira dente-de-leão?"

Mais uma vez, Rosie se sentiu pouco refinada e deslocada no mundo sofisticado de sua filha. "Hum, apenas uma xícara de Lyons Green Label, se você tiver, por favor."

"Bem, não tenho certeza... talvez em algum lugar..." Sophie procurava nas prateleiras. "Ah, sim, aqui está ele!"

Rosie se acomodou pouco à vontade no sofá de couro que parecia muito caro, colocado à direita de uma mesa de cozinha que também parecia muito cara, e que era tão imensa que parecia ser usada para presidir alguma reunião importante do governo ou algo parecido.

"Então, o que acha do sofá?", perguntou Sophie, enquanto esperava que a água da chaleira fervesse.

Rosie deu uma batidinha no couro. "É bonito. O couro é bonito e macio."

"É de pele de salmão."

"O quê?"

"Não é couro. É pele de salmão", informou-lhe Sophie, seus olhos brilhando de prazer.

Rosie instintivamente franziu o nariz e se mexeu com desconforto no assento. "Ah... Ah, maravilhoso."

"Nosso decorador de interiores o sugeriu. Aparentemente, é a última moda hoje em dia, mas caro *demais* e quase impossível de se conseguir.

Donald Trump tinha poltronas de pele de salmão em seu novo Lear."

"É mesmo?" Rosie não tinha a menor ideia de quem era Donald Trump, que dirá o que poderia ser o seu "Lear".

"Eu sei... Não é fabuloso? E o que é bom o bastante para Trump é bom o bastante para nós! Mas Nikki ficou louca quando descobriu que compramos um sofá de pele de salmão e ela escolhera um estofado com o velho e batido couro. Mas ela consegue ser assim, sabe? Tão antiquada, e com aquele gosto mortalmente miserável."

"Certo." Rosie não sabia o que responder. Além disso, estava ocupada demais segurando sua respiração e tentando não provocar um suspiro do salmão. Quem poderia imaginar que Sophie, que em sua juventude sempre reclamou tanto por ter de suportar o cheiro de peixe do porto de Wicklow, agora tivesse a própria fonte daquele cheiro instalada em sua sala.

"Então, como você tem passado?", perguntou Sophie, entregando uma xícara de chá à sua mãe e afastando do rosto seus longos cabelos escuros. "Está gostando de ter David de volta em sua casa?"

"Bem, esse é o problema", começou Rosie, um pouco nervosa, mas satisfeita por Sophie ter levantado o assunto. "As coisas têm estado um pouco estranhas e..."

"Sabe de uma coisa?", interrompeu Sophie, servindo-se de café. "A melhor coisa que ele já fez na vida foi deixar aquela piranha. Pessoalmente, eu nunca achei que ela fosse a mulher certa para ele, e por isso não me surpreendi quando ele finalmente percebeu o que ela era."

"Mas David não..."

"E deve ser simplesmente *fantástico* tê-lo de volta em sua casa, não é? Alguém para fazer tudo na casa e cuidar de você", acrescentou ela num tom de devaneio. "Você deve estar adorando."

É verdade, pensou Rosie com tristeza.

"E não é maravilhoso que ele tenha encontrado um emprego tão depressa? É claro que você deve estar achando muito mais fácil também ter alguém com quem dividir as contas de telefone e calefação..."

Engraçado, pensou Rosie, isso foi algo que ela jamais considerou. E agora que Sophie havia levantado a questão, ela percebeu que esse era outro aspecto negativo da volta de David para casa. Ele não dividia as contas nem contribuía com as despesas. Na verdade, até não deixou que Rosie pagasse pela tinta que ele usou para "decorar" a casa?

"Bem, Sophie, David, na verdade..."

"Ora, mamãe... Você às vezes é boa demais! Tenho certeza de que está com o coração partido por estar recebendo dinheiro dele. Bem, não seja tão orgulhosa e deixe que ele às vezes lhe prepare uma bela refeição ou qualquer coisa assim... Você fez um enorme favor em deixá-lo ficar em sua casa, não se esqueça."

"Bem, querida, eu realmente esperava poder conversar com você sobre isso, porque..."

Nesse exato momento, o telefone tocou e Sophie quase pulou de seu assento. "Ops! Desculpe, mamãe, é melhor eu atender. Só um segundo!"

Rosie olhou para sua xícara de chá. Por que todos automaticamente achavam que ela pensava que ter David em casa fosse maravilhoso? Eles não podiam ver que coisas assim não acontecem automaticamente, que jamais seria o mesmo que era antes?

E a verdade era que Rosie estava tendo dificuldade para compreender a si mesma. Ela acreditara honestamente que ela e David ficariam bem juntos, e que ela poderia ajudá-lo nas dificuldades pelas quais ele estava passando. Mas David não parecia querer isso – ele queria apenas controlar a casa, trocar as coisas e comportar-se como se sua mãe não existisse.

E embora fosse difícil para Sheila entender, sem dúvida, Sophie mostraria simpatia pelo que ela estava sentindo. Por isso, quando ela terminasse seu telefonema, Rosie começaria desde o princípio e lhe contaria tudo sobre o episódio com a carne, sobre David ter mudado os aposentos da casa e...

"Mamãe, era Nikki, e eu sinto muito, mas vou ter de sair." Sophie entrou correndo na sala com uma expressão de remorso.

"Oh, mas eu mal cheguei, querida!" Rosie não conseguia disfarçar seu desapontamento.

"Eu sei, eu sei, e sinto muito, mas realmente tenho de sair."

"Mas aconteceu algo de errado? Está tudo bem com a Claudia?"

"Claudia?" Por um momento, Sophie parecia não saber sobre quem Rosie estava falando. "Oh, tenho certeza de que ela está ótima. Ela saiu com Frieda, então, tenho certeza de que está bem."

"Mas então por que...?"

"Eu gostaria de ter tempo para explicar, mamãe, mas realmente estou com pressa. Olhe, volte logo aqui... Quem sabe, na próxima semana, está bem?" Sophie se dirigiu ao saguão. "Posso lhe dar uma carona até a cidade? Estou indo pra lá."

"Bem, talvez até a estação de trem", disse Rosie num tom deprimido.

"Ótimo. Você já pegou todas as suas coisas?" Sophie rapidamente pegou suas chaves e quase empurrou Rosie porta afora, de tão ansiosa que ela estava para sair da casa.

Na estação de trem, enquanto lutava para sair daquele carro esporte terrivelmente desconfortável de sua filha, Rosie se recobrou. Ela fora muito egoísta mesmo de pensar que Sophie iria preocupar-se com seus probleminhas tolos, em especial quando ela evidentemente tinha coisas muito mais importantes a pensar. Sua amiga devia estar com algum problema ou algo assim.

"Logo eu falo de novo com você, querida", disse ela, "e o que quer que haja de errado com sua amiga, espero que ela fique bem."

"Claro, mamãe! Vejo você mais tarde! Até logo!"

Sophie arrancou tão rápido com o carro que quase fez sua mãe girar na calçada.

Olhando em seu espelho retrovisor e vendo sua mãe parecendo um pouco perdida do lado de fora da estação de trem, Sophie sentiu um leve arrepio de culpa. Não, disse a si mesma, sua mãe ficaria ótima e ela sempre poderia estar com ela depois.

E então, entrando na estrada principal, colocou o carro na quinta marcha e partiu veloz na direção do lado sul da cidade, sorrindo numa alegre expectativa. Que ótimo Nikki ter lhe avisado, pensou ela. Se a situação fosse o inverso, ela realmente não sabia se faria o mesmo.

Sim, sua mãe poderia esperar, tranquilizou-se Sophie – mas uma liquidação inesperada de meio dia na Havey Nicks *definitivamente* não podia.

Capítulo 22

Ela precisava conversar com Noah – decidiu Dara. Tinha que descobrir de uma vez por todas se ele realmente tinha sentimentos por ela, se ainda achava que havia algo entre eles, fosse algo inacabado ou alguma coisa mais. Aquele era o único caminho a seguir.

E se ele fosse direto ao assunto e admitisse que ainda se interessava por ela, que ainda a amava? E se tudo fosse esclarecido e ele lhe pedisse para deixar Mark e ficar com ele, como ela se sentiria então? Ela não tinha certeza. Ela amava Mark, mas não havia como esquecer-se de o fato de que Noah era o amor de sua vida.

Então, o que ela faria? Continuaria com Mark por respeito a ele e, na verdade, por seus votos de casamento? Mas como poderia continuar com ele sabendo que estava lhe sendo dada mais uma chance com Noah e ela mais uma vez a estava recusando? Como poderia ser feliz sabendo sem qualquer sombra de dúvida que escolhera o segundo melhor? Haveria algum mérito nisso? – ponderava ela. Até algumas semanas antes, ela pensava assim. Estava feliz com Mark e preparada para apostar tudo em seu casamento, mas então Noah voltou e colocou-a num redemoinho.

Por que ele não apareceu algumas semanas antes do casamento? Então ela pelo menos não teria ido em frente com tudo aquilo – ou Mark não teria, pensou ela ironicamente. A aliança em seu dedo e a certidão de casamento tornavam toda a situação um milhão de vezes mais difícil. Sim, o divórcio era comum hoje em dia – mas depois de apenas seis meses?

Ela deveria continuar com ele por dever? Muitas mulheres faziam isso, não faziam? Muitas mulheres continuavam com homens que não amavam, algumas com homens que até odiavam. Então, esse pensamento a encheu de horror, e, como Ruth lhe dissera tantas vezes, certamente Mark merecia coisa melhor.

Dara pensava nisso tudo enquanto se dirigia ao bistrô onde ela e Noah iriam encontrar-se para o almoço, e ela ainda não havia conseguido chegar a uma solução satisfatória.

Ela balançou a cabeça. Talvez estivesse exagerando em tudo isso. Talvez Noah estivesse tentando apenas recuperar a amizade dos dois e não tivesse nenhum interesse em renovar o relacionamento deles, e sua conexão se baseava apenas nos velhos tempos. Sim, o romance deles fora muito intenso e na verdade terminara mal e sem resolução, mas ainda assim tinha acabado, não tinha? Então, talvez não fosse o destino deles ficar juntos. Talvez ela estivesse subindo na árvore errada.

Entretanto, a julgar pelo olhar inequívoco que Noah lhe lançou quando ela o encontrou do lado de fora do bistrô – um olhar que ela conhecia tão bem –, parecia haver pouquíssima dúvida sobre seus verdadeiros sentimentos.

As dúvidas eram todas de Dara.

* * *

"Noah, eu não sei o que fazer", disse-lhe Dara com desânimo sobre seu prato quase intocado.

Ele lhe lançou um olhar firme. "Eu não posso lhe dizer o que fazer. Você sabe como eu me sinto. Você sabe que meus sentimentos por você não mudaram. Você ainda é a mulher que eu quero, a mulher por quem sempre esperei. Sei que o momento é ruim, mas..."

"Ruim? Noah, eu estou casada. Como posso simplesmente virar as costas e deixá-lo?"

O tom de Noah foi direto. "Eu não estou lhe pedindo para fazer isso."

Ela olhou para ele incrédula. "Então, *o que* você está me pedindo? Para continuarmos nos encontrando às escondidas desse jeito? Fingindo que somos apenas um casal de amigos colocando as novidades em dia? Noah, isso não vai funcionar. Acho que tanto você como eu sabemos que finalmente as coisas vão se tornar sérias e vamos acabar magoando as pessoas."

"Eu sinto muito. Gostaria de poder voltar no tempo e mudar o jeito como as coisas aconteceram entre nós", disse ele, esfregando a têmpora. "Mas não posso. Nenhum de nós pode fazer um gesto e deixar tudo bem. De todo modo, pessoas ficarão magoadas."

"Não será ninguém que você conheça", disse Dara, petulante.

Em geral no controle de sua própria vida, ela não conseguia compreender como terminara daquela maneira. Por que ela não fizera pé firme e esperara que Noah voltasse? *O que for para ser seu será seu* – não é assim que diz o velho ditado?

Então, por que havia se curvado à opinião dos outros, se curvado ao que todos os outros achavam que ela devia fazer, e se casara com um homem que não era "para ela"? Como pôde ser tão estúpida? Por que tomou uma decisão, uma decisão fundamental em sua vida, apenas para deixar as outras pessoas contentes? Para que as outras pessoas parassem de persegui-la e de olhar para ela de um jeito estranho! Importava mesmo o que eles pensavam? Importava realmente a ponto de ela ter sido obrigada a tornar sua vida um completo caos?

"Como eu disse, gostaria de tornar tudo isso mais fácil", disse Noah, colocando uma das mãos sobre as dela, acariciando-as de leve.

Era o primeiro contato real que eles tinham em todos aqueles anos, e, sim, a fagulha ainda estava ali.

Ela olhou para o rosto dele, para aqueles magnéticos olhos verdes, esperando encontrar algum tipo de resposta para seus problemas. Mas nada foi revelado. Não existia resposta.

No entanto, Dara tinha algumas decisões sérias a tomar.

* * *

"Então, é claro que eu o levei de volta à loja, Gillian! Você acredita que eu fui lá e fiz a reclamação?"

Bastante acostumada com a petulância de sua melhor amiga, e em geral apenas ansiosa demais para envolver-se numa discussão sobre mau atendimento, Gillian normalmente se sentaria e escutaria as queixas de Norma antes de dar-lhe uma resposta solidária.

Mas não agora.

Naquele dia, a mente de Gillian estava em outro lugar.

Ou, mais claramente, seu foco estava em outro lugar, isto é, no casal que estava sentado num plano elevado do salão, num canto silencioso do bistrô. O casal parecia íntimo demais para o gosto de Gillian.

Ela sabia! Ela sempre soube! Aquela ali era uma presunçosa, uma devoradora de homens de duas caras... Gillian não conseguia pensar em adjetivos compostos bastantes para descrever aquela criatura!

Ela deveria ir até lá e dizer algo, fazer-se notar? Ou, mais importante, fazer a vagabunda saber que fora apanhada – literalmente em flagrante!

Eles não podiam vê-la. A escuridão do café e a luz do meio-dia em seus olhos impediriam isso, mas ela com certeza conseguia vê-los! Olhe para ela agora, acariciando a mão dele em público daquele jeito. Aquela mulher não tinha vergonha? O rubor cobriu-lhe o rosto, e ela não conseguia lembrar-se de jamais ter se sentido tão furiosa. Como ela *ousava*?

Como ela ousava sair para almoçar com um amante pelas costas de Mark, e ainda mais exibir-se assim para todos verem! Quem diabos Dara Campbell achava que era? Lembrando-se do fato indesculpável de que Dara sequer se sujeitou a assumir o sobrenome de seu irmão, Gillian ficou ainda mais furiosa.

"E então ele simplesmente... Gillian? Gillian!", cortou sua amiga. "Você não está me escutando, está?" Norma se recostou em sua cadeira e cruzou os braços, numa expressão de petulância. "Bem, eu sinto muito se minhas experiências a entediam, mas você não vê *meus* olhos vagando desse jeito quando fala sobre seus filhos, vê? Embora não seja porque eu não queira", acrescentou ela com aspereza.

Mas Gillian mal a ouvia; ela estava ocupada demais, enfurecida com Dara.

"Com você, tudo tem a ver com seus filhos." Absolutamente irritada pelo fato de sua amiga estar ignorando-a, Norma agora estava agitada. "Como na outra noite, quando estávamos todos rindo no *pub,* tentando tirar uma *folga* das crianças, e você começou aquela conversa sobre o cocô de Mikey. Honestamente, Gillian, eu não ia dizer nada, mas..."

"O quê?" Finalmente as palavras da amiga começaram a ser filtradas, e Gillian olhou para Norma, seus olhos se estreitando.

"Está lembrada? Você nos deu todos os detalhes nojentos, a cor, a textura... e se não está nos regalando com suas histórias de cocô, é algo igualmente fascinante a maneira como Lily aponta para seu bumbum e diz 'bumbum'! Uau! Grande coisa, Gillian! Não somos todas loucas por bebê, sabe? Algumas de nós realmente têm uma vida!"

Gillian se endireitou na cadeira, duplamente chocada com tudo que estava acontecendo naquele dia. E pensar que ela apenas havia saído para um almoço calmo...

Ela se inclinou para a frente, plenamente preparada para reagir à altura. "Bem, se estamos sendo honestas, Norma, então eu estou cansada de ficar ouvindo você falar sobre sua patética vida sexual. Você acha que eu estou tão interessada em saber quão pouco tempo Jim passa nas preliminares e como ele demonstra pouco interesse em seus seios?" Ela olhou para os peitos de sua amiga, zombando. "Mas pra falar a verdade, quem o culparia?"

"O quê? Eu achei que você fosse minha amiga!" Norma engasgou, chocada, e mais que embaraçada pelo fato de poderem ser ouvidas. Seus olhos se voltaram para a mesa mais próxima, mas seus ocupantes pareciam ocupados demais numa conversa animada para prestar qualquer atenção nelas.

"É, bem, talvez devamos reavaliar isso", replicou Gillian friamente, achando que talvez hoje aquilo fosse a melhor coisa que poderia ter acontecido. Juntando seus pertences, ela atirou uma nota de 20 euros sobre a mesa e, sem dizer uma palavra, saiu em direção ao toalete feminino nos fundos do bistrô.

Uma vez lá dentro, tentou acalmar-se. Que diabos fora tudo aquilo? Ela e Norma eram amigas havia anos, mas, para ser honesta, as demonstrações de superioridade de Norma estavam se tornando um pouco cansativas à medida que o tempo passava. Pensando sobre isso agora, Gillian perguntou-se por que não juntara coragem para dizer a Norma que deveriam acabar com aquela amizade anos antes.

No entanto, pensou ela, estudando seu reflexo no espelho, será que conseguiria reunir coragem para contar a Mark sobre o comportamento de Dara e o que sua nova esposa – evidentemente – pensava dele?

* * *

Na manhã seguinte, Dara olhou sem ver para fora da janela enquanto o trem seguia seu caminho. Estava de novo lotado, mas pelo menos hoje ela havia conseguido arranjar um lugar. Ela teria uma manhã ocupada pela frente, mas estava difícil concentrar-se. Mark agira de maneira muito estranha naquela manhã, e de modo algum como seu eu normal, animado. Ele mal proferira alguma palavra quando ela saiu do apartamento, tampouco lhe deu seu usual beijo de despedida.

Não havia como ele suspeitar de alguma coisa, havia? – pensou ela, temerosa. Como poderia, quando não havia nada a suspeitar? Ela e Noah não haviam feito nada de errado – embora, do jeito que as coisas iam caminhando, seria apenas uma questão de tempo até que fizessem. Ela mordeu ansiosamente o lábio inferior.

Dara soltou um leve suspiro. Ruth estava certa, é claro. Ela precisava fazer alguma coisa, e quanto antes, melhor. E pelo menos Noah lhe dera o espaço de que ela precisava para pensar sobre as coisas. Ele lhe dissera que, para tornar as coisas mais fáceis e menos confusas, estaria fora de seu caminho nas próximas semanas.

"Não demore demais", disse ele, antes de inclinar-se para a frente e roçar levemente seus lábios nos dela.

Então, ela não sabia como tinha resistido a puxá-lo para si e continuar o beijo adequadamente, mas o breve contato teve efeito suficiente para fazê-la pensar sobre o peso e a realidade de sua situação. As coisas estavam se tornando perigosas, e era só uma questão de tempo...

Por isso, ela precisava fazer alguma coisa – teria de tomar uma decisão, e depressa.

Mas era tão difícil... Por um lado, havia o amor de sua vida, o homem que ela pensava ter perdido para sempre, e por outro, seu bom, gentil e amoroso marido.

Teria sido muito mais fácil se a escolha fosse simples, como sempre parecia ser nos filmes. Noah seria o homem sexy, adorável e confiável, representado por alguém como Colin Firth, enquanto Mark seria o mentiroso, inconfiável e abominável, provavelmente representado por Colin Farrell.

Mas, nesse caso, Mark era um homem decente, provavelmente decente demais, e era difícil para ela apresentar uma boa razão para deixá-lo. E a pior parte de tudo era que ela realmente o amava. Mais uma vez, não era igual ao que era – ou fora – com Noah, mas havia ainda aquele companheirismo compartilhado e a grande amizade que os unia.

Pensar que apenas algumas semanas antes ela e Mark estavam planejando iniciar uma família! Ela balançou a cabeça. Havia se convencido, não havia? Acreditara realmente no que Mark fazia, que ele bastava, que ela não necessitava do grande romance, que podia ser feliz sem ele. E, com toda a honestidade, ela fora feliz com ele, fora realmente muito feliz – até Noah aparecer no cenário.

O trem chegou à sua parada usual, mas dessa vez Dara permaneceu sentada. O caso Gardner, no qual ela e Nigel haviam passado os últimos meses trabalhando tanto, teria sua audiência naquela manhã, e então hoje ela estava se dirigindo diretamente para Four Courts.

Ela suspirou de novo, mas dessa vez por uma razão diferente.

Era bastante óbvio o que iria acontecer naquele caso, e ela supôs que deveria estar satisfeita, mas, na verdade, pessoas como Leo Gardner mereciam algum tipo de punição, fosse fiscal, fosse de qualquer outro tipo. Pessoalmente, Dara adoraria ver aquele presunçoso passar um tempinho em Mountjoy – isso lhe faria um bem enorme. Mas a posição privilegiada e bem conectada de Gardner significava que era improvável que isso acontecesse algum dia. Ela balançou a cabeça quando o trem entrou na estação de Tara Street. Para piorar a situação, pelo que Dara conseguira saber do advogado do outro lado, um julgamento com resultado negativo poderia arruinar literalmente o queixoso.

Mas agora, pensou Dara, quando caminhava diretamente para o tribunal, essa era a menor de suas preocupações.

Porque, por mais que tentasse, ela não conseguia deixar de pensar no que aconteceria com Mark.

Capítulo 23

"Todos de pé."

Louise se levantou junto com todos os demais quando o juiz Corcoran apareceu e assumiu seu lugar diante do tribunal.

Tudo era na verdade um pouquinho excitante, pensou ela, e, embora não fosse glamoroso exatamente pelo fato de haver apenas um juiz e nenhum júri à vista, ainda assim parecia algo extraído de um filme de John Grisham. Infelizmente, o advogado que a defendia não se parecia nem de longe com o atraente Matthew McConnaughey – não, aquele era um sujeito gordo, de meia-idade, que usava uma daquelas perucas grisalhas e cacheadas de antigamente das quais todos pareciam querer se livrar. Essas coisas não parecem meio loucas? Como homens adultos podiam pensar que pareciam qualquer outra coisa senão completos idiotas – sobretudo com aquele pequeno rabo de rato caindo em suas costas?

No entanto, o advogado e seu oponente certamente não estavam apenas brincando ali. Os dois tinham expressões graves – assim como o juiz que presidia o julgamento. Então Louise supôs que ela deveria estar realmente se concentrando na importância do que estava acontecendo ali naquele dia, em vez de ficar se divertindo com os trajes ou imaginando que ela era uma figurante num episódio de *LA Law*.

"Tivemos sorte de pegar o juiz Corcoran; ele em geral é simpático a casos como este." Ela ouviu James Cahill sussurrar em seu ouvido.

O coração de Louise batia forte. Queria sentir-se tão otimista como parecia estar seu advogado. Ela mal dormira à noite e estava muito preocupada por ter de apresentar-se ali, diante de todas aquelas pessoas, para falar sobre suas lesões – sobretudo quando se sentia absolutamente ótima. Deus, será que todos achariam que ela era uma daquelas aproveitadoras sobre as quais Fiona falara, que buscavam dinheiro fácil? Ela morreria!

Mas não, aqueles homens estavam acostumados com esse tipo de coisa, não estavam? Embora, para fazer justiça, eles devessem estar cansados de ver todas aquelas pessoas conseguindo grandes indenizações por coisas mínimas. Talvez eles a pressionassem bastante e tentassem fazer dela um exemplo, procurando provar que não havia absolutamente nada de errado com ela.

"Bem, é claro", informou-lhe James Cahill, em sua sessão de preparação na véspera, "que o trabalho da oposição é de tentar defender os interesses de seu cliente. Mas, Louise, não há oposição. O rapaz admitiu a responsabilidade, e por isso não há caso a ser contestado nesse aspecto. É meramente uma questão de quanto nós vamos conseguir de Corcoran. Não se preocupe", declarou ele, quando Louise ficou branca. "Eles todos vão sustentar o argumento de que a companhia de seguro cobriu tudo na época, mas quando o juiz ler o relatório do doutor Cunningham..."

Por isso Louise estava se sentindo confiante, mas não confiante demais. Ela queria conseguir sua parte, e o mais rápido possível, para poder simplesmente ficar sentada e observar o resto daquilo relaxada.

Deu uma olhada rápida para o homem que causara o acidente, o homem que a derrubara tempos atrás. A equipe de advogados de Leo Gardner parecia imensa em comparação àquele pequeno grupo formado por Cahill, seu assistente e o outro advogado. Mais uma vez, ela se sentiu pouco à vontade. Para um homem que estava sendo processado por uma grande quantia de dinheiro, Gardner parecia muito relaxado e bastante arrogante enquanto conversava com uma mulher do seu grupo de advogados, uma bela e imaculadamente vestida mulher de trinta e poucos anos. Louise invejou a autoconfiança óbvia da outra mulher, uma autoconfiança que surgia facilmente quando se tinha uma aparência daquelas, pensou ela, suspirando. E ela também era obviamente uma daquelas mulheres de carreira duronas, decidiu Louise. Por que mais alguém terminaria trabalhando para Gardner, que afinal parecia ser ele próprio tão durão? Ele nunca lhe pediu desculpas, nunca enviou ao hospital um cartão desejando-lhe franca recuperação na época, lembrou-se Louise, sentindo-se magoada agora que pensava a respeito. Todas aquelas semanas que ela passou em agonia no hospital, simplesmente porque aquele tão ocupado produtor de tevê estava com pressa e não podia dar-se o trabalho de parar num sinal vermelho. E ele nunca lhe enviou sequer um cartão.

Agora parecia que Gardner não dava a mínima para o mundo – na verdade, a impressão que se tinha era de que ele estava se divertindo com todo aquele cenário. No entanto, *ele* era a parte culpada; então, por que Louise de repente se sentia como se a verdade fosse o contrário? Por que agora se sentia como se ela é quem fosse ser julgada?

Provavelmente em consequência do que Cahill lhe dissera na véspera.

"Eles vão tentar sustentar o argumento de que você já foi adequadamente compensada no primeiro momento. Vão lhe perguntar sobre seu trabalho, seu estilo de vida, e vão definitivamente tentar minimizar suas lesões. Então, Louise, quando você se levantar ali, por favor, não faça o trabalho para eles! Eu sei que você acha que talvez suas lesões não sejam tão graves quanto estamos declarando, mas nem sequer *pense* em declarar isso no tribunal. No que lhe diz respeito, não há um dia em que você não sinta aquela dor nas costas; isso a afeta constantemente e, como o doutor Cunningham atestou, vai afetá-la pelo resto de sua vida."

"O.K." Louise tentava entender tudo aquilo.

"Vou me concentrar em sua carreira, no fato, em consequência das lesões, de você ter sido obrigada a abandonar o sonho de se tornar uma atleta profissional..."

"Senhor Cahill, nunca houve nenhuma dúvida quanto a meu..." Mas ela parou de falar quando Cahill a silenciou com um olhar. Droga, ela precisava lembrar-se de não contra-argumentar daquele jeito no tribunal – do contrário, eles não teriam nenhuma esperança. Mas ela não gostava de todo aquele exagero. Era totalmente desnecessário. Ela tivera um desempenho razoavelmente decente no lançamento de peso no colégio e vencera algumas competições regionais, mas era muito improvável que tivesse se tornado uma profissional! Sim, ela tinha lesões permanentes e, sim, tentara estabelecer-se numa carreira diferente. Mas toda aquela conversa de "sonhos abandonados" era um exagero.

Ainda assim, Cahill era o especialista e Louise deveria seguir suas orientações, em vez de impor suas próprias opiniões sobre o assunto. Do contrário, o caso estaria perdido antes mesmo de ter começado.

O que, incidentalmente, estava agora prestes a acontecer.

O outro advogado de Louise, um homem chamado Donal O'Toole, começou suas declarações de abertura. Num tom de decidida acusação, falou sobre o acidente em si, pintou um relato muito visual de como Louise estava inocentemente voltando para casa depois de um difícil dia de trabalho – um trabalho em tempo parcial que ela precisava para custear seus agora extintos estudos, acentuou ele – e explicou como Leo Gardner desrespeitara de forma escandalosa tanto a lei quanto seus deveres civis atravessando de maneira irresponsável o sinal vermelho e a atropelando.

Ele citou suas lesões, isto é, a pélvis abalada, fraturas no quadril e lesão nas costas. "Lesões que foram muito graves, mas, no entanto, a seguradora do senhor Gardner achou adequado cobrir apenas a permanência da senhorita Patterson no hospital, na época." Ele fez uma pausa para o que Louise achou que fosse um efeito dramático. "Optaram por ignorar a gravidade de suas lesões iniciais, escandalosamente causadas pela negligência de Leo Gardner, que dirá considerar o dano emocional terrível continuado daí em diante..."

Com isso, o juiz girou os olhos de leve, e, percebendo aquela atitude, Louise começou a entrar em pânico. O que O'Toole estava dizendo era tudo verdade, mas a reação do juiz Corcoran indicava que ele simpatizava com Louise ou com Gardner? Era impossível dizer.

O'Toole ainda estava falando: "... lesões emocionais que evidentemente afetaram as habilidades sociais e a autoconfiança da senhorita Patterson em sua vida cotidiana e..."

"Eu li o relatório do médico, senhor O'Toole", interrompeu o juiz, cansado, "e estou bem cônscio da natureza das lesões físicas da senhorita Patterson. Entretanto, as lesões emocionais não estão no escopo da corte agora. Por isso, senhor O'Toole, por favor, continue, mas desta vez com mais fatos e consideravelmente menos conjecturas."

Diante disso, a equipe legal de Gardner pareceu bastante satisfeita, e Louise desejou que o advogado baixasse o tom do drama sobre seu estado mental. Da maneira como ele estava falando, você juraria que ela temia suas próprias reflexões! Sim, ela ficara um pouco assustada ao atravessar a rua durante um longo tempo após o acidente, mas isso era natural, não era?

O'Toole prosseguiu para explicar como as esperanças de uma carreira muito ansiada como professora de educação física fora cortada e prematuramente encerrada por suas lesões e, como resultado, a subsequente perda em seus ganhos.

"A senhorita Patterson atualmente trabalha num cargo administrativo, – um cargo subalterno que de modo algum poderia corresponder aos ganhos que sua profissão de escolha lhe proporcionariam."

Cargo subalterno? *Espere um pouco, senhor!* Louise queria dizer. Não havia nada de errado com seu emprego atual – na verdade, se não fosse a ACS, Louise não teria conseguido trabalhar!

O que, lembrou ela bem a tempo, era justamente o ponto ande o advogado estava tentando chegar. Ele fizera seu emprego parecer inferior, de outra forma, a alegação de perda de ganhos não se sustentaria. Ela lembrou-se de concentrar-se no quadro mais amplo, e não encarar toda palavra proferida como algum tipo de insulto. *Especialmente* quando ela própria tivesse que assumir a palavra.

Por fim, O'Toole terminou seu monólogo, reiterando uma vez mais que as finanças de Louise eram claramente deficitárias por causa das ações de Gardner, e que, como resultado, ele tinha o dever de compensá-la por essas perdas. Ele voltou à sua cadeira, ao lado de Louise e Cahill, enquanto este lhe lançou um sorriso de admiração; e ela deduziu que, pelas circunstâncias, O'Toole devia ter-se saído muito bem.

Em seguida, foi a vez do advogado de Gardner, Walter Flanagan, um homem alto e imponente, com ombros largos e um rosto duro e anguloso. Mas quando o homem começou a falar sua voz era surpreendentemente suave, embora incisiva e articulada. Para sua surpresa, Louise quase se viu empolgada com ele, apesar de ele ser a oposição.

Porém, quando o advogado começou a esboçar a base de defesa de Gardner, ela rapidamente mudou de opinião.

"Meritíssimo, nós aceitamos que a senhora Patterson tenha sofrido lesões adicionais como resultado do acidente, mas não na extensão exagerada que a equipe legal da reclamante argumenta. Além disso, vamos acompanhar todo o curso desses procedimentos para provar à corte que ela *não* sofreu perda de ganhos resultante do acidente. Na verdade...", acrescentou ele, um pouco enigmático demais para o gosto de Louise, "a situação financeira da senhorita Patterson pode ser considerada mais que adequada para uma jovem de sua idade e circunstância."

Do que ele estava falando? O que significava "mais que adequada"? Tudo que ele tinha a fazer era olhar suas contas bancárias e do cartão de crédito para saber o que era "adequado"! Louise olhou para seu advogado em busca de uma explicação, mas James Cahill não parecia nem um pouco afetado. Ela se sentiu aliviada por ora. Aquele tipo de coisa devia ser normal nesses casos, e James explicara que cabia ao outro lado defender-se, que era exatamente o que eles estavam fazendo. Se o lado de Gardner não refutasse as acusações, não haveria caso a ser julgado, haveria? Então ela deveria parar de preocupar-se e deixá-los ir em frente. Ela ficaria limitada a sua história – não, lembrou a si mesma, não era uma história, era a *verdade* –, e o resto deles poderia argumentar sobre tudo que quisessem. O caso estava ganho, não era isso que Cahill vivia dizendo? Caso ganho.

Então, Louise podia muito bem relaxar e deixar toda aquela conversa extravagante prosseguir.

"Além disso", Flanagan estava ainda falando, "nós também procuraremos provar que a postura inicial do senhor Gardner nesse caso foi mais que adequada e este novo processo contra ele não apenas é absurdo, mas de todo fraudulento." Sua voz estava começando a elevar-se e a assumir mais peso a cada palavra proferida, e, de súbito, Louise se sentiu muito, muito amedrontada.

Fraudulenta? Por que eles diriam uma coisa dessas? Gardner nunca negou que a culpa fora dele – que ele era responsável –, como Cahill estava sempre dizendo. Então, o que eles estavam fazendo? Tentando sugerir que Louise fizera uso de algum subterfúgio? Ela tinha dívidas que precisavam ser pagas, originadas de contas hospitalares adicionais e depois mais contas de fisioterapia. O que de repente acontecera com "o caso ganho"?

James Cahill se inclinou na direção dela para sussurrar-lhe algo no ouvido. "Não se preocupe", ele a tranquilizou. "Isso é apenas um blefe. Flanagan viu os relatórios médicos e os recibos do hospital. Ele sabe que as evidências são muito fortes para serem ignoradas e está apenas se vangloriando."

Louise concordou, sem entender.

Logo depois, era o momento de ouvir as testemunhas.

Em primeiro lugar, o tribunal ouviu as evidências do relatório médico. O médico de Louise, doutor Cunningham, falou sobre sua avaliação a respeito das lesões dela. Ele declarou como complicações adicionais, relacionadas em particular às vértebras danificadas, haviam exigido uma permanência prolongada no hospital e fisioterapia adicional. Louise provavelmente sofreria de uma dor crônica nas costas durante o resto de sua vida, disse ele, e suas lesões eram "importantes e permanentes". A lesão nas costas, em particular, afetara sua destreza manual e de fato encerrara sua participação na maioria das modalidades esportivas. Não havia dúvida de que ela jamais conseguiria qualificar-se como professora de educação física – na verdade, havia várias escolhas de carreira que estavam bem além de suas possibilidades em decorrência das lesões, ou seja, nada que envolvesse levantar ou carregar peso, ou inclinar-se e ajoelhar-se, ou agachar-se. A dor nas costas restringiria de modo significativo seu estilo de vida e, à medida que ela fosse ficando mais velha, havia também a possibilidade de complicações futuras.

Os dois lados questionaram o médico a respeito de alguns dos pontos levantados, mas como o médico independente concordara mais ou menos com os achados de Cunningham, pouco havia a argumentar.

Logo depois, o tribunal interrompeu a sessão por um curto recesso.

No corredor, Louise estava sentada calada entre seus advogados, suas pernas tremiam de nervoso e seu coração batia forte diante da perspectiva de ter de levantar-se e responder àquelas perguntas assustadoras do homem. Aparentemente, ela seria a próxima a ser chamada.

O café que James Cahill colocou em sua mão na esperança de acalmar-lhe os nervos parecia água suja, e não tinha um gosto muito melhor que isso. Ela rapidamente o pôs de lado pensando que vomitar no tribunal sob um interrogatório rigoroso não faria ninguém gostar mais dela, que diria o juiz!

No caminho para a sala do tribunal, ela deu mais uma olhada para a mulher da equipe de Gardner. Vendo-a de perto, não conseguia afastar a sensação de que já a conhecia, que já a vira em algum lugar antes. Mas onde? Onde uma profissional elegante, sofisticada e imaculadamente vestida – o tipo de mulher que Louise tanto adoraria ser – cruzaria o caminho de uma funcionária burocrática comum, tediosa e *subalterna* como ela?

Então Louise se lembrou de sua visita ao hotel Four Seasons durante a *hen night* de Gemma. Será que poderia tê-la visto lá? Cruzado com ela em algum daqueles incríveis toaletes palacianos quando fora ajeitar a maquiagem, talvez? Isso era certamente possível, concluiu ela. Mas não conseguia se lembrar de muita coisa que ocorrera naquela noite além do encontro com Sam, e imediatamente percebeu que sua perda de memória não era tanto o resultado de excessos. Não, era o resultado do mais puro tesão! Ela relaxou um pouco ao pensar em Sam. Ele voltaria logo, e ela esperava que quando o visse tudo aquilo já estivesse acabado e tanto o processo quanto a prolongada dívida de Louise não fossem nada além de uma lembrança distante.

Logo eles estavam de volta à sala do tribunal e, quase imediatamente, O'Toole chamou Louise para depor.

Depor! Deus, era tão estranho ouvir aquilo, assim, na vida real! Ela engoliu com dificuldade enquanto se levantava, suas mãos e pernas tremiam enlouquecidas, enquanto se aproximava do banco das testemunhas. O banco das testemunhas! Algo disso tudo era real – ponderava ela enquanto se sentava, tremendo – ou ela estava simplesmente tendo outro de seus devaneios?

Mas quando Louise ergueu os olhos e viu todas aquelas pessoas sentadas ali, estudando cada um de seus movimentos, soube que aquilo tudo era muito, muito real. Ela fez uma prece silenciosa. *Por favor, por favor, não permita que eu atrapalhe tudo e pareça uma idiota!*

Bem, pelo menos O'Toole seria o primeiro a interrogá-la, e então isso não seria muito ruim. Enquanto ela esperava pelo início das perguntas, tentou ao máximo não olhar para Gardner ou para sua equipe. Eles estavam todos ali ainda parecendo demasiado presunçosos para o gosto dela. Fosse como fosse, se ela olhasse diretamente para Gardner, decerto enrubesceria de constrangimento e então o juiz definitivamente pensaria que ela estava representando. Honestamente, ela ainda não se achava no direito de abrir aquele processo, e naquele momento, se pudesse, largaria aquilo tudo e pagaria suas dívidas sem a ajuda de ninguém. Qualquer coisa, seria melhor do que ter de sentar-se ali exposta desse jeito.

O'Toole falou baixinho: "Louise, o tribunal ficou bem consciente da extensão de suas lesões pelo testemunho do doutor Cunningham e também pelo relatório do médico do acusado; portanto, não desejamos desperdiçar o tempo do tribunal repetindo tudo isso de novo." Ele sorriu com esforço para tranquilizá-la, mas infelizmente isso não funcionou, e Louise ainda se sentia como um coelho capturado na corrida. O que, por acaso, foi justamente como ela se sentiu um segundo antes de Gardner tê-la atropelado.

"No entanto, eu gostaria de conversar com você sobre como sua vida mudou desde o acidente", prosseguiu ele, olhando suas anotações enquanto falava. "Você tinha vinte e um anos de idade na época, não é isso?"

Louise assentiu.

"E não é verdade que sua vida mudou incomensuravelmente desde o acidente e..."

"Protesto!" – interrompeu-o o advogado sênior de Gardner. "O reclamante já declarou o quanto a vida da senhorita Patterson mudou em razão das alegadas lesões, do contrário, não estaríamos aqui hoje."

O juiz concordou. "É verdade. Senhor O'Toole, tente ser mais específico em vez de usar advérbios sem significado quando tentar mostrar o quanto a vida da senhorita Patterson mudou."

"Certamente, meritíssimo." O'Toole inclinou de leve a cabeça e depois tornou a olhar para ela. "Louise, não desejo lhe causar nenhum constrangimento indevido, mas não é verdade que durante a maior parte de sua vida, durante toda a sua adolescência até o acidente, você era uma jovem corpulenta?"

Louise quis morrer. Por que ele estava falando sobre seu peso assim, na frente de todo mundo? O que *isso* tinha a ver?

"Louise?" O'Toole estava esperando que ela respondesse. "Você concorda com essa avaliação?"

Louise mordeu o lábio. "Hum... Sim, está correta."

"Na verdade, diferentemente da maioria das garotas de sua idade, você nunca teve um problema de imagem ou qualquer coisa do tipo, teve? Você era uma jovem saudável que gostava de comer e praticamente não se sentia afetada pela sociedade de hoje, obcecada com a imagem."

Louise engoliu em seco. Gostava de *comer*? Onde diabos ele estava indo com isso? Durante um segundo, ela quase ficou tentada a perguntar, mas então se lembrou das instruções de seu advogado para apenas responder às perguntas com sim ou não.

Então, Louise só concordou, desejando que ele parasse de falar em peso e comida e em todas essas coisas constrangedoras. "Sim."

"E, é claro, sua altura se adequava à sua escolha dos esportes e estimulava suas habilidades atléticas, não é?", prosseguiu ele, e enfim Louise começou a entender. "A senhorita Patterson é uma ex-medalhista de lançamento de peso, um esporte que em geral requer que seus participantes tenham uma... compleição robusta", informou ele ao tribunal, no caso de não saberem que as mulheres pesadas podiam realmente participar de qualquer tipo de esporte.

Então ele fez uma pausa e pareceu olhar com atenção para Louise.

"Entretanto, olhe para você hoje, praticamente emaciada, aquela forte constituição vigorosa que caracterizava sua juventude está agora de todo desaparecida, o brilho saudável em seu rosto não é mais aparente."

Se você diz isso... – pensou Louise, achando que ela deveria ter aplicado mais *blush* naquela manhã.

"Senhor O'Tolle, aonde o senhor quer chegar?" O juiz elevou a voz, claramente frustrado.

"Meritíssimo, estou apenas tentando mostrar ao tribunal que a senhorita Patterson sem dúvida sofreu um severo estresse emocional e tensão como resultado do acidente." Ele se virou e apontou para ela, antes de acrescentar: "Como está caracterizado por sua dramática perda de peso."

Os olhos de Louise se arregalaram. O quê? Ela perdeu todo aquele peso porque quis, e isso não tinha nada a ver com o acidente – na verdade, tinha mais a ver com negar a si mesma aquela adorável comida que ele mencionara anteriormente! O que ele estava pretendendo?

"Você perdeu bastante peso nos últimos onze meses, senhorita Patterson. Segundo minhas anotações, quase vinte quilos, não é verdade?"

Louise aquiesceu em silêncio, com medo de abrir a boca, temendo o que pudesse dizer. Ela fora advertida repetidas vezes para não expressar nenhuma opinião, por mais que pudesse ser tentada a fazê-lo. E naquele momento Louise estava muitíssimo tentada. Mas de certa forma ela supôs que, afinal, não estava contando nenhuma mentira, mas apenas confirmando que, sim, ela perdera muito peso. No entanto, ela odiava a maneira como ele estava fazendo tudo aquilo parecer – aquilo não estava certo.

Tendo aparentemente apresentado sua defesa, O'Toole fez algumas perguntas sobre seu tempo no hospital, sobre as consultas extras com o fisioterapeuta, antes de voltar ao tema de sua "tão ansiada" carreira.

"Você já estava estudando havia alguns anos quando o senhor Gardner de repente pôs fim às suas esperanças de completar os estudos", começou ele, antes de, mais uma vez, Flanagan enfaticamente objetar.

"Senhor O'Toole", disse o juiz, "a responsabilidade do acusado pelo acidente não está em questão aqui. Por isso, por favor, pare com essas declarações, pode ser?"

O juiz agora parecia aborrecido, e Louise não o culpava por isso. O'Toole já falara à exaustão sobre isso em seu discurso de abertura, e por isso não havia mais nada a dizer. Ela queria que ele perguntasse por que as contas do hospital haviam sido exorbitantemente altas e sobre o tratamento adicional inesperado. Afinal, era sobre isso que versava o caso.

"Então, Louise, como você se sentiu em relação a seus sonhos terem sido assim abalados?"

"Meus sonhos?"

"Sim, seus sonhos de conseguir grandes realizações no esporte de sua escolha, suas esperanças de ensinar outras pessoas a fazer o mesmo, e então perceber, depois do acidente, que isso não seria mais possível. Como você se sentiu?"

"Bem, eu, naturalmente, fiquei desapontada..." Louise estava prestes a dizer mais alguma coisa, como "mas essas coisas acontecem" ou "mas a vida continua", como ela em geral falava quando lhe perguntavam sobre isso, mas algo na expressão de O'Toole a deteve.

"Podemos dizer que até mesmo devastada?"

"Senhor O'Toole!" O juiz agora estava ficando *muito* irritado.

"Perdão, meritíssimo. Mas estou tentando mostrar quão profundamente a tragédia afetou a senhorita Patterson, e como isso constituiu um peso em seu futuro. O senhor observará que a senhorita Patterson está reivindicando perda de ganhos como um resultado de uma imensa diminuição em sua capacidade de ganhos. Ela não só ficou endividada como resultado da negligência do senhor Gardner, mas também tem pouca esperança de saldar essas dívidas tão cedo, em razão dos ganhos de sua profissão atual. Repito: uma situação que ela foi obrigada a enfrentar como resultado da negligência do senhor Gardner."

Obrigada a enfrentar? Agora ele a estava fazendo parecer uma prostituta!

Ele prosseguiu declarando o salário de Louise na ACS, como sua lesão nas costas significava que ela era incapaz de levantar ou carregar cargas pesadas, como seus surtos periódicos de dor nas costas resultavam em ausências frequentes e, mais uma vez, na decorrente perda dos ganhos e nas subsequentes dificuldades de saldar as prestações de seu empréstimo. Nesse aspecto, ele se referia a provas documentais dos bancos em relação a seus empréstimos.

Isso era apenas o início; eles teriam um choque se vissem suas contas de cartão de crédito! – pensou Louise consigo mesma.

Por fim, tendo pintado um quadro razoável de uma garota que sofrera física, emocional e financeiramente em consequência do acidente – embora ela preferisse que ele tivesse deixado de fora a questão da perda de peso –, O'Toole encerrou seu questionamento e retornou à sua cadeira.

"Senhor Flanagan?", chamou o juiz.

Louise respirou fundo quando o advogado enganosamente conciliador de Gardner se aproximou.

"Tendo por base as evidências documentais, não posso argumentar com seu advogado, senhorita Patterson", disse ele, surpreendendo-a. "A senhorita está na verdade arcando com uma enorme dívida."

Louise não conseguia acreditar. Dizendo isso, o lado de Gardner estava basicamente admitindo que ela vencera o primeiro *round* – brilhante!

"Mas...", prosseguiu Flanagan elevando seu tom de voz, enquanto o encantamento de Louise se desvanecia mais que depressa: "...alegação de que seu estilo de vida sofreu como resultado de sua condição médica é realmente extraordinária." De súbito, o comportamento do advogado era aquele de uma águia prestes a abater um pequeno ratinho indefeso. "Em especial quando a maior parte dessa dívida vem do financiamento de seu... – digamos assim... – estilo de vida bastante extravagante."

Do seu *o quê*?

"Não é verdade, senhorita Patterson, que, além de um grande empréstimo bancário, a senhorita tem também um saldo negativo em sua conta-corrente e dívidas com uma série de cartões de crédito de diversas instituições financeiras?"

"Sim", respondeu Louise num tom fraco, mas com o coração batendo forte.

"Considerando que a senhorita trabalha numa agência de empréstimos, não diria que seu nível de endividamento atual supera em muito os empréstimos para suas despesas médicas? Que seu gasto com roupas, sapatos, entre outras coisas, socializando em excesso, atualmente constitui a grande maioria dessa dívida?"

"Isso não é verdade!", que disse Louise sem pensar, magoada. "Eu tenho que usar meus cartões porque o meu salário não consegue..."

"Não consegue cobrir fins de semana na ensolarada Espanha? Noitadas extravagantes em alguns dos pontos noturnos mais badalados de nossa cidade? Gastos em butiques de grife e, não nos esqueçamos...", ele fez uma demonstração elaborada, checando suas anotações, "... de um iminente fim de semana de compras em Nova York?"

Louise enrubesceu, odiando como tudo aquilo soava e, pior ainda, percebendo como parecia ruim para o juiz. Como Flanagan *sabia* de tudo aquilo?

"Corrija-me se eu estiver errado, senhorita Patterson", prosseguiu ele sem descanso. "A senhorita esteve na Espanha recentemente?"

"Sim, mas..."

"Está planejando uma viagem para Nova York?"

"Sim, eu..."

"Recentemente gastou dinheiro em butiques de grife no centro da cidade, aqui em Dublin?"

"Sim." A resposta de Louise foi quase um sussurro.

"Uma coisa pouco característica ou, melhor, apropriada para alguém com uma 'capacidade de ganhos extremamente reduzida', senhorita Patterson. Estou certo?"

Ela não conseguiu responder.

"E corrija-me se eu estiver errado, mas a senhorita não está residindo atualmente em um apartamento no Marina Quarter? Aquele novo empreendimento de luxo tão comentado na costa?"

"Mas ele é alugado!", declarou Louise quase num sussurro. Ah, por que ela fizera aquilo? Ela sabia que o aluguel estava muito acima de suas possibilidades, mas Fiona lhe implorara e ela não podia decepcioná-la e...

“Eu realmente espero que sim”, prosseguiu Flanagan. “Com certeza, não seria conveniente pensar que alguém que está, ao que parece, empobrecido como resultado de um acidente de carro possa se permitir comprar um dos maiores empreendimentos da cidade!”

“Protesto!”, disse finalmente O’Toole.

Mas por que diabos ele esperara tanto? Quando ele estava falando, Flanagan o objetava por qualquer coisa!

“Protesto!”, repetiu o advogado. “Como eu tenho certeza de que o tribunal sabe, os aluguéis de Dublin são dos mais exorbitantes da Europa. Posso acrescentar que a senhorita Patterson apenas conseguiu encontrar um emprego suficientemente flexível para acomodar-se com suas lesões aqui na capital. Por isso ela mora em Dublin.”

Até Louise percebeu que aquele argumento era fraquíssimo. Ela com certeza não precisava morar na costa – ainda mais porque aquele apartamento em que ela estava agora ficava muito longe de seu trabalho.

Fato que não escapou ao advogado Flanagan. “Meritíssimo, a senhorita Patterson trabalha no centro da cidade, portanto, sua escolha de residência evidentemente não se baseia em sua proximidade com o trabalho.”

O juiz resmungou e rejeitou a objeção de O’Toole. “Eu concordo. O local de trabalho da requerente não tem a ver com isso.”

As mãos de Louise tremiam. O juiz agora estava evidentemente desconfiado. O lado de Gardner a pintara como uma gastadeira irresponsável ansiando por uma saída fácil de suas dificuldades financeiras. Ela não o culparia por ser cético a respeito. Consideradas em seu conjunto, todas as coisas que Flanagan dissera soavam terríveis, e ela *realmente* parecia uma irresponsável. Entretanto, toda aquela dívida decorrera originalmente do fato de ela ter que pagar pelo que Gardner lhe fizera, e ela nunca conseguira saldar tudo e, por isso…

“Parece que o senhor argumentou com ênfase que o estilo de vida da senhorita Patterson não foi tão adversamente afetado por seu acidente quanto seu advogado nos fez acreditar”, disse o juiz, e o sangue de Louise congelou. “O senhor tem algo mais a acrescentar? Mais alguma pergunta?”

“Nada mais, por enquanto”, respondeu Flanagan, e voltou à sua mesa, enquanto um sorridente Leo Gardner dava tapinhas em suas costas.

"Obrigado, senhorita Patterson", disse-lhe o juiz Corcoran, e Louise olhou para ele confusa. O que era aquilo? O'Toole não iria contra-argumentar, declarar quanto eles haviam distorcido as coisas para que soassem tão ruins? Certamente, eles não poderiam deixar o juiz pensar...

"Obrigado, senhorita Patterson", repetiu ele, um pouco mais alto dessa vez.

De algum modo, ela encontrou forças para levantar-se.

O juiz bateu seu martelo. "O tribunal vai se reunir novamente às 14h30", anunciou ele, enquanto Louise lentamente se dirigia à sua cadeira.

"Por que você não disse nada?", perguntou ela a Cahill mais tarde. "Por que não fez O'Toole dizer que as coisas não são *assim*?"

"Não adiantava mais", respondeu-lhe seu advogado, calmo, mas já sem o aspecto confiante que ele exibira anteriormente. "Como eu disse antes, nós esperávamos que eles tentassem argumentar que sua exigência era exagerada. Eles questionariam seus hábitos de gastos. Além disso, não há dúvida de que você legalmente tem o direito a uma compensação adequada por suas lesões e despesas. Eu não tinha ideia de que você estava tão endividada atualmente", acrescentou ele baixinho, e Louise pôde ver que isso o perturbava. O quê? Ele estava preocupado com o fato de que talvez não seria pago, era isso? Mas ele não dissera que era um trabalho sem ganho, sem ônus? No entanto, pensou ela, preocupada, na véspera, ele insistira em dizer que aquele caso estava ganho, o que significava que sua porcentagem estava praticamente garantida. E naquela manhã parecia que o processo já não iriam mais tão longe?

Louise esperava que não, porque a última coisa de que ela precisava era que seu advogado perdesse a fé nesse processo. Não quando se supunha que se tratasse de algo líquido e certo.

* * *

Depois do almoço, Louise não conseguira tocar em nada, de tão preocupada que estava. Eles voltaram ao tribunal.

Ela não tinha certeza do que iria acontecer agora. O'Toole chamara suas testemunhas, e, como Gardner era a única testemunha de seu lado, sem dúvida todos iriam se basear naquilo que chegara até o juiz. Flanagan fez o máximo para que a declaração de Louise parecesse exagerada, lançando uma interrogação sobre seus gastos, mas permanecia o fato de que ele não poderia negligenciar os gastos que ela tivera com suas lesões. E isso, Louise mais uma vez lembrava a si mesma, era a razão de todo o processo.

E como Gardner já admitira sua culpabilidade, e já fora condenado em cortes criminais por excesso de velocidade, não havia muito mais que ele pudesse falar, havia?

Flanagan se levantou para chamar suas testemunhas, e Louise ficou imaginando o que Gardner iria aprontar. Eles jamais haviam se falado, e por isso ela não sabia tanto a respeito dele, além do fato de ele ser um poderoso produtor de tevê com muito dinheiro atrás de si, e muito respeitado nos círculos de entretenimento. Ele trabalhara em todos os tipos de programa de tevê no correr dos anos, incluindo alguns que talvez estivessem entre os favoritos da própria Louise.

"Meritíssimo, chamamos o senhor Samuel Harris para depor", anunciou Flanagan.

Samuel? – Louise questionou ironicamente; ela sempre achou que o nome dele fosse *Leo*. Ah, bem, imaginou ela, talvez fosse apenas um nome artístico ou algo assim. Mas não, não era...

"Que diabos é isso?", perguntou James Cahill a O'Toole, e os dois olharam um para o outro com alguma agitação. "Quem diabos é este sujeito? O que eles estão pretendendo?"

"O que está acontecendo...?" E então Louise se deteve quando viu Sam, *seu* Sam, entrar na sala do tribunal e encaminhar-se para o banco das testemunhas.

Ela sorriu. Maravilha! Sam obviamente chegara mais cedo para não perder a audiência. Ele estava ali para apoiá-la, para dizer que sua namorada não era aquela gastadeira frívola e viciada em compras – não, ela era simplesmente uma garota normal, decente, que trabalhava muito...

"Louise, você conhece esta pessoa?", perguntou-lhe Cahill, aparentemente tendo percebido seu sorriso feliz.

Ela assentiu. "É claro que conheço... Ele é meu namorado e veio aqui para nos ajudar", disse ela alegremente, mal acreditando que Sam faria aquilo por ela, que estava tão preocupado com ela que tinha voltado antes apenas para...

"Louise, quem quer que seja este rapaz, ele certamente não está aqui para nos ajudar, e se você *realmente* o conhece, eu espero em Deus que você não tenha lhe dito nada estúpido."

"O quê?" Louise olhou para Sam no banco das testemunhas, esperando que ele sorrisse, acenasse para ela – algo que demonstrasse que estava ali do lado dela. Mas não, Sam permanecia com uma expressão pétrea e não olhava nem para a esquerda nem para a direita, esperando apenas que o interrogatório começasse.

Então, ela percebeu. Sam não sabia de nada sobre o julgamento, não sabia de nada sobre o processo. Ou pelo menos era isso que Louise achava. Sua pele estava cada vez mais quente enquanto ela se lembrava de seu interesse marcante por ela, sua busca incessante por ela, os momentos maravilhosos que tiveram juntos. Então seu estômago virou como se ela de repente tivesse tido um *flash* da conversa que haviam tido fazia pouco tempo sobre suas lesões, sobre seu acidente – uma das últimas conversas que eles tiveram antes de ele ter de "se afastar por algum tempo".

"Louise...", seu advogado concluiu solenemente, enquanto a sala começava a girar diante dos olhos dela: "Ele está testemunhando contra nós."

Capítulo 24

Naquela mesma tarde, Rosie estava andando com seu carrinho no supermercado, pegando mantimentos para o resto da semana, quando passou pelo balcão das carnes e não pôde evitar de olhar ansiosamente para os pedaços suculentos de fígado de cordeiro exibidos sob o vidro.

Martin sempre adorou fígado de cordeiro, e a própria Rosie também gostava muito. Mas a última vez em que o preparara, o forte odor do cozimento permaneceu na casa durante dias, e a julgar pelos profundos suspiros e pelos resmungos irritados de David, ele não ficara muito satisfeito. Por isso, desde então ela não se arriscara a fazer aquele prato. Acontecia o mesmo com a carne moída e, em vista disso, fazia séculos que ela não comia uma boa *shepherd's pie* feita em casa ou qualquer dos outros pratos de que gostava. Suspirando baixinho, balançou a cabeça e seguiu para a vitrine de carne fresca e depois para a seção de pré-cozidos.

"Olá, Rosie, como vai você?"

Rosie olhou para o outro lado do corredor e sorriu quando reconheceu uma de suas colegas do curso de aquarela, uma falante e amável jovem que morava a quinze quilômetros da cidade.

"Ótima, Emma, e você?"

"Não muito mal. Então, você está com tudo preparado para hoje à noite?", perguntou ela, referindo-se à sua última aula, que iria acontecer naquela mesma noite. Stephen brincava dizendo que seria sua "formatura".

Rosie aquiesceu com tristeza: "Infelizmente."

"É difícil acreditar que tudo está praticamente acabado, não é?"

"Eu sei. Vou sentir tanta falta dessas aulas...", replicou Rosie, surpresa ao perceber como as aulas eram importantes para ela. O que começara como uma desculpa para manter sua mente afastada das coisas transformara-se num passatempo realmente significativo e prazeroso, e Rosie não sabia o que iria fazer a partir dali nas noites de quarta-feira.

"Bem, é melhor eu ir ou vou perdê-la! Vejo você mais tarde, Emma!" Emma sorriu e seguiu seu caminho, deixando Rosie pensando em como ela sentiria falta da conversa e de um pouquinho de diversão com Emma e com os outros, sem falar no fato de ter um motivo para sair de casa uma noite por semana. No entanto, as noites estavam agora um pouco escuras demais para ela subir sozinha a colina e, portanto, de certa forma, aquilo era provavelmente uma coisa boa.

Ela sabia que sentiria falta de seu novo amigo, Stephen, muita mesmo. Algumas semanas após terem se conhecido, Rosie passou a vê-lo como uma espécie de linha divisória, alguém que, com suas histórias maravilhosamente divertidas sobre suas experiências e viagens, a fazia esquecer-se de suas próprias preocupações.

E ela iria sentir mais ainda sua falta agora que sua casa em Brittas Bay fora vendida e ele estava fazendo planos para mudar-se para o sul do país.

Mais uma vez, Rosie se surpreendeu com a saudade que nos últimos tempos vinha sentindo de Clare. Era mesmo uma coisa boba, pois ela não deixara ninguém lá; só restava aquela estranha relação. Sua verdadeira família – supostamente, pensou ela com tristeza – estava aqui, e Sheila, é claro. Mas ouvir Stephen falar sobre o adorável chalé que comprara na costa de Kerry e o maravilhoso estilo de vida relaxado que planejava ter lá – pintando paisagens, plantando vegetais e principalmente fazendo o que lhe aprouvesse – fez Rosie ansiar por sua antiga terra natal.

Mas ela quase de imediato se censurou por ser tão emotiva. Não era como se tivesse emigrado para a América ou coisa assim, pensou ela, pegando algumas gostosas guloseimas para Twix. Um trem de Heuston a levaria até Clare qualquer dia da semana se lhe desse na cabeça de ir até lá, e já fazia um longo tempo desde que fizera essa viagem, não fazia? Então, obviamente Clare não era assim tão importante, do contrário, ela teria ido lá sempre que pudesse.

Não, provavelmente era apenas toda aquela conversa sobre a casa de Stephen e, é claro, seus próprios problemas com David que estavam trazendo isso à tona. E, fosse como fosse, ela se lembrou de si mesma quando deixara sua casa, não era possível fugir para Clare daquele jeito, era? Não quando estava tudo amarrado do jeito que estava. Graças aos poucos euros que ela e Martin haviam economizado no correr dos anos, ela poderia comprar um pequeno lugar ali, mas e quanto ao resto? Como ela faria para manter-se lá? Não havia possibilidade de ela vender sua casa, pelo menos não agora, e, portanto, dedicar um mero pensamento a isso era algo extremamente idiota.

Na verdade, seria melhor para ela continuar com aquilo a que já estava acostumada e tentar acomodar-se ao jeito como as coisas estavam agora. Seria melhor para ela apenas deixar David fazer suas coisas e, contanto que nenhum deles interferisse na vida do outro, as coisas ficariam bem.

Na verdade, ele parecia muito mais feliz ultimamente, agora que ela estava se mantendo fora de seu caminho e permanecendo em seu próprio quarto. Havia semanas que não tinham uma troca áspera de palavras, embora, para falar a verdade, não houvesse nenhuma palavra! Ela providenciava para já ter comido e limpado tudo quando David voltasse para casa do trabalho, às 18 horas, e em geral ficava lá em cima em seu quarto pelo resto da noite. Às vezes, lia um livro, às vezes, pintava e em outras vezes simplesmente ficava sentada ao lado da janela relaxando com Twix no colo. De modo geral, não era tão ruim.

Então, supôs ela, de certa maneira, Stephen estava certo. Era realmente apenas uma questão de David e ela terem um pouco de tempo para se acostumar um com o outro, terem um pouco de tempo para encontrar um equilíbrio.

Sim, era isso, tranquilizou-se ela, dando à caixa o dinheiro das compras. Era tudo uma questão de equilíbrio.

Desesperada para acertar-se com aquilo tudo e deliberadamente negligenciando o fato de as coisas estarem equilibradas de maneira injusta, Rosie pegou suas sacolas de compras e saiu da loja.

Vinte minutos depois, chegava à frente de seu portão, esgotada. Era impressão sua ou a colina estava parecendo cada dia mais íngreme? Fosse como fosse, a culpa era só sua; comprara tanta coisa – mais que suficiente para aquela semana e quem sabe até para a maior parte da próxima. Ao encaminhar-se para a porta da frente, ficou estupefata ao ver um carro estacionado do lado de fora da casa.

Oh, não, David tinha chegado mais cedo! Isso não lhe daria tempo para cozinhar e comer seu jantar e então sair do caminho dele. Bem, suspirou, ela podia comer algo mais rápido, um sanduíche ou algo assim – qualquer coisa que não necessitasse de muito preparo.

Mas por que ele voltara tão cedo? Apesar de tudo, Rosie sentiu um ligeiro arrepio de medo. Ela esperava que ele não tivesse perdido o emprego ou nada desse tipo. Como iria fazer tendo ele circulando pela casa o dia todo?

Ela abriu a porta e entrou em silêncio no corredor, arrastando suas sacolas atrás de si. Então mordeu o lábio. A julgar pelo ruído de utensílios que vinha de trás da porta fechada, David estava na cozinha. Agora não havia como ela também entrar lá – ela preferia fazer seus congelados descongelarem no corredor do que interrompê-lo.

Não, ela simplesmente deixaria as sacolas ali embaixo, subiria e esperaria até que ele tivesse terminado. Mas era uma pena – ela estava faminta e louca para comer alguma coisa. Comprara uma daquelas lasanhas que só precisam ficar alguns minutos no micro-ondas. Houve uma época em que Rosie nem sequer tocava em algo desse tipo, mas desde a volta de David seus hábitos e gostos alimentares haviam mudado consideravelmente.

Deixando suas sacolas de compra no corredor, Rosie subiu a escada sem fazer ruído, esperando que ele não se demorasse muito tempo lá. Em geral, ela não se importaria de esperar, mas naquela noite haveria a última aula de seu curso noturno, e ela com certeza não queria chegar atrasada! Mas ainda tinha um bocado de tempo, pensou, olhando para o relógio de pulso. E sempre podia passar mais ou menos uma hora levando Twix para um longo passeio. Era o que faria, decidiu, tentando ignorar o latejamento nas solas de seus pés e nas panturrilhas depois de ter subido aquela colina. De todo modo, a cadelinha ficaria encantada – como a maioria dos cães, ela adorava uma longa caminhada e, conhecendo Twix, uma boa e longa cheirada no chão ao longo do caminho.

Rosie abriu a porta de seu quarto e esperou o entusiasmado oscilar do rabo, os pulos energéticos e os gritos de encantamento que em geral saudavam seu retorno.

Mas dessa vez não houve nada.

E, pior ainda, não havia nada na cesta de Twix.

De imediato, Rosie soube que havia algo de errado. Onde estava ela? Por que a cadelinha não estava em seu quarto, onde a deixara havia menos de duas horas?

E se Twix não estava ali, onde ela estava?

Então pensou no retorno antecipado de David e soube instintivamente que isso tinha alguma coisa – não, *tudo* – a ver com o desaparecimento de Twix. Será que ele a colocara outra vez no galpão? Era melhor que não, pensou ela, com um início de pânico. Ou será que Twix fizera algo estúpido, como rosnar ou mesmo latir para ele? O medo inicial que a cadelinha sentia por David se transformara em total desprezo e desconfiança, e todos sabiam o que os cães podem fazer quando se sentem ameaçados.

Rosie não podia garantir que mesmo a pequena e meiga Twix não atacaria alguém caso fosse provocada.

Ah, era estúpido estar pensando nessas coisas e ficar se remoendo antes de saber o que acontecera; ela ficaria sabendo quando descesse.

Então, por mais que odiasse fazer isso – e odiava ainda mais a si mesma por sentir-se como se *tivesse* de fazer isso –, Rosie bateu de leve na porta da cozinha. Bater na porta de sua própria cozinha como se fosse uma estranha, imagine!

Mas a última coisa que ela queria fazer era aborrecer David, particularmente se tivesse havido algum tipo de incidente entre ele e Twix. Seu filho querido abriu a porta da cozinha com uma expressão furiosa no rosto e, como suspeitava Rosie, nem um pouco feliz por ter sido interrompido.

"David, sinto muito por perturbar seu jantar", começou Rosie, mais uma vez se achando totalmente patética por estar se mostrando tão submissa a ele. Porém ela achava que não tinha escolha. "Mas Twix parece estar desaparecida."

"Desaparecida?"

"Sim. Ela não está lá em cima em sua cesta nem em lugar algum do quarto, e só imaginei que..."

"Eu não sei aonde ela foi", disse David, taxativo. Mas ele passou algo em sua expressão que fez Rosie saber de imediato que alguma coisa havia acontecido.

"O que aconteceu, David?", perguntou ela com o coração disparado.

"Ela me atacou", admitiu ele com um gesto de indiferença. "Eu cheguei aqui e aquela merdinha me atacou."

"O quê? Twix não..." Mas mesmo quando disse essas palavras, Rosie não podia ter certeza de que era verdade.

"Não machucaria uma mosca? Isso é o que você diz. Mas eu entrei pela porta da frente pensando na minha própria vida e aquela merdinha estava aqui no corredor e começou a rosnar e latir para mim. Como se eu fosse algum ladrão ou algo assim."

"Latir? Mas ela estava provavelmente dormindo no corredor e se assustou quando você a acordou... Eu devo ter me esquecido de fechar a porta do meu quarto quando a coloquei lá." Rosie estava aliviada. Isso não era tão ruim – pelo menos não havia acontecido mais nada... "Mas onde ela está agora? Você a trancou de novo ou..." Rosie sabia que, com todo aquele questionamento, se arriscava a aborrecê-lo, mas estava tão preocupada que não se importou.

Agora David estava visivelmente irritado. "Mamãe, eu não tenho tempo para isso. Hoje terminei meu trabalho mais cedo e então vim pra casa esperando ter uma bela tarde só para mim, para relaxar. Mal eu entro pela porta e quase tenho minha perna mordida, e quando estou tentando fazer meu jantar, tenho de ouvir isso."

"Sinto muito que Twix tenha latido para você. Mas ela não esperava... e *eu* não esperava..."

"Chega, mamãe, você pode parar com isso?", disse ele, exasperado. "Olhe, eu não sei onde ela está agora. A porta estava aberta e ela saiu correndo para algum lugar." E ele fechou a porta novamente, como se dissesse: "fim da conversa".

"Ela saiu pela frente, para a estrada?", perguntou Rosie, apavorada. "Mas por que ela fugiu?" Ela sabia muito bem que Twix jamais iria a lugar algum sem ela. "O que você fez? Você não... Você não a machucou ou qualquer coisa assim, não é?" O coração de Rosie bateu forte, com medo. "Mas ela não está acostumada a sair sozinha, sem mim... não sem uma guia e... há quanto tempo ela saiu?"

David suspirou alto. "Há mais ou menos uma hora, eu acho. Olhe, ela correu para fora, e depois de ela quase ter me arrancado a perna eu não estava exatamente com humor para ir atrás dela. Seja como for, ela é apenas uma cadela estúpida. Tenho certeza de que vai voltar aqui resmungando quando estiver com fome."

"Você não entende, David!", gritou sua mãe, agora totalmente em pânico. "Twix é uma cadela que vive dentro de casa, não está acostumada com as estradas, não está acostumada com o trânsito, e deve estar apavorada!" Com isso, Rosie girou os calcanhares e saiu correndo pela porta da frente.

Capítulo 25

Estava tudo acabado.

Louise olhava o vazio pela janela enquanto voltava para casa no trem aquela noite, sua cabeça em parafuso, seu coração partido. Ela fora destruída.

Ainda não conseguia acreditar no que acontecera, não conseguia acreditar que fizera tal trapalhada em sua vida, não conseguia acreditar que fora traída de uma maneira tão terrível.

Ela se lembrou de como Sam parecia totalmente frio na sala do tribunal aquela tarde; lembrava-se palavra por palavra de como ele destruíra jubilosamente seu processo. Ele se sentou no banco das testemunhas com uma expressão pétrea, como se não a conhecesse, como se não soubesse o que estava prestes a fazer.

* * *

O tom de Flanagan foi neutro quando começou a falar com Sam, mas não havia nada de neutro nas emoções de Louise naquele momento.

"Senhor Harris, o senhor pode descrever para o tribunal as circunstâncias de seu primeiro encontro com a senhorita Patterson?", perguntou ele, enquanto Louise, ainda chocada diante do aparecimento de seu namorado, permanecia como colada à sua cadeira.

A voz de Sam foi igualmente neutra. "Nós nos conhecemos no Ice Bar."

"Perdoe-nos, senhor Harris...", interrompeu Flanagan imediatamente, com uma ponta de prazer sádico em seu tom de voz. "Talvez alguns de nós aqui hoje não estejam tão familiarizados com os particulares dos pontos noturnos de Dublin. O que é o Ice Bar?"

"Fica no Four Seasons Hotel."

"Você está se referindo ao hotel *cinco estrelas* em Ballsbridge e não a algum estabelecimento com o mesmo nome, não é?"

Sam assentiu: "Sim."

Naquele momento, Louise não conseguia acreditar no que estava ouvindo, não conseguia acreditar no que ele estava fazendo! Como ele podia fazer isso? Como podia ter fingido que estava interessado nela, fingido ser seu amigo, quando o tempo todo estava conspirando contra ela? Que tipo de pessoa faz uma coisa dessas?

"Então a senhorita Patterson começou a conversar com o senhor?", perguntou o advogado.

"Não, eu que a notei."

"É mesmo? Como foi isso? Ocorreu de algum dos trajes de marca caríssimos da senhorita Patterson lhe chamar a atenção?"

"Protesto!" Para o alívio de Louise, O'Toole se levantou. "Qual é a relevância disso?"

"Aceito", disse o juiz. "Vá direto ao ponto, senhor Flanagan."

Mas Sam foi em frente e respondeu a pergunta. "Não foi isso, embora eu me lembre de que ela vestia realmente um traje muito bonito naquela noite."

Louise encolheu-se de medo, lembrando-se de como Fiona praticamente a obrigara a comprar aquele maldito vestido envelope!

"O que o fez notá-la?", sondou Flanagan.

"Bem, ela estava pedindo uma rodada de drinques para suas amigas. Uma cara rodada de drinques", acrescentou Sam de propósito.

Flanagan fez uma demonstração exagerada de quem se parece confuso. "Todos os drinques são considerados caros em nossa cidade atualmente, senhor Harris. Por favor, especifique melhor."

"Ela estava pedindo uma dúzia de coquetéis de champanhe", explicou Sam.

"Oh!" Ele fez uma pausa de efeito. "Coquetéis de champanhe... num estabelecimento cinco estrelas?"

"Correto."

"*Doze* deles?"

"Sim."

"Meu Deus!" Flanagan sacudiu a cabeça. "Eu devo estar na profissão errada. Não consigo me lembrar da última vez em que qualquer um de meus amigos ou estimados colegas da Biblioteca de Direito se permitiu uma extravagância dessas."

Louise se encolheu de medo, o pessoal de Gardner riu, e, felizmente, O'Toole protestou.

"Não há lugar para sarcasmo neste tribunal", advertiu o juiz Corcoran.

"Perdão, meritíssimo."

Mas era tarde demais. O recado já fora dado e até mesmo o juiz parecia chocado com tudo aquilo. Como a defesa já a transformara numa perdulária, a revelação foi duplamente eficaz.

Flanagan continuou: "Mas talvez ela não estivesse pagando todos eles do próprio bolso, senhor Harris! Talvez estivesse apenas fazendo o pedido para suas amigas!"

"Não, ela pagou. Com seu cartão Visa. E me disse que aquela era sua rodada."

"Oh, entendo... Uma rodada de muitas, então."

"Protesto! Conjectura!"

"Perdão, meritíssimo", disse Flanagan, e continuou num tom calmo: "Então, senhor Harris, os coquetéis de champanhe são os drinques preferidos da senhorita Patterson?"

"Aparentemente."

Que canalha! Louise tentou ocultar sua perturbação. Ele sabia muito bem que ela quase sempre preferia uma simples vodca ou uma Coca-Cola. Quantas vezes ele saiu com ela depois daquilo e nem uma vez, nem *uma* vez ela sugeriu pedir um maldito coquetel de champanhe!

"Protesto! Isso é pura conjectura!"

"Seja como for, foi o drinque que ela escolheu naquela noite", esclareceu Sam, antes que o juiz pudesse falar qualquer coisa.

"Então, vocês dois começaram a conversar?", prosseguiu Flanagan. "Sobre os caros coquetéis de champanhe?" Para o caso de o juiz não ter ainda entendido a mensagem.

"Eu disse que ia me oferecer para pagar pelos drinques, mas tendo descoberto quais eram, recuei. Conversamos um pouco, e ela me disse que estava ali numa *hen night*... Não, perdão...", esclareceu ele: "... numa pré-*hen night* com suas amigas."

"Uma pré-*hen night*?"

"Aparentemente, ela e suas amigas iam para Marbella no dia seguinte para a verdadeira *hen night*, quero dizer, o *hen weekend*."

Canalha, canalha, canalha.

"Um fim de semana em Marbella... para celebrar uma *hen party*?", repetiu Flanagan mais uma vez para maximizar o efeito.

"Sim. Ela me disse isso depois que eu a convidei para sair. Eu esperava me encontrar com ela naquele fim de semana, mas ela me disse que estaria fora."

"Entendo. Então, o senhor e a senhorita Patterson iniciaram uma 'amizade' no bar e depois passaram o resto da noite conversando?" Pelo caminho que aquele questionamento estava seguindo, era óbvio que Sam passara tanto tempo quanto Louise – se não mais – sendo treinado por um advogado. E ele estava se "saindo" muito melhor do que Louise jamais conseguiria. Ela baixou a cabeça, envergonhada. O problema era que ela não podia acusá-lo de estar mentindo – tudo acontecera quase exatamente como ele descrevera. Mas tendo em vista o que eles já haviam alegado sobre seus gastos, parecia um milhão de vezes pior.

"Não", prosseguiu Sam, "só passamos alguns minutos conversando antes de sua amiga chegar e lhe dizer que elas estavam indo para outro lugar. Ela mal tocou em seu drinque."

"Mal tocou em seu *caríssimo* coquetel de champanhe?"

Sam concordou com a cabeça. "Ela o deixou comigo. Eu lhe disse que nunca havia experimentado um, então...", ele encolheu os ombros, como para sugerir que era apenas um sujeito comum, não acostumado com aquele tipo de coisa.

"Então, a senhorita Patterson, uma jovem com óbvios problemas financeiros, gasta todo o seu dinheiro com um drinque exorbitantemente caro e depois *nem se dá o trabalho de terminá-lo*?"

A ênfase que ele colocou nas últimas palavras tornou-as quase palpáveis, e diante disso Louise percebeu até mesmo a desaprovação de James Cahill. Mas as coisas não haviam acontecido assim. Ela não o tomara todo de uma vez porque não queria que Sam a achasse uma perfeita alcoólatra. Ela estava tentando impressioná-lo, e, oh, como o tiro saiu pela culatra!

"Não, eu que o acabei tomando. Como eu disse, nunca havia experimentado um drinque daqueles e não é frequente ter a oportunidade de beber algo assim, por isso..."

"É verdade. Então, depois daquela primeira noite, no Four Seasons Hotel, quando o senhor tornou a se encontrar com a senhorita Patterson?"

"Ela me deu seu número de telefone, e eu disse que lhe telefonaria quando ela voltasse de Marbella."

"Seu fim de semana em Marbella?"

"Sim."

"E você lhe telefonou?"

Louise se contorceu, sabendo o que estava por vir, lembrando-se muito bem de tudo. As patéticas mentiras que ela havia lhe contado para tentar parecer-lhe indisponível, a estupidez de tudo aquilo...

"Telefonei, e então tornei a convidá-la para sair. Esperava encontrá-la para tomar um drinque naquela semana."

"O senhor estava atraído por ela, então?"

Sam aquiesceu. "Muito atraído. Ela é uma garota adorável, simpática, divertida... uma ótima companhia. Mas era também difícil encontrá-la."

"É mesmo? Como assim?"

"Bem, ela me disse que não poderia se encontrar comigo naquela semana porque tinha outra noitada com as garotas e algum evento fashion naquele shopping center na região sul da cidade... uma grande liquidação ou algo assim..."

"Perdão?" Os olhos de Flanagan se arregalaram como se ele estivesse chocado. "Então, corrija-me se eu estiver errado, mas você está me dizendo que a senhorita Patterson não podia se encontrar com o senhor porque ia *fazer compras*?"

Oh, Deus, Deus, Deus!

"Sim, e depois o casamento de sua amiga ia ser naquele fim de semana, e por isso ela só estaria livre na semana seguinte."

"Meu Deus, ao que parece, a senhorita Patterson realmente gosta de se divertir, não?", replicou Flanagan com ironia, e Louise esperou que seu advogado protestasse.

Em vão.

Sam encolheu os ombros. "Como ela diz, 'estamos aqui para desfrutar de um bom tempo, e não de um longo tempo'."

Diante disso, o coração de Louise quase parou. Não, isso é o que Fiona diz, declarou silenciosamente para si mesma, mortificada.

"É mesmo? 'Estamos aqui para desfrutar de um bom tempo, não de um longo tempo'?", repetiu Flanagan, certificando-se de que o juiz entendera bem. "Essas foram as próprias palavras da senhorita Patterson?"

Sam assentiu de novo: "Sim."

"Então, depois dessa primeira noite, o senhor e a senhorita Patterson começaram a se encontrar regularmente, não foi?"

"Sim, ela era uma garota simpática, como eu disse, muito animada, divertida, sempre pronta para dar risada."

Besteira! Eu era uma idiota tímida sempre que você estava por perto, retorquiu consigo mesma, devastada pela traição dele e pela maneira como ele estava se comportando agora, como se ela não estivesse ali ouvindo todas as coisas horríveis que ele estava dizendo sobre ela, as inferências que estava permitindo – não, *ajudando* – que Flanagan extraísse. Mas ela sabia por que O'Toole não estava objetando – não havia nada a objetar. Sam estava apenas contando sua história, e ela era verdadeira.

"E ela gostava da vida noturna?", insistiu Flanagan.

"Definitivamente. Eu gostava de estar com ela, mas alguns dos lugares aonde suas amigas iam... bem, os locais das celebridades da moda realmente não tinham nada a ver comigo. Eu preferia me encontrar com ela em *pubs* normais da cidade, frequentados por gente normal, locais em que você não precisa implorar para entrar."

E Louise também preferia esses lugares – depois de algum tempo, ela começou a enxergar a estupidez de ir aos lugares da moda que Fiona e as garotas pareciam adorar.

"Então, você a deixava realizar sua própria caça às celebridades com as amigas?"

"Em geral, sim. Como eu disse, aquilo não era para mim, mas ela parecia gostar, então..."

Flanagan aquiesceu e folheou o maço de papéis que estava segurando. Louise rezou para que aquele fosse o fim das perguntas e que O'Toole conseguisse contar a todos como aquele... aquele *cafajeste inserira-se* insensivelmente na vida dela, fingindo ser seu amigo, seu namorado, enquanto o tempo todo estava tentando desacreditá-la. Algo que ele fez muito bem.

Mas parecia que Flanagan estava apenas começando.

"O senhor e a senhorita Patterson acabaram se conhecendo bem no decorrer desse relacionamento, não é?"

"Eu diria que sim." Sam se mexeu um pouco na cadeira e, por um breve segundo, Louise achou que ele parecia envergonhado.

"Nesse caso, o senhor sem dúvida foi à casa dela... ao seu apartamento em Marina Quarter."

"Fui. É fantástico."

Oh, Deus, não. Não isso de novo!

"Sim, tenho certeza de que é. Por favor, descreva para o tribunal o quão fantástico ele é, apenas para obtermos um quadro melhor dessa pobreza que o advogado da senhorita Patterson descreveu em seu pronunciamento de abertura."

Sam deu um suspiro profundo, e Louise prendeu a respiração. "Bem, fica no terceiro andar, tem janelas do chão ao teto e uma vista fantástica de toda a baía", informou ele. "Uma sala muito espaçosa, com uma enorme tevê e um sistema de som moderníssimo, uma cozinha excelente, ótimos quartos, um lugar incrível."

É claro que ele convenientemente se esquecera de mencionar que o dela era o menor quarto do apartamento, não é? Louise não conseguia entender como alguém podia fazer isso. Aquele homem não tinha vergonha? Não se importava de magoá-la com tudo aquilo, e de mais de uma maneira?

"Uma vida modesta, tenho certeza", concordou Flanagan, mais uma vez com uma boa dose de sarcasmo, mas dessa vez o juiz não disse nada. "Então, até algumas semanas atrás, o senhor estava muito envolvido na vida da senhorita Patterson e a conheceu muito bem, não é isso?"

"É."

"Bem, se esse é o caso, por que o senhor está aqui hoje?", perguntou Flanagan, surpreendendo Louise. Ela tinha certeza de que aquela era a tática que seus advogados iriam usar – que o lado dela iria tentar estabelecer –, que se ele estava tão interessado nela, o que estava pretendendo? Ela queria que O'Toole perguntasse a Sam por que ele a beijara e fingira estar interessado nela, por que a fizera confiar nele, enquanto o tempo todo estava tentando desacreditá-la. Ela queria descobrir por que ele tão friamente traíra aquela confiança, por que a estava magoando tanto agora.

Então, a intenção de Flanagan agora era garantir que eles não tivessem chance de perguntar-lhe essas coisas?

"Por que o senhor está se pronunciando contra a senhorita Patterson, destruindo sem ver o processo dela?", continuou o advogado. "Especialmente, se vocês dois tinham um relacionamento próximo?"

Sam respirou fundo outra vez, como se aquilo fosse algo que pesasse muito em sua mente, mas Louise não acreditou naquilo nem por um segundo. Era tudo uma representação – algo em que Sam era mesmo muito bom. Ele balançou a cabeça. "Não era assim. Eu gostava de Louise e cheguei a conhecê-la muito bem. Mas ela me disse uma coisa, algum tempo atrás, algo que eu não pude ignorar sobre seu acidente."

"Prossiga."

O coração de Louise batia forte, enquanto ela se lembrava do propósito da conversa e, pior, percebendo exatamente o que ele estava prestes a fazer. Uma bile quente subiu até sua garganta.

"Estávamos conversando sobre suas cicatrizes", continuou Sam, despreocupado, e então Louise entendeu na verdade como toda a situação fora cuidadosamente coreografada. E, pior ainda, a facilidade com que ela se tornou um brinquedo nas mãos dele – nas mãos *deles*. "Louise está constrangida com elas, realmente envergonhada delas. Ela acha que de alguma forma elas prejudicaram sua aparência. Ela até me falou sobre querer fazer uma cirurgia estética para se livrar delas."

Seu estômago virou. *Oh... meu... Deus.*

"Cirurgia cosmética?" Flanagan parecia atônito. "Uma jovem com um salário de auxiliar administrativa? Como ela pagaria por isso?", acrescentou ele intencionalmente.

"Não sei, isso não foi falado. Seja como for, ela me falou sobre o acidente, não sobre o processo, embora eu já soubesse a respeito por outra fonte."

"Oh! Como?"

"Meu amigo... ele trabalha com Leo, com o senhor Gardner. Mas isso não teve nada a ver com o fato de eu conhecer Louise. Foi apenas a maneira como as coisas aconteceram."

"Então, o senhor sabia do processo quando conheceu a senhorita Patterson?"

"Não, não, é claro que não", replicou Sam, a imagem da inocência, mas Louise sabia muito bem que ele estava mentindo. Ele fizera tudo de propósito. Conversar com ela no Four Seasons, convidá-la para sair e descobrir todas aquelas coisas, o tempo todo tramando em silêncio contra ela. É claro que ela facilitara as coisas para ele, não é? Representando a garota ocupada da cidade, a socialite indisponível. Então, quando ele já tinha o bastante para afundá-la, quando já tinha o que queria, saiu fora. Ocupado com trabalho o diabo!

Mas agora ela não conseguia sequer sentir-se zangada com aquilo; estava tão magoada, tão envergonhada por ter sido tão facilmente enganada, por ter sido tão idiota, por achar que aquele sujeito aparentemente perfeito estaria interessado nela. O tempo todo ela estava certa. Ela *era* uma inútil. As lágrimas brotaram em seus olhos, mas ela não ia ceder a eles. Não, não deixaria nenhum deles vê-la chorar. Não importava quão ruim aquilo parecesse, não importava quão ruim ele fizesse tudo aquilo parecer, ela precisava lembrar-se de que não fizera nada de errado, absolutamente nada de errado. Ele era o mentiroso, o desonesto naquela sala.

Sam ainda estava falando. "Não, eu estava louco por Louise, mas, como eu disse, certa noite, ela mencionou algo sobre o acidente, e conversamos a respeito. Eu admito que estava curioso para saber como tudo acontecera. Meu amigo havia me contado sobre uma garota que movera um processo contra o Leo, e eu achava que era um processo bastante justo. Na verdade, até aquela noite, eu estava a favor de Louise. E estava pronto para lhe dizer que de certo modo eu conhecia Gardner, mas continuava do lado dela."

Mentiras, mentiras, mentiras.

"Então, por que não o fez?"

"Porque eu descobri que *não tinha* sido tudo culpa do Leo", disse ele, desferindo o golpe mortal, e, com isso, Louise parou de respirar. "Ela me disse que era tanto culpa sua quanto dele. Disse-me que estava totalmente distraída quando começou a atravessar a rua, e até hoje não tinha certeza de que o sinal já estava mesmo vermelho. Os guardas lhe disseram isso depois."

Flanagan sorriu, depois de desferir seu *coup de théâtre*. "A senhorita Patterson acha que o acidente foi tanto culpa dela quanto do senhor Gardner", repetiu ele, para a eventualidade de alguém na sala não ter prestado a devida atenção. "Que ela pode ter contribuído para o acidente e, consequentemente, para suas próprias lesões?"

"Acho que sim."

Pelo canto do olho, Louise viu James Cahill balançar a cabeça, derrotado. O'Toole permanecia sentado rígido em sua cadeira, pasmo. Estava tudo acabado.

"Entendo." Tentando desesperadamente ocultar um sorriso, o advogado disse: "Muito obrigado, senhor Harris.", Depois disso, ele voltou a seu assento. "Não tenho mais perguntas."

* * *

Vergonha e constrangimento agora assaltavam Louise enquanto ela olhava pela janela do trem e se lembrava das coisas que Sam dissera a respeito dela e de seu estilo de vida, tudo verdade, mas distorcido e editado para fazê-la parecer fraudulenta, uma oportunista desonesta. A vergonha era ainda pior do que a certeza de que ela agora iria perder. Eles voltariam ao tribunal na segunda-feira seguinte para a decisão do juiz – uma decisão que sem dúvida destruiria o que restara de sua desculpa patética para uma vida.

"Se ele se pronunciar contra você, provavelmente perdoará os custos de Gardner", informou-lhe Cahill depois, enquanto o cérebro dela ainda estava tentando entender a enormidade da traição de Sam. O advogado balançou a cabeça, desanimado. "Admitir para alguém que você pudesse ser culpada, alguém que você mal conhecia... O que você estava pensando, Louise?" Cahill estava aborrecido e com toda a razão, embora Louise não pudesse evitar de pensar que ele estava mais aborrecido por perder sua percentagem do que por perder o caso – um caso que até então era líquido e certo. Um caso ganho.

Como as coisas foram acabar tão mal? Como *ela* pôde arruinar tudo? Ela devia ter sido mais esperta e não ter confiado tanto em alguém tão bonito e encantador como Sam. Fiona estava certa – ela era confiante e crédula demais... E não foi uma tola ilusão achar que um homem como ele pudesse honestamente estar interessado em alguém como ela? Como ela pôde ser tão idiota? Como pôde acreditar que uma idiota patética como ela poderia atrair a sério alguém como ele? Sam estava fora de seu alcance, sempre esteve fora de seu alcance, e ela achava isso, no fundo, ela sempre soube disso. Mas ele parecia tão honesto, tão verdadeiro... Ela não conseguia acreditar que alguém pudesse ser tão frio e tão maldoso a ponto de fingir tudo aquilo. E pensar que ela se permitira ser beijada e acariciada por ele e quase...

Ela sacudiu a cabeça. Será que ele teria ido adiante com aquilo? Sam teria chegado ao ponto de dormir com ela apenas para descobrir a informação que queria? Sua afirmação de que ele era um "amigo" de Leo Gardner desde o início foi uma droga no que lhe dizia respeito; qualquer tolo (até ela, em retrospecto) poderia ver isso. Ela se lembrava de que Sam lhe dissera que trabalhava como "especialista em resolução de problemas". Haveria chance de que ele fosse algum tipo de investigador particular, alguém que fora pago para aproximar-se dela, descobrir o que ela queria, e então, sem pensar duas vezes, friamente destruir sua vida? No fim do dia, o que importava aquilo para Sam? Ele podia simplesmente ir em frente com seu salário no bolso. Trabalho feito.

O problema era que Louise se apaixonara por ele. Apaixonara-se de verdade. Fora a primeira vez, em muito tempo, que ela se permitira apaixonar-se de fato por alguém. Ela realmente acreditou que eles pudessem ter um futuro juntos. Sam lhe parecera tão honesto e aberto que havia pouca representação a fazer quando passaram daquela fase inicial da "garota difícil". Eles haviam passado muitas noites agradáveis juntos, rindo no *pub* ou assistindo a um filme, e Louise não conseguia lembrar-se de jamais ter se divertido tanto. Ele criara tamanha falsa sensação de segurança que sua traição era apenas secundária se comparada ao golpe de realmente tê-lo perdido, de perceber que ele jamais se importou realmente com ela.

Mas, pensou ela, as lágrimas surgindo em seus olhos, por mais que ele a houvesse magoado e destroçado seu coração, perder Sam era agora a menor de suas preocupações.

Ela perdera o processo – a esperta equipe legal de Gardner e o testemunho de Sam haviam lhe assegurado disso. Então não haveria varinha mágica que pudesse desaparecer com toda a sua pilha de dívidas; no mínimo, essa agora estava prestes a tornar-se uma montanha. Se o juiz aceitasse a defesa de Gardner, ela estaria em sérias dificuldades financeiras.

E, afinal, o que a fizera achar que ela merecia uma indenização? Todas as coisas sobre as quais sua irmã a advertira, todas as coisas que Heather desaprovara estavam vindo à tona. Heather estava certa. O fato de ela ainda estar viva devia ser o bastante. O fato de estar endividada era apenas uma dessas coisas, e quem era ela para esperar que alguma outra pessoa pagasse suas dívidas? Era incrível como tudo parecia claro agora. Mas, é claro, ela não teria ouvido isso na época não, ela precisava de dinheiro, precisava livrar-se dos empréstimos e das contas de cartão de crédito que, não importava quanto ela tentasse, nunca pareciam diminuir. E, como James Cahill lhe repetira tão frequentemente, ela tinha direito ao dinheiro, não tinha?

Mas a verdade é que ela era uma tola, uma idiota, uma tola patética, e isso explicava o fato de ser tão determinada, quando todo mundo – bem, Heather também – tinha certeza de que aquela era uma ideia ruim.

Ela não iria contar tudo isso a Heather. Não, Heather ficaria louca de preocupação e provavelmente insistiria em ajudá-la a pagar os custos legais de Leo Gardner. E Louise sabia que sua irmã não podia arcar com isso. Quem poderia? Aquele pensamento mais uma vez lembrou-lhe que ela estava numa situação muito desesperador, e na qual ela estava totalmente entregue a si mesma.

Seus olhos ficaram marejados de lágrimas, e ela queria repudiá-las, tentando expulsar por alguns momentos suas próprias preocupações e concentrar-se em alguma outra coisa, do contrário, havia o perigo de ela desmoronar.

Ela olhou furtivamente em torno do vagão do trem e observou como todos pareciam felizes e satisfeitos, sem nenhuma preocupação no mundo. Ela daria qualquer coisa para sentir-se assim de novo, daria qualquer coisa para desculpar-se pelo desastre daquele dia e pelo constrangimento das últimas semanas, quando estupidamente começou a apaixonar-se por Sam. Daria qualquer coisa para voltar a ficar despreocupada e livre de dívidas, da maneira como ela era muito antes de tudo isso acontecer. Até preferiria voltar a ter seu excesso de peso de volta e continuar sem amigos, pois com toda a certeza fora a perda de peso que a envolvera em muitos daqueles problemas.

Quando ela estava acima do peso, as pessoas não esperavam que ela se vestisse com roupas da moda ou fosse aos bares da noite três ou quatro vezes por semana. Pensando em retrospecto, as garotas nunca lhe pediam para juntar-se a elas nas noitadas na cidade ou nas viagens de compras a Nova York, ou em fins de semana caros no exterior. Só quando perdeu peso é que ela perdeu suas inibições e fez amizade com pessoas como Fiona e Gemma – pessoas que adoravam socializar e, infelizmente, adoravam gastar cada vez mais.

Ela teria ficado muito melhor se tivesse mantido a cabeça no lugar e trabalhado duro para pagar suas dívidas, em vez de ficar perambulando pela cidade com as garotas, caçando as chamadas celebridades. Se tivesse feito isso, poderia não estar metida naquela confusão agora. Teria sido muito feliz em seu pequeno apartamento em Rathgar com seu restrito guarda-roupa e com seus livros como única companhia, em vez de estar com amigas como Fiona e suas intermináveis viagens de compras. A vida era muito mais simples antes, não era?

Os olhos de Louise tornaram a se encher de lágrimas. Ela teria feito qualquer coisa – *qualquer coisa* – para tornar sua vida mais simples de novo, qualquer coisa para fazer toda aquela vergonha, aquela mágoa e aquele coração partido desaparecerem.

Qualquer coisa.

Capítulo 26

Naquela mesma tarde, Dara logo voltou para casa, seu coração batendo pesado em razão dos recentes acontecimentos.

Ela estava acostumava a vencer e a perder, mas não achava que conseguiria esquecer-se do rosto daquela pobre garota quando sua "testemunha-chave" apareceu. Louise Patterson pareceu estupefata, arrasada, totalmente derrotada.

Quaisquer que fossem os truques sujos de Gardner, Dara nunca acreditou que aquela menina tivesse exagerado suas lesões; na verdade, ela pessoalmente achava que a moça deveria ter sido recompensada desde o início. A pobre garota agora não só não conseguiria pagar suas dívidas, mas também dificilmente conseguiria encarar as acusações contra ela, caso o tribunal acreditasse que ela tentara propositalmente fraudar o sistema. Não era de espantar que ela parecesse arrasada.

E, apesar de seus reais sentimentos sobre a questão, Dara tinha de conviver com o fato de que ela ajudara a destruir a vida daquela garota e, muito possivelmente, seu futuro.

Ela ficou quieta no apartamento, incapaz de livrar-se da sensação de que logo ela poderia muito bem ter de fazer o mesmo com seu próprio marido.

Lá dentro, o apartamento estava estranhamente silencioso. Em geral, Mark mantinha a tevê ou o aparelho de som ligado e, mais frequentemente, ele podia ser encontrado cantando junto com sua coleção de CDs de Dean Martin, ou alguma coisa que Ruth achava extremamente terna, e algo que Dara realmente gostaria que ele estivesse fazendo agora. Tendo em vista o comportamento inusitado daquela manhã, o silêncio de agora era insuportável.

Mas quando Dara entrou na sala, soube sem dúvida nenhuma que alguma coisa realmente estava errada.

Mark estava sentado no sofá, calado, com o corpo rígido e uma expressão inescrutável.

"Mark?", perguntou ela, delicadamente. "O que está acontecendo? Por que você está sentado aí no escuro desse jeito?" Ela acendeu a luz.

"Eu sei." Seu tom de voz era ríspido.

Ela sentiu sua garganta fechar. "Sabe o quê?"

"Eu disse que eu sei", repetiu ele. "Eu sei sobre você e aquele... Aquele sujeito com quem você está saindo!"

Oh, Deus, não. Dara pôs de lado sua pasta e se sentou em silêncio na poltrona em frente a ele. Os olhos dele estavam abatidos, sua mandíbula era uma linha dura.

"Mark", começou ela, calmamente, "você não..."

"Dara, estamos casados há menos de seis meses." A maneira calma que ele disse isso e seu desapontamento palpável fizeram-na sentir-se incrivelmente envergonhada no mesmo instante.

"Mark, você realmente não..."

"E, você sabe, a loucura disso tudo é que eu sabia disso o tempo todo! Acho que no fundo eu sabia que você realmente não me amava. Sabia que você se casou comigo por medo de ficar sozinha."

"Isso não é verdade!" Apesar de tudo, ela tinha de refutar aquilo. "Não foi assim que as coisas aconteceram... Eu..." Ela fez uma pausa. "... Eu *realmente* amo você."

Mark riu, um riso curto e maldoso que ela jamais vira nele antes. "Então, como foi vista se encontrando com um homem na cidade, alguns dias atrás?"

"O quê?" Como... Quem? Do que ele estava falando? Quem poderia tê-los visto?

"Gillian me telefonou na noite passada. Ela disse que tinha algo para me dizer a seu respeito."

O coração de Dara afundou. "Então, era por isso que você estava agindo tão estranhamente hoje de manhã?"

A irmã dele deveria tê-los visto juntos no café, ou talvez andando pela rua ou algo assim. Droga! Dentre todas as pessoas que poderiam surpreendê-los... Mas, ainda assim, ela lembrava a si mesma que não havia feito nada de errado. Ela *não* fizera nada de errado. E se pudesse explicar tudo a Mark, quem sabe, ele poderia entender. Mas o que será que Gillian lhe dissera?

"Eu não sabia com certeza até hoje de manhã", continuou ele. "Na noite passada, tudo que ela disse era que tinha algumas desconfianças. Hoje ela me disse tudo que viu."

Dara sacudiu a cabeça. "Mark, não havia nada a ser visto." Ela não sabia por que estava tentando de repente proteger seu encontro com Noah. Era isso que ela queria, não era? Deixar tudo às claras, para discutir de modo a poder esclarecer a situação com Mark e parar de sentir-se tão culpada de tudo aquilo. E, mais importante, para que conseguisse chegar a algum tipo de conclusão. "Eu não fiz nada de errado."

Mas Mark não queria escutá-la. "Quando ela me disse ao telefone que tinha visto você com outro homem", continuou ele, com uma voz dura, seus olhos fulminantes, "primeiro eu achei que era tudo bobagem, tinha de ser um cliente. Mas então, quando eu soube que vocês estavam de mãos dadas, pensei comigo mesmo, bem, você disse certa vez que faria qualquer coisa para fazer seus clientes felizes. E então, até onde você iria, Dara?" Ele olhou para ela com desprezo.

Dara se encolheu chocada. Por que ele estava lhe dizendo aquelas coisas? Ela não tinha feito nada de errado!

"Ele não era um cliente!", gritou Dara atônita diante de suas acusações degradantes. "Ele é um velho amigo e..."

"Um velho amigo?" Diante disso, seu rosto mudou de repente, como se ele fosse incapaz de acreditar que o que Gillian lhe havia dito pudesse ser realmente verdade. "Que tipo de velho amigo? Um velho amigo da família ou um velho amigo com o qual você costumava dormir?"

Dara desviou o olhar e não disse nada. Mas sua expressão disse a Mark tudo que ele queria saber.

"Entendo." Ele se levantou e foi até a janela, ficando de costas para ela. "E há quanto tempo que isso vem acontecendo?", perguntou ele, com a voz cheia de hostilidade. "Nós algum dia tivemos realmente um casamento ou você decidiu desde o primeiro dia que ia obter o melhor dos dois mundos?"

"Não, é que... Mark, você precisa acreditar em mim. Eu nunca planejei isso. Nunca pensei que o veria de novo e..."

"Mas por quê, Dara? Por que você se casou comigo se desejava outra pessoa? Você não precisava de mim. Você tinha sua própria casa, um bom emprego e era plenamente capaz de cuidar de si. Então por que me arrastar para tudo isso? Por que transtornar também a minha vida?"

"Eu não..."

"Não podia ser apenas sexo, podia?", prosseguiu ele, não a deixando responder. "Quero dizer, você é uma mulher bonita, e atualmente as mulheres não precisam se casar para ter sexo regular. Hoje em dia, parece que, na verdade, as mulheres não precisam de nós, então o que...?" Sua voz sumiu como se de repente compreendesse algo. Então ele se voltou para encará-la, sua expressão cheia de desprezo. "Por favor, não me diga que você se casou comigo porque seu maldito relógio biológico estava sinalizando, Dara! Não ouse me dizer que você queria que eu atuasse como um maldito doador de esperma!"

Ela corou de culpa e seus olhos se encheram de lágrimas. É claro, havia alguma verdade no que ele dizia, mas, Deus, ele fazia aquilo tudo soar tão predatório!

"Mark, não foi assim! Eu gosto muito de você. Nós éramos grandes amigos, tínhamos momentos maravilhosos juntos e eu achei... eu achei que isso bastaria." Ouvindo suas próprias palavras em voz alta, Dara enfim entendeu como ela fora terrivelmente estúpida, como se deixou acreditar que o que eles tinham seria o bastante.

E como fora egoísta em relação a ele.

"Então, você decidiu ir em frente se casando comigo, embora soubesse que eu não era o homem certo para você?", perguntou ele, furioso, esperando que ela o contradissesse.

Mas Dara não disse uma palavra. Ela não ousaria.

"Sua cadela egoísta!" Mark estava muito exaltado. "Que cinismo o seu, Dara! Que cinismo ficar ali diante de todos os nossos amigos, diante de nossas *famílias*, e simplesmente mentir! Como ousou me fazer aquelas promessas vazias, promessas vazias sobre nosso futuro? Quem diabos você pensa que é?"

Agora Dara estava em prantos. "Mark, perdão. Eu sinto muito. Eu achei que daria certo. Achei que seria ótimo, que seríamos felizes, que eu..."

"Mas é isso aí, não é?", interrompeu ele. "O tempo todo você só pensou em você. Sobre *você* ser feliz e *você* obter o que queria, embora agora nem eu mesmo consiga imaginar exatamente o que era. Você algum dia parou para pensar que *eu* poderia merecer coisa melhor? Que *eu* poderia merecer uma mulher que me considerasse digno dela? Que eu poderia apreciar a chance de encontrar uma mulher que me amasse tanto quanto eu a amasse?" Com isso, sua voz falhou, e ele desviou o olhar.

As mãos de Dara tremiam. Ela nunca vira aquele lado dele – nunca o vira tão furioso, tão cheio de raiva explosiva. Ela nunca conseguiu sequer imaginar que Mark tivesse um lado furioso. Ele era sempre tão fácil de lidar, tão pouco afeito à raiva, tão avesso a brigas. Ela achava que o conhecia bem, mas vê-lo assim a fez perceber como havia subestimado Mark Russell.

Durante os minutos seguintes, um silêncio pesado caiu entre os dois.

Por fim, Dara encontrou coragem para falar. "Mark, eu realmente amo você", começou ela baixinho, querendo que ele tentasse entender. "Nunca menti sobre isso. Mas havia... *há*... outra pessoa por quem eu tenho sentimentos muito... sentimentos fortes. Nós nos conhecemos há muito tempo, e eu achei que estivesse tudo acabado entre nós."

"Mas não está", declarou Mark com firmeza, recusando-se a olhá-la nos olhos.

"Não, não, não está", admitiu ela com tristeza.

"Então por que raios você se casou comigo, Dara? Se você tinha sentimentos por... por *ele*, por que você foi em frente com isso? Por que não ficou com ele, foi até ele ou fez qualquer droga que fosse..."

"Ele só reapareceu em minha vida recentemente...", interrompeu ela, "por mero acaso. Nós não nos víamos havia anos, e eu achei que jamais o veria de novo. Algum tempo atrás, eu descobri que ele tinha se casado com outra pessoa e então eu..."

"Oh! Deve ter havido *realmente* um amor verdadeiro entre vocês dois", interrompeu Mark num tom zombeteiro.

Dara ignorou a zombaria. "O casamento dele aconteceu muito tempo depois que rompemos", esclareceu ela. "E se comprovou ter sido um erro."

"Entendo." Mark passou uma das mãos pelos cabelos. "Então ele se entediou com a esposa e depois o quê?... Ele veio se arrastando de volta para você, pedindo perdão?"

"Não, não foi nada disso", replicou Dara, a acusação doendo um pouco. "Nós simplesmente topamos um com o outro certo dia, recordamos um pouco os velhos tempos e... depois de algum tempo, ambos percebemos...", ela hesitou. "Ambos percebemos que nossos sentimentos um pelo outro na verdade não haviam mudado."

"E enquanto você estava revivendo esses… esses sentimentos pelo cara, o fato de você ter um marido em casa foi convenientemente esquecido, não foi? Meu Deus, como eu fui idiota de não perceber que você estava me traindo pelas costas?" Então seus olhos se estreitaram e seu rosto empalideceu, como se percebesse algo. "E você devia estar enganando a nós dois ao mesmo tempo! Pelo amor de Deus, Dara!"

Percebendo o que ele estava pensando, os olhos de Dara se arregalaram; ela estava horrorizada. "Não, Mark, por favor, acredite em mim, eu não estava… eu *não fiz* nada de errado. Eu não dormi com ele nem fiz nada com ele… com Noah." Ela não tinha certeza que deveria mencionar seu nome, a essa altura parecia não haver razão para não fazê-lo.

"Noah!" Mark quase cuspiu o nome. "Um cara que gosta das coisas aos pares.[6] Então, não satisfeito de ter uma mulher, o cara tinha de arranjar outra... Para o inferno com o marido dela!" Ele começou a andar pela sala. "No entanto, não acho que deva culpar o cara. Se eu pudesse me dar bem tendo duas mulheres ao mesmo tempo, provavelmente também tentaria tê-las. O problema é que eu pareço não fazer feliz nem *uma* só, por isso suponho que isso põe fim às minhas chances, não é?"

"Mark, isso não é verdade. Você me fez feliz... você me *faz* feliz." Ela sacudiu a cabeça, de súbito, se sentindo cansada. Com os procedimentos ardilosos no tribunal naquele dia, e agora aquilo, tudo estava realmente começando a esgotá-la, e ela sabia que nenhum dos dois estava em condições de resolver as coisas naquele momento. "Olhe...", disse ela com suavidade, "foi um dia longo, e eu sei que você está furioso."

"Isso é colocar as coisas de um jeito muito brando!"

"Eu sei que provavelmente você não acredita em mim, mas eu ia lhe contar sobre a volta de Noah em minha vida. Eu ia discutir o assunto com você. Estou lhe dizendo a verdade quando afirmo que não houve nada entre nós. Sempre fui fiel a você e, apesar do que Gillian acha, eu não fiz nada de errado... nada." A expressão de Mark era dura, e Dara percebeu que seria inútil tentar conversar com ele nesse estado. "Olhe, nós dois precisamos de algum tempo para pensar sobre isso, algum tem-

---

6 Noah é a forma inglesa de Noé. (N. T.)

po para pôr nossas cabeças em ordem." Ela fez uma pausa. "Eu estava pensando que posso ficar na casa de Ruth esta noite."

"Sei."

"Mark, eu só preciso de algum tempo para pôr minha cabeça em ordem. As coisas não são tão simples quanto você parece pensar. Eu ainda não sei o que vou fazer. Eu tenho sentimentos por Noah, mas você é meu marido e..."

"O quê?" Ele soltou uma risada cruel. "Então, o que você está dizendo agora é que vai sair para pensar no assunto... para tomar uma *decisão*?"

O coração dela dava saltos de medo do tom perigoso que havia na voz dele. "Bem, sim, eu achei..."

"Você é uma figura, Dara, sabe disso? Você realmente acha que é tudo simples assim? Você acha mesmo que agora, sabendo o que eu sei sobre você, sobre a pessoa egoísta e desprezível que você é, eu vou ficar sentado aqui como um idiota esperando você aparecer com algum tipo de decisão? Que eu vou esperar com toda a paciência do mundo que você faça uma escolha entre aquele bastardo e eu?" Seus olhos cintilavam de uma maneira perigosa. "Você tem o que na cabeça? Depois de tudo que eu ouvi hoje, o que faz você pensar que *eu* quero continuar casado com *você*? O que faz você pensar que *eu* devo me conformar com a ideia de ser a segunda escolha... de alguém que deve *decidir* se me ama ou não o bastante, alguém que tem de escolher entre eu e algum outro idiota? O que faz você pensar que eu vou participar disso? Vá para a casa de Ruth! Vá para onde você quiser! Só fique fora de minha vista!"

Com isso, ele caminhou a passos largos para o corredor, seu rosto vermelho, seus músculos contraídos de raiva. Depois bateu a porta da frente atrás de si com tanta fúria que o apartamento tremeu.

Dara ficou ali sentada, pasma. Na tranquilidade da sala, sua mente começou a repassar tudo que Mark acabara de dizer, as acusações que lhe fizera.

Ele estava certo, concluiu ela. Todo aquele tempo ela nunca realmente considerou os verdadeiros sentimentos dele. Ela imaginou que ele ficaria magoado, é claro, mas nunca acreditou de fato que ele não a apoiaria, que não permitiria ser humilhado daquela maneira. Ela sempre supôs que seria *ela* quem decidiria se eles tinham o bastante para manter seu casamento, e que Mark apenas ficaria ali esperando que ela tomasse aquela decisão. Ingenuamente, ela sempre supôs que seria ela quem faria isso.

Mas tendo ouvido tudo que ele tinha a dizer, tendo percebido sua mágoa e sua absoluta fúria diante da duplicidade dela, começou a ver as coisas sob uma nova luz. E se não houvesse mais dois homens entre os quais escolher, não mais uma decisão a tomar? E se a escolha já tivesse sido feita... por Mark?

Capítulo 27

"Aqui, Twix, boa menina!", gritou Rosie uma vez mais, sabendo no fundo que seu chamado frenético seria em vão. Não havia sinal da cadelinha. Ela procurara por toda a redondeza, desceu a colina até a estrada principal (só por precaução) e chegou a bater nas portas de alguns vizinhos na esperança de que alguém a tivesse visto. Mas não adiantou. Era como se Twix houvesse desaparecido da face da Terra. O estômago de Rosie se retorcia de horror e medo. Ela tinha um quadro em sua mente da cadelinha apavorada em algum lugar que ela não reconhecia, incapaz de encontrar o caminho para casa ou, pior ainda, deitada ferida e morrendo em algum lugar. Seus olhos se encheram de lágrimas enquanto ela perambulava pelas ruas, no frio, e rezava para quem quer que pudesse estar escutando que fizesse sua amiguinha estar bem. O que ela faria sem sua pobre Twix? Ela não conseguia imaginar-se vivendo sem ela.

Maldito seja David por ser tão egoísta!

De repente, Rosie sentiu uma inesperada repulsa por seu filho. O que acontecera com ele? Como ele podia ser tão cruel, tão frio diante do desaparecimento da cadelinha? Tudo bem que não houvesse nenhum afeto entre David e Twix, mas por que ele não conseguia entender o pânico e a tristeza de sua mãe diante da perspectiva de perdê-la?

Porque David não dava a mínima, eis por quê. Na verdade, nenhum de seus filhos parecia dar a mínima para ela, admitiu Rosie, sentindo-se infeliz.

Após a primeira meia hora de busca desenfreada e ansiosa, ela voltou para casa e, frenética, pegou o telefone e ligou para a primeira pessoa em que pôde pensar – a única pessoa que podia ser capaz de ajudá-la. O carro de David não estava mais estacionado diante do portão, e Rosie supôs que ele não havia saído para ajudá-la no esforço de busca.

"Sophie?", gritou Rosie em lágrimas, quando depois de muitos toques longos alguém atendeu o telefone.

"Mamãe? É você?" Sua filha parecia aborrecida.

Rosie fungou. "Sophie, eu não consigo encontrar Twix. Ela saiu de casa, e eu já procurei-a em toda parte, acho que ela pode estar ferida, e David…"

"Mamãe, eu estou muito ocupada agora. Posso ligar para você depois?"

"Ah, Sophie, querida, eu não sei o que fazer!" Em seu pânico, Rosie não registrou adequadamente a resposta de sua filha. "Você e Robert podem vir até aqui... talvez me ajudar a procurar por ela? Eu não tenho carro, está muito frio lá fora, e ela pode estar em qualquer lugar. Estou tão preocupada e…"

"Mamãe, realmente não é um bom momento", interrompeu Sophie com impaciência, mas ao mesmo tempo tentando manter sua voz baixa. "Não posso simplesmente sair daqui de repente para procurar um cachorro! Estou com convidados!"

"Convidados?"

"Sim, bem…" Sophie parecia embaraçada. "Estamos dando uma festinha esta noite... apenas alguns amigos próximos… amigos que moram por aqui", acrescentou ela rápido.

"Ah."

"Então, como eu disse, mamãe, este não é realmente um bom momento. Em outra ocasião, eu adoraria ajudar, mas… Olhe, eu tenho certeza de que a cachorra está bem." Quando percebeu que houve silêncio do outro lado da linha, ela acrescentou depressa: "Eu ligo para você amanhã e, quem sabe, então, podemos procurá-la..."

Mas amanhã pode ser tarde demais…

"Não se preocupe com isso", respondeu Rosie, sua voz baixa e magoada. "E me desculpe por ter interrompido sua festa."

"Olhe, mamãe, não é nada disso!" Sophie tinha um tom petulante. "Olhe, se eu soubesse que você..."

"Esqueça", disse Rosie. Com uma breve despedida, desligou o telefone abatida e deixou sua filha voltar para sua festinha na casa que ela a ajudara a comprar.

Agora, depois de ter procurado por quase três longas horas no frio intenso, os pés de Rose estavam dormentes, seu corpo doía e seu coração estava verdadeiramente partido. Exausta, mas ainda determinada a continuar procurando – havia sempre a remota chance de que Twix a essa altura pudesse ter voltado para casa –, ela começou a subir a colina.

Então, quando já estava quase chegando, ouviu uma buzina atrás dela.

"Rosie?", chamou Stephen pela janela aberta do carro, estacionando ao lado dela. "Você está bem?"

Ela colocou um lenço no rosto e assoou o nariz, recusando-se a olhar para ele e tentando esconder as lágrimas.

"Rosie? O que há de errado?", insistiu ele, quando ela não respondeu de imediato. "Você não foi à aula hoje, então eu pensei..." Sua voz sumiu quando percebeu a expressão dela. "Rosie, por favor, diga-me o que aconteceu! Você está ferida? Meu Deus, você deve estar congelando... espere." Parando o carro, mas mantendo o motor ligado, Stephen saltou e colocou um braço forte em torno dos ombros dela.

"É a Twix", disse-lhe, batendo os dentes. "Ela fugiu. David a deixou fugir, e eu não consigo encontrá-la."

"Rosie, entre no carro, você vai morrer se ficar aí fora nesse frio."

"Não posso. Eu tenho que encontrar Twix, ela também está no frio."

"Olhe, nós podemos procurá-la de carro, assim vamos percorrer uma distância maior, e, pelo menos, lá dentro estará mais quente."

Rosie por fim concordou, agradecida por ter alguma ajuda, que dirá pelo calor do carro.

Os dois continuaram a busca por mais uma hora. Eles percorreram todas as imediações, toda a cidade, todos os lugares em que puderam pensar, mas não havia nenhum sinal da pequena Twix.

"Rosie, há sempre a chance de ela ter conseguido voltar para casa", disse Stephen então.

Rosie suspirou. Após quatro horas de busca contínua ela finalmente começou a admitir a derrota. Estava escuro, já era muito tarde e estava muito, muito frio.

"Não quando ele está lá", insistiu ela. "Ela detesta David, e o sentimento é recíproco. Por isso ela fugiu. Acho que ele pode tê-la machucado", acrescentou ela com os olhos baixos, envergonhada por admitir em voz alta que seu próprio filho pudesse fazer uma coisa dessas.

Stephen deu uma batidinha no braço dela. "Olhe, nunca se sabe... Ela pode ter voltado para procurar você. Mas, se não for por outro motivo, você deve ir para casa e descansar um pouco, Rosie. Terá sorte se não tiver pegado uma pneumonia depois de ficar a noite toda na rua com este tempo."

Rosie aquiesceu em silêncio, embora duvidasse muito de que Twix tivesse voltado. Mas seus ossos doíam, ela estava gelada e exausta, e, de todo modo, pouca coisa mais ela poderia fazer agora.

Mas quando Stephen dirigia por uma estrada secundária pegando o caminho de volta para a casa de Rosie, ele percebeu algo deitado muito quieto do lado da estrada. Rosie viu ao mesmo tempo que ele, e seu coração saltou quando ela reconheceu o pelo dourado familiar de Twix e sua coleira xadrez.

O carro parou e os dois saltaram; Rosie mal podia acreditar que depois de toda aquela preocupação e de toda aquela busca finalmente a encontrara!

Mas a pobre Twix estava mal. A cadelinha estava deitada de lado, seus imensos olhos castanhos estavam tristes e vidrados, e ela respirava com dificuldade. Embora evidentemente ela estivesse sentindo dor, conseguiu fazer um breve e muito fraco movimento com seu rabo quando reconheceu sua dona.

"Ah, Twix, querida... O que aconteceu com você?", gritou Rosie em lágrimas. Com o coração disparando, ela se inclinou e acariciou gentilmente a cadelinha ferida. Embora à primeira vista ela parecesse muito bem, examinando mais de perto, via-se um pouco de sangue no chão debaixo dela, e ela estava tremendo muito.

"Eu acho que ela foi atingida por um carro", disse Stephen, confirmando o que Rosie estava temendo admitir. Ele digitou alguns números em seu telefone celular. "Fique com ela... Vou ver se consigo encontrar um veterinário. Conheço um rapaz que vai sempre à fazenda ao lado da minha, talvez ele possa ajudar."

Rosie segurou as lágrimas. Por favor, por favor, faça com que ela fique bem, sussurrava para si mesma, o tempo todo acariciando com suavidade a cabeça sedosa da cadelinha e suas orelhas moles, evitando tocar em sua barriga com medo de machucá-la mais ainda. Twix gemia debilmente; era óbvio que ela estava sentindo muita dor, e, naquele momento, Rosie sentiu por David algo tão próximo de ódio que a força da emoção a chocou. Aquilo tudo era culpa dele.

"Tudo vai ficar bem, Twix. Não se preocupe. O veterinário já vem, e ele vai curar você. Então vamos poder levar você para casa e eu vou lhe dar um belo pedaço de chocolate, e amanhã poderemos sair para um bom e longo passeio." Rosie não acreditava em suas próprias palavras, mas ela ficaria ali falando a noite toda se soubesse que sua voz representava algum alívio para Twix.

Mais uma vez, o rabo da cadelinha se moveu de leve à menção da palavra "passeio" e seus enormes olhos escuros se fixaram em Rosie, uma comunicação silenciosa acontecia entre elas. Parecia que Twix entendia bem que não haveria mais chocolate ou guloseimas de cachorro e, certamente, mais passeios.

O fato de sua amiguinha estar sentindo tanta dor e não haver nada que ela pudesse fazer a respeito partia o coração de Rosie. Sentindo-se totalmente desamparada, as lágrimas começaram a escorrer-lhe pelo rosto. Twix captou firmemente seu olhar e choramingou baixinho. Havia tanta inteligência nos olhos de um cão, refletiu Rosie, comovida, lembrando todas aquelas ocasiões em que Twix esteve ali com ela depois da morte de Martin, como sua natureza animada e alegre quase sempre melhorava o humor de Rosie e a ajudava a atravessar os maus momentos. Ela se lembrou da primeira vez em que ela a viu espiando timidamente por baixo dos arbustos, como a cadelinha a seguira até sua casa e depois passara os dias seguintes sujando todos os cantos da casa. Pensou nas recepções maravilhosamente entusiasmadas e excitadas que sempre recebia de Twix quando voltava para casa – mesmo que só tivesse saído por poucos minutos – e que enorme conforto ela foi desde que David voltou para casa. O que ela faria sem Twix?

"Está tudo bem, Twix", ela a tranquilizou, com um enorme nó chegando à sua garganta. "Eu estou aqui... Você vai ficar bem."

Então, segundos depois, a cadelinha choramingou uma vez mais, e Rosie sabia em seu coração e em sua alma que eles estavam demorando muito – não havia nada que nenhum deles pudesse fazer agora pela pobre Twix. E, por fim, enquanto sua dona continuava acariciando com delicadeza seu pequeno corpo trêmulo e ferido, a mais leal amiga de Rosie lentamente se foi.

* * *

Depois, Stephen a abraçou enquanto ela chorava, e Rosie não tinha ideia de quanto tempo havia se passado até que suas lágrimas finalmente cessaram. O veterinário chegou logo depois e levou a pobre Twix, salvando Rosie da tristeza de ter de lidar com seu corpinho quebrado. O pobre homem ficou quase inconsolável quando chegou, pedindo muitas desculpas por não ter podido ajudar. Mas ele não poderia ser responsabilizado. Na opinião de Rose, só havia uma pessoa a ser responsabilizada – David.

"Ele e o bastardo sem coração que a atropelou!", disse Stephen, sacudindo a cabeça com repulsa. "Que tipo de pessoa atropela um pobre animal indefeso e continua em frente sem ver se poderia fazer alguma coisa?"

Mas ambos sabiam que não adiantava discutir aquilo. Twix morrera e não havia nada que ninguém pudesse fazer a respeito.

Agora eles estavam se dirigindo a Brittas Bay, onde Stephen insistiu que Rosie passasse a noite.

"Você não vai voltar para sua casa esta noite, eu não vou deixar", disse ele, quando as lágrimas finalmente cessaram e Rosie teve que decidir o que fazer em seguida. "Você vai para Brittas comigo, e pode ficar no quarto de hóspedes."

"Mas..."

"Rosie, você não está em condições de ir para casa. Eu não sei o que está acontecendo entre você e seu filho, mas você já está perturbada demais com o que aconteceu sem ter de ir para casa enfrentar mais aborrecimento. Afinal, depois de tudo que passou esta noite, me parece que precisa de um amigo. A última coisa de que você precisa é voltar lá e pensar sobre... sobre tudo." Ele bateu delicadamente na mão dela. "Por favor, deixe-me cuidar um pouco de você", disse ele, e quando Rosie olhou para cima e viu a genuína preocupação em seus olhos e a mão da amizade que ele lhe oferecia – que naquele momento ela necessitava tão desesperadamente –, soube que não podia dizer não.

Ela ia ficar com Stephen naquela noite, decidiu meio entorpecida, e depois lhe pediria para deixá-la na estação de trem pela manhã para que ela pudesse ir conversar com Sheila. Ela desejava muito que sua boa amiga morasse mais perto dela do que morava agora; se soubesse do desaparecimento da cadelinha, Sheila estaria lá num minuto e, sem dúvida, ficaria a noite toda tentando encontrá-la. Mais do que ninguém, Sheila entendia como Twix era importante para Rosie, e era a única que podia avaliar realmente como ela se sentia perdida agora sem ela. Mas com Sheila vivendo em Blackrock, Rosie não poderia pedir a ajuda dela. Afinal, se as pessoas de seu próprio sangue não puderam ajudar...

Os acontecimentos daquela noite a esgotaram completamente. Rosie sentia-se entorpecida. Todas aquelas caminhadas e buscas, sem mencionar a enormidade da morte da cadelinha, a deixaram mais exausta do que ela jamais se sentiu na vida. E David nem se importaria se ela não voltasse para casa. Era possível até que ele nem percebesse.

Seu coração endureceu quando pensou em seu filho. Ela também não iria dizer-lhe onde esteve. Deixaria que ele pensasse o que quisesse. Ela podia estar morta do lado da estrada que ele não se importaria. Normalmente, essa ideia a teria magoado e perturbado, mas agora Rosie não dava a mínima.

Naquele momento, ela estava pouco se importando.

Capítulo 28

Dara acordou zonza com o som do despertador soando dentro de seu cérebro. Tateou cegamente em busca do botão do alarme e deixou sua cabeça cair de volta no travesseiro durante mais alguns minutos. Demorara horas para conciliar o sono, seus pensamentos cheios de tudo que fora dito naquela noite, as palavras de Mark sobre separação impressas em seu cérebro.

Isso sem mencionar o telefonema confuso que ela recebeu não muito depois de ele ter saído. Ela passara a maior parte da noite pensando naquilo e se sentindo envergonhada por ter sido tão absolutamente egoísta e injusta.

Foi seu pai quem havia telefonado para o apartamento, menos de dez minutos depois de Mark ter saído. Dara ficou surpresa por ouvir sua voz – em geral, era sua mãe quem telefonava e com frequência colocava Eddie no telefone para dizer uma ou duas palavras. Mas, depois de alguns minutos de conversa, Eddie murmurou pouco à vontade: "Há alguma chance de eu poder trocar uma palavrinha com ele?"

Dara ficou chocada. "Com Mark?" Isso era muito estranho. Primeiro, Eddie estava lhe telefonando, o que era inusitado, e agora ele queria falar com Mark.

"Sim, eu tenho um assunto para conversar com ele."

"Sobre o quê?", ela não pôde evitar de perguntar.

Seu pai pigarreou, evidentemente pouco à vontade. "É... um assunto particular, querida."

"Um assunto particular?"

"Sim. Então... Hum... Você pode colocá-lo no telefone para mim um minuto? Não vai demorar muito."

Dara estava embasbacada. Seu pai evidentemente não ia dizer-lhe qual poderia ser esse "assunto particular", e é óbvio que estava muito constrangido com aquilo. O que ele e Mark estavam tramando?

"Papai, ele não está aqui no momento", ela lhe disse.

"Ah. Ele vai voltar logo? Ele sabe que eu ia lhe telefonar esta noite. Eu lhe disse que iria e..."

"Eu não sei quando ele vai voltar, papai. Que diabos quer dizer tudo isso?" Para ser honesta, Dara se sentiu um pouco zangada com o fato de seu pai e seu marido estarem escondendo algum segredo dela. O que estava acontecendo?

"Bem... Hum... É um pouquinho estranho realmente", falou Eddie, depressa. "E para falar a verdade, querida... eu prefiro esperar Mark voltar. Diga-lhe para me telefonar quando chegar, está bem?"

"Papai, eu não sei quando será isso", gritou ela, frustrada. Frustrada não apenas por todo aquele segredo, mas também pelo fato de que ela realmente *não* sabia quando – ou se – Mark voltaria.

O tom de Eddie mudou drasticamente. "O que há de errado, Dara? Vocês dois discutiram ou alguma coisa assim?"

"Ah, papai!" Os eventos das últimas semanas e tudo que acontecera na noite anterior haviam sido demais para ela suportar, então Dara capitulou rapidamente e contou tudo a seu pai. Disse-lhe tudo sobre suas dúvidas iniciais em relação ao casamento, seus sentimentos persistentes por Noah e sua confusão desde que ele voltara. Ela lhe deu uma versão editada da discussão que ela e Mark haviam acabado de ter, omitindo os comentários sobre "querer nós dois ao mesmo tempo" e sobre o "doador de esperma" – aqueles que mais a magoaram. Terminou confessando que ela realmente não sabia o que queria, e que Mark podia muito bem tê-la deixado para sempre.

Depois disso, demorou um longo tempo até Eddie voltar a falar.

Quando o fez, Dara pôde sentir o desapontamento em sua voz. "Querida, eu não sonharia em interferir, mas, honestamente, eu acho que se você deixar esse rapaz ir embora poderá estar cometendo o maior erro de sua vida."

Dara franziu o cenho. Seu pai gostava de Mark, ela sabia disso, mas aquilo era algo mais. Havia alguma coisa mais acontecendo com os dois homens que Dara obviamente desconhecia. Algo importante.

"Papai, o que está acontecendo? Por que você quer falar tanto com Mark esta noite? Por favor, me conte."

Depois de alguns segundos, Eddie pigarreou outra vez e Dara pôde perceber que, fosse o que fosse, ele não estava à vontade para contar-lhe. Então, por que ele estaria contando a Mark? "Bem, é um pouco constrangedor, e eu acho que poderia me despedir sem dizer nada, mas..."

"Papai, o que é?"

Pareceu demorar uma eternidade até ele responder. "Bem, eu estou tendo alguns problemas ultimamente, querida... problemas de homens.

Hum… com minha próstata, sabe?" A mortificação em sua voz era palpável, e por um segundo Dara quase lamentou por tê-lo obrigado a confessar aquilo. Seu pai era um homem calado e discreto de sessenta e seis anos de idade e, até onde Dara sabia, nunca trocara sua fralda quando ela era bebê – que dirá discutir "problemas de homens" com a filha.

"Ah, papai."

"Pois é. Bem, hum… Eu e Mark tivemos uma conversa outro dia… há algumas semanas, quando vocês vieram aqui para nos visitar, e ele percebeu que eu parecia estar com alguma dor."

"Ele percebeu que você…", Dara ficou chocada. "Mas, papai, por que você não disse nada a nenhum de nós? E se você estava com dor, por que não foi procurar um médico?"

"Dara, eu nunca fiquei um dia doente em toda a minha vida, graças a Deus. Tenho tido alguns problemas há algum tempo, mas não ia de modo algum deixar que um médico olhasse… hum… minhas partes íntimas."

O coração de Dara fraquejou. Os homens, em especial os velhos irlandeses de origem rural, podem ser assim estranhos.

"Mas Mark, justiça seja feita, fez que eu me sentasse e teve uma boa conversa comigo. Disse-me que não havia como ignorar aquilo e esperar que fosse embora sozinho. Disse-me que iria embora, sim... para sete palmos debaixo da terra junto com o resto de mim."

O coração de Dara derreteu. Ela podia imaginar Mark tendo essa conversa assim – falando francamente, sem omitir nada, certificando-se de que Eddie não deixasse as coisas irem longe demais. Mas isso não seria uma tarefa fácil. Seu pai era notório por evitar hospitais e médicos. Era preciso arrastá-lo a um clínico geral para algo simples como uma receita para garganta inflamada!

"Então, ele enfim me convenceu e conseguiu uma consulta para mim com um especialista que ele conhece em Dublin."

"Aqui em Dublin?" Como se houvesse vinte Dublins no país, pensou ela, sentindo-se uma idiota. Mas ainda assim ela não conseguia tirar da cabeça o fato de Mark ter feito aquilo, ter falado sobre isso com seu pai, e sem dizer-lhe uma palavra a respeito.

"Sim. Então, eu fui ver esse médico há alguns dias, e ele não gostou do que viu, e então marcou para eu ir lá fazer uma biópsia. Não fiquei nem um pouco feliz com isso, e, por minha vontade, o homem não teria me visto mais. Mas Mark sabia como eu era e me fez ir. Ele também foi ao hospital comigo, para me apoiar." Ele deu uma risadinha. "Isso e o fato de que ele sabia que eu provavelmente fugiria pela porta na primeira oportunidade, se eu conseguisse reunir coragem para encarar aquilo tudo!"

"Mark foi com você... para a biópsia?"

"Bem, ele não entrou comigo enquanto eles estavam colhendo o material", Eddie estava ansioso para esclarecer isso. "Não, ele apenas esperou no hospital comigo e tentou distrair minha mente, evitar que eu pensasse o pior. E, é claro, ele é tão divertido que me fez rir sem parar com seus comentários inteligentes sobre os médicos e as enfermeiras, e então eu não tive um minuto para ficar nervoso com aquilo."

Dara ficou inacreditavelmente comovida. Pensar que Mark fizera tudo aquilo pelo pai dela, o fizera ir ao hospital e depois ficara junto a ele durante toda aquela experiência apavorante...

"Quando tudo isso aconteceu?", perguntou ela; sua voz era quase um sussurro.

"Fomos lá para a biópsia na semana passada. Os resultados me foram entregues hoje. Eu estou ótimo, querida! Esclareci tudo. Eles descobriram que as dores que eu estava sentindo era algum tipo de infecção ou algo assim, mas que agora já se foi." Ela pôde perceber o alívio na voz dele. "E se não fosse por seu marido, eu teria fingido que a dor não estava ali e certamente não teria ido examinar. Então, quem sabe onde eu poderia ter acabado?"

"Ah, papai."

Dara não conseguia avaliar quanto ela admirava e respeitava Mark naquele momento, como ela lhe era grata por ter agido do jeito dele para conseguir que seu pai cuidasse de si. Ele era na verdade uma pessoa incrivelmente generosa e boa que não só a amava, mas sem dúvida gostava muito também de sua família.

Mark era uma pessoa maravilhosa que definitivamente não merecia alguém como ela.

Agora, sentada na cama, ela tentava imaginar onde ele teria ido na noite passada e a que horas voltaria. Ela devia estar dormindo quando ele chegou, pois ela não ouviu nada e, vendo o espaço vazio a seu lado na cama, deduziu que ele devia ter dormido no quarto de hóspedes. Lembrando-se de sua discussão e das revelações de seu pai depois, ela mais uma vez se sentiu muito culpada. Ela nunca discutira assim com ele, na verdade, nunca discutira com ele. Sim, eles implicavam um com o outro por coisinhas tolas, mas a maior parte do tempo era brincadeira leve. Nunca se conseguia ficar muito tempo zangado com Mark, pois ele nunca levava nada muito a sério.

Ela se sentou e balançou as pernas na lateral da cama, tentando encontrar energia para levantar-se. Ela havia dormido no máximo duas ou três horas – *nada bom*, pensou ela suspirando, quando a primeira coisa que ela e Nigel tinham a fazer naquela manhã era se encontrar com o maldito Leo Gardner. O homem estaria encantado consigo mesmo – especialmente depois do dia anterior. Seus truques sujos tinham funcionado muito bem. Dara suspirou quando se lembrou da expressão no rosto da pobre Louise Patterson.

Algo mais para ela sentir-se culpada. Algo mais de que ela desejava não ter participado.

Enfim, se levantou, e deu outra olhada rápida em seu despertador. *Droga*! Ela ficou se espreguiçando mais tempo que imaginara – e se não se apressasse iria chegar atrasada.

Pegou depressa as mesmas roupas que vestira na véspera – ninguém notaria a diferença, e pelo menos daquela vez ela não se importava. Hoje ela não estava se importando com muitas coisas, além do que iria acontecer com Mark quando ele se acalmasse um pouco. Esperava que ele tivesse se acalmado, porque eles tinham muitas coisas sobre as quais conversar, e ela queria esclarecer tudo aquilo. Eles precisavam ter uma boa e longa conversa, sem brigas, sem acusações, apenas para esclarecer tudo. E ela queria agradecer-lhe profundamente pelo que ele fizera por Eddie. Dara mordeu o lábio. Isso se ele concordasse em conversar com ela, e, com toda a honestidade, ela não poderia culpá-lo, caso ele se negasse.

Ela entrou na cozinha de meias, não querendo acordá-lo, caso ele estivesse no quarto de hóspedes. Mas não, a porta estava totalmente aberta, e a cama, arrumada. Mark não havia dormido nem ali nem no sofá – descobriu ela –, pois a sala também estava vazia. Onde ele estava? Ele não voltara para casa?

Se não tinha voltado, pensou Dara com o coração batendo forte, onde ele teria ficado a noite passada... e com quem?

Ela tentou pensar racionalmente, tentou ignorar o sentimento de terror que, vindo de lugar nenhum, de súbito se implantou em seu cérebro. Será que ele havia saído e passado a noite com outra pessoa, apenas para dar-lhe uma lição? Lembrando-se de tudo que ele dissera na noite anterior, sobre como ele não iria ser feito de tolo, ela não podia deixar de imaginar isso. *Será* que Mark faria uma coisa dessas? E se tivesse feito, o que ela poderia dizer? Ela não esteve prestes a fazer a mesma coisa? E ela não lhe dissera que o casamento deles fora um grande erro? Então, quem poderia culpá-lo se ele decidisse sair e ser infiel a ela? Zonza diante de tantas perguntas, ela voltou ao quarto para pegar seus sapatos.

Não, não, ela estava sendo idiota de chegar a conclusões daquele tipo, pensou, tentando ser lógica. Ele não viera para casa porque estava furioso, isso era tudo. Isso não significava que ele iria automaticamente pular... Para sua surpresa, Dara percebeu que seu estômago embrulhou de ciúme ao pensar em Mark, seu *marido*, com outra mulher.

Ele não faria isso, faria?

Não, Mark não faria uma coisa dessas, tranquilizou-se – ele não faria. Ele tinha mais respeito por si mesmo, tinha mais respeito por ela. Mas a questão era saber se ela merecia o respeito dele. Depois de como havia se comportado, será que merecia qualquer coisa dele?

Deu uma olhada rápida em seu relógio de pulso. Infelizmente, ela não tinha tempo para ficar pensando nisso; já estava atrasada e, se não saísse logo, perderia o trem.

Checando rapidamente sua aparência no espelho, Dara pegou o casaco, a bolsa e a pasta e se encaminhou apressada para a porta. Então, lembrando-se de que não iria ao tribunal naquele dia, deixou a pasta em cima da mesa da cozinha. Ainda bem que aquele seria um dia mais fácil, pensou, fechando a porta da frente atrás de si, considerando que não dormira muito e que seus pensamentos estavam todos desorganizados. Não, hoje não haveria audiências no tribunal, não haveria testemunhas surpresa, seria apenas um dia de papéis e telefonemas sem fim.

Dara desceu a rua apressada. Ela não conseguia deixar de preocupar-se com Mark e com onde ele poderia estar – ou, pior, *com quem* poderia estar. Ela tateou dentro de sua bolsa em busca do celular. Ela sempre podia telefonar-lhe, ou enviar-lhe uma mensagem de texto... apenas para ver se ele estava bem. Então ela teria ao menos alguma ideia de como ele estaria se sentindo, se ele teria se acalmado um pouco, se ainda estava zangado e decepcionado com ela...

Mas uma olhada rápida no telefone lhe disse que sua bateria estava descarregada. Droga! Com tudo que acontecera na noite passada, ela se esquecera de colocar o telefone no carregador. Bem, ela telefonaria para ele assim que chegasse ao escritório. Talvez agora as coisas pudessem estar melhor entre eles. Ela queria que ele soubesse quanto ela realmente gostava dele. O telefonema de seu pai na noite passada a fizera pensar. Pensar na pessoa maravilhosa que Mark era e em quanto ele a amava. Ela pensou em todas as pequenas coisas que ele fizera para ela e para aqueles que ela amava. Coisas pelas quais ela lhe deu muito pouco em troca.

Coisas que ela queria desesperadamente fazer para ele.

Capítulo 29

Louise não dormira nada a noite toda, pensando em tudo que acontecera, pensando em como, dentro de apenas alguns dias, sua vida estaria destroçada. Ela não podia sequer compreender como iria pagar o resto de suas dívidas, que dirá pagar as despesas legais indubitavelmente substanciais de Gardner. Enquanto tentava empurrar boca adentro um bocado de *müsli*, ela mal ouvia Fiona tagarelar sobre um encontro que teve naquele fim de semana.

Coisas simples como comer e sair – coisas com as quais Louise em geral ficava excitada – pareciam tão frívolas e sem importância em comparação com o que estava sentindo agora! Em apenas alguns dias, um homem idoso de beca preta e uma tola peruca branca iria pôr fim a qualquer frivolidade e excitação que ela houvesse tido na vida. Para sempre. Pensar naquilo tudo fazia sua cabeça rodar e seu estômago revirar.

"Então, você vai mudar a foto de seu passaporte?", perguntou Fiona.

O cérebro de Louise estava enevoado. "Passaporte?"

"Duh... para Nova York? Achei que você tinha dito que ia tirar uma nova foto esta semana. A viagem é daqui a seis semanas, você se lembra? Você não conseguiu um jeito de fazer isso ontem?"

Louise piscou lentamente. "Não... não, não consegui."

Mudar a foto estúpida de seu passaporte fora a última coisa em sua mente ontem – embora Fiona estivesse certa; ela planejara originalmente fazer o máximo em seu "dia de folga" e dar um pulo na repartição de passaportes quando terminasse a sessão no tribunal. É claro, pensava ela, com seu estômago revirando enquanto se lembrava do aparecimento chocante de Sam, que ela não tinha ideia de que as coisas iriam sair tão mal. Depois de tudo, ela nem conseguia enxergar direito, que dirá posar para novas fotos para o passaporte. Embora talvez tenha sido melhor. Se as tivesse tirado, sua imagem confusa, chocada e pálida sem dúvida acenderia alertas vermelhos no aeroporto, e ela nunca mais poderia sair do país.

"Bem, espero que você se lembre de ir até o agente de viagens."

Louise suspirou silenciosa. A viagem para Nova York precisava ser paga aquela semana, mas o dinheiro que ela retirara do banco outro dia ainda estava no fundo de sua bolsa. Outra coisa que ela havia planejado fazer no dia anterior.

"Louise, você está bem? Você não me parece bem", perguntou Fiona, com uma expressão preocupada.

"Estou ótima", mal conseguiu dizer em resposta, mas até mesmo para ela própria suas palavras soaram confusas e inconvincentes.

"Não acho que você esteja nem um pouco bem. Na verdade, acho que você deveria voltar para a cama e ficar em casa hoje. Se quiser, posso telefonar para o trabalho e dizer que você pegou uma virose ou algo assim. Estou no último turno hoje, por isso..."

A ideia de voltar para a cama, puxar as cobertas sobre a cabeça e fechar-se para o resto do mundo pareceu gloriosa. Podia fingir que nada daquilo estava acontecendo, e quando finalmente se levantasse, talvez tudo tivesse desaparecido. Era tudo tão avassalador que ela não sabia mesmo como sua mente poderia enfrentar. Mas, por mais que quisesse, não podia tirar um dia de folga – nem naquele nem em nenhum outro dia dali em diante. Não podia arriscar-se a perder seu salário ou perder seu emprego, porque agora mais do que nunca ela precisava de dinheiro.

Fiona encolheu os ombros quando viu que Louise não respondeu. "Olhe, eles não podem reclamar muito. Se você está doente, está doente. E você quase nunca falta ao trabalho, não é? Exceto para aquela coisa do júri que você teve ontem. Por falar nisso, como foi lá?"

"Ótimo", assentiu Louise lentamente, a cabeça pesada. *Se ela soubesse.*

Fiona se inclinou para a frente e deu uma mordida em sua banana. "O que você quer dizer com 'ótimo'?", insistiu ela, impaciente. "Isso não me diz nada! Quero saber todos os detalhes sangrentos... Vocês todos votaram para colocar o bandido na cadeia ou o deixaram sair..."

Louise mal ouviu o resto da sentença de sua amiga – ela só conseguia concentrar-se na palavra "cadeia". Aquilo era outra coisa que ela não havia considerado, e só de pensar nisso sua cabeça se pôs a girar e seu estômago começou a ter espasmos.

Então, ela pulou da cadeira e correu para o banheiro, mal conseguindo chegar a tempo no vaso sanitário. E enquanto não parava de vomitar, pensando em tudo aquilo que ainda estava por vir – e, quem sabe, talvez mais, muito mais do que ela nem sequer contemplara –, imaginou como iria enfrentar aquele dia.

Sem mencionar o dia seguinte e o dia depois daquele também... como ela poderia enfrentar? E qual era o sentido daquilo?

Naquele momento, Louise se sentiu tão desamparada e tão completamente desesperada que real e verdadeiramente desejou morrer.

Capítulo 30

Mark queria que o motorista do táxi parasse com sua incessante tagarelice. Normalmente ele estaria disposto a conversar com qualquer pessoa, mas naquela manhã ele estava cansado, de ressaca e infeliz demais para uma discussão sobre "aquela chuva de incompetentes da Leinster House" ou o "custo de vida desgraçado" do país. Depois da discussão da noite passada, ele foi para o clube de *rugby* e se embebedou com alguns dos frequentadores habituais, e terminou dormindo em sua própria sala de tratamento.

Quando o carro se aproximou do apartamento, Mark lançou um olhar rápido para seu relógio de pulso. Oito horas. A essa altura, Dara já teria saído para trabalhar – na verdade, ele provavelmente conseguira evitá-la.

Melhor, pensou ele, buscando em seu bolso dinheiro para pagar o motorista, porque não sabia com certeza o que lhe diria.

"Obrigado, companheiro. Vá para casa e durma, viu?", disse-lhe o motorista, dando um sorriso, antes de sair com o carro.

Mark queria que as coisas fossem simples assim. Queria que fosse o caso de ele apenas dormir e todos os seus problemas desaparecerem. Não conseguia acreditar que as coisas haviam chegado àquele ponto. Na véspera, ele era um homem casado e feliz. Agora, aquele chamado casamento estava destruído, e sua esposa estava prestes a deixá-lo por outro homem! Como ele pôde ter sido tão idiota?

Ele nunca ficara tão furioso com ela, nunca ficara tão furioso com ninguém em toda a sua vida. A profundidade de suas emoções na noite anterior o chocara. Ele achava que os dois eram felizes e jamais considerou que Dara o trairia. Ela insistiu em dizer que não o traíra, mas...

Quando Gillian lhe contou sobre o que vira, ele quis pegar aquele sujeito, Noah, e destroçá-lo, membro por membro. O canalha desgraçado! Quem ele achava que era para vir atrás de uma mulher casada – ex ou não ex? Aquele sujeito não tinha nenhuma vergonha? Pelo que Dara dissera, ele teve sua chance e não aproveitou-a; então, por que achava que poderia voltar assim para a vida dela? E pensar que os dois haviam falado em ter filhos e tudo mais... Um aperto fechou o coração de Mark. Ele queria filhos, queria-os mais do que qualquer coisa, e especialmente com Dara. No entanto, ela o tempo todo o vira apenas como um meio para atingir um fim.

Será que ela era realmente tão desalmada? Será que se casara com ele apenas porque achava que aquele Noah estava fora de sua vida para sempre, que ela não podia fazer nada melhor? Se aquele era o caso, então Mark não a conhecia nem um pouco. Ele não tinha a menor ideia de quem ela era – aquela mulher sexy, divertida, que roubara seu coração desde a primeira vez em que eles se viram, e que na noite passada destruiu tudo isso com sua afirmação de que não se sentia da mesma maneira. Ele sempre se considerou um bom juiz de caráter; então, como pôde ter se enganado tanto? E havia realmente mulheres por aí que faziam aquilo? Quem se casaria com um homem que não amasse apenas por medo de ficar solteirona?

Apesar de tudo, ele a amava, esse era o problema. Ele a amava demais. Dara era a melhor coisa que acontecera na vida dele, e tudo que ele queria, tudo que mais quis foi fazê-la feliz. E, se ela terminasse deixando-o por causa daquele Noah, o que ele poderia fazer? Não havia por que berrar e enfurecer-se; ele não poderia mudar o que ela sentia e não havia por que tentar. Se a tivesse perdido, ele teria apenas de catar seus pedaços e ir em frente. Entretanto, só de pensar nisso ele ficava louco de raiva. Então, por que deveria facilitar as coisas para ela? Se ela achava que poderia simplesmente deixá-lo sem pensar duas vezes, não perdia por esperar. Apesar do que Dara parecia pensar, ele não era nenhum ingênuo!

Com o coração pesado, Mark abriu a porta do apartamento. Silêncio. Como esperado, ela já havia saído para o trabalho – quem sabe, já o tivesse deixado para sempre. Bem, pensou ele, lembrando-se das palavras sábias do motorista de táxi, ele podia ao menos dormir – só precisaria estar no clube à tarde. Foi até o quarto e se despiu, aliviado por livrar-se das roupas com as quais dormira. Precisava desesperadamente de uma ducha, mas primeiro foi até a cozinha para pegar um copo de água, que ele esperava que o ajudasse a livrar-se da ressaca.

Parou assim que viu algo sobre a mesa da cozinha. A pasta de Dara. Ela nunca ia trabalhar sem ela, especialmente quando tinha de ir ao tribunal. E ela hoje devia ir ao tribunal, não devia? Sim, com certeza. Eles não estavam no meio do caso daquele produtor de tevê, aquele por quem ela tinha horror? Ele pegou o telefone e rapidamente ligou para o celular dela. Caiu direto na caixa postal.

"Dara, oi, é Mark", disse ele, tentando manter a voz calma. "Só queria avisá-la de que você saiu sem sua pasta. Hum... Falo com você mais tarde, o.k.?"

Ele desligou e deu um suspiro profundo. Podia acontecer que Dara só recebere a mensagem quando chegasse à cidade e, então, seria tarde demais.

Ele olhou para a pasta. Droga, fossem quais fossem os problemas que estavam tendo, e por mais furioso que pudesse estar com ela, odiaria que o trabalho dela fosse afetado por aquilo. Ela havia passado meses trabalhando naquele caso, e ele sabia que aquela pasta era importante. Olhou de novo para o relógio – 8h20. Se ele se apressasse, poderia pegá-la na estação antes de seu trem sair. Ou, tendo percebido que a esquecera, ela poderia já estar voltando para o apartamento. Nesse caso, ele lhe daria uma carona até a cidade; pelo menos, garantiria que ela chegasse ao trabalho a tempo.

Ele suspirou. Seus problemas pessoais podiam esperar.

Colocando rapidamente uma calça de moletom limpa e um blusão com capuz, Mark pegou a pasta que sua esposa tinha esquecido e correu para a porta.

* * *

Ele chegou à estação segundos antes da partida do trem. Dara obviamente não havia percebido que saíra sem a pasta, enquanto ele a procurava na calçada, no caso de ela estar voltando. Ele, a princípio, planejara explicar a situação a um dos funcionários ferroviários na esperança de poder ter acesso à plataforma – mas não havia tempo para aquilo agora. Ele tinha apenas que pegar um bilhete e apressar-se, se houvesse alguma chance de alcançá-la no trem.

Mas quando Mark chegou à plataforma não conseguiu localizá-la entre as centenas de pessoas, todas tentando embarcar em diferentes vagões ao mesmo tempo. Embora ele achasse haver reconhecido seu casaco estilo militar e seus cachos escuros numa plataforma, podia na verdade ser qualquer pessoa. Droga! Talvez fosse melhor ele esquecer aquilo e deixá-la sem a pasta. Afinal, ela poderia passar sem ela, caso contrário, teria voltado para pegá-la, não teria?

No entanto, era uma vergonha ter ido até ali para nada. E ela precisava mesmo daquela pasta. Ele também poderia entrar no trem e procurar por ela, não poderia?

Mark sacudiu a cabeça. Droga, isso tudo não era apenas por causa de uma pasta idiota! Apesar de tudo, ele queria vê-la, queria ver se ela estava bem. Ele odiava o fato de eles não estarem se falando, odiava que tivessem passado a noite anterior brigando. E ele dissera algumas coisas terríveis a ela, algumas coisas que talvez ela não merecesse ouvir. O que quer que pudesse acontecer no futuro, ele queria entender-se com ela, e se isso tivesse que acontecer num maldito trem diante de um monte de gente, que fosse.

Segundos antes de o trem sair da estação, Mark entrou no vagão mais próximo e, resoluto, partiu para encontrar sua esposa perdida na multidão.

Capítulo 31

Como um zumbi, Louise deixou o apartamento, o fantástico e caríssimo apartamento em Marina Quarter que tantos problemas lhe causara, e desceu a rua em direção à estação de trem.

Era um maravilhoso dia de outono, o céu estava claro e azul, e o mar, calmo e pacífico. Mas um golpe de ar cortante lembrou-lhe de que ela se esquecera de pegar seu chapéu e suas luvas. Típico, pensou ela – até o tempo agora a estava castigando. Entretanto, por causa do frio cortante, ela hoje estava quase ansiosa para entrar no trem e, por mais que ela não quisesse ir a lugar algum, sabia que perder o trem e chegar atrasada ao trabalho só pioraria suas preocupações.

Ela chegou à estação e atingiu a plataforma segundos antes da partida do trem. Juntou-se a todos os outros passageiros e, felizmente, conseguiu pegar um assento junto às portas duplas. Com as pernas parecendo geleia e um estômago rodando como uma máquina de lavar, ela sabia que não conseguiria permanecer em pé.

Com a cabeça pesada, olhou cegamente para fora da janela sem fixar-se em nada em particular.

Uma mulher com um lindo casaco cor-de-rosa que passava correndo pela bilheteria chamou sua atenção. Será que ela conseguiria chegar antes da partida do trem? Sim, ela conseguiu passar pela porta dupla segundos antes de elas se fecharem. Então, enquanto tentava passar pela multidão que estava em pé próximo à porta, a mulher conseguiu deixar cair sua bolsa bem em frente ao assento de Louise. Esta instantaneamente se inclinou para pegá-la e, mesmo em sua condição deprimida, não pôde evitar de reconhecer a belíssima bolsa Orla Kiely e admirar sua bela estampa rosa e branca. Fiona enlouqueceria com uma dessas.

"Aqui está!", disse ela, e não conseguiu resistir a acrescentar. "É uma Orla Kiely, não é?"

"Sim. Mil vezes obrigada", respondeu a apressada proprietária da bolsa, ofegando, e dando a Louise um sorriso agradecido enquanto pegava a bolsa, antes de encaminhar-se para um assento livre nas proximidades.

O olhar de Louise voltou à janela, e ela viu outro passageiro atrasado correndo pela plataforma. Infelizmente, ele não foi suficientemente rápido e, quando o trem partiu, Louise lamentou pelo passageiro desafortunado que teria de esperar algum tempo pelo próximo trem – o muito mais lento Dart.

Ela deu uma olhada rápida em torno do vagão lotado. Os passageiros que estavam em pé faziam o máximo para conservar um pouco de seu espaço pessoal, tentando não ficar próximos demais das pessoas que estavam ao lado. Aqueles bastante afortunados para conseguir um assento estavam lendo livros e jornais, alguns recostados e ouvindo música, outros enviando mensagens para amigos ou colegas de trabalho em seus telefones celulares. E os restantes, como Louise, estavam simplesmente olhando pela janela ou a distância, perdidos em seus pensamentos.

Ela não pôde deixar de imaginar o que estaria acontecendo na vida daquelas pessoas no momento, todas aquelas pessoas espremidas num vagão minúsculo, cada uma com seus próprios planos para o dia. Será que alguma delas tinha o mesmo tipo de preocupação que ela, Louise?

Alguma delas teria sido traída e estaria magoada como ela? Alguma delas se sentia tão mal – tão desesperada – quanto ela se sentia agora?

Louise olhou uma vez mais pela janela e tentou não pensar muito nisso. Já era ruim o bastante não ter dormido nada na noite anterior, e se pensasse mais sobre a situação seu cérebro certamente explodiria. Ela engoliu em seco, tentando conter outra onda familiar de náusea, uma das muitas que a assaltavam desde o desastre da véspera. Com o coração pesado, ela olhou pela janela determinada a expulsar seus pensamentos.

Um minuto ou dois depois, a porta de conexão à sua frente se abriu e um homem atraente passou por ela e começou a abrir caminho entre as pessoas, obviamente buscando um assento desocupado. Ele certamente não parecia um passageiro comum – pensou ela –, vestido da cabeça aos pés num traje esportivo, mas, estranhamente, carregando uma pasta que parecia caríssima. *Não há nenhum assento disponível aqui, Super-Homem*, informou-lhe Louise em silêncio, antes de desviar o olhar, desinteressada.

Então, vindo de lugar nenhum, outra forte onda de náusea a assaltou, e dessa vez foi tão forte que Louise teve de segurar seu estômago.

Ela se recostou e fechou os olhos, tentando relaxar, tentando bloquear tudo em volta. Antes que percebesse, as lágrimas saltaram de seus olhos enquanto toda a preocupação e o estresse que passara a manhã inteira tentando conter inesperadamente tomaram conta dela.

Então, de repente, ela sentiu como se todo o ar tivesse desaparecido do vagão. Ela se sentou ereta, o coração batendo rapidamente em seu peito, o estômago tendo um espasmo atrás do outro. De súbito, não conseguiu respirar. Seus olhos arregalados, ágeis, percorreram o vagão, e ela imaginava se alguém mais parecia perceber como de repente esse se tornara quente.

Então, sentiu outra onda muito mais intensa de náusea, e ela soube que não conseguiria contê-la. Ela tinha de descer, tinha de sair dali, do contrário, iria vomitar ali mesmo, e seu cérebro, não importava o resto dela, certamente iria explodir. Por sorte, percebeu que o trem estava diminuindo a velocidade, preparando-se para parar na próxima estação. Será que ela conseguiria segurar a náusea até lá?

Ela tinha outra escolha?

"Você está bem, querida?", perguntou-lhe com uma voz bondosa uma mulher que estava sentada à sua frente. Ela baixara seu jornal e agora estava olhando para Louise, preocupada.

Mas Louise não conseguiu responder. Ela só tinha de sair dali, antes que o vagão se fechasse sobre ela e a engolisse por inteiro. Ela tinha de sair!

Ela se levantou, a cabeça tonta e as pernas bambas, enquanto cambaleava até as portas duplas do trem. Estrelas apareceram diante de seus olhos e ela soube que se não saísse logo, quase com certeza...

As portas se abriram e Louise praticamente caiu para fora, colidindo com as hordas de passageiros que esperavam na plataforma, todos ansiosos para embarcar no primeiro trem para Dublin, todos prontos para outro dia duro de trabalho na capital.

De algum modo conseguindo forças, ela caminhou desajeitada pela plataforma e, enquanto o trem partia devagar a distância, vomitou ruidosamente no canteiro mais próximo.

* * *

Depois disso, quando o vômito parou e ela conseguiu limpar-se com um lenço de papel, sentou-se no banco mais próximo e esperou. Agora teria de pegar um dos trens do Dart. Certamente, com todas as suas paradas, ele demoraria muito mais para chegar à cidade do que a composição da qual acabara de sair, mas ela não tinha muita escolha, tinha? De todo modo, depois de tudo aquilo, ela estava se sentindo muito melhor, e isso já era alguma coisa. Felizmente, ninguém vira o show que ela dera, ninguém além de talvez algum passageiro que possa ter olhado pela janela enquanto o trem partia. Ele acharia que ela estava de ressaca ou algo parecido. De todo o coração, Louise desejava que fosse assim tão simples.

Ela tremeu, imaginando quanto tempo teria que esperar pelo próximo trem. O painel eletrônico da estação não estava funcionando, mas isso não era novidade. Fosse como fosse, como Fiona estava sempre dizendo, todos sabiam que as tabelas de horário não significavam nada, e os quadros de aviso só estavam ali para proporcionar algum entretenimento ligeiro para os passageiros que esperavam. Pensando em sua amiga,

Louise esboçou um sorriso. O que Fiona pensaria de tudo aquilo quando ela finalmente reunisse coragem suficiente para contar-lhe? E teria de fazê-lo logo, porque ela quase com certeza precisaria sair do apartamento e não queria que Fiona e Becky ficassem em dificuldades. Louise suspirou, imaginando a reação de Fiona. Ficaria furiosa com ela, furiosa por descobrir que sua companheira de apartamento era uma daquelas parasitas que buscavam indenizações, ávidas por dinheiro, que tanto a incomodavam – que pareciam incomodar tanto todo mundo. Então, não haveria mais apartamento, nem noitadas na cidade, nem, muito provavelmente, amizade.

A vida de Louise – a vida frenética e repleta de diversões que ela viveu durante o último ano – agora estava acabada e, portanto, ela só tinha de encarar os fatos e conformar-se com aquilo.

Ela seria afortunada se ainda tivesse *alguma* vida, pensou, lembrando-se das observações feitas por Fiona sobre ser mandada para a cadeia. O juiz poderia muito bem decidir na segunda-feira acusá-la de fraude e poderia colocá-la na cadeia junto com todos os assassinos e traficantes de drogas. Louise estremeceu ao pensar naquilo.

Ficou durante algum tempo sentada, perdida em seus pensamentos, até olhar para a frente e ver que a plataforma agora estava superlotada. E, percebeu ela, olhando rápido para seu relógio de pulso, havia mais de quarenta e cinco minutos que não passava um trem!

Isso era muito incomum – naquele horário do dia, os Darts em geral passavam a cada dez minutos, quinze, no máximo! Louise engoliu em seco. Ela definitivamente chegaria atrasada no trabalho – já havia passado bastante das nove horas, ela devia estar lá às nove e meia, e ainda estava pelo menos meia hora distante da cidade! O que estaria acontecendo?

O homem que estava sentado ao lado dela balançou a cabeça. "Se é assim quando eles estão realizando as malditas chamadas melhorias...", resmungou ele, com impaciência, "então Deus nos ajude se decidirem algum dia conduzir um serviço normal."

"Deve estar havendo algum problema com os trilhos", comentou outro passageiro. Ela girou os olhos. "Quase sempre é algum problema com os trilhos."

Os passageiros que esperavam estavam prontos para pôr para fora seu descontentamento quando se ouviu um anúncio pelo alto-falante: "*Este é um anúncio da Rede Ferroviária Irlandesa. Lamentamos informar que, devido a um incidente na linha esta manhã, todos os trens programados nos sentidos norte e sul estão cancelados até segunda ordem.*"

"Um incidente?", repetiu Louise.

"Psiiii!" O homem a silenciou, enquanto se esforçava para ouvir o resto do anúncio: "*Ônibus especiais serão logo providenciados para transportar os passageiros para outras estações. Se desejarem utilizar o ônibus especial, por favor, dirijam-se ao lado de fora e fiquem na frente do prédio da estação. A Rede Ferroviária Irlandesa lamenta sinceramente qualquer inconveniente causado aos passageiros neste momento. Obrigado.*"

"Não acredito nisso", sibilou o homem. "Esses malditos ônibus especiais! Desse jeito, eu vou levar o dia todo para chegar ao escritório. Acho que seria melhor voltar para casa!"

"Ótimo!" Outra mulher sacudiu a cabeça. "E o governo continua nos dizendo para deixarmos nossos carros em casa para ajudar a aliviar o trânsito. Bem, nós poderíamos fazer isso se eles nos proporcionassem um serviço de transporte decente!"

Louise se levantou e acompanhou a multidão até a frente da estação. Agora ela jamais conseguiria chegar ao trabalho a tempo – não havia jeito. Era melhor telefonar e avisar que ela estaria...

Ela parou assim que olhou para a tela de tevê atrás do balcão da loja de conveniência da estação. Estava passando o noticiário e eles mostravam cenas de um inimaginável e terrível acidente de trem – algum lugar da Inglaterra, talvez, deduziu Louise, pois os acidentes com trens sempre aconteciam lá. Ela apurou o ouvido para acompanhar a notícia. Pelo que pôde perceber, achou que deveria estar muito agradecida, porque ela chegar atrasada era apenas uma pequena inconveniência. Ela não era afortunada por não estar envolvida em algo assim?

Então, vendo na tela uma face conhecida, Louise permaneceu parada onde estava, surpresa. Quase ao mesmo tempo, ela identificou a voz como sendo a da jornalista Clare Rogers, da RTE – aquela moça de boa aparência com um cabelo maravilhoso que estava sempre na revista *VIP*

–, reconheceu os vagões do trem, o logotipo que os identificava, as cores da empresa...

E Louise percebeu de imediato que aquele não era um desastre com um trem inglês ou estrangeiro. Aquilo estava acontecendo naquele momento, bem ali, na Irlanda, em Dublin, provavelmente a alguns quilômetros dali. Os vagões destruídos e as cenas do horrível desastre que eles estavam mostrando na tevê eram do trem do qual Louise – apenas alguns minutos antes – fora obrigada a sair.

Capítulo 32

Tendo assistido ao resto da reportagem da tevê e ouvido alguns outros detalhes por intermédio das pessoas que passavam por ali, Louise, entorpecida, caminhou para fora da estação. Ferimentos, fatalidades, devastação, catástrofe – palavras que os repórteres usaram repetidas vezes – se inseriam em seu cérebro.

Ela não podia deixar de pensar em todos aqueles pobres passageiros – como a mulher que estava sentada na frente dela, aquela que havia lhe perguntado se ela estava bem segundos antes de ela sair correndo do vagão. Será que ela havia sobrevivido? E o homem de moletom com a pasta, teria sobrevivido? E a mulher com a linda bolsa Orla Kiely? O que teria acontecido com ela? E as outras pessoas que estavam naquela mesma estação, aquelas que *não* haviam conseguido chegar a tempo... e *ela*? Ela não era uma mulher de muita sorte?

A mente de Louise rodava enquanto ela tentava captar a enormidade da situação, enquanto tentava entender aquilo tudo. *Ela* estaria naquele trem! Não fosse o fato de estar tão doente de preocupações, tão nervosa por causa daquele estúpido processo... ela agora poderia muito bem estar morta!

Ela ponderou a situação por alguns minutos mais enquanto continuava ali em pé com os outros passageiros esperando pelo ônibus que ia para a cidade. Era quase demais pegá-lo – era como se lhe tivessem dado uma segunda chance ou algo assim e...

Então, num surto agudo e inesperado de clareza, Louise percebeu algo. E, de súbito, começou a enxergar as coisas sob uma luz muito diferente.

Movendo-se de início muito devagar – a cabeça pendida enquanto caminhava –, Louise começou a afastar-se, a afastar-se do ponto de ônibus, a afastar-se do ônibus que levaria os passageiros encalhados para o centro da cidade e para o resto de suas vidas.

Mas não Louise.

Com os passos se apressando à medida que ela descia a rua, ela percorreu tudo aquilo de novo em sua cabeça. Ela *supostamente* estaria naquele trem. Ela teria sido ferida, talvez até *morta* naquele desastre – se ela estivesse no trem. E se não tivesse saltado naquela estação, se não tivesse se sentido tão mal, ela *estaria* no trem.

Então, o que teria acontecido se ela estivesse envolvida no acidente? – perguntou a si mesma, seus pensamentos disparando.

Ela decerto não conseguiria chegar ao tribunal naquela segunda-feira, e o juiz não poderia fazer o julgamento contra ela. E se *estivesse* no trem, se *fosse* uma das pessoas que morreram, então não haveria mais nenhum julgamento, nenhuma decisão a tomar, haveria?

Todos que a conheciam sabiam que ela costumava tomar aquele trem. Desde que se mudara para Dun Laoghaire, ela tomava o mesmo trem todas as manhãs, junto com as centenas de outros passageiros regulares ao longo da Costa Leste.

Então, todos, de maneira muito razoável, iriam supor que ela estava no trem naquela manhã e que, como muitos outros, provavelmente estaria morta, não iriam?

Com o coração batendo forte no peito e o pulso acelerado, Louise enfiou a mão em sua bolsa e exalou um profundo suspiro quando quase instantaneamente encontrou o que estava procurando. Sim, seu passaporte ainda estava ali, muito bem aninhado entre suas coisas – assim como o dinheiro que retirara do banco alguns dias antes para pagar a viagem para Nova York.

Sua respiração se acelerou e ela sentiu outra onda de adrenalina. Ela podia fazer isso – ela podia mesmo. Quem ficaria sabendo? Quem saberia que ela não estava no trem, que não morrera no acidente?

Ninguém. Nem Cahill, nem o juiz, e com certeza nem o horrível Leo Gardner. Nenhuma das pessoas que estavam prestes a puxar-lhe o tapete e arruinar-lhe a vida para sempre jamais saberia. Ninguém jamais saberia.

Com a estação de trem agora bem distante de si – ela se certificou disso –, acelerou seu passo e se encaminhou para bem adiante na rua até o próximo ponto de táxi. Ela sabia exatamente aonde deveria ir primeiro – para algum lugar onde poderia esconder-se por algum tempo, pelo menos até tudo estar terminado e ela descobrir o que queria fazer.

Bateu em sua bolsa, confiante. Ela tinha ali seu passaporte e uma boa quantia de dinheiro; portanto, poderia ir para onde quisesse. Sabia pela tevê que não poderia usar seu cartão do banco ou seus cartões de crédito – que teria que desistir para sempre deles –, mas o dinheiro vivo a manteria durante algum tempo.

É claro que ela ainda não sabia exatamente o que iria fazer quando chegasse aonde estava indo, mas pensaria no assunto quando fosse a hora. Tudo que sabia era que não havia volta. Ela tivera uma segunda chance!

Com a cabeça baixa enquanto se aproximava do ponto de táxi, ela mal sentia seus pés tocarem o chão enquanto se dirigia a um carro que estava parado.

Nem viu sua amiga recém-casada, Gemma Howard, acenando entusiasticamente para ela do outro lado da rua.

Capítulo 33

Rosie estava tentando telefonar para Sheila, mas ninguém atendia o telefone na casa de Gillian. Pela lógica, naquela manhã, ela teria pegado o trem para sua visita usual, mas depois de tudo que acontecera na noite anterior, e como ainda estava na casa de Stephen, ela não teve energia nem vontade de fazer aquela viagem nesse dia. Esperava que Sheila não se importasse. Fosse como fosse, ao que tudo indicava, ela estava fora, em algum lugar com Gillian – e não preocupada demais por não receber a visita de Rosie.

Ela recolocou o fone no gancho, ponderando preguiçosamente se algo de errado estaria acontecendo. Não, pensou ela, sacudindo a cabeça, ela estava se preocupando por nada, como sempre – Sheila provavelmente estava tirando um cochilo, e Gillian não teria atendido porque estava fora de casa, ocupada, lavando roupa, ou fazendo alguma outra coisa. Ela tentaria de novo depois do almoço. Sheila ficaria arrasada por causa da pobre Twix. Sua amiga gostava mais de gatos, mas até Sheila pouco a pouco foi conquistada pelas travessuras daquela cadelinha.

Rosie resolveu não pensar naquilo. Agora Twix estava morta, e ela precisava superar isso. Ela e Stephen conversaram até tarde da noite sobre muitas coisas – Twix, David e até Sophie –, e, como o próprio Stephen disse, talvez Rosie tivesse se apegado um pouquinho demais à cadelinha em vez de enfrentar as intimidações de seu filho.

"Stephen!", disse ela, chocada diante da ideia. "David tem seus momentos e ele pode ser mal-humorado e egoísta, mas não é um intimidador."

"Se o mau humor dele implica que sua mãe tenha medo de cuidar de seus afazeres diários em sua própria casa, então, sim, ele é um intimidador."

Ela mordeu o lábio, incerta de que queria admitir isso em voz alta. "Mas se ele é assim, então a culpa é minha, não é?"

Os olhos dele se arregalaram. "O que diabos faria você pensar uma coisa dessas?"

"Bem, eu sou mãe dele, não sou? Eu o criei... bem, eu e Martin, é claro. Então, se David tem esse tipo de... tendência, então eu não posso culpar ninguém a não ser eu mesma."

"Rosie, ele é um homem adulto! E os homens adultos têm de assumir a responsabilidade por suas próprias ações! Assim como as mulheres adultas", acrescentou ele. Rosie também lhe contara tudo sobre a vida ocupada de Sophie – uma vida tão ocupada que ela não podia sequer atender a um telefonema de sua mãe arrasada. "Olhe, Rosie, você não pode acreditar seriamente que o comportamento de seus filhos tenha algo a ver com a maneira como você e Martin os criaram. Vocês fizeram o melhor que puderam, mas eles tiveram de seguir seu próprio caminho na vida. Sem mencionar o fato de que eles têm suas próprias personalidades, seus próprios problemas e sua própria maneira individual de lidar com eles. E o modo como fazem isso não tem absolutamente nada a ver com você!"

Rosie ainda não parecia convencida.

"Pense nisso", continuou ele. "Eu tenho três filhos, cada um deles tão diferente do outro... e, na verdade, de mim, – que com frequência imagino que eles possam ter sido trocados na maternidade. Há algumas coisas que você pode ensinar-lhes, muitas coisas que pode realmente ensinar-lhes, mas a maior parte delas, eles têm de aprender sozinhos. Você mesma disse que você e Sophie são muito diferentes, não é?"

"Sim, bem, ela teve muito mais oportunidades do que eu tive quando estava crescendo. Ela é instruída, e por isso é muito mais confiante..."

"Isso mesmo, você acabou de admitir que Sophie é diferente de você, não porque você a criou, mas em virtude da própria personalidade dela, de suas próprias experiências. Por que não pode pensar da mesma maneira quando se trata de David?"

"Não sei. Acho que, de certa forma, tenho vergonha daquilo que ele se tornou", admitiu ela, baixinho, quase com medo de dizer isso em voz alta. "Tenho vergonha da maneira como ele me trata. Ele não parece ter nenhum respeito por mim, e, decerto, isso é algo que você tem de ensinar."

"Rosie, quem sabe o que se passa dentro da cabeça das pessoas? Tentei descobrir isso durante anos com meus próprios filhos, com todos que eu já conheci e, acredite em mim, é perda de tempo. Olhe, vou lhe dar um exemplo. Quando você entrou em minha classe, naquele primeiro dia, você e todas as outras pessoas ali tinham o mesmo nível de experiência, ou seja, nenhum, certo?"

"Acho que sim."

"Então, para mim, era como trabalhar com uma lousa em branco, com uma tela em branco, se você me permite a metáfora", acrescentou ele; seus olhos brilhavam.

Rosie concordou.

"Então, eu, como professor, devo me sentir culpado porque cada um de meus alunos não veio a se tornar tão bom quanto você se tornou? Porque não aprenderam tão depressa quanto você?"

Rosie corou, lisonjeada com aquele elogio e sentindo-se tola por isso.

"É claro que não devo me sentir culpado, porque as pessoas não são telas em branco nas quais você pode imprimir sua visão do mundo", prosseguiu Stephen. "Tudo é diferente, único, ou seja lá como você queira chamar. David e Sophie receberam uma ótima orientação sua e de Martin, não tenho dúvida nenhuma disso, mas você não é responsável pelo tipo de adulto que eles são agora. Sophie com certeza parece muito egoísta, mas talvez ela tenha sido mimada e estragada pelo marido. Você disse que Martin nunca a mimou?"

"Não, ele sempre achou que não era bom para as crianças ter tudo pronto nas mãos." Martin era rígido com relação a isso. Decerto, não fora esse seu argumento para não ajudar Sophie a comprar a casa dela? E, como agora ele estava morto, Sophie ficou semanas induzindo-a a assinar o contrato de avalista e, quando conseguiu o que queria, sumiu do mapa!

"Então", insistiu Stephen, "como você pode assumir a responsabilidade pelo fato de ela ter-se tornado egoísta, da mesma maneira que David se tornou introvertido e, como você diz, menos respeitoso? Quando se trata de nossos filhos, podemos ter as melhores intenções do mundo, dar-lhes o benefício de nossas próprias experiências, ensinar-lhes a diferença entre o certo e o errado, mas, Rosie, não temos absolutamente nenhum controle sobre o que eles fazem com esse conhecimento. Isso cabe a eles e apenas a eles."

Ela concordou, entendendo. "Mas eu cometi um erro ao assinar aqueles papéis para Sophie e provavelmente um erro ainda maior ao dar a David o comando de minha casa."

"Rosie, você é mãe deles. Tudo que você fez foi tentar ajudá-los. Lembre-se de que *você* fez o melhor que pôde e não se recrimine achando que os defeitos de seus filhos são culpa sua. Não são. Mas o que você *não deve* continuar fazendo é deixá-los prosseguir com isso. Você merece mais."

"Eu sei disso", admitiu ela baixinho; as palavras sensatas de Stephen finalmente se faziam entender. Ela passou tanto tempo se culpando pelo comportamento dos filhos que era um alívio pensar que, afinal, ela podia não ser de todo culpada.

Stephen se inclinou para a frente. "Eu preciso ir, agora de manhã, visitar os corretores que estão tratando da venda desta propriedade. Quando eu voltar, vamos almoçar, e depois eu a levo de volta para casa. Se você quiser, posso ficar lá um pouco, até David voltar para casa. Pessoalmente, acho que seria melhor eu esperar lá fora, no carro. Ele pode não reagir bem ao ver algum estranho lá enquanto ele e a mãe têm uma 'conversa', mas eu estarei lá de um jeito ou de outro, o.k.?"

Rosie assentiu. Ela não estava ansiando nem um pouco por ter uma "conversa" com David, mas sabia que aquilo tinha de ser feito. "Obrigada, Stephen."

"E, pelo que eu ouvi falar de seu marido, ele parece ter sido um homem muito sensato e prático, e acho que não gostaria de vê-la se preocupando assim, nem deixaria que David continuasse a perturbá-la desse jeito."

"Não, ele não deixaria." Rosie sorriu.

"Você disse que David chega do trabalho em torno das cinco e meia..."

"Eu preferia ir para casa antes disso, se você não se importa, para trocar de roupa e tudo mais", disse ela apressadamente.

"É claro. Bem, olhe, eu devo voltar da corretora por volta de meio-dia, então, que tal sairmos e almoçarmos no McDaniels, na aldeia? Eles fazem uma carne ótima... E depois eu a levo de volta a Wicklow no início da tarde, certo?"

Naquela manhã, apesar da intenção de ter uma conversa definitiva com David, Rosie se sentia nervosa por ter de ir para casa. Não só isso. É que voltar para casa significava ter de encarar uma casa vazia, uma casa que estaria ainda mais vazia agora sem Twix, pensou ela com tristeza, tentando conter uma lágrima.

E a verdade era que ela não sabia o que dizer a David. A repulsa que sentiu por ele na noite passada, depois de ele aterrorizar a cadelinha, a amedrontara. Nenhuma mãe decente jamais devia sentir-se daquela maneira em relação a um filho. Entretanto, mais uma vez, ela se lembrou das palavras de Stephen, nenhuma mãe decente deve ser tratada daquele jeito.

E David a tratara muito mal, não havia dúvida sobre isso. Ela não o confrontara, mostrando-lhe quanto ele transtornara sua vida com seu retorno, dizendo-lhe quanto ele a magoara. Ela também ia pedir-lhe para mudar-se; não havia como eles continuarem do jeito que estavam, e ela agora sabia que não existia outra maneira senão pedir-lhe para sair de lá. No entanto, ela não sabia o que aconteceria se ele não saísse, e não tinha certeza de que queria continuar naquela casa. Uma parte minúscula dela queria que ela pudesse ir para Tralee com Stephen, embora isso fosse tolice, visto que Stephen sequer a convidara. Mas ela gostava do fato de ele ter lhe dado a coragem de enfrentar seu filho.

Bem, não se entusiasme demais, você ainda não falou com ele! – censurou--se ela. Mas iria falar. Iria dizer algumas verdades a David e, enquanto ela estava embalada, podia terminar fazendo o mesmo com Sophie.

Rosie sorriu. Sheila ficaria encantada por ela ter finalmente criado um pouco de coragem!

Capítulo 34

De início, Dara não sabia onde diabos ela estava. Será que dormira depois de o despertador ter tocado? O que estava fazendo na cama? Aquele não era seu quarto nem seu apartamento ou... não, aquele era...

"Ei...", Ruth estava sentada ao lado de sua cama, "como você está se sentindo?"

"Eu estou ótima... Eu acho." Dara piscou e olhou em volta dela. Sim, ela estava num hospital. Mas por quê? Então, pouco a pouco, tudo começou a voltar. Estava no trem indo para o trabalho... muitas sacudidelas e vibrações... um barulho ensurdecedor... gritos e depois... nada. Ela estivera em algum tipo de acidente, não é? "Ruth, o que aconteceu?"

Ruth lhe contou delicadamente tudo sobre o descarrilamento do trem, naquela manhã. "Foi um acidente horrível, mas você foi um dos afortunados", concluiu ela. Dara escapara com um pulso deslocado, algumas costelas fraturadas e ferimentos pouco importantes no rosto. Aparentemente, alguns de seus companheiros de viagem não tiveram a mesma sorte.

"Sua mãe e seu pai estão a caminho. Saiu tudo nos noticiários, e eles sabiam que você sempre tomava aquele mesmo trem para ir trabalhar. Ficaram histéricos..." Sua voz sumiu e seus olhos baixaram. "Eles logo estarão aqui."

De repente, a espinha de Dara se enrijeceu como se ela tivesse se lembrado de algo. Ela não tinha certeza e talvez tenha apenas imaginado, mas... "E Mark?", perguntou ela, e seu sangue congelou quando Ruth não conseguiu olhá-la nos olhos. Os cabelos da nuca de Dara começaram a se arrepiar e um medo gelado rapidamente a envolveu. "Ruth, e Mark?", insistiu ela. "Você não telefonou para ele também? Espero que tenha se lembrado de telefonar, afinal, ele é meu marido! Ruth?"

Ruth ainda não conseguia olhá-la nos olhos.

"Ruth, por que você não telefonou para o Mark? Com certeza, ele também está preocupado comigo."

Diga alguma coisa, droga!

Ruth parecia estar lutando para encontrar sua voz. "Dara, você não se lembra? Mark também estava no trem."

O quarto... O mundo todo de repente começou a girar. "O quê? Do que você está falando?" Dara gritava, embora no fundo ela soubesse que Ruth estava certa. Ela achou que o vira na plataforma naquela manhã, logo depois que entrou no trem, mas logo rejeitou a ideia, achando que devia estar vendo coisas. "Mas por que... por que Mark estava no trem?"

Ruth pareceu momentaneamente confusa. "Bem, eu achei que ele estava com você. Vocês dois foram encontrados no mesmo trem, por isso..."

Encontrados? "Ruth, quem lhe contou isso? Eles devem tê-lo confundido com alguém." Mesmo dizendo essas palavras, Dara sabia que não era verdade. Ela não havia imaginado – ela *tinha visto* Mark na estação, ela agora conseguia lembrar-se claramente... mas por que ele pegara o...? Oh, meu Deus, ele teria ido atrás dela, talvez para esclarecer as coisas com ela? Oh, não, o que ela tinha feito?

"Dara, eu o vi", confirmou Ruth. "Eles o trouxeram direto para a cirurgia." Ela fez uma pausa antes de continuar. "Ele está muito mal."

"O quê? O que você quer dizer com 'muito mal'? O que diabos isso quer dizer?", perguntou Dara insistentemente. "O que Mark estava fazendo no trem?"

"Ele e alguns outros passageiros que estavam em pé foram lançados três metros à frente no vagão. Todos ficaram muito feridos, Dara. Pelo que eu sei, Mark quebrou alguns ossos, mas o pior é que sofreu lesões sérias na cabeça e teve hemorragia interna. Desde então, ele está sob cuidado intensivo." Ruth pegou sua mão com delicadeza e olhou para ela, seu rosto estava mortificado. "Dara, não sei se ele vai escapar dessa."

Capítulo 35

Naquela tarde, já eram seis horas e ainda não havia sinal de David. Rosie começou a ficar um pouco preocupada. Ele estava sempre em casa às cinco e meia, e então por que justamente naquele dia ele iria atrasar-se? É claro! A única vez em que ela conseguiu reunir coragem para enfrentá-lo, sua perda recente de Twix ajudando-a muito nesse aspecto, ele saíra para fazer compras ou alguma outra coisa!

Ela também não conseguira entrar em contato com Sheila. Era tudo muito estranho – parecia que a rotina normal de todo mundo tinha saído de sincronia por alguma razão. Em qualquer quinta-feira normal, ela teria tomado o trem para visitar Sheila como sempre, voltaria para casa e jantaria antes de David chegar do trabalho. E ele era tão pontual que era até desconcertante o fato de estar tão atrasado. Mas talvez só fosse desconcertante porque toda a situação era desconcertante, e ela estava temendo ter de enfrentá-lo.

Ela pulou quando ouviu o ruído de uma chave na porta da frente. Ali estava ele. Rosie respirou fundo, ajeitou suas roupas mais uma vez no espelho, empurrou os ombros para trás numa tentativa de parecer mais assertiva e abriu em silêncio a porta de seu quarto.

Era agora.

Mas quando ela passou pelo corredor, ouviu vozes. Droga, havia alguém com ele. Mas quem?

Rosie deu um passo à frente, rezando para que o ruído do piso de madeira lá de cima não denunciasse sua presença. Ela não tocara em nada na casa quando entrou – subira direto –, então... David não sabia se ela estava ou não ali.

Ele e seus amigos aparentemente entraram e foram diretamente para a sala. Isso não era comum. David raramente ficava na sala. Não era por isso que ele tomara conta de sua cozinha? Mas então ouviu uma voz feminina familiar – uma voz que Rosie conhecia muito bem.

"Eu ainda não posso acreditar nisso!", gritou Sophie.

Rose franziu o cenho. Sophie parecia muito perturbada. Era melhor ela descer e ver o que havia acontecido, ver se podia ajudar. Talvez tivesse acontecido alguma coisa com Claudia...?

"Psii, querida, está tudo bem", disse calmamente uma voz masculina.

Robert? O que Sophie e Robert estavam fazendo ali? David e sua irmã não se davam – especialmente desde a situação da compra da casa –, e ele odiava Robert! Durante um breve momento, Rosie imaginou que David poderia ter-lhes contado sobre Twix. Ou talvez Sophie tivesse se sentido culpada por descartar sua mãe na noite anterior e vindo ajudar com a busca. Bem, se fosse esse o caso, ela estava um pouquinho atrasada demais!

Entretanto, essa explicação não satisfazia Rosie. Sophie nunca gostara de Twix, principalmente por causa do hábito da cadelinha de deixar pelos cor de caramelo em suas roupas caras! Então, o que estava acontecendo? Por favor, Deus, permita que não tenha sido nada com Claudia...

Ela se adiantou mais no patamar da escada, tentando escutar.

"Mas como eles podem ter certeza?" Sophie estava perguntando agora.

"Ela toma o mesmo trem toda quinta-feira de manhã, como um reloginho", disse David. "Desde que estou aqui, nunca soube de um dia em que ela não tivesse feito isso. Ela não apareceu na casa de Sheila hoje de manhã e a mulher está morta de preocupação. E, pior ainda, aparentemente, alguém da família de Sheila, sua nora, ao que parece, toma o mesmo trem para ir trabalhar."

Trem? Eles estavam falando sobre o trem para Dublin? Então, obviamente, David nem percebera que ela não voltara para casa na noite passada – intuiu ela, seus ombros desmoronando. Ele sempre saía de manhã, bem antes dela. Isso mostrava como ele havia se importado pouco com o que acontecera na véspera, pensou ela, desalentada. Era esperado que ele não se importasse com Twix, mas *ela* própria podia ter morrido na estrada que ele nem se importaria.

"Os guardas também não foram de muita ajuda", acrescentou David.

Ele parecia mudado, pensou Rosie – agitado, preocupado, envergonhado, talvez…? E o que era aquela história de guardas? Do que eles estavam falando?

"Eu lhes dei sua descrição", prosseguiu ele, "mas eles disseram que pode demorar dias até retirarem todos os passageiros dos vagões, que dirá para identificá-los."

"Identificar o que sobrou deles, você quer dizer", acrescentou Robert secamente, e com isso Sophie caiu em prantos.

"Eu simplesmente não acredito que ela esteja morta!", gritou ela. "Quero dizer, primeiro papai e agora…"

Rosie arregalou os olhos. *Morta?* Quem estava morta? Eles não estavam falando sobre Twix – pareciam estar falando sobre alguém que frequentemente tomava o trem… Ela se esforçou para extrair sentido do que eles estavam dizendo. De que ou, mais importante, de *quem* eles estavam falando?

"David", gritou alto Sophie, "isso significa que agora nós estamos órfãos, você sabe disso, não sabe? Órfãos!"

Órfãos? O que ela queria dizer? Rosie perdeu a resposta de David.

Houve um breve silêncio e então, alguns minutos depois, Robert murmurou alguma coisa sobre ligar a tevê. "Eles devem estar fazendo algumas atualizações desde a manhã", disse ele.

Atualizações sobre o quê? Profundamente intrigada, Rosie começou a descer a escada. Mas logo parou quando, horrorizada, começou a captar fragmentos de um noticiário. "… o terrível descarrilamento do trem para a Costa Leste nesta manhã. Doze mortes confirmadas, centenas de feridos… tentativas de resgate…"

Com a mente voando, ela ouvia descrente. Ah, meu Deus! O trem – o *seu* trem – aparentemente descarrilara! Sua mente girou enquanto ela tentava pôr em ordem seus pensamentos. E então ficou petrificada, chocada, quando recordou trechos da conversa que acabara de ouvir.

"Identificar o que restou... órfãos..." Oh, Deus! David e Sophie achavam que ela estava no trem. Achavam que ela estava no acidente! Incapaz de mover-se em consequência do choque, Rosie ficou ali pelo que pareceu ser uma eternidade, sem saber o que fazer, o que *sentir*.

Então, tendo finalmente recuperado a razão, ela ia descer correndo as escadas, abraçar seus filhos e lhes dizer que eles estavam enganados, que ela ainda estava viva e bem e que não tomara o trem, quando...

"Bem, suponho que agora que ela está morta, temos que conversar sobre o que vai acontecer com a casa", declarou Robert, alto e bom som.

Rapidamente, Rosie deu um passo para trás. Sua boca ficou seca. Aquilo ia ser interessante.

Capítulo 36

Dara estava deitada na cama do hospital naquela noite, seu corpo enfaixado, sua mente doente de preocupação. Ela era uma idiota, uma completa e total idiota. Como pôde deixar aquilo acontecer? Mark devia ter ido até o trem para procurá-la e tentar entender-se com ela. Por que ela não lhe telefonara em casa? E daí se chegasse atrasada no trabalho? Que maldito trabalho importava numa situação dessas?

Ele não estaria no trem se não fosse por ela, se eles não tivessem tido aquela briga estúpida, se ele não tivesse descoberto sobre Noah!

Dara pôs um punho na boca e tentou conter um grito. Agora Mark estava seriamente ferido e muito possivelmente morrendo em algum quarto, em algum lugar daquele mesmo prédio, por causa disso.

A equipe do hospital não deixou que ela o visse – na verdade, eles não a deixariam sair da cama.

"Você está com sorte de ter conseguido um leito, querida", informou-lhe uma enfermeira sensata. "Temos pessoas esperando em macas por toda parte. Por isso, se você se levantar e começar a perambular por aí, não há nenhuma garantia de que ainda terá um leito quando voltar."

Aparentemente, o hospital estava um caos, com a quantidade de feridos que haviam sido levados para lá naquela tarde. Dara teria apenas que esperar e confiar nos pequenos fragmentos de informação que Ruth conseguia obter sobre ele da superatarefada equipe médica. Ela ansiava por vê-lo, ansiava por abraçá-lo e dizer-lhe como lamentava tudo aquilo. Ele nunca deveria ter estado naquele trem. Fora tudo culpa dela.

E o que ela iria fazer se o perdesse? Como se sentiria então? Ela mal podia suportar pensar nisso. Seu coração doía quando ela se lembrava de como ele ficara nervoso durante as falas do casamento, mas como enfrentara aquilo tudo – o nervosismo, o mal-estar – por ela. Da mesma maneira como concordou com a lua de mel em Roma e se deixou arrastar por toda uma cidade na qual tinha pouco interesse – por ela.

Sem mencionar o que fizera recentemente por seu pai. Eddie devia estar arrasado.

Na opinião de seu pai, Mark era um homem bondoso, gentil e paciente, que sempre saiu de seu caminho para fazer as outras pessoas felizes, para fazê-la feliz. E, no entanto, ela encarou tudo aquilo como se lhe fosse devido, não foi? Ela na verdade não entendera quanto ele fizera por ela, quanto ele cedera. E o que ela lhe dera em troca? Desde o primeiro dia, ela o tratou de uma maneira terrível, admitindo abertamente para seus amigos que ele era sua segunda opção, que ele era alguém bom o bastante para ter por perto quando lhe conviesse.

Então, assim que Noah Morgan voltou para sua vida, ela convenientemente se esqueceu de todas as coisas maravilhosas que Mark fizera por ela, da pessoa maravilhosa que ele era. E ele não merecia isso. Não, Mark merecia coisa muito, muito melhor.

Mais tarde, naquela noite, quando Ruth e seus pais foram para casa – chocados e atordoados com o que acontecera com Mark –, a raiz de todos os problemas de Dara apareceu com um ramo de flores e portando seu famoso sorriso estonteante.

"Eu estava tão preocupado com você", disse Noah, inclinando-se e beijando Dara levemente na testa.

Dara não sentiu nada. Estranhamente, ela não se importava a mínima com o fato de ele estar preocupado com ela. Para falar a verdade, ele não tinha o direito de preocupar-se com ela, tinha?

"Mark também ficou ferido", lhe disse ela sem nenhuma emoção no rosto. "Tivemos uma discussão. Ele foi atrás de mim, hoje de manhã, no trem." Ela não sabia muito bem por que estava lhe contando aquilo, mas, de certa maneira, queria que ele também assumisse parte da culpa, que sentisse a mesma culpa que ela estava sentindo. Não que qualquer coisa daquilo fosse realmente culpa dele, mas...

A reação de Noah decepcionou-a um pouco. "Eu soube. Dara, olhe, eu espero que você não esteja se culpando por isso. Não foi sua culpa. Foi..."

"Noah, é claro que foi culpa minha! Ele foi atrás de mim! Tivemos uma discussão na noite passada, uma discussão enorme sobre... sobre você." Dara se lembrou da enorme mágoa de Mark, levemente velada pela enorme mágoa dela. Ela o ferira demais com a afirmação de que ele era o segundo melhor e que ela teria de escolher entre os dois.

Mas o que era verdade agora? Se tivesse de escolher entre Mark e Noah, por que ela *escolheria* esse último? Esse foi um homem que desistiu dela por uma razão tola e infantil, que ela ficou anos sem ver e, para falar a verdade, que realmente não conhecia mais. O homem partiu e, nesse meio-tempo, casou-se com outra mulher, pelo amor de Deus! No entanto, os velhos sentimentos e a antiga atração foram despertados assim que ela o viu, depois de todo aquele tempo.

Mas talvez fosse isso. Talvez fosse tudo baseado nos velhos sentimentos, e não era nada a não ser a síndrome "daquele que foi embora". Talvez ela tivesse sido atraída para Noah não por causa da pessoa que ele era agora, mas por causa de sua história. De alguma estranha maneira, ela queria provar a si mesma que era o verdadeiro amor da vida dele, que ela tinha mais poder sobre ele do que qualquer outra mulher teria. Durante tanto tempo ela se convenceu desse fato que era quase impossível vê-lo de qualquer outra forma.

"E o que ele disse?" A voz de Noah interrompeu seus pensamentos. "Mark. O que ele disse quando você lhe contou sobre mim?"

Dara olhou para ele, imaginando por que diabos ele estava fazendo uma pergunta tão patética e irrelevante quando Mark estava agora lutando por sua vida em algum lugar naquele mesmo prédio.

Naquele momento, então, Dara percebeu que não se importava a mínima com Noah Morgan e que não estava apaixonada por ele – ele era apenas uma parte de seu passado que ela precisava exorcizar, ou, como diriam os americanos, que ela precisava "encerrar".

Noah não era o Homem Certo para ela – ele nunca fora o Homem Certo. Mas ela se apegara àquela ideia tola, imatura e supostamente romântica por tanto tempo que não conseguia enxergar para além dela.

Ela olhou para ele, olhou dentro de seus atraentes olhos verdes, para seu rosto perfeitamente esculpido, e decidiu que era hora de pôr um fim naquela bobagem, naquela estupidez que afetara toda a sua vida adulta.

Ela falou baixinho: "Noah, eu disse a Mark que você era um bom amigo, que eu o reencontrei há pouco tempo e que estávamos pondo a conversa em dia. Disse-lhe que não havia nada entre nós." O último pedaço era mentira, mas ela só queria acabar com aquilo.

"E ele acreditou em você?", perguntou Noah, cautelosamente. "Ele não desconfiou de nada?"

Ela desviou os olhos dele por um momento, recordando a raiva de Mark no momento em que ela disse que precisava tomar uma decisão. Então, olhou de volta para Noah e falou baixinho. "Noah, esta é a verdade. Você *é* um velho amigo e nós *estávamos* pondo a conversa em dia. Olhe, foi uma estupidez por parte de nós dois pensar que poderíamos retomar as coisas de onde as deixamos. Sim, foi ótimo, quando éramos mais jovens, mas agora nós dois somos pessoas completamente diferentes."

Ele franziu o cenho. "Mas eu achei... O que você está dizendo?"

"Noah, diga-me, o que aconteceria se eu *decidisse* deixar Mark agora? O que nós faríamos?"

Ele encolheu os ombros, como se na verdade não tivesse se dado muito o trabalho de pensar naquilo. "Nós ficaríamos juntos, acho eu."

"Mas o que nós *faríamos*? Compraríamos uma casa juntos, nos casaríamos, teríamos filhos?" Ela estava particularmente interessada em ver como ele responderia àquilo.

Ele tornou a encolher os ombros. "Bem, talvez... depois de algum tempo. Mas há um mundo de coisas que eu quero fazer antes de me estabelecer completamente. Quero dizer, eu continuo adorando viajar e ainda há muitos lugares que quero conhecer. E há mais coisas na vida além de hipotecas, você sabe disso. Desta vez, podemos viajar juntos, Dara. Poderíamos ir à Itália e a Paris, onde você quiser. Você realmente adoraria."

Ela balançou a cabeça com tristeza. Ela era uma idiota por ter considerado seriamente a hipótese de voltar para ele, não era? Noah não era diferente do homem que a deixara todos aqueles anos antes. Ele ainda era um andarilho, um sonhador. Noah não tinha a concepção de uma vida de trabalho convencional, não tinha real interesse em estabelecer-se – com ninguém. Seu casamento não terminara porque ele ainda estava apaixonado por Dara – terminara porque, para Noah, o drama e a excitação acabaram quando a vida real começou. Noah Morgan jamais faria sacrifícios nem por Dara nem por ninguém. E, pensou com um sorriso melancólico, ela decerto não conseguia imaginá-lo levando seu pai para fazer um exame de próstata!

Ela tornou a encará-lo. "Noah, agora eu estou casada, casada com alguém que é muito importante para mim e que eu... que eu amo muito." Quando ela disse isso, sentiu um nó na garganta. "Não estou disposta a jogar isso fora."

"Mas eu pensei..."

"Nós fomos dois idiotas", disse ela. "Como tudo terminou de maneira tão estranha daquela primeira vez, ambos achamos que havia algo inacabado entre nós. Mas, Noah, eu não acho que haja. Nós só não havíamos percebido."

Noah ficou em silêncio durante um longo tempo. Finalmente, ele se recostou na cadeira e suspirou. "Talvez você tenha razão. Quando a encontrei depois de todo esse tempo, fiquei tão feliz em vê-la de novo que talvez só quisesse me convencer de que ainda tínhamos algo." Ele balançou a cabeça. "Eu tive alguns anos horríveis e..."

"Noah, foi isso que aconteceu. Vermos um ao outro de novo, depois de todo esse tempo, nos deixou um pouco loucos. Sim, foi ótimo, naquela época, mas quem sabe o que seria agora?" Seus olhos baixaram para o lençol. "Mas não importa, porque não vai acontecer. Eu não vou deixar Mark por você." Ela tentou descartar a ideia de que talvez Mark pudesse já estar de todo modo perdido para ela – de uma maneira ou de outra.

"Então é assim?", perguntou Noah gentilmente. "Você não quer que continuemos amigos, nada?"

Ela sorriu. "Não acho que seria certo. Você é um bom amigo, Noah, e eu sempre vou me lembrar com carinho de nosso tempo juntos, mas..."

Ele concordou. "Eu entendo. Não foi justo eu voltar e esperar que você abandonasse tudo por mim, especialmente depois de todo esse tempo." Ele encolheu os ombros e deu outro daqueles sorrisos estonteantes. "Foi uma ideia fantasiosa, suponho eu."

"Talvez", Dara sorriu de volta e segurou a mão de Noah entre as suas, sentindo um estranho alívio ao perceber que, depois de todo aquele tempo, eles estavam finalmente dizendo adeus.

Capítulo 37

Fora um dia difícil no hotel, e quando Heather se aproximava de sua casa em torno das 19h00 de quinta-feira, seus pés doíam por causa do frio. Ela ansiava por chegar em casa. Andy estava trabalhando à noite toda aquela semana, por isso, felizmente, ela não teria de dar-se o trabalho de fazer o jantar. Não, naquela noite ela iria apenas esquentar uma refeição pronta da M&S e depois encolher-se na frente da lareira com uma caixa de chocolate e um bom livro. Maravilha! Heather sorriu satisfeita ao pensar nisso.

O sorriso congelou em seu rosto quando levantou os olhos e viu Louise em pé, meio sem jeito, na entrada de sua casa, o rosto de sua irmã caçula estava cheio de ansiedade.

* * *

"Louise, você não pode fazer isso!" Dentro da casa, o rosto de Heather se contorcia de preocupação. Louise lhe contara sobre todos os acontecimentos do dia e sobre sua posterior "fuga".

Heather imediatamente ligou a tevê para ver o noticiário e checar se havia alguma reportagem sobre o descarrilamento do trem, mas, além de uma breve menção nas manchetes sobre ter sido um acidente particularmente feio, não havia mais nada importante.

"Querida, eu sei que as coisas parecem ruins agora, mas você não pode estar pensando seriamente que pode simplesmente fugir de tudo isso. Não é assim que a vida funciona."

"Mas por que não?", replicou Louise inocentemente. Era um pouco chocante, mas Heather superaria. Ela só precisava de um pouco de tempo para acostumar-se com a ideia – isso era tudo. Louise tivera muito tempo para fazer aquilo – ela não pensava em outra coisa desde a manhã. "Ninguém sabe que eu estou aqui. Eu vim de barco, não tive que dar meu nome para comprar a passagem. Heather, eles nem sequer checaram meu passaporte!"

Era verdade. As autoridades dos dois lados do mar da Irlanda não haviam pedido seu passaporte, sua identificação, nada. Louise se preparara para o caso de pedirem sua identidade, embora soubesse que nada seria colocado num computador, ou no registro de passadores, e por isso pegou a barca para Holyhead em vez de um avião. Depois pegou um ônibus direto para Cardiff, e pronto. Ela havia conseguido. Escapara de sua vida horrível na Irlanda e agora estava pronta para começar uma nova. Só precisava da ajuda de Heather por algum tempo. O.K., sua irmã estava um pouco chocada agora, mas não tão chocada quanto ficaria se Louise estivesse no trem! Então, afinal de contas, aquilo era muito melhor.

"Louise, ouça-me... Você não pode fazer isso", repetiu Heather bem devagar, como se estivesse falando com uma criança. "Você não pode simplesmente fugir. Você deve voltar. Olhe, eu sei que está perturbada com o que aconteceu ontem no tribunal, e sei que esse Sam a magoou muito..." Seu tom abrandou. "... mas você tem de voltar."

"Eu não posso voltar!" A voz de Louise falseou ligeiramente. "Eu fiz um monte de merda! Eu sempre faço um monte de merda! Achei que ele ia cuidar de mim... Achei que ele gostasse mesmo de mim." Ela se encolheu quando Heather tocou de leve em seu braço. "Mas eu fui uma idiota. Sou sempre uma idiota. Fui uma idiota minha vida inteira. Agora finalmente tenho a chance de recomeçar, de começar do zero e deixar essa pessoa para trás."

"Querida, você nunca vai conseguir deixar essa pessoa para trás porque, quer goste, quer não goste, essa pessoa é você! E você não é uma idiota... Na verdade, você é uma das pessoas mais bondosas e mais amorosas que eu já conheci. Olhe tudo que você fez por mim e pelo Andy, abrindo mão de sua parte da casa quando precisamos dela, pensando mais em nós do que em você."

Louise fungou. "Era o mínimo que eu podia fazer depois de arruinar seus planos de casamento com meu maldito acidente." Ao pensar no acidente, seu estômago virou.

"Isso não foi culpa sua, Louise. Não importa o que o juiz possa dizer, não importa o que esse Sam diga. Você sabe, e eu sei, que não foi culpa sua."

"Mas talvez fosse, Heather! Você sabe como eu sou, eu fico o tempo todo sonhando com coisas, sou distraída e tola e... Oh, eu sou simplesmente uma idiota, uma estúpida e patética idiota."

"Isso não é verdade", insistiu Heather. "Você está apenas atravessando uma fase difícil no momento, um pedaço duro. Mas o que quer que aconteça, você vai superar." Quando Louise sacudiu a cabeça, Heather acrescentou com veemência: "Você já superou coisa pior."

Sua irmã olhou para ela interrogativamente.

"E quanto à morte da mamãe e do papai? Nós superamos isso, não superamos, você e eu? Você é uma pessoa forte, Louise, e embora possa não parecer assim agora, você vai sair dessa. Eu sei que vai. E eu vou ajudá-la, e tenho certeza de que sua amiga... Fiona, não é? Ela também vai ajudá-la."

Ao pensar em Fiona, Louise imediatamente se sentiu culpada.

"O que ela vai pensar de tudo isso?", perguntou Heather, como se lesse seus pensamentos. O que ela vai sentir quando descobrir que houve o acidente? Ela vai pensar no pior se você não voltar para casa esta noite!"

"Ela não vai se importar", disse Louise num tom petulante. "Não vai pensar em outra coisa senão em como vai pagar o aluguel no próximo mês." O depósito que ela pagou, de todo modo, cuidaria disso, lembrou-se Louise, tentando aliviar parte de sua culpa por deixar Fiona e Becky em dificuldades. Elas superariam aquilo. Afinal, elas não se importavam muito com ela – Fiona, Becky, Gemma, ninguém. Na verdade, pouquíssimas pessoas se importariam se ela morresse ou não naquele descarrilamento.

Quando disse isso a Heather, esta sacudiu a cabeça. "Agora você está sendo tola e está com pena de si mesma. Então você não tem amigas? E todas aquelas noitadas e viagens de compras que você está sempre me contando? E aquele fim de semana maravilhoso na Espanha, algum tempo atrás? Você não vai me dizer agora que fez todas essas coisas sozinha, vai?

Louise sacudiu a cabeça. "Elas são apenas colegas de trabalho", retorquiu, tentando parecer indiferente. "Nós não somos tão próximas."

Heather suspirou. "Louise, sinto muito, mas não vou participar disso, e não posso deixá-la fazer isso. Sei que as coisas parecem ruins agora, mas eu lhe prometo que tudo vai terminar bem. Porém você terá de voltar para casa e enfrentar as coisas."

Louise sacudiu a cabeça. "Não quero." Ela sabia que parecia uma criança falando, mas não conseguia acreditar que Heather estivesse tentando obrigá-la a recuar.

Heather agora estava começando a perder a paciência. "Louise, isso é tolice! O que a mamãe e o papai diriam?"

"Isso não é justo."

"Justo? Justo? E quanto a todas essas pessoas que perderam amigos e entes queridos nesse descarrilamento? Pense em como isso é justo! Pense em como elas estão devastadas e perturbadas neste exato momento, e depois pense em como você está sendo egoísta e fria tentando capitalizar em cima da tristeza delas!"

"Eu não estou tentando capitalizar em cima disso. Estou..."

"Sim, você está! Essa é uma tragédia terrível, e você está tentando tirar proveito dela! Pelo simples fato de sua vida não estar caminhando do jeito que você quer, decidiu que vai simplesmente desaparecer, assim?" Heather colocou as mãos nos quadris e seus olhos faiscavam de raiva. "Sabe... Pensando sobre isso, Louise, acho que *você* é patética, e, sim, você é uma idiota. Porque o que está fazendo é a coisa mais idiota que eu já vi, e não sei por que você acha que eu poderia me envolver nisso."

Com isso, Heather saiu da sala e bateu a porta atrás de si, deixando Louise se sentindo mais solitária e mais patética do que jamais se sentiu em sua vida.

Capítulo 38

Naquela mesma noite, em uma casa do outro lado do mar da Irlanda, outra família estava também tentando enfrentar os acontecimentos do dia.

"Seu bastardo estúpido!", gritou David para Robert, evidentemente enraivecido pela frieza de seu cunhado. "Como você pode dizer uma coisa dessas? Como pode sequer *pensar* numa coisa tão trivial como a casa? Eles ainda nem encontraram o corpo de minha mãe!"

Ouvindo lá em cima do patamar da escada, Rosie ergueu uma sobrancelha, interessada. Robert parecia não se abalar.

"Não se atreva a falar desse jeito com meu marido!", cortou Sophie, parecendo bem menos chorosa agora. "Ele só está dizendo o que tem de ser dito. E você sabe, David, que ele tem razão. Com a mamãe morta, esta casa é agora legalmente minha e de Robert. Eu sei que você está morando aqui também, mas..."

"Sua idiota!", grunhiu David. "Nossa mãe *morreu* hoje de manhã e tudo em que você consegue pensar é no quão rápido vai pôr suas mãozinhas na casa! Bem, você pode ir cantando, Sophie, eu não vou a lugar nenhum até estar bem e pronto... e com certeza não até ter a chance de elaborar adequadamente o luto pela mamãe. Ela merece isso. Ela merece muito mais do que qualquer de nós jamais lhe deu."

"Ah, pare com isso, David!", zombou Sophie. "É típico de você ficar todo emotivo agora que mamãe não está mais por perto. Você não estava tão preocupado com o que ela merecia quando voltou a morar aqui com ela, estava?"

Rosie fechou os olhos, quase temendo respirar. Era surreal estar ali ouvindo aquilo. Ela quase se sentia como se estivesse secretamente assistindo a seu próprio funeral.

"Do que você está falando?"

"Estou falando de você ter tomado conta deste lugar, mudando as coisas para se adequarem a você, expulsando-a de sua própria cozinha e fazendo-a sentir-se como uma estranha em sua própria casa!"

Então Sophie desconfiava de algo, entendeu Rosie. Sua filha afinal havia percebido que sua mãe estava enfrentando dificuldades, tendo David novamente em casa. Mas ela nunca dissera uma palavra.

"O quê? Eu nunca fiz nada disso!" David parecia realmente estupefato. "Tentei ficar fora do caminho da mamãe! Não quis perturbá-la voltando para cá e criando um tumulto, então tentei ao máximo ficar fora de seu caminho. Pelo que eu sei, ela estava bastante feliz em seu quarto, com seu cão e..." Com isso ele parou. "Oh, Jesus, o maldito cãozinho!"

"Aquela coisinha suja que deixa pelos em toda parte?", disse Robert. "O que foi?"

"Ah, querido...", disse então Sophie, e Rosie quase podia retratá-la mordendo seu lábio com uma expressão culpada, da maneira como sempre fazia quando era uma menininha, "agora falando nisso eu me lembrei de que a mamãe me telefonou na noite passada louca por causa do cachorro. Eu não tenho certeza, para falar a verdade, estava cheia de champanhe na hora e então..."

"O cão fugiu na noite passada. Mamãe saiu para procurá-lo. Ela me julgou, achando que havia sido culpa minha, mas não foi. Eu voltei para casa cedo, e o cachorro rosnou para mim, então, eu grunhi de volta. Daí ele mordeu minha perna. Por alguma razão, aquele cão nunca gostou de mim."

"É mesmo? Por que será que não?", disse Sophie com uma fala arrastada.

David a ignorou. "Seja como for, alguns minutos depois, um sujeito chegou com uma entrega para mamãe de um de seus catálogos. A essa altura, o cão estava todo excitado, começou a latir feito louco, correu atrás dele pelo caminho até a entrada da casa e o seguiu até a rua. Eu achei que ele ia voltar logo em seguida, mas, quando a mamãe voltou para casa, já fazia tempo que ele tinha saído." Ele parecia sentir-se culpado. "Quando ela me perguntou sobre a cadela, para ser honesto, eu fui um pouco rude com ela, mas havia tido um dia horrível, e a última coisa que eu precisava era de uma discussão por causa de um maldito cachorro. Então mamãe achou que eu tinha chutado o bicho de casa de propósito."

"Ela deve ter me telefonado logo depois disso, então", concluiu Sophie. "Imagine, como se *eu* pudesse fazer alguma coisa... Eu moro do outro lado da cidade, pelo amor de Deus! Como se eu fosse deixar todos os meus convidados para ir atrás de um cãozinho estúpido!" Ela falou como se fosse a ideia mais ridícula que já tivesse ouvido. "Então, ela encontrou aquela coisinha fedorenta?", perguntou ela com indiferença.

"Na verdade, eu encontrei."

Todos os três olharam para cima em choque enquanto Rosie entrava tranquilamente na sala... seu rosto sem expressão, seus olhos agudos e cautelosos.

"Ah, meu Deus!" Robert ficou branco.

"Mamãe!", gritou Sophie. "Você está viva! Mas como...?"

"Eu não estava no trem", disse-lhe simplesmente. "Eu não fui à casa de Sheila hoje de manhã."

Pelo que pareceu ser uma eternidade, ninguém disse uma palavra... Todos só olhavam para Rosie, desconcertados com sua aparição.

"Mamãe, sinto muito", sussurrou David por fim. "Nós achamos mesmo... Nós achamos que você..."

"Eu sei." Rosie olhou para as imagens na televisão, sentindo-se ligeiramente fora de si quando viu o descarrilamento e a extensão dos danos ao trem no qual, em qualquer outra manhã de quinta-feira, ela estaria. Mas pela graça de Deus...

"Ah, mamãe!" Sophie deu um salto para a frente e colocou seus braços em torno de Rosie. "Nós ficamos tão preocupados, estávamos tão certos..."

"Estavam tão certos de que iriam receber minha herança mais cedo do que esperavam?", disse Rosie, enrijecendo-se sobre o abraço de Sophie.

Sophie recuou, com o rosto vermelho, e Robert parecia mesmo envergonhado.

David, por outro lado, parecia mais feliz e mais animado do que Rosie se lembrava de vê-lo em séculos. "Mamãe, estou tão contente por você estar bem...", disse ele, as palavras saindo depressa, "e sinto muito mesmo por Twix. Eu saí logo depois para ajudá-la a procurar por ela. Maureen, da casa ao lado, me disse que você tinha ido na direção da cidade, e então eu achei que talvez você a tivesse encontrado, mas já estava tarde quando eu voltei e, como sua luz estava apagada, pensei... será que ela está aqui?"

Rosie sacudiu a cabeça com tristeza. "Ela foi atropelada por um carro, David. Está morta."

O rosto dele ficou branco. "Ah, meu Deus, mamãe! Como... você está?"

"Bem, na verdade, eu estou arrasada", disse-lhe ela entre lágrimas. "Quer dizer, não, estou realmente devastada, mas não há nada que eu possa fazer por ela agora. Ela se foi, e esse é o final da história."

A sala ficou mais uma vez desconfortavelmente silenciosa durante um longo tempo.

Por fim, Rosie pigarreou. Era agora ou nunca. "Bem, eu suponho que deva ficar satisfeita por vocês terem se preocupado tanto com minha suposta morte", disse ela, com seu coração palpitando de nervoso, "mas acho que ainda tenho alguns anos pela frente." Ela se virou para o filho, que no momento estava parecendo subjugado e devidamente castigado. "David, você e eu temos algumas coisas para conversar. Coisas que não estão funcionando aqui, e tanto você quanto eu sabemos disso."

David aquiesceu em silêncio.

"Sophie, Robert... eu tenho certeza de que vocês dois estão um pouco desapontados por não poderem se apossar da casa ainda, mas terão que superar isso." Rosie não podia acreditar que aquelas palavras estavam saindo de sua própria boca. Ela parecia tão forte, tão segura!

Os olhos de Sophie se arregalaram. "Mamãe, eu..."

"Eu não quero ouvir, Sophie. Para variar, sua pobre e velha mãe vai pensar por si. Vou retirar minha casa de seu banco." Apesar de suas palavras fortes, seu coração doeu quando ela viu a expressão perplexa da filha.

Deus, ela odiava fazer isso, mas tinha de fazer, não tinha? "Eu sei que isso pode afetar seus planos, mas eu tenho meus próprios planos, e por isso vocês terão de fazer seus arranjos."

Então, ela se virou mais uma vez para o filho. "David, eu não quero mais que você more aqui. Você perturbou bastante minha vida e acho que deve parar de se esconder e tentar enfrentar seus próprios problemas, sejam eles quais forem." Ela deu uma ligeira tossida enquanto olhou de um filho amado para o outro. "Seu pai e eu fizemos tudo por vocês enquanto estavam crescendo e tentamos ao máximo lhes dar a melhor educação possível. Mas...", acrescentou ela, com a voz agora se tornando rouca enquanto a emoção a assaltava, "não há como negar que, por culpa nossa ou não, vocês dois cresceram e se tornaram indivíduos egoístas. Então, para variar, eu acho que vou ser egoísta também."

Com isso, Rosie pegou seu casaco, saiu da sala e foi até lá fora, onde Stephen esperava pacientemente no carro – deixando seus dois filhos em pé, boquiabertos, seguindo-a com os olhos.

Capítulo 39

Era a manhã seguinte após o desastre de trem. Dara engoliu em seco quando entrou na Unidade de Terapia Intensiva. Ela tivera alta naquela manhã e, embora seu corpo doesse, parecia muito pior do que realmente estava. Seu rosto e seu corpo estavam cobertos de contusões e ela tinha um tampão sobre um olho roxo, de quando foi atirada para a frente, contra a lateral de um assento. Mas, fora isso, estava bem.

Pelo menos fisicamente.

Ela olhou para cima quando percebeu que havia outras pessoas no quarto.

"Que gentileza sua, vir visitá-lo." Aquele tom de voz sardônico era inconfundível.

"Gillian, pare com isso!" Sheila repreendeu a filha e lançou um rápido olhar para onde seu amado filho jazia semiconsciente no leito do hospital.

Linda estava ao lado de sua cama, chorando copiosamente pelo irmão mais velho.

"Como você está se sentindo, Dara?", perguntou Sheila, num tom de voz amável, mas também um pouco preocupado. "Nós íamos visitá-la, mas as enfermeiras disseram que você teria alta nesta manhã."

"Eu estou bem", respondeu Dara baixinho, quase com medo de olhar para Mark. O rosto dele estava coberto de bandagens, seu corpo, imóvel sobre a cama. "Como ele está?"

Gillian bufou, como se dissesse: *E o que lhe importa?*

"Eu não fiz nada de errado, Gillian", disse Dara; seu tom endureceu quando ela se virou para olhar para a cunhada. "Sei que você acha que viu alguma coisa outro dia na cidade, mas você não viu."

"Eu vi o que eu vi! Você e um sujeito se insinuando um para o outro e..."

"Este não é o momento nem o lugar!", sibilou Sheila, com a expressão sofrida, e Linda se moveu e olhou para elas. Dara baixou os olhos, envergonhada. Sheila estava certa. Deixasse Gillian pensar o que quisesse. Nada havia acontecido entre Noah e ela, e nada iria acontecer.

Jamais. Dara se certificara disso. Se Gillian não gostasse, ela que se danasse. Ela nunca gostara de Dara mesmo.

Só então passou por sua mente que talvez Gillian o tempo todo tivesse suspeitado de que ela não estava sendo fiel a seu irmão, que tivesse percebido algo de errado desde o início. Então talvez não pudesse culpar a mulher por ser desconfiada – ela estava certa, não estava? No entanto, tudo que podia fazer agora era compensar o tempo perdido e provar a Gillian... provar a Mark que ela realmente o amava, que ele era a melhor coisa que já havia lhe acontecido.

"Como ele está?", perguntou Dara novamente.

Então, Linda se aproximou para juntar-se a sua mãe e sua irmã e fez um aceno de cabeça triste para Dara. Sheila pegou a mão de sua filha caçula entre as suas e lentamente sacudiu a cabeça. "Eles não estão muito esperançosos", disse ela a Dara com tristeza, "mas ainda não têm certeza. Mesmo que ele saia disso, ainda pode haver complicações... com seu cérebro, sabe?" Sua voz falhou um pouco. "Tudo que podemos fazer agora é apenas aguardar... e ter esperança. Mas, Dara, querida, há pouquíssima esperança."

Dara se sentiu zonza. Ela sabia que o caso dele era ruim – Ruth a preparara para isso –, e também conversara com o médico de Mark antes de entrar no quarto.

"Sinto muito, senhora Russell", disse ele, e Dara ficou surpresa por ouvir aquilo. Era a primeira vez em sua vida que ela era chamada assim. Agora, pensou com tristeza, podia haver uma chance muito real de que aquela também fosse a última. "Nós fizemos tudo que podíamos por ele. Depois disso, não sabemos..."

Dara estava devastada. Depois de tudo que acontecera, depois de todo o tempo que ela desperdiçara se preocupando com o maldito Noah Morgan, deixando de reconhecer o homem realmente maravilhoso que Mark era, ela não conseguia conceber a ideia de perdê-lo agora. Parecia cruel demais. Mas a vida podia ser cruel, e as coisas nem sempre acontecem como as pessoas querem apenas porque elas querem.

Hesitante, Dara foi até a cama e segurou a mão débil de seu marido entre as suas. Olhou para ele pelo que pareceu ser um século, tentando engolir o bolo que havia em sua garganta.

"Sinto muito", sussurrou ela por fim, e seus olhos se enevoaram de lágrimas quando ela percebeu quanto ele se ferira e como estava realmente frágil. Os médicos não estavam enganados – naquele momento, parecia que Mark já estava morto. Ela tentou expulsar aquele pensamento horrível e tentou concentrar-se no que ia dizer. Talvez Mark não conseguisse ouvi-la, mas ela precisava dizer.

"Sinto muito por eu não ter sido uma esposa melhor. Sinto muito por ter sido tão tola." Ela não se importava que os outros pudessem ouvi-la; ela só queria que ele soubesse a verdade. Ele merecia isso. Mas, para deixá-la à vontade, Sheila murmurou algo sobre tomarem uma xícara de chá, e ela e as filhas saíram, dando a Dara algum tempo com ele, tempo esse que, como todas bem sabiam, podia ser muito precioso.

Dara engoliu com dificuldade, tentando segurar as lágrimas. "Sinto muito por tê-lo feito se sentir a segunda escolha. Não sei por que… Eu fui cega, estúpida, uma idiota. Mark, você não é a segunda escolha, não poderia ser a segunda escolha para ninguém. Você é a pessoa mais honesta, amorosa e respeitosa que eu já conheci, e eu o amo muito. Sei que isso soa patético, mas eu realmente não acho que tenha percebido o quanto até agora... agora que tenho alguma ideia do que seria perder você."

Os olhos de Mark permaneciam fechados; seu rosto imóvel parecia uma pedra gelada.

"Eu sei que não o mereço", acrescentou ela, "e talvez, quando sair dessa, quando voltar ao normal, você me mande sumir de sua vida. Mas só quero que você saiba que eu o amo."

Com as lágrimas escorrendo pelo seu rosto, ela se inclinou e apoiou sua cabeça na cama, desejando que Mark abrisse seus olhos e lhe dissesse que tudo ficaria bem, que ele ficaria bem. Mas nada aconteceu; nenhuma reação, nenhum movimento, nem um piscar de olhos ou movimento da mão como sempre se via nos filmes – nada.

Dara observou desesperada que ela finalmente sabia que jamais o deixaria, mas, por algum capricho do cruel destino, Mark podia estar deixando-a.

Capítulo 40

Segunda-feira, 24 de outubro, 10h00

Louise sentia todos os olhos voltados para ela quando entrou nervosa na sala. Atrás dela, Heather deu-lhe um aperto tranquilizador no ombro.

"Vá em frente", estimulou ela. "Estou bem atrás de você."

Louise respirou fundo e caminhou lentamente para a frente do tribunal, onde James Cahill e os outros a esperavam. Ela tentou ao máximo evitar de olhar para o presunçoso Leo Gardner e para sua equipe de advogados. Aquela mulher elegante e bem-vestida não estava ali agora, percebeu Louise, imaginando que isso poderia significar alguma coisa com relação a seu destino.

Mas ela estava ali agora, e o que quer que fosse que estivesse por vir, ela teria de superar. Heather finalmente a convencera disso.

* * *

Em sua sala em Cardiff, Heather fez sua irmã caçula sentar-se, e as duas examinaram suas finanças e suas opções, apesar dos protestos de Louise ao afirmar que ela não tinha opção senão fugir e começar de novo. Mas Heather não queria nem ouvir falar disso.

"Louise, no final das contas, trata-se apenas de dinheiro. E você vai conseguir pagar o que deve... talvez não hoje ou amanhã, mas vai conseguir. Você sempre trabalhou duro e sabe muito bem o que tem de fazer. Para começar, vai precisar renunciar às compras e às noitadas durante algum tempo e..."

"Não se preocupe, isso está acabado", interrompeu Louise, determinada. "Em primeiro lugar, isso nunca deveria ter acontecido. Vou me mudar daquele apartamento, parar de ver Fiona e..."

"Louise, não! Não faça isso. É claro que pode continuar a ver suas amigas. O que estou dizendo é que você tem de limitar sua vida social. Um pouco, não completamente! Pare apenas com os gastos com champanhe, principalmente porque agora você não vai poder gastar mais do que ganha! Uma parte de seu problema, e você sabe disso, é que...", acrescentou ela, balançando a cabeça de um lado para outro, "... com você é sempre tudo ou nada."

"O que você quer dizer?"

"Bem, você se endividou por causa do acidente, e disse que sua filosofia era: 'Bom, se eu estou neste buraco, que diferença faz estourar de novo minha conta no banco ou meu cartão de crédito?'. Mas se você tivesse tentado cortar todos esses gastos pela raiz antes que isso fosse tão longe..."

Louise suspirou. É claro que Heather estava certa. Ela sempre soube que deveria ter sido mais cuidadosa, mais disciplinada com suas finanças. Mas ficou tão satisfeita por enfim ter de novo uma vida social, e Fiona era tão convincente, que ela na verdade não quis desagradar a ninguém.

Quando explicou isso a Heather, sua irmã tornou a sacudir a cabeça. "Louise, se Fiona for realmente sua amiga, ela vai entender. Ninguém julga seus amigos pelas roupas que eles vestem ou pela quantidade de drinques que pagam; se o fizerem, então, na verdade, não são seus amigos."

Então, diante da menção de Fiona, Louise achou que era melhor telefonar-lhe e dizer onde estava. Ela devia estar histérica, sem dúvida, achando que Louise havia morrido ou se ferido no acidente.

Ela estava certa.

"Ah, meu Deus, Louise, onde você está? Ah, meu Deus, não consigo acreditar que você está bem! Quase adoeci de preocupação!" Então, por incrível que pareça, Louise ouviu aquela sua amiga, normalmente confiante e obcecada com a imagem, desmoronar e pôr seu coração para fora. "Achei que a tivéssemos perdido!"

Louise ficou tão chocada com a força das emoções de Fiona em relação a ela que também começou a chorar. Por fim, e com um girar impaciente de olhos, Heather tirou o telefone dela.

"Fiona? Oi, aqui é Heather Reeves, irmã de Louise... Sim, sim, ela está ótima. Olhe, é uma longa história e tenho certeza de que ela vai lhe explicar tudo quando voltar... O quê? Não, acho que ela está apenas um pouco chocada... Sim, eu *sei* que você é sua melhor amiga, é claro, eu sei. É claro, vocês são... O.K. Falo com você depois." Heather desligou o telefone e sorriu para sua irmã. "Bem! Essa reação certamente não pareceu com a de alguém que não dá a mínima para você, pareceu?"

Louise deu um leve sorriso, já se sentindo animada pela intensidade dos sentimentos de Fiona, mas ao mesmo tempo desesperadamente culpada por ter-lhe causado tantas preocupações.

As garotas conversaram até altas horas sobre toda a situação, com muito foco no orçamento estreito de Louise.

"Agora, sobre todas essas roupas...", começou Heather. "Eu vou ser a rua principal para você de agora em diante, minha querida. Chega de 'butiques maravilhosas' e noites de descontos nas lojas de departamento. Você é muito bonita e pode vestir roupas mais baratas, como todo mundo. E, afinal, o que há de errado com as roupas mais baratas? Elas podem ser tão bonitas, se não até mais bonitas, do que algumas dessas elegantes roupas de grife, não podem?"

Louise sorriu entredentes. Não sendo ela própria uma fã de roupas de grife, sua irmã talvez jamais compreendesse, porém mais uma vez Heather estava certa. E, para ser honesta, Louise tinha tantas roupas em seu guarda-roupa no apartamento que nunca mais precisaria comprar nem uma peça!

As duas irmãs continuaram conversando em busca de mais ideias para cortar gastos, e Heather finalmente conseguiu convencer Louise de que talvez fosse melhor voltar à vida que tinha antes. Depois de sua conversa, e particularmente do telefonema para Fiona, Louise começou enfim a recuperar-se. Mas havia uma coisa em que Heather não conseguia deixar de pensar: o coração partido de Louise.

"Ele me fez de boba", admitiu ela, com seu rosto ardendo de vergonha quando pensava em Sam – em todos os ótimos momentos que passara com ele, em como ele a fizera sentir-se maravilhosa.

"Esse não é um crime pelo qual se possa acusar alguém, você sabe", disse Heather num tom carinhoso. "Na verdade, poderia ser considerado uma coisa positiva. Você é uma pessoa decente, honesta, aberta, e espera que as outras pessoas também sejam assim. Esse Sam era um profissional, Louise. Ele não fez apenas você de tola – ele se fez mais de tolo ainda. Que tipo de pessoa pode fazer isso e ainda conviver consigo mesmo depois? Que tipo de pessoa pode viver de explorar os outros? Você gostaria de ser uma pessoa assim? Louise, esse homem é apenas um fraco, um maldito covarde, e é ele quem terá de conviver com isso, não você."

Louise não disse nada. Infelizmente, isso não apagava o fato de ela ainda gostar muito de Sam. Ela baixara a guarda e se permitira ser conquistada por ele. Não sabia o que era pior – o sofrimento ou a total humilhação por ter sido feita tão facilmente de tola.

"Alguém assim não merece seu respeito, que dirá seu amor", prosseguiu Heather. "Eu sei que, para mim, é fácil dizer, mas eu acho que os sentimentos que você tinha por ele não eram reais. Ele brincou com suas emoções, disse-lhe o que você queria ouvir e a fez se sentir especial. Essa é a única razão pela qual você se apaixonou por ele."

Louise concordou. Pensando bem, Heather estava certa, mas aquilo não amenizava sua decepção por ter sido traída e seu constrangimento por ter tornado tudo tão fácil para ele. Mas ela iria superar aquilo – ela tinha de superar, e, na verdade, superar Sam seria a última de suas preocupações.

Agora parecia que ela teria de começar a lidar com o resto de seus problemas.

* * *

"Todos de pé!"

As pernas de Louise ficaram bambas quando ela ouviu o habitual anúncio na sala do tribunal, e ela não sabia se encontraria energia para levantar-se. Por um breve segundo, imaginou-se correndo para a porta e fugindo. Mas já havia tentado isso, não havia? E Heather a convencera a voltar, a convencera de que, acontecesse o que acontecesse, elas enfrentariam juntas.

"Vamos superar isso. Já não passamos por coisa pior?", reiterou ela uma vez mais, no avião, enquanto voltavam para a Irlanda, depois de um Andy perplexo ter corrido até o agente de viagens na véspera para comprar as passagens. Heather não contara nada ao marido sobre as trapalhadas de Louise e lhe deu uma explicação rápida sobre as razões do súbito aparecimento dela em Cardiff. Não havia razão para explicar-lhe tudo.

Louise não tinha certeza de que poderia *superar* aquilo, mas tinha pouca escolha. E, de todo modo, agora era tarde demais para preocupar-se com isso.

Mas o estranho, pensou ela, seu rosto ardendo com a constatação, foi que aquilo não funcionara. Depois de sua volta ao apartamento no sábado, quando contou tudo a Fiona – sobre o processo, os problemas de dinheiro e sua decisão de fugir –, Louise descobriu que sua "fuga" não seria tão tranquila quanto pensara. Ela fora vista na rua logo depois do acidente – pela maldita Gemma!

"Eu achei que ela estava enganada", disse-lhe Fiona, ainda de olhos vermelhos depois do encontro muito emocionado entre as duas moças. "Quero dizer... eu *sabia* que você havia embarcado naquele trem. Eu não estava lá naquela manhã, quando você saiu para trabalhar? Então, quando me encontrei com Gemma, mais tarde, e ela me disse que a tinha visto pegando um táxi em algum lugar, quando você devia estar no trabalho, eu realmente não entendi."

Então, no fim, a grande fuga não teria mesmo funcionado. Em algum momento, alguém teria juntado dois e dois. No entanto, era inútil pensar naquilo agora. Louise fugira, mas não por muito tempo.

E agora estava de volta.

E então ela fechou os olhos quando o juiz Corcoran começou a falar. Durante os primeiros minutos, mal ouviu suas palavras – tão absorvida que estava no que poderia acontecer.

"Tendo considerado cuidadosamente a natureza da reivindicação... e tendo ouvido os dois lados..."

Será que ele a mandaria para a cadeia? A trancaria lá e jogaria a chave fora?

"Eu realmente acho que..."

Como Heather iria ajudá-la nisso? –, pensava ela; as imagens vivas de uma cela de prisão úmida e cinzenta, cheia de assassinos e estupradores, enchiam-lhe a mente. Algo bem distante dos locais glamorosos das celebridades, repletos de modelos deslumbrantes e seres perfeitos que ela costumava frequentar.

"... tendo ouvido o testemunho *muito* convincente do senhor Harris..."

As palavras do juiz eram agora um jorro, e uma vez mais Louise sentiu a cabeça começar a girar enquanto se aproximava a decisão final.

"... sem falar no estilo de vida extravagante e nas dívidas crescentes da senhorita Patterson..."

Dívidas crescentes. As coisas iam ficar muito piores, não iam? Como diabos ela iria conseguir pagar as despesas legais de Gardner? Apesar dos protestos de Heather, Louise realmente não conseguiria tirar nada dela – *não* tiraria nada dela. A irmã e Andy estavam lutando muito para sobreviver. Aquele problema era só dela, sua própria culpa, e ela tinha de arcar sozinha com ele.

Por pior que ele fosse.

"... não vejo razão para o senhor Gardner fugir de sua responsabilidade ou de sua obrigação de reparar por seus atos negligentes..."

Reparar por seus atos negligentes? James Cahill não mencionara essa expressão repetidas vezes no início, enquanto tentava convencer Louise de que ela tinha mesmo um caso ganho? De forma lenta, porém determinada, as palavras do juiz voltaram ao foco, e, com o coração disparando e a mente girando, Louise começou a concentrar-se.

"... sem dúvida, a vida da senhorita Patterson foi adversamente afetada pela negligência do senhor Gardner, algo que ele próprio não refuta. E eu não acho que a vida social da senhorita Patterson seja de algum interesse para este tribunal. Na verdade, acho que essa testemunha acabou por enfatizar a força de caráter da senhorita Patterson. Em vez de cair no desespero ou na depressão, como outras vítimas sabidamente fazem, a senhorita Patterson tomou as rédeas de sua vida prejudicada e continuou decidida a vivê-la."

Louise inspirou profundamente, e seu coração quase saiu pela boca. Ele não estava... Ele não podia... Ele estava pensando em decidir a favor dela?

"O estilo de vida da senhorita Patterson não isenta de modo algum a culpabilidade do senhor Gardner neste caso. Na verdade, seu estilo de vida só diz respeito a ela, e as evidências claramente corroboram a alegação dos ganhos diminuídos. Portanto, por que ela deve sofrer como resultado? Por que ela teria de alterar seu estilo de vida só porque outra pessoa ignorou a obrigação de reparar por seus atos negligentes? Na verdade, a senhorita Patterson teve seu estilo de vida consideravelmente alterado e sofreu bastante, tanto física quanto financeiramente."

Enquanto ouvia, Louise percebeu que ainda estava segurando a respiração.

"Portanto, a decisão deste tribunal é de que a senhorita Patterson seja indenizada no valor de 80 mil euros para compensá-la por suas lesões adicionais, lesões estas causadas pela negligência do senhor Gardner."

Louise ficou paralisada, estupefata. Ela mal ouviu o juiz bater seu martelo, mal sentiu o firme aperto de mão de James Cahill e o abraço entusiasmado de Heather.

Estava acabado. Estava tudo acabado. Sua vida não fora destruída. Todos aqueles anos, todas aquelas preocupações financeiras – tudo havia terminado.

E talvez, pensou ela, quando se virou e viu Fiona acenando alegremente do fundo da sala, talvez sua vida – sua vida *real*, e não uma baseada em mentiras e fantasias – estivesse apenas começando.

Capítulo 41

Dezembro

Dara ficou em pé na soleira da porta e olhou para o apartamento silencioso – o local onde ela e Mark haviam passado tantas horas felizes, tantos dias felizes. Não, pensou ela, sacudindo tristemente a cabeça, eles tinham sido felizes ali o tempo todo – mas ela fora idiota demais para perceber isso. Ficara demasiadamente cega por causa de suas próprias ideias imaturas sobre amor e felicidade e o "homem perfeito", que ela não conseguiu enxergar que estivera ali aquele tempo todo.

Olhou melancolicamente para o sofá, recordando como Mark costumava massagear-lhe os pés doídos depois de um duro dia de trabalho, lembrando-se de todas aquelas preguiçosas tardes de domingo, quando eles sentavam ali juntos folheando os jornais – Mark absorvido no futebol, Dara fazendo o máximo para não deixá-lo perceber que ela também estava gostando do jogo.

E, é claro, houve aquelas vezes em que terminaram fazendo amor naquele mesmo sofá – às vezes, de um modo divertido e engraçado, outras vezes, lento e terno, mas, lembrou-se com saudade, sempre maravilhoso.

E houve aquela ocasião em que ela foi acometida de catapora e quase morreu de tédio por ter de ficar deitada na cama sem nada para fazer. Mark ia até o quarto, a envolvia num edredom e a colocava no sofá em frente à televisão, aparentemente não preocupado em contrair aquela coisa horrível ou em testemunhar a incessante coceira de Dara. Ela apreciara isso na época? Ou apreciara todas as coisas que Mark fazia regularmente para fazê-la feliz, todas as coisinhas tolas que ele fazia para demonstrar seu amor por ela?

Não, pensava ela agora, ela não apreciara nada daquilo. Ela não apreciara que o amor – o amor verdadeiro – não era excitação e paixão consumidora. Não era "ver estrelas" ou "ficar com os joelhos bambos" – todas aquelas coisas estúpidas em que ela sempre acreditou.

O amor verdadeiro estava nessas pequenas coisas, essas coisas tolas e aparentemente inconsequentes – todas as coisas que Mark fazia tão bem.

Coisas como fazer Dara rir quando estava estressada, massageando-lhe os pés depois de um dia duro de trabalho, animando-a com uma taça de vinho ou montes de chocolates quando ela estava deprimida, cozinhando o prato preferido dela sem outra razão particular além de gostar de prepará-lo para ela. Coisas como ser um bom companheiro ao ser arrastado por museus (embora ele odiasse cada minuto daquilo), suportar seus tediosos colegas advogados na festa de Natal do escritório, preocupar-se com o fato de que o pai dela deveria cuidar da saúde. O amor verdadeiro era estar junto, testemunhar as minúcias da vida cotidiana um do outro, guardar pequenas lembranças tolas como aquelas.

Dara engoliu em seco. Mark fizera todas essas coisas por ela sem questionar, jamais desejando nada em troca, mas ela nunca as apreciou devidamente. E ele devia ter recebido algo em troca. Ele teria apreciado. Mas Dara fora uma tola cega – uma idiota. Tudo que fez foi compará-lo com o que fora seu próprio ideal patético e vazio do que constituía o verdadeiro amor. Tudo que ela fizera, até no dia de seu casamento, foi concentrar-se nas coisas que achava que faltava em seu casamento, nas coisas que achava que Noah Morgan podia lhe dar.

Seu coração doía quando ela pensava nisso agora. O que Noah poderia ter lhe dado de fato? Poderia ter correspondido a seu ideal impossível, ao ideal romântico ao qual ela se apegara por todos aqueles anos? Provavelmente, não. Noah era apenas uma parte de seu passado, um passado que havia muito fora dissipado, mas que até algumas semanas atrás ela não fora capaz de deixar para trás.

Ela sentiu um nó na garganta ao pensar em Mark no hospital, em como ele ficara frágil e fraco durante aquele período difícil. Eles achavam na época que ele estava à beira da morte, é claro. Os médicos explicaram isso, mas – pensou ela, com o estômago se revirando –, no fim, nenhum deles tinha uma ideia exata de seu estado.

"Está na hora de ir, querida." Eddie Campbell tocou levemente em seu ombro. "O caminhão está com tudo embalado e pronto para partir."

Dara sorriu para seu pai. "Obrigada, papai, eu estou só... você sabe... me despedindo."

Eddie olhou para ela. "Eu sei que não é fácil", disse ele baixinho, "e sei quanto você adorava este lugar. Você não estava sempre dizendo a sua mãe que estava bem, com sua casa própria e seu ótimo emprego, quando ela costumava ficar lhe perseguindo com aquela conversa sobre encontrar um marido?"

"Bem, não diga à mamãe, mas talvez ela tivesse razão, afinal", disse Dara, com um esboço de sorriso.

Eddie piscou para ela. "Ela não tem sempre? Mas sua nova casa é ainda melhor, e você vai ter muitas lembranças felizes lá também."

"Espero que sim." A nova casa era adorável, e Dara estava realmente ansiosa para mudar-se, para ir em frente com sua vida e começar tudo de novo num lugar novo. Mas não conseguia evitar de sentir-se melancólica agora. Entretanto aquilo era natural, não era?

"De todo modo, avise-me quando estiver pronta. Os rapazes da mudança estão ansiosos para partir."

"Estou indo."

Eddie desceu as escadas. Embora ela soubesse que ele entendia aquilo, Dara se sentia um pouco tola por ficar tão comovida com os lugares. Mas ele estava certo. Comprar aquele apartamento sozinha fora um dos atos de maior orgulho de sua vida, e era difícil despedir-se dele.

No entanto, não é parte da vida mudar de casa e seguir em frente? Mark se referiu a isso em sua lua de mel em Roma, quando comentou: "O passado ficou para trás. Nós podemos aprender com ele, mas não podemos deixar que ele dite nosso futuro."

Ele disse isso muito inocentemente, se referindo ao próprio amor dela pela História, mas ainda assim suas palavras haviam sido estranhamente visionárias ao se pensar nas ações de Dara depois daquilo. Ela sorriu. Sim, ela decerto aprenderia com o passado, já aprendera com ele, e embora não pretendesse deixá-lo *ditar* seu futuro, não via mal nenhum em lembrar-se de vez em quando de como ela havia sido estúpida naqueles últimos meses.

Dara deu uma última olhada em torno do apartamento vazio, tentando guardá-lo na memória. Então, com um leve revigoramento, ela enfim fechou a porta de seu passado, pronta para enfrentar o futuro.

Quando ela passou, Eddie, sentado no assento do passageiro do caminhão de mudanças, ergueu o polegar para ela. Dara sorriu e acenou para seu pai antes de encaminhar-se para o carro estacionado atrás. Então, dando uma última olhada na fachada do prédio, ela respirou profundamente e entrou no carro.

"Pronta?", perguntou Mark, do assento do passageiro.

Ele ficou louco por não poder ajudá-la com a mudança, mas, seis semanas depois do acidente, apesar de sua crescente recuperação, ele ainda estava sob estritas ordens médicas de não fazer nenhum tipo de esforço. Dara não iria deixá-lo erguer um dedo; ainda era difícil acreditar que ele estava ali! Depois de dez longos dias na terapia intensiva, ele finalmente superara o pior e agora estava bem e em franca recuperação. Mas em certo momento, antes de estar tudo resolvido e Mark ter finalmente recobrado a consciência, houve muitos altos e baixos. Ele foi "extremamente afortunado", disseram os médicos. "Ele não foi o único", disse-lhes sua esposa, aliviada.

Dara olhou para Mark e sorriu feliz. "Estou pronta", respondeu ela, antes de inclinar-se e beijar seu ainda muito ferido, ainda muito enfaixado, mas totalmente perfeito homem nos lábios.

Capítulo 42

"Como diria Oprah, 'Vai, garota!'" Sheila riu feliz no dia em que Rosie lhe contou seus planos. Nos últimos tempos, Sheila andava rindo muito. Felizmente, Mark e sua esposa haviam se recuperado plenamente após o desastre de trem e os dois estavam se mudando para uma casa nova. Gillian ainda não aprovava a esposa do irmão, mas a proximidade de Mark com a morte causou um choque em todos e os aproximou mais.

Rosie também estava se mudando. Estava vendendo a casa da família em Wicklow e se mudando para seu querido County Clare no ano-novo. Os próprios planos de Stephen, de retirar-se em Tralee, a fizeram refletir, e depois do choque e do total surrealismo de "escapar" daquele mesmo desastre, Rosie decidiu tomar seu futuro nas mãos. Para variar, em vez de preocupar-se com o que todos poderiam pensar, ela iria agarrar a vida pelo pescoço e fazer exatamente o que lhe desse prazer.

Ela pensou muito em tudo – particularmente em morar tão longe de sua adorada netinha, mas, é claro, ela viria visitar Claudia sempre que pudesse. Do jeito que estavam as coisas, ela também não via a menina com tanta frequência quanto gostaria, e por isso estar em Wicklow ou em Clare não faria grande diferença nesse aspecto. Ela também sentiria falta de Sheila, é claro, sentiria desesperadamente a falta da amiga, mas sem Martin, havia muito pouco em Wicklow para ela, e Rosie ansiava pela paz e pela quietude de um lar.

Entretanto, não tinha tão poucos amigos em Clare como parecia. Nas últimas semanas, enquanto procurava uma casa adequada em sua terra natal, Rosie cruzara com muitas pessoas com quem perdera o contato e todos pareceram muito satisfeitos com a ideia de ela estar voltando a morar ali. E depois, sempre haveria Stephen, a uma curta viagem de trem ali em Kerry. Ele a fizera prometer que o visitaria e se uniria a ele e a sua pintura com a maior frequência possível. Rosie mal podia esperar.

Sophie não estava nem um pouco feliz e ainda estava furiosa pelo fato de Rosie ter retirado a garantia da hipoteca da casa dela, mas o que ela poderia fazer? Isso significava que Sophie e Robert teriam de limitar um pouco os gastos com seu estilo de vida extravagante, o que não era uma coisa ruim – a remoção da garantia diminuiu um pouco o crédito deles, mas não afetou a situação da hipoteca.

Fosse como fosse, pensou Rosie, suspirando, com a venda de sua casa, ela teve sobra de dinheiro suficiente para dar uma boa quantia a sua filha. Pelo menos, isso devia deixá-la feliz. E por falar em "feliz"...

Logo depois do acidente de trem e do levante familiar, Rosie chegou um dia em casa das compras e encontrou David sentado na cozinha com um estranho cão encolhido a seus pés.

"Eu sei que não é a Twix, mas ele poderia compor um bom lar", disse ele baixinho.

Rosie olhou para o cão. Era um jovem macho, um Jack Russell, preto com as patas brancas – uma coisinha que parecia muito infeliz. Mas, a julgar pela expressão nervosa e pelos olhos tristes do cão, quando olhou para Rosie temeroso, ele podia muito bem ter sido maltratado.

David confirmou as suspeitas dela. "Ele foi encontrado amarrado numa lata de lixo do lado da estrada", disse ele.

Quase instantaneamente, o coração de Rosie se derreteu e se abriu para o pobre cãozinho. Ele não substituiria Twix, nada poderia substituir Twix, mas se o cão não se importasse de ser desenraizado, poderia ser bom ter um pouquinho de companhia nesse início, em Clare. E havia bastante espaço atrás do pequeno chalé para mais alguns animais, se ela assim desejasse.

"Então, como vamos chamá-lo?", perguntou Rosie, enfiando a mão na sacola de compras e tirando dali o primeiro item que lhe veio às mãos, lembrando-se de como Twix adquirira seu nome. Era um pacote de meio quilo de manteiga. "Kerrygold?", pensou ela em voz alta. "Hum, talvez não."

"Lá no abrigo de animais, o chamavam de Happy", disse David. "Não me pergunte por quê", acrescentou ele, girando os olhos. "Acho que estavam sendo um pouco irônicos."

"Então, vai ser Happy", e Rosie se inclinou e acariciou a cabeça do cãozinho apavorado, recordando-se amorosamente da última vez em que fizera o mesmo com a pobre Twix.

Alguns dias depois do desastre de trem, ela e David se sentaram e tiveram uma conversa de coração aberto. Ela lhe disse como ele a fez sentir-se isolada e magoada desde que voltara para casa, e ele finalmente explicou suas razões para agir assim, bem como a causa de sua raiva e frustração.

"Kelly e eu estávamos tentando ter um bebê, mas não funcionou", admitiu ele, envergonhado, com o rosto enrubescido, enquanto Rosie tentava não demonstrar sua surpresa. "Eu me senti tão castrado, mamãe... todos os nossos amigos estavam tendo filhos a torto e a direito, e eu não conseguia fazer nada. Nós fizemos exames, e estava tudo bem com a Kelly; o problema é comigo."

Ele prosseguiu, explicando que lera todos os livros que encontrou sobre o assunto e decidiu mudar seu estilo de vida para tentar tornar-se mais saudável, motivo pelo qual ele parara de comer carne. "Isso estava me deixando infeliz, mamãe. Você sabe como eu adoro carne. Mas acho que também pode ter me tirado outra coisa, algum tipo de mineral, vitamina ou sei lá o que, que provavelmente me deixou tão irascível e impaciente."

Nesse processo, ele afastara Kelly, pois sua intensidade e obsessão em superar o problema estavam sendo demais para ambos.

"Mas isso tudo era provavelmente parte daquilo", concluiu Rosie delicadamente, no íntimo aliviada por seu comportamento recente ter realmente se originado de alguma coisa. Ela quase se destruíra achando que sua atitude egoísta pudesse ser "normal". "Aposto que se voltasse a seus antigos hábitos alimentares, voltasse a seu eu antigo e tentasse se desligar um pouco de tudo isso durante algum tempo, em vez de ficar totalmente estressado como ficou, tudo iria funcionar. Kelly o ama. Ela está infeliz sem você."

Tendo recebido um telefonema de seu marido dizendo que Rosie se envolvera num acidente de trem, Kelly pegou o primeiro avião e mal pôde acreditar quando o suposto falecimento de Rosie se mostrou um falso alarme.

No entanto, ela e David haviam então dado seu primeiro passo para a reconciliação, e agora Rosie sabia que eles ficariam bem. Ele estava planejando voltar para Liverpool quando a casa tivesse sido vendida e Rosie estivesse instalada em segurança em seu novo chalé, em sua nova vida em Clare.

"E se isso não acontecer, qual é o problema?", disse ela a David, referindo-se ao problema dele. "Você e Kelly têm um ao outro, não é isso que importa? Eu daria qualquer coisa para ter seu pai de volta; por isso, não desperdice o tempo precioso que vocês dois têm juntos com pensamentos fantasiosos, desejando algo que pode acontecer, mas também pode não acontecer."

David olhou para ela. "Você está certa, mamãe. Eu fiquei tão arrasado pelo que eu não poderia fazer por Kelly que não consegui enxergar além disso. Não consegui enxergar além de meu próprio fracasso e de minha própria infelicidade. Fiquei tão furioso e amargo que nunca realmente me dei uma chance de pensar muito a respeito, mas acho que também me senti infeliz sem ela."

Então, mãe e filho sorriram um para o outro, sua longa conversa havia criado um novo entendimento entre eles. A visão do sorriso de seu amado filho – um sorriso espontâneo, genuíno – teve o efeito de instantaneamente reduzir o tempo infeliz que Rosie passara ao lado dele a uma memória distante. Entretanto, onde quer que ele tenha estado naqueles últimos meses, o que quer que tenha sofrido, David – *seu* David – estava de volta.

E a própria Rosie também fora culpada daquilo. Desde a morte de Martin, ela vinha vivendo numa espécie de limbo, pouco segura de qual era realmente seu papel na vida, pouco segura do que ela realmente queria. E fizera pouco mais além de esperar que as coisas melhorassem – que as coisas mudassem ou que as *pessoas* mudassem apenas porque ela queria que mudassem.

Mas Rosie entendia agora que os desejos sozinhos não fazem nada. Você tem de pegar seu desejo e fazê-lo se realizar. Rosie sorriu diante da ideia de sua nova vida em Clare – uma vida de relaxamento, bons amigos, muitas pinturas à beira-mar. Ela agarrara seu desejo e estava fazendo-o acontecer.

E sabia que Martin estaria ajudando-a o tempo todo.

Este livro foi composto em Adobe caslon pro
para a Editora Planeta do Brasil
em junho de 2011